中国年度作品2019

散文诗

邹岳汉——主编

中国出版集团 现代出版社

图书在版编目（CIP）数据

2019中国年度作品. 散文诗 / 邹岳汉主编. —北京：现代出版社，2020.4

ISBN 978-7-5143-8319-5

Ⅰ. ①2… Ⅱ. ①邹… Ⅲ. ①中国文学—当代文学—作品综合集 ②散文诗—诗集—中国—当代 Ⅳ. ①I217.1

中国版本图书馆CIP数据核字（2020）第034165号

2019中国年度作品. 散文诗

主　　编：邹岳汉
组稿编辑：庞俭克
责任编辑：曾雪梅
出版发行：现代出版社
通信地址：北京市安定门外安华里504号
邮政编码：100011
电　　话：010-64267325　64245264（传真）
网　　址：www.1980xd.com
电子邮箱：xiandai@vip.sina.com
印　　刷：三河市国英印务有限公司

开　　本：710mm×1000mm　1/16　　印　　张：20.5
版　　次：2020年4月第1版　　印　　次：2020年4月第1次印刷
字　　数：360千字
书　　号：ISBN 978-7-5143-8319-5
定　　价：45.00元

目 录

第四辑　生肖·紫藤（11家）

第五辑　蝶·场景（8家）

第六辑　弯刀·藤蔓（12家）

第七辑　村庄·乡情（14家）

第八辑　秀美山川（14家）

第九辑 海·湖·江河（14家）

第十辑 高原·西部（11家）

第十一辑 途经的水·时光（10家）

第十二辑 沉思·虚构（11家）

第十三辑　焚琴·寒鸦（9家）

第十四辑　动物王国（7家）

第十五辑　季节如歌（11家）

第十六辑　飞雪迎春（9家）

第十七辑　雪落中国（13家）

第十八辑　名家年度新作（18家）

第十九辑　跨诗体写作名家（16家）

第二十辑　第二届“谷雨杯”全国散文诗大赛获奖作品选（4家）

第二十一辑　年度长篇拔萃（3家）

编者的话

20年坚守：见证新世纪中国散文诗的辉煌

（一）

一晃又是20年。

也许是注定的缘分吧。2000年我刚从创办、主编了15年的《散文诗》杂志社退休，接下来就主编中国第一部散文诗年度选《2000中国年度最佳散文诗》，到今年刚好20年。

这也是进入21世纪之后的头20年。

这也是中国散文诗走向大繁荣的20年。

这20年间，我主编的这部散文诗年度选的书名和出版社虽然有一些变化，但这一项工作从来没有间断过，到今年这一本《2019中国年度作品·散文诗》出版，刚好出齐20本，约550万字。对于浩瀚的历史长河来说，这不过是一沙一沫而已；而对于刚刚走过百年的中国散文诗，尤其是对于我们短暂的个体人生来说，也算是一段不可忽略的重要经历了。

记得是在2001年3月22日，我接到当时任漓江出版社副总编辑的庞俭克先生第二次打来的电话，明确提出让我为他们出版社主编每年出版一册的《中国年度最佳散文诗》（它是当时漓江出版社“年选系列”25本中的一本，包括中短篇小说、散文、诗歌、儿童文学等多个年度选本）。

2001年8月，《2000中国年度最佳散文诗》正式出版发行。这是中国散文诗史上第一部，也是第一次与小说、诗歌、散文等文学体裁的年度选同时出版的散文诗年度选本。

散文诗年度选的诞生，反映出21世纪初，中国每年发表散文诗作品的数量和质量，都已经达到可以承载一部散文诗年度选的程度，同时也反映出经过《散文诗》等专门的散文诗书刊多年来的市场培育，读者对于“散文诗”这一文体需求的迅速增长。

《2000中国年度最佳散文诗》印数3000册，还带有试探市场反映的因素；但到第二本《2001中国年度最佳散文诗》印数就达到8000册，增加一倍以上；《2002中国年度最佳散文诗》印数达一万册，年中脱销，出版社还曾加印了一次。这种令人振奋的态势一直延续到2010年前后，不仅给散文诗界带来一股清新蓬勃向上的气息，也带动了出版界，兴起了争相出版“散文诗年度选”的热潮。

从2015年开始，随着出版社相关人员的调整，我主编的这部散文诗年度选转到北京的现代出版社出版，到今年已经出版了5卷。

这20年里，我从一个年度选主编的视角，见证了中国散文诗进入21世纪以来的发展和繁荣。比如，刚刚着手编辑散文诗年度选的时候，稿件主要来源仅有老牌的《散文诗》(月刊)；其他稿件则需要睁大眼睛到零零星星发表点散文诗作品的某些报刊上去寻找，稿源虽有，但还比较单一。

2003年，《散文诗世界》通过出版社恢复出版双月刊，尤其是该刊于2006年下半年获得公开发行，2007年改为月刊之后，开始彻底改变了自1992年《散文诗》获准公开发行以来10余年间“全国独有一家散文诗刊”的局面。

与此同时，《散文诗》2004年起增加“校园文学”下半月刊，由全年出版12册扩展到全年出版24册。

21世纪的头10年，在发表散文诗原创作品方面，逐步形成了《散文诗》与《散文诗世界》两个刊物“双雄并立”的大格局。

2007年起出版的《伊犁晚报·散文诗专页》(月刊，到2018年底停刊历经12年出版140余期)，又为散文诗年度选的主编者提供了专业的、更为广阔的稿源。

进入21世纪第二个10年，散文诗发表园地扩展的势头没有停顿下来。

2009年底至2013年北京“我们散文诗群”推出包含分行新诗和散文诗原创作品的《大诗歌》，连续出版5册，另出版以原创作品为主的《我们·散文诗丛》五辑42册。

还有以发表原创散文诗作品为主的《中国当代散文诗》(2005-2018，共9册)以及《散文诗作家》(2009-2013，共出版5册)。

2012年1月，《文学报·散文诗研究》专刊创办，随后《湖州晚报·南太湖散文诗月刊》出版延续至今。

2013年1月，老牌诗刊《星星诗刊》下旬版《星星·散文诗》横空出世，至2019年已出版7年。

与此同时，以发表分行新诗为主的《诗潮》《诗刊》《上海诗人》《扬子江诗刊》《中国诗人》《中国诗歌》《绿风》;综合性文学刊物《青年文学》《山东文学》《伊犁河》《青岛文学》《福建乡土》;《海南农垦报》《北海日报》《宣城日报》《湛江科技报》副刊以及民刊《淮风》《大沽河》《大河诗刊》《小拇指》《蓝鲸诗刊》《大巴山诗刊》等先后设立了散文诗专栏或副刊。

这期间还出现过一批专门的散文诗民刊，其中出版多期且颇有影响的有《散文诗人》（广东）、《散文诗天地》（福建）、《青年散文诗》（广东）、《索桥散文诗》（湖南）、《中国散文诗刊》（内蒙古）、《源》（新疆）、《中原散文诗》（河南）、《江西散文诗》等。

此外，香港有2001年初创办的《香港散文诗季刊》，稍后有同时发表分行新诗与散文诗新作的《圆桌诗刊》《橄榄叶诗刊》以及在美国出版的华文《常青藤诗刊》等。

还有许多与散文诗相关的报刊待今后专文列举。

所有这些，都为原创散文诗作品提供了广阔的发表园地。

我主编的这一套散文诗年度选本，既是进入新世纪20年来散文诗创作繁荣的产物，也是散文诗创作走向繁荣的见证者、参与者、推动者。

这20年也见证了散文诗创作队伍的新老交替。这期间相继辞世的前辈散文诗人郭风、许淇、李耕等，都在本人主编的年度选里留下了他们具有探索精神的晚年佳作；这20年也见证了新一代散文诗人的成长，比如每年进入本书"年度十佳作品"的作者，其中百分之九十是中青年。2009年以后酝酿、兴起的"我们散文诗群"以及稍后出现的"南太湖散文诗现象"等等，也在本书里有着一定程度的展现。

这20年里，也先后见证了2007年"纪念中国散文诗90年"和2017年"纪念中国散文诗100年"的盛况。

（二）

20年间我主编的这本散文诗年度选，相对于其他出版社相继推出的同类型的年度散文诗选而言，它的影响力长期居于前列。这源于它逐渐形成了如下几个特色：

（1）收罗广泛，栏目丰富，众星云集，琳琅满目。

如本年度编入了230余人的作品，作者数量之多，超过一般同类选本的一倍以上。全书分设"年度十佳""我们散文诗群""荷塘·香雪""弯刀·藤蔓""乡村·乡情""秀美山河""高原·西部""东方情韵""季节的歌""动物王国""名家新作"等20余个栏目。

公开发行的知名报刊予以重点关注，比如2015年度首栏推出"名刊、专刊作品荟萃"；地方报刊或是民刊上的优秀之作也力求不遗漏，比如分别编入《2017中国年度作品·散文诗》和《2018中国年度作品·散文诗》首栏"年度十佳作品"的《长安，长安》《与姐姐书》《茧船》等就是选自一般读者很难见到的地方文学刊物《宜宾文学》、《山东文学》(下半月版)和《大沽河》。

(2)唯质是取，优中选优，创造性地推出“年度十佳作品”。

20年间，编者始终如一地把入选作品的质量放在首位。

从2011年度开始，进一步把原来分散在各个栏目里的拔尖作品归拢一起，每年推出“年度十佳作品”。

开卷就能见到赏心悦目的精品，受到读者欢迎。可编者要遴选出“年度十佳作品”则颇有难度。就读者而言，“众口难调”，对同一作品，处于不同审美层次的读者会有不同的感受与评价；对于作者来说，谁都难免有“文章自己的好”的偏向。这样，承受来自读者与作者两方面压力的编者，不仅要有识(有独立的审美判断)、有胆(有不怕引来争议的自信)，还要有在精力和时间上不计得失的付出。而若能为读者提供精品，并能为中国散文诗发展的历史留下一些有代表性的文本，又感觉是一种弥足珍贵的回馈和幸运。

今年的这本散文诗年度选，又在原有基础上增加了“卷首诗”，在开卷位置隆重推出一个如“皇冠上的珍珠”式的短章；也希望借此引导散文诗写作回归“短小精悍”的常态。我们并不排斥确实写得好的长篇散文诗作品，但近年一些散文诗有越写越长且陷入空泛的趋势，有必要提起注意。

(3)独具匠心设置“附录”：简明地罗列本年度全国散文诗界的重大活动、评奖、出版信息；读者从中可以大略知晓全国散文诗界的现状；多年的积累也许能为当代散文诗的发展描绘一条比较清晰的轨迹。

(4)坚守散文诗的“诗性”品质，则是贯穿这20册年度散文诗选本的底色与灵魂。从1985年底创办《散文诗》起，我就把散文诗作为新诗的一个品种看待。我曾于1987年12月在《散文诗·全国首届会龙散文诗大赛获奖作品专辑·序》里写道：“世界属于青年，诗属于青年。这届空前的大奖赛属于青年；当然也属于那些年华凋逝而诗心旺烈如火的诗国青年。”在我眼里，散文诗就是用散文形式写的一种新诗(分行新诗和不分行的散文诗同属广义新诗的范畴)；所谓散文诗人就是诗人。

谢冕称之为“是一位创作、评论和学术研究同时并举的全面发展的新学者”的罗小凤博士，在她发表于《诗探索》2010年第5期的《边缘之边缘的“突围”——新世纪十年来散文诗发展态势探察与反思》一文中，对于当时市场上流行的两种“散文诗年度选”列出表格仔细对比，对我主编的散文诗年度选坚持散文诗作品的“诗性品质”予以较高而切实的评价。

从中国散文诗的诗体建设而言，我创办《散文诗》并主编15年，主编“年度散文诗”20年，总共不间断的35年，就为做好一件事：为纯净和提升散文诗的“诗性品质”而努力。因此，我主编的这20本“散文诗年度选”里面的作品，虽然有个性和水准上的差异，总体上是诗意充盈的。

（三）

本书2020年度将继续征稿。凡当年在全国各报刊上发表（或出版）的散文诗作品均可应征。作品电子版请用Word文件作为附件发至：1204285699@qq.com。注意在Word文件图标下方写明“作者姓名-2020年度选”（例：“王玉柱-2020年度选”）。另：不论新老作者，稿件篇末均需注明发表于何刊、何报、何期，以及作者详细通讯地址、邮编、手机号、电子邮箱、个人简介。自留底稿，不复不退。如有新出版的个人散文诗作品集请寄1-2册至：湖南省益阳市赫山区桃花仑长坡路38号市文联邹岳汉收，并在书的扉页写明作者通讯地址、手机号。其书名、作者名和出版社、出版时间将作为新书出版信息列入年度选的“附录”。

截稿日期：2020年10月15日。

（四）

感谢20年来读者对我编辑工作的关心、鼓励；感谢20年来出版界，尤其是散文诗界的朋友们对我工作的理解和支持！

热衷于散文诗且颇有成绩的庄庄和游军两位，参与了本年度部分稿件的初选，希望今后有更多的年轻人参与比较寂寞、繁杂而颇有意义的散文诗编辑工作。

邹岳汉于益阳

2020年1月3日

卷 首

编者按：犁，古老农业文明的一个标志性名词，曾让多少诗人吟诵？而黄钺仅“嘘，它正在熟睡正在入梦正在回家的途中”这么一句，就把我们给牢牢抓住了，诗人有别于前人的审美角度和驾驭文字的才情自然显露。这犁，是古代的也是现代的，是物质的也是精神的，是物象的也是意象的，是平凡的也是神奇的……嘘，请继续读读《爱与灯》及其以下作品，你定会领略到扑面而来的不同风采哦。（邹岳汉）

■［广东］黄 钺

犁

犁成了打开大地和挺进春天的一部分。

嘘，它正在熟睡正在入梦正在回家的途中，请不要打扰不要询问不要请它到废品站一趟。路途无疑遥远也许是宋也许是唐也许是汉也许更在千山之外。嘘，尖锐是它的个性锋利是它的愿望耐磨是它的品德坚硬是它的原则沉默是它的气质沉重是它的格调生锈却是它的本能。十年前父亲一病不起它就在我家的墙角默默蹲下，父亲悄悄躲到山上它却傻傻一等十年。嘘，它早已不值钱早已不认识我早已忘记了使命丧失了血性身材走形意识昏沉，老屋在一场大雨中豪饮了两天三夜后它也一醉不起瘫软如泥。嘘，在前世它也许是刀也许是剑也许是箭沾过血带过泪作过恶，但这辈子它已放下屠刀立地成佛成了犁成了打开大地和挺进春天的一部分。

原谅它吧。

（选自《散文诗》2019 年下半月版第 2 期）

第一辑 年度十佳作品

选自《星星·散文诗》《天山时报·散文诗》
《散文诗》《钟山》《诗潮》《草堂诗刊》

■［上海］张 烨

爱与灯（三章）

爱是一艘由浅入深从梦幻驶向真实的船。

爱

在生活的海洋里，诱惑的海浪牵引人们的目光向彼岸遥望……远远的，仿佛真有一座圣殿向人们投来神奇的光芒，在人们的心中涌起向往的战栗。而一旦人们亲自驾驶航船经历了风暴险浪抵达梦寐以求的彼岸，所见的却是平凡无奇的疆域；这时候，蓦然回首对岸，悠悠的梦雾缥缈，反倒是美得令人难以置信了。至此，人们恍悟：爱是一艘由浅入深从梦幻驶向真实的船。

因为爱，人们变得深刻；因为深刻，也就感悟到平淡的真谛。正因如此，古今中外，几千年来人类歌颂着的爱与美从来没有脱离现实的复杂性。

灯

生活中有各式各样的灯。灯花是那么明亮、温暖，散发着生命的芬芳，闪烁着战胜黑暗的喜悦。太阳也是一盏巨型的灯，没有这盏灯，白昼将掉进无底的黑暗，世界永远寒冷。灯的价值是由于付出了爱与光明，不能想象没有灯的日子。

每个人心中都有一盏灯。点亮心中的灯就像天空拥有太阳一样重要。倘若你感到生命恐惧，心情阴冷、黯淡，倘若……那就是说你并没有点燃你心中的灯盏。要知道这盏灯的光焰能穿越你的一生，使你的生命充满希望，充满爱与光明。

生活中的灯都会熄灭，除了心中点燃的灯。

流 逝

记忆中的一个梦影轻轻走来，用雾一般朦胧、冷涩的手抚摩我的头发。

我真想告诉你：昔日的那双手啊温暖、有力、几乎能听到脉搏狂喜的跳动……

我凝视着镜中的自己，这头显得憔悴、萎黄的发丝，不禁感叹往日那袭光亮而富有动感、瀑布似倾泻的长发如今已不复存在……

你却对我说：你不要叹息嘛！　时光带走了青春的激动和幸福，幻灭了人生最引以自傲的神辉，但流逝本身也是一种豪迈，不是说释迦牟尼感悟了生老病死后，发大慈悲心、大勇猛心、大无畏心吗？生命像一条河，一边流逝一边进取，最终将归入无边的海洋。

（选自《星星·散文诗》2019年第1期）

■［北京］王金明

丝路笔记（组章）

河西走廊，像一个时代的破折号，指向下一个辉煌。

远远看见施恩的祁连山

借一只入定的苍鹰俯瞰，民勤以远，绿意踌躇徘徊，戈壁皱起山脉的眉头，敦煌壁画上的圣容寺，踅进御容山深谷读经，圣僧预言的香火，活了一千六百年。

峡谷，通常是上苍眼泪的通道，雪山的悲悯顺流而下，绿洲感染冻土。

源于南美的土豆，安居河西，它们按照怎样的编程，迁徙时间，金黄的皮肤里储备着黄金和分享。阿富汗的胡萝卜和消失的古罗马军团，沿着丝绸之路，越过宽仁的佛经和沙海，它们的后裔，远远看见施恩的祁连山。

辣椒染红秋天的村庄，也辣得秋风急喘，马群追撵爱情，绕过山脉的阻拦，杨树林向烽火台举起来客的音信，酒和羊肉，掏出珍藏已久的团圆。

哦，就在山脚下依湖夜话，捉来星辰，细嗅精神的水源地。窟窿峡泄露的天光，打亮永昌鼓楼记忆，谁要取经去向敦煌外，谁要传旨策马嘉峪关，谁要牵手骆驼，追随巴丹吉林孤绝的魂魄，谁的先人等在前方驿站，像我们从未走散的兄弟。

风一遍遍抚摩河西走廊的肋骨，渴望从瘦硬的石头里得到慰藉。

一只盘羊越过巉岩，驻足回望，我想和它交换内心的纯净。

你有多精彩，就有多孤独

你种植的诗意，如今依然粗粝得可以磨刀，你放生的传奇，也一直没有戒掉高歌的嗜好，浩瀚河西走廊，有多少沉埋和淹没，就有多少复活与重生，每一次都会打开一个壮阔的时代。

洞窟无水，涵养着烟雨、飞天和经书，驿路有酒，温热了马匹、航线和庄稼。

是谁，暗暗囤积着韧性岁月和火种？

是谁，以苍茫的名义，反哺苍茫？

是谁，擦亮了河流，山岗和祈盼？

是谁，让一条路连通世界的经脉？

牛羊吃剩的草根，依然还有春天的味道，深埋大地的脚踵，挖掘着生命考古真相，雄关的精神叙事，层叠垒砌，初心不改，行走和穿越方能抵达梦想。

鹰翅如铁，抬升了西部云层史诗的厚度，雪线陡峭，阻拦了荒芜再次拔高，沙石与历史把大漠推来推去，磨砺与锻造，才是命运的真理。

一个古老民族，有伟大的莅临，也有伟大的痛惜，就像瀑布撕裂巉岩，惊涛怒卷悲欣。厚雪覆盖了低洼处匿名的众生，但燥热的流水，终究要归于哺育的专业，如同狂野热恋的女孩变成了安详的慈母，你有多精彩，就有多孤独。

今年的春天多好啊，马群转过山坡，还听得见牧人的歌唱，苏醒的西部，仿佛能安置更辽阔的奔驰和人间的通达，包括我彻夜的遐想。

牲畜们垂首黎明湖面，饮完水又照了照今生的容颜，鹭鸟搅动阳光，完成了又一行清冽的抒情，云霞依然沧桑怀旧，日子却璀璨如新。

西出阳关，走在今天的传奇里

我要把自己的追寻，放进西部无垠的视野，倘无金戈铁马展男儿壮志，倘无十年离家千载守望，倘无执意独行至死不悔，倘无孤城不倒埙声不息，旷野苍茫山河峭立便为虚设，大地便少了魂魄和支点。

这样的舞台，不只长风浩荡凌厉，不只融雪催醒绿洲，还需要跌宕的命运咏叹，需要死在史诗中、活在石头里的主角，需要抵命催促的羯鼓，歃血西出的豪情，需要深埋的骨殖里不熄的磷火。

三千年，也许不比我刚才的一次心跳更长，因为，那一刻我想到了人类的生生不息和死亡；这戈壁不老，也不年轻，犹如地表上一块必然的伤痛；我和一只蚂蚁或一簇荆棘，就在这个痛点上，仿佛经历了生命原初的瞬间。

人具有的梦想，时间和空间都无法度量，我们以一生为步距，无数人连接起生命的长途，走向未知，用灵魂接力。

古老的西出阳关，走在今天的传奇里。

河西走廊，像一个时代的破折号，指向下一个辉煌。

我要寄给你飞翔的西北

有人前来执行石头的遗嘱，今天的史官记录了一行新生的白鹭。

流徙的云，无常的风，来去极尽偶然，但混沌中似乎有人，早已算出猛士的宿命。

驿卒送出的寥寥几字，压垮了烈马的脊梁，秋风中的骨笛声，楔进了岩壁，把此刻的粗粝和我的喘息，复制粘贴在信鸽的喙上，我要寄给你飞翔的西北，寄给你千万人用过的光阴。

过了嘉峪关无人能搬动的城堞剪影，我回望了一次中原，前瞻了一次帕米尔，然后像前人一样紧了紧肩上的羊皮口袋，把影子和人生伸向大漠；老胡杨，踮脚送行；驼铃，擦亮了前来会合的鹰翅。

疏勒河还要向西吗？死过一次的古楼兰等着你忠贞的诺言。

六百里后，已无地表径流的河，要潜回爱的昨天。

在执念的西北，我是那朵飞翔的浪花，一千次湮灭，一万次重生。

我留下的朵朵蹄花绽放

过于辽阔的视野，让我疲倦也让我眩目，太多来自泥沙和石块中的问候，让我迟钝，也让我惊醒，残酷和美并存这暮色里。

枸杞投身的酒，沙海里浸泡的行踪，山尖上痛彻的银白，西部还有能醉倒半生的莽苍和雄浑。

我把自己也扔进凛冽风中，让沙石磨砺胎记和骨头，我无限接近死亡和新生，呼吸中饱含尘土和野性，我曾经的苦难和挫折都已失去分量，一切变得越来越轻，一切又似乎越来越重，而我一直渴望着生命中不能承受之美。

多少事物进入了它们热盼的自由，我跃上马背，像一片树叶飘在空中，也像一支响箭，射向梦幻。人类的海洋，涌动古老的波浪，在蛮荒以外，发出低吼。

我留下的朵朵蹄花绽放，一定会有人看到，这新鲜而动人的时刻。

捧出一块崭新的翡翠绿洲

多少烽燧已成休止符，长歌驶过，留下山前洪积扇，留下西部幅员辽阔的秋天。

雄鹰心中的城堞也有翅膀，砖石的缅怀飞越戈壁和关山，肉身的城门像流泪的眼眶，看过去，千里故人，一封来鸿，看过来，十万铁骑列阵，已然整装待发。

需要在寂静中倾听，沉潜如一块岩石，蚂蚁的咳嗽被放大至奔雷足音，前朝的飓风缩进一块遗骨，古城熙攘从容，发出英雄安眠的鼾声。

沙丘的胸脯，恋爱般起伏，柽柳丛中，一只沙鼠哺育儿女，告诉它们今年春天的路径。

在这富含宝藏的语言长廊，疏勒河、黑河、石羊河像三册族谱，支持我把泥沙和碎瓷还原成丝路；乌鞘岭、马鬃山、阿尔金山像三位寡言的父亲，送我远行，也接我回家。

河西儿女耕耘故乡和幸福，和他们在一起，也许只需一场好雨，我就可以抟出一块崭新的翡翠绿洲。

（选自《天山时报·散文诗月刊》2019年第12期）

■［北京］梦　阳

黄河故道，秋风吹彻（组章）

她望了望，世界那么远，仿佛曾经的黄河……

夕阳下，一株野芦苇

谁会注意到这被秋天遗弃的孩子，在夕阳里顶着白纱巾。

有仓的都已归仓，有巢的都已回巢，只有她，打着赤脚站在老黄河的背后，仿佛一个憔悴了的隐喻。

风中，她低了一下头，故道便一下子辽阔起来。

风过了，她直了直身体，擦燃了洁白的光芒，那被秋意劫持了的乡村，便被打捞出几声缠绕着炊烟的犬吠。瞬息，村庄便开始复活。

她望了望，世界那么远，仿佛曾经的黄河……

日　落

一口气，秋风把故道吹得比辽阔还辽阔，比荒凉还荒凉，谁也止不住。

苍鹰，逡巡着为生灵导航。

鸦影忙着缝合西天的伤口，沙砾中爬行的蜥蜴红着眼睛。

一队浩荡的蚁群，摇晃着，剪开了大堤上完整的光影。

秋风加重了内涵的荒草，粘在夕阳上。龟裂的河道漫无目的地走向无垠，一头孤独的老狼仄着身子楔进了时间的缝隙，一下楔住了黄昏。

一声鸟鸣，飞翔着，擦拭着故道的夜空，一颗早亮的星子痛苦地晃了晃，内心充满了沉重的忧伤。

一朵野菊花，开在大堤上

是谁，让大堤托举起这个季节最后一道黄色的闪电？

河汊里累瘦的流水把故道的秋意擦洗得意境幽深、辽远。

河湾里沉默的老人坐成了一株干草，头顶着早晨的霜花。远处是谁的羊群，静卧成落地的云朵?

空荡荡的古河道里，秋风在忙着清扫体内积累了一夏的炎症。

面对着这一切，野菊花，轻盈地举着小小的灯笼不说话。没有谁知道，它才是这个季节最真实的清醒，以金属的质地提升着季节的深度，并让白马从怀抱里纵情踏过。

它和脚下古老的碎陶罐一样，一直都不曾喊叫一声。

秋风辞

一口西风，吹熄了枝头上所有的花朵，苍茫的故道，再也举不起一盏像样的灯笼。

稻草人，站在和自己一样孤独的故道上，一低头，秋天便空旷起来。

长堤上的窟窿，张着掉光了牙齿的嘴，打了一个冷战。

抱团取暖的白草，在枯树根旁咬一下牙关，又咬一下牙关。

河底的卵石滚着跟头，也不说出季节最后的秘密。

最后一枚黄叶，来不及喊一声，就从枝头坠落，故道深处响起空荡荡的回声。

沉重的暮色里，高举着干硬手指的钻天杨，为故道接通了抵达天堂的路。

断堤处，一位僧人

霜，沿着大堤的胡须行走。

羊群，低头吞噬着晚霜。

洁白的狼头骨里，一株草探出头来，面对倏地抵临的冷风，猛打了一个喷嚏，故道惊得一抖。

红眼睛的大蜘蛛，慌忙赶来缝补季节的漏洞。

扇落夕阳的灰鸟，在大堤的尽头滑翔出一条浅浅的地平线。

断堤处，一角僧袍起身，轻轻压住漏进来的晚风，诵经声里，一钩新月从故道钓出苍茫的夜色。

黄　昏

长河不再，落日不圆。

风，推着暮云；鸟，牵着夕晖。

故道，酣睡成孤独的豹子。

大地，陷入一种无言的禅静。

僧人一言不发地赶着路，走一步，夕阳落一下，再一步，夕阳又落一下。暮色，在他的背上扛着。堤上的枯草满目苍凉，最狂的风，也不能把它们的沉默吹响。

一朵野菊花晃了晃，暗香，便把整个故道的黄昏擦亮。

瞬息，满河道的月光里，万物，呈现真相。

（选自《天山时报·散文诗月刊》2019 年第 11 期）

■［上海］章德益

动物园物语（组章）

我孤独的影子是动物园里最年长的管理员

一个人是一座完整的动物园。头脑是笼子。思想是飞禽。欲望是隐形潜伏的兽。人性是动物园四周环绕的假山、喷泉、锈铁围栏与装饰有广告牌的塑料花园。四周经过的人都是动物园爱好者，他们每天穿越我生命的围栏参观我的存在与欲望。身体像一道低矮围墙沿我影子的地势在内心地貌中蜿蜒，环护着一个人小小的隐私与自我。我孤独的影子是动物园里最年长的管理员，每天无日无夜地巡视园区，还必须在月升时刻用一把钥匙把所有猛兽锁牢在我的七情六欲与喜怒哀乐里，防止人性出逃而成兽性，或者兽性出逃而伪装成人性。给动物送食料的高大货车每夜穿越我内心的后门进入动物园（那里有我的一张面具看门）。那时，送货的司机会听见猴山上一声又一声模拟人类箴言的叫声。那是我新写的诗句。

城市夜曲

夜。众多眼睛划着手机的舢板在城市大街的五光十色里漂流。

从面膜里升起的苍白面孔，散发着水母与海蜇的淡淡腥味。

美人鱼一尾一尾从口红与胭脂盒里游出来，登陆成脸上的嘴唇，或者搁浅在柜台与酒杯、钱包之间，吐着鱼族的泡沫。

领带垂钓红唇。眼神波诡浪谲。口袋是漩涡，手势是漩涡，人心也是漩涡。漩涡里漂流的咖啡杯与烟灰缸都是沉船。霓虹灯把漩涡上的钢筋水泥都装饰成空中的珊瑚礁。

月亮在垂钓诗人。但它只钓起一件老式风衣。风衣口袋里探头出来的宠物狗咆哮出波德莱尔的《恶之花》，与钟摆对着暗号。

春天随想

毕竟是春天啊。连昨晚留在我家阳台栅栏上那个翻墙而入的贼人的三枚指纹，也嫩绿成三片美丽的树叶了！

当我把它们摘下交给警察时，警察们手握这三片临风摇曳、幽幽飘香的滴露指纹，啧啧称奇！竟也嗅闻着，欣赏着，惊诧于春气之浓烈。

此案告破时，已届秋季。

想那被抓获的贼人，已烂熟成一颗人类的果实了。

显影液

朝木乃伊身上滴一滴显影液就显现出一条风干的尼罗河、一座金字塔、一队骆驼与一棵飞翔的棕榈树。朝死者的影子滴一滴显影液就显现出一蓬胡子、一个名字、一只手的骨骼、一群细菌与一颗大理石的心脏。朝脑子里滴一滴显影液就显现出一轮太阳、一艘船、一片沙漠、一座迷宫与一只遍身长满苔藓的蜥蜴。朝一粒骨灰里滴一滴显影液就显现出一张婴儿脸、一个笑容、一滴精液、一只乳房、一朵火焰、一只子宫的剖面图。朝一条干裂的河床里滴一滴显影液，岩石里就游满了鲜活的鱼，从金鱼到鲸鱼。空灵的水在空中舞蹈，但不留下水渍。

而我朝我的灵魂滴一滴显影液，却什么也没有。空白。只有一尾透明的咸鱼游在一块盐晶的水晶墓中。远方是无边燃烧的腐烂的海洋与地平线。

钟表店

岁月能修吗？记忆能修吗？嘀嘀嗒嗒的时间之逝水能修吗？你看，闹钟已被拆卸，钟罩已被摘去。钟盖已被卸下。十二个时辰在空空钟面上冰冷窒息，胡乱排列。时针枯萎。秒针逃亡。分针骨折。钟摆缠着绷带，一瘸一瘸。钟锤口吃，支支吾吾地胡乱报告着不知哪个世纪的钟点。一大堆钟表发条如造物主消化时间与人类的小肚鸡肠，狼藉一地。是闹钟吗？啊，那曾经振聋发聩的满屋吆喝呢？那曾经满世界导演历史悲喜剧的精准报时呢？时间的庞大阴影里枯坐着钟表店老板的瘦小背影。从背后看，像上帝。从前面看，是魔鬼。

（选自《散文诗》2019年4月上半月版）

■［北京］周庆荣

潜推理（外二章）

按照推理，许多没有变成青蛙的蝌蚪就失去了开口的权利。

在我经常散步的湖畔，有一片低浅的水洼。我没想到一周后的芦苇它们的叶片已经可以卷成苇笛，芦苇的根部无数簇蝌蚪，它们如同放大了的地面上蚂蚁的兵团。

让我推理的起因如此简单：一个身穿灰衣的男子，用尼龙细网捞起一桶蝌蚪。

太阳正在落下去。

无数个黄昏之后，多少青蛙是在今天失去了它们的童年。蛙鸣和夏夜的关系，这些蝌蚪早已学不会叹息。

雷声前通常闷热，青蛙跳水，青蛙集体鸣叫。

当雷声真正炸响，小生命一起沉默。

蝌蚪在蝌蚪时就已经沉默。

它们没有了后来的成年经历，没有了责任、爱情和捕捉害虫的义务。水洼边上一排垂柳，每到夏天，总悬挂各种颜色的害虫，它们一失足，就会落进蛙口。而很久以前的这个黄昏，按照推理，许多没有变成青蛙的蝌蚪就失去了开口的权利。

水洼中央，有十数枝荷，荷叶展开时，我经常看到上面的蛙。假如荷花在这个夏天正常开放，其余的青蛙会如何回忆这个黄昏？

推理一：它们是没有记忆的蛙；

推理二：总有一些蛙注定看不到世界会有纯洁的荷花；

推理三：因为数量的减少，蛙的世界没有了竞争；

推理四：蛙鼓太响，人类中早有人给未来规划了安静；

推理五：省略了丰富的可能。

夜深的时候，我独自站在昨天黄昏的现场。

我决定从此不穿灰衣。

立篙为岛

秋前最后的汛期里，河水加速流动。

立于一叶小舟之上，撑篙。

应该逆水行舟还是随波逐流？我看着自己的这双手，左手握过坚持，右手握过勇气，也曾把左右逢源误握为真诚。

现在，我双手握篙。

天哪，请原谅我继续幼稚的固执。我准备接受一切的后果，不做一个随波逐流的男人。

我知道自己将来一定会对晚辈们说：只有逆水行舟，才能力争上游。

今年秋汛，雨水丰富。

洪水显然要冲走积累已久的沉淀。

我双手握篙，让小舟立定！

泥沙俱下的河水气势汹汹，也有人在溯流而上。

我紧握着篙，让小舟停顿如岛。

我的姿势如禅定，不前不后，不上不下。

鱼鸦在水面掠过，小岛在水的中央。

（选自《钟山》2019 年第 2 期）

■［甘肃］扎西才让

桑多镇的男人们（组章）

幸亏还有星辰悄然出现，照见了他的归途，照见他的女人

1. 面对叛逆的女儿

卓蟆正在削苹果。锋利的小刀，瞬间就使皮肉分离。

然后她抬起头看他，眼神犀利充满挑衅。

他不敢和她对视，不过，他还是记住了她的乱发，黑色脸颊上的健康的红晕。

他还记住了窗外牧场上的残雪，皮毛邋遢的牛群，和那只暗暗成熟的禁果：她刚刚与情郎私奔回来。

作为她的父亲，他强烈地感受到四十年来未曾体验过的挫败。

面对叛逆的女儿，他倒成了做错事的孩子。

2. 牧人的锅庄

他跟着他的女人，加入了名叫锅庄的圆形的舞阵。

他抬脚，扬手，转身，顿足，甩袖，发出轻呼。

他瞥见女人的黝黑的脖颈和粗壮的腰身。

三十多年了，女人始终陪伴着他。

三十多年了，他与岁月一起，把她从天仙般的少女，变成了失去奶水的粗糙的老妇。

当他俩渐渐步入舞阵的中心，他再也无法适应那极速的步履，跌倒在她身上。

众人善意地大笑起来。

他抱住了她，露出三十年前的羞涩的笑容。

3. 角力

他盯着那个男人。

灯光下，黑猫酒吧里人头攒动。

他们较着劲，把桌子上的啤酒喝完，打嗝，瞪眼，用粗糙的手掌擦拭嘴唇，又要了一扎子。

事情变坏的那晚，他和好多男人都是对手。

后来他醉了，昏睡在水泥地上，四个男人把他抬回家。

他的女人哭红了鼻子，跟着最后离开的那个男人走了。

——事情变坏的那晚他就失去了她。

——事情变坏的那晚，她就投入了别人的怀抱。

灯光下，他昏迷，苍老，脸肌松弛，终于醒过来，但又不能离开：他才是被人遗弃的。

平生第一次，他明显地感受到了活着的失败。

4. 归途

她在昏黄的斜照中终于认出他来。

她认出了他的狂热，他的幻想、挣扎、懦弱和无助的透骨的苍凉味儿。

她说：“回吧，趁你还没死在路上。”

他靠在酒吧后的南墙下，想找到可以依靠的东西。

他花了二十年来反抗命运，而今却像一摊泥，倒在失败里，那战胜猛虎的勇气早就飞逝。

她说：“回吧，趁你还没在我眼前死去。”

她的声音仿佛来自故乡，又仿佛来自地狱。

他想勇敢地站起来，那天色，就忽然暗到了心里。

幸亏还有星辰悄然出现，照见了他的归途，照见他的女人：像棵干枯的树，陪伴在他的左右。

5. 只我们还爱着这里

从高原的天空里看桑多河，肯定是舞动的长长的银色丝带。
在斜阳桥上，我们看到的，只是一条腾挪而来的碧青的蟒蛇。
从银幕上看桑多一带，那肯定是众神出没的仙境。
在斜阳桥上，我们只看到广袤的桑多，被大雪渐渐掩埋。

仿佛此地是个起点，有人去了北京，有人去了西藏；
有人点燃了内心的野火，头也不回地去了国外。
只我们还爱着这里，和家人一起上街，一起登山。
在雪地里堆出个小人儿，想减轻心里因为伤别而频生的疼痛。

6. 猎人之梦

在桑多森林里，做那猎人之梦——
松涛引来的狂风，将山上奇异的色彩，旋转成了旋涡。
狂风也解除了昨日的咒语，让它回到施咒者本身。

然而梦醒了！

被觊觎的麋鹿，还熟睡在洞穴里。
被跟踪的野猪，还深匿在密林深处。
我秘密种下的疾病般的树木，已经在黑夜里长出青铜似的枝条。

7. 九个小时

她说：“趁着天黑，我们赶紧走吧！”
他找来褡裢，装进牛肉干、糌粑、酥油，和两只木碗。
她说：“趁着天黑，我们赶紧走吧！”
他牵来儿马，配上雕花金鞍，和一袋豆子。

她说："趁着天黑，我们赶紧走吧！"
他却登记好房间，把她抱进屋里。

此时，黄昏已经过去，子夜还未到来，
当然，人世的太阳，还在地球那面一个劲儿地往前巡视。
这面小镇居民，距离黎明，还有整整九个小时。

（选自《星星·散文诗》2019年第10期）

■［湖南］吴昕孺

窗　外（组章）

每一片树叶都死于飞翔，或者死于对飞翔的渴望。

1　世界更远了。从窗口看过去，空无一人。

我仿佛成了一类被灭绝动物的最后一只，觉得未来的日子过于漫长，百无聊赖地等待着命运的收拾。

窗外，蝉鸣急促如雨。这些声音喧嚣却身形缥缈的幽灵，依附在树干上，隐藏在枝叶间，匪夷所思地唱着同样腔调的歌。

那是另一个世界。

忽然，一棵苦楝树以特写形式占领我迷蒙的视野，我窥探到那歌声的源头，它像一座袖珍城堡——宽阔背脊上披挂的黑色铠甲，酷似神父的披风——它以永不停歇的方式，躲在对某种战事或某一教义的沉湎里，它沉湎于不可见底的空洞中，但牢牢抓住了树干。

我全身浸满苦汁，并长出小小的、圆圆的、有毒的果实。哦，生命所必需的苦与毒素让我复活。

再次望向窗外，依然空无一人，眼里却蓄满万物。

2　一片效仿鸟的树叶，必然坠落。

舞蹈和沉默都是树叶的本分，飞翔不是。但每一片树叶都死于飞翔，或者死于对飞翔的渴望。

飞翔需要翅膀，树叶没有。它们唯一的办法，是将自己单薄的身躯当作翅膀，这也注定它们只能享受一次飞翔。那是致命的，却又是重生。

当看到那片位于樟树顶端、仍十分翠绿的叶子，奋不顾身地跃下枝头时，我震撼于它的决绝。它穿过很多层枝叶，没有谁能够挽留它，也没有谁挽留它。整个树的其余部分都对它庄重地行注目礼，因为从此，它将是独立而自由的，它成了一只鸟，它可以飞了——虽然是飞向枯萎和死亡，但没有什么东西能够避免这样的结局。

它在树上，看到了全部天空。而现在，它拥有全部的大地。内心藏着一只鸟的树叶，你永远能听到它们翠绿的叫声。

3 阳光泼在树叶上，把树叶淋得透湿。这个意象只适用于晴朗的清晨。光线和水汽，以及树叶刚刚醒来的状态，构成这幅如梦如幻的画面。

这样的画面赐予日常物事某种神奇，渐渐形成生活中最大的悖论：日常的就是神奇的，或者说，神奇其实是一种日常。鸟飞过天空的痕迹，蝴蝶扇动翅膀的波纹，一条鱼跃出水面的优美弧线和发出的清脆声响，都会赋予这个世界别样的神采和意义。然而，它们悉数被纳入日常的范畴，被一双双眼睛熟视无睹。

美，常常是被看没的。

不看，它反而在那里。

我们什么时候去细心体会过一粒灰尘中那辽阔恢宏的宇宙、一枚鸟语中那囊括所有音质的华丽宫殿?

当阳光像漆一般泼向树叶，给那密集的绿色镀上一层灼目的金黄时，我亲眼看到神迹的消隐。然而它的轮廓，永远在对面的荆棘丛中晃动，仿佛一束你无法看到，却能感受到的火。

4 每一片叶子都像嘴唇，能发出声音，能唱歌。几片或更多的叶子，则可以形成一部部交响乐。

风，就是叶子的歌声传到远方。

当风从远方回来，叶子认不出这曾是它们的歌声了。它们默然相对，互不接纳。叶子关上了自己的门，像紧紧抿住的嘴唇，甚至像一叶守住自己锋刃的薄薄的刀片。找不到家的风，越来越急，越来越猛，它们紧紧揪住每一片叶子，不断地摇晃和推搡着它们。

很多叶子从树上掉下来。满地散落的音符，满地乌青的嘴唇。叶子在临终之前，小心卷起自己的刀锋，并悄悄割下风的一抹衣袂。

它在那抹衣袂里认出了自己的歌声。一道奇异的柔和之光，从它哀婉的眼神里一闪而过。

所有歌声都具有魔性和神性。歌声是上帝的吟咏、魔鬼的叹息。它用最轻的声音告诉自己，然后安稳得就像劳动后的一次休憩。

（选自《散文诗》2019年11月上半月版）

■［上海］任俊国

角　度（三章）

从另一个角度看，虫洞是我们浪费掉的那部分光阴。

虫洞的角度

从另一个角度看，虫洞是我们浪费掉的那部分光阴。

蜜蜂、蜻蜓只是幻影。

蝴蝶在时间里埋下伏笔。它产下卵，在恰当的温度下，孵化成幼虫，以叶为食。

叶子并不浪费光阴，它生长；而幼虫也不浪费光阴，它啃噬。

虫洞扩大，一片叶子的生命在瓦解。

时间构筑的一片思想，成为时间幼虫以毁灭方式构筑理想的基石。

幼虫并不会全部啃食掉一片叶子，它必须留下部分叶子以便自己走出虫洞。很多时候，我们诅咒幼虫，也曲解叶子的牺牲，我们希望保存叶子的美好。事实上，叶子以牺牲来实现自己的理想——时间之水继续流逝，幼虫啃噬更多的叶子后，作茧成蛹，然后羽化成蝶。看见蝶恋花了吗？蝶在传粉，帮助生长叶的植物繁衍后代。

花，是有虫洞叶子的伏笔照应。

种子才是叶子最高的理想。

很多时候，叶子的理想是在另一株植物上实现的，给我们指示了另一个角度。

事实上，虫洞还是一个物理学的宏观概念，是连接两个遥远时空的隧道，暗物质维持着虫洞出口的开启，可以瞬间完成时间旅行。

是毁灭，也是新生。

灵魂的角度

凡·高不是太阳。

凡·高的灵魂是太阳。他用他的思想，一次次粉刷大地，直到金色铺满他思想的边缘。直到他的调色盘上的金色不够用时，就赤裸地掠夺太阳。

直到收割者席卷大地上的金色。

直到金色席卷整个天空。

凡·高放弃了自己的收获，只保留一枝饱满金黄的向日葵，把生命力开到最美，最炽热，然后走向火焰。

当人们找不到角度进入他的思想时，太阳是他灵魂孤独的城。

他控制不住自己要把灵魂全部掏出来构筑自己更高的城，然后以遗忘的方式销毁它。

过程比结果，伟大。

凡·高渴望生活，以灵魂为火把，照亮19世纪的天空。

当我们不能承受一朵向日葵的光和热时，请摘取一枝金黄的麦穗，插在灵魂的边上。

灵魂的角度可大可小，但组成角的两条边一定要是射线：你所看到的面积才能足够大。

并不垂直

老港口的老帆船，静静地回忆通往欧亚非的那些航线，那些荣光。

那些风暴。

老帆船想要鼓起已经落下的帆，想要张开已经破旧的翅，一直努力着，努力着。当教堂的钟声传来，一切又回归心平气和。

老帆船继续关心大海上的消息。

在这个时候，太阳通常会沿着热那亚老城区拾级而上，缓慢穿过老城门，在一幢石头房子面前做较长时间的停留。房前的橄榄树已做好了迎接旱季的准备。

而房子曾经的主人，一直在做搏击大海的准备。

哥伦布，一个属于大海的名字，就那么随意地张贴在青藤漫漶处，斜对着一条短巷和一条长街。青藤如碧浪，出发，还是归来？

我抬头，地中海的月亮已挂在半空中，而阳光依然强烈。热情的向往和冷静的思路可以让理想走得更远，比如地理大发现。

而故居，与短巷和长街分别保持着小于90度和大于90度的姿势。从这里出发，再小的角度在远方都将辽阔，再大的角度归来都是原点。

故居，是哥伦布一生的伏笔。

故居的背后是宽阔的总督广场，衬托出一个时代的波澜壮阔。

每一个站在漆黑大门前留影的人，必须与将要前行的方向站成小于90度或大于90度的夹角。

两个角度，两个未来。

（原载《诗潮》2019年第2期）

■［浙江］苏建平

苏轼的怀乡日记（组章）

题记：梦中偶得东坡日记。世未传。揣其一生漂泊，心系眉山，故择其句，以今人之白话出之。

嘉祐二年（1057年）某日，在东京汴梁……

京师扑面而来，空气中充满了看不见的灰尘。人嘶，马踏，混合着街边小吃店里溢出来的香味。旗帜猎猎翻卷中，一阵阵铃声，压不住一只绿头鹦鹉的滑头学舌。赶考诸生的脚底飘过硬朗的石板路，小厮们忙着打点和引导。这些书生，灰尘上衣，而脸面光洁。大街南北东西，宽阔通达远方，或将远方通至京师。这里成了一个光怪陆离而又色彩缤纷的大舞台：展览着各种服饰，各种语言，各种神情，各种愿望。京师，总是未名的，未知的……这碌碌尘世，跟眉山一样的尘世……而青山绿水的眉山远在千里之外。它寄身于明月之中。

熙宁二年（1069年）某日，在东京汴梁……

白天滔滔，夜晚安宁。重回京师已有多日。蜡烛的芯子在火中变粗，爆裂开来，这内室也随之摇晃起来。父亲卸下了所有的担子，交付与我。他已习得通过死亡而永生。何为“轼”？一辆车与一个人的关系，如此深奥。有时内心深处，竟感觉非车非人，恰如一匹被套住的马，一匹被驱遣的马，一匹不得不负重的马。此刻窗外起了大雾。而京师亦不可辨。而风浪亦紧跟在后。今天，一个老师被驱离出京。王安石的新法如暴雨，内中藏有不可猜测的拳头和刀剑……时移势易，十二年前赶考时轻快的脚步，骤然沉重起来……此出眉山何时回？

熙宁六年（1073年）某日，在浙江杭州……

京师已远。这很好。这春天的吴山！这奇异的胜地！法惠寺横翠阁在一片无尽的春光中，朝与暮跟着吴山一起变化万端。我不由得想起眉山的春天，眉山的朝与暮。一想到眉山，我不可遏止地写下了诗篇：“人言秋悲春更悲。”那是人所不解的。由它去。我所欣慰的是，那些墨水仿佛自己流淌到了纸上，像雨水在大地上书写沟渠和溪流那样，形成了不绝于心的歌唱。我且拿去与闰之、朝云共赏……她们对眉山所忆，几何？

熙宁八年（1075 年）某日，在山东密州……

你这眉山之女，将脚步停在了治平二年五月丁亥日。眉山的清秀你已得见，京师的繁华你也得见。卒于京师，终葬于眉山。你仍是那有福之人（而我未知如何）。你在另一个世界，仍凭锦绣慧心将生活化为了梦的艺术。十年来，我只有在梦中才能找到你的足迹，重新看到你的面容。在梦中，你“小轩窗，正梳妆”。在梦中，我们渴望交谈的喉咙，却发不出一丝声音。在梦中，你和我，一起流下千行泪，那是沉默允许我们交换的唯一礼物。在梦中，你面容未改，我却已“尘满面，鬓如霜”。我用一个身体度过两种生活……我不能尽诉我的内心，但我仍要说出你的名字：王弗，眉山女子，去世十年后，唯一的儿子苏迈，长着跟你一样的眉眼，长大成人。

元丰七年（1084 年）某日，在江苏常州……

你果然遁地而走了，苏遁。一周岁对你都太奢侈了。你这夭折的人，尚未成器。你还没有枝，没有叶，没有摇曳，没有树荫。你离童年的滋味那么远，远到无法跨越生死。你使我们的哀愁变成双倍。我未能使你像一棵小树那样种下来，却让你一路面对莫名的黑暗，从黄州颠簸到汝州。现在我在常州哀悼你，用我这颗又老又伤的心。一个人的故乡，既来自根，也寄向那嫩叶。你这未满周岁的嘴唇，尚未学会说一个字，更永远不会去眉山了。我离开眉山已那么久。那里的风物，化成了我的血，也化成了在世短暂的你。我只有回忆眉山，才能把你尚未产生的愿望交付给眉山的草木。你这嫩叶，你这幼芽！你的童真，跟眉山的草木一样脆弱而美好。

绍圣四年（1097 年）某日，在海南儋州……

早上出门，灌进一口咸味。晚上进门，带着更多的咸味。那咸味，渔民们代代相传，如饮醇酒。这种味道适合我这衰老的身子。这真是奇妙的经历。它仿佛早就在此等候我的到来。我这老病之躯，已回不了眉山了。它近在我心中，又远在千里之外。自守父丧三十年来，一去京师，离眉山越来越远。人越老，梦越多。眉山在哪里？它肯定在蜀地，在一个人来人往的空间，依然青山绿水，可是对于我，它只存在于没有形状的时间中。我一辈子的所有体验是：所幸，时间和空间可以相互转化，正如我的诗文，在我的肉体于空间中消失之后，必将在时间中代替我生长。眉山啊！回与不回，均回归时间。那也许是更古老的故乡。

（选自《草堂》诗刊 2019 年第 4 期）

■［四川］亚 男

与荷书

清除掉夏天的浮躁，让月光在荷的唇上，绽放不老。

1 那么好的身段，从宣纸上冒出来。

正是夏天。一丝婉约的凉风吹过，久久地站在宋词的水墨中。时光铺下的绢，笔触细腻，而那留白，在窗外。

怀上荷是需要勇气的。

即便古人常常在长衫的袖口中，点画月光，也有一池清澈，但一定少不了天的蓝。

素衣的荷，在古岩上，盛大又浩瀚。蜻蜓落在了荷塘。

往往又深陷苍茫。悲悯宣纸的厚薄，抵御西域的凛冽。

即便，有些疼痛和孤独，也掩饰不住妖冶。

深入茎。一声声鸟鸣，越过千军万马。

一袭白，浅唱的窈窕陪伴一曲琵琶的宏阔。你轻轻拨动着月光的白，笔墨到了夜的深处，一杯怀旧，从我的唇边滑落，

也不会忘记西域的烽火。

一箭匈奴，点燃荷，点燃兵器，上演一场英雄救美。

比起一个谦谦君子，在五月要穿越的辽阔，

更有声势。

2 画在绢上的五月。

从长安出发。一支箫斜倚在窗前，你宽松的白，怎么也掩藏不住。

一路的颠沛流离。一池荷塘亭亭玉立的风声，有一阕宋词在婉约的路上生起了篝火。

你的眉目间缓缓流淌着出淤泥而不染的气节。高挑的一支笔写下万马奔腾。不是项羽和虞姬。握在我手里的剑，挑破了历史。

又一个燃烧的五月。遥望长安歌舞升平。

我在遥远的蜀地，望着一池荷塘。生性柔和，

锻打出今夜的月亮。

一声忧伤洞穿。

恰是皎洁的月，在我窗前诉说着那一年的五月。

我在荷塘边守候着你，守望着古岩上迟迟没有盛开的莲，守望着莲瓣酥软的质感。一缕缕风吹着，一会儿雨一会儿晴的天气，收复了我的疆域。尽管早已千疮百孔，但你修筑了工事。

一切的外来入侵都只能妄自菲薄。

3 沏一杯宋词。

一池饱满的荷塘，密密麻麻的简约，我怎么轻易就把你拥在了怀里。

过去的留白，我不用解开时光的深奥，一下就触及了酥软的词义。一片叶和另一片叶在绢上的叠合。

多么默契的笔法，在小提琴的琴弦上，

一辆战车停靠在人间。

五月不断叠加，线条在奔腾。从远古，

到当下。我以为的人间刀光剑影就是演绎宋词的深意，演绎肝肠寸断。

不过，我还是相信苹果的色彩，一小杯的醉，比起大剂量的毒要凶猛。

五月，我一口一口喂给你从古代遗留下的养分。

这是一个无法复制的五月，你的胃口略带一点宋词的含蓄。

中年的荷，吐出来的蕊，有琵琶在弹奏。

那个夜晚。我紧紧抱着就没再松开。

4 江南与西域的气候反差，与一杯宋词的余温相似。

从上午十点到下午四点，猛烈生长荷尔蒙。

水墨浸润古典的马蹄，一刻也没有停歇。一片荷叶不断深入，荡漾。古代的战马一跃而起，苍茫间，我的辽阔在一阕笛声里点燃烽火。我从磅礴的雨中回到人间。

那条悠长的林荫道，在先人的指点下，荷塘愈来愈茂盛。

石板上镶嵌的哲理，一步步向上。

战事骤然紧张。

可以缓解我疼痛的只有这一片荷叶。贴着水面，隐藏了涟漪。

久久望着荷叶上的蝴蝶，也许那正是在化蝶。我梦见的白娘子，接受了五月的煎熬，是否能够躲过一杯雄黄酒？

你身上的蓝，正好。

我亲吻着那片荷叶，多么深入骨髓。

我不需要想起霸王别姬，也许貂蝉就在荷塘边。

自然这一刻挥洒的不是英雄泪，而是小女人的情与爱。

一片荷叶的婉约和优雅，在宣纸上入木三分。

5 那个远去了的夏天，在宣纸上留下一些疼痛的气息。

一叠与荷书，缓缓打开。浓墨化不开的五月，我一再写下的荷，写下我这一生唯一钟爱着的荷。远古的池塘早已干裂。一张宣纸备好了赞美。

我们彼此亲吻过的叶子，在战栗。

轻轻的一笔，身披婆娑。

袅袅的歌声，穿一层薄雾。宋词悄然而至。

由此而虚无，而疼痛。五月太过浓烈。只有荷的平心静气，

再一次绿着。即便清清淡淡，也许从有了水墨这样一种方式开始，荷就生活在宣纸上没有谢幕过。尽管我只能依靠回忆来描画，但每一笔都是那么的坚定和自如。

让我在你的唇上取火。

五月大片的荷，只剩下一对翅膀，任由我飞翔。

请原谅我，有时我突然觉得很孤独。

因为冬天原本紧紧挨着的荷，转眼就生疏了，东倒西歪在荷塘里。

都说荷叶是一剂清凉，但我饮了荷叶，却没见退火。一天比一天旺盛的火，每天都在燃烧。我只能在每一天，都让这些文字贴着我。

很多天，都没有你的消息。

无名的火，在一张宣纸上，把那些留白烧得尤为声势浩大。

6 一曲荷，在丝路上。

我抵达的远古，在维也纳，有一条蓝色的河。蓬勃的荷花，适应了季节。植根于西方的美学，圆润的曲调，也有一方澎湃。

我站在教堂前，从我胸腔里跋涉而来。舞蹈的火焰高过教堂的钟声。

质感深邃的音色，铺展开来的月光，路上的人生哲学一直通向阿尔卑斯山。

有谁相信积雪会给一枝荷以膜拜的身姿。

一再回忆楼兰，忧郁的根深藏在硝烟中，看到的只是一枝荷在充足雨水培育下散发出的超凡脱俗。很多夜晚我弹奏着我的灵魂，

随着月色，一直潜伏。

苦命的荷，没有了宫廷里的雍容华贵，但一点也不失婉约和优雅。

每一粒莲籽，都是我等待的理由。

你会再生，再生成我所要的模样。穿一阕蓝的奔放，

将古老的河放纵。

很多时候，我坐在荷塘边。

清除掉夏天的浮躁，让月光在荷的唇上，绽放不老。

荷在西域，生下一对儿女；月亮打一对银镯，不管你走多远，我都会找到

你。遇见是我这一生唯一的选择。尽管历经苦难。

你简单安置。

夏天一到，就有着幸福的模样。

我不去想关于秋天的事，那些有些凌乱的笔法，一再累得东倒西歪，也不忘在宣纸上扶起月亮。

（选自《天山时报·散文诗月刊》2019年第6期）

第二辑 “我们散文诗群”新作(16家)

■[北京]周庆荣

黎明的心(外二章)

你是否有明天，取决于你是否具有一颗黎明的心。

任何黑暗，都会有坐在黑暗中的人。

你是否有明天，取决于你是否具有一颗黎明的心。

八月的第二个凌晨，闪电在窗外舞蹈，雷声如重锤击打着沉闷的夏夜。

此刻，我灭灯独坐。

那些漫步的，蹒跚的，疾走如飞的，都是我在白天看到的行走方式；

那些开花的，结果的，以及被不断修理的植物篱笆，事物在各司其职。

远处田野里的庄稼和粮仓在交谈，我愿意被我看到的一切鼓舞。

在黑暗中，我想着自己没有看到的人们之间的互相热爱，它是密不示人的铭文，是黑暗中的力量。

是的，闪电是黎明的引信。

多年以后，我会记起这次黎明前的独坐。

雷雨交加，这是每个人一生中必须经历的考验。

海浪如鞭

与黎明时天际线平行，海浪纵向看上去如同白色的长鞭。

温柔的一鞭，粗暴的一鞭。

被抽击的是海岸。

黎明之后，它将醒来。

雨中观蒲

蒲草到了七月，抱槌而立。

什么样的环境让草一样的植物心如铁杵?

太阳当道的时候，蒲槌的结构一个月后就露出真相。它们其实就是一粒又一粒的绒毛，柔软、胆怯和分裂，它们是空气中飘浮的絮。

七月末的一个被雨水不断梳理的下午，在湖边的水洼，我凝神看蒲。

这些大草，走出通常的匍匐。

风雨交加之时，它们抱槌而立。
解构后鹅绒那样的柔软，一抱团就是坚定的信念。
在野僻之地，安静的猛士怀揣蒲草之心。
我是谁?
雨天的一个观蒲人，他发现了蒲槌的本质。

（选自《诗潮》2019年第11期）

■［北京］灵 焚

明日的忧伤（外三章）

只为了入夜的那一滴露水，能够完满打开牡丹的国色天香。

遇见去年春天的笑容。

遇见一朵花正转身朝向别处。太阳尚好的午后，她遇见一道皱纹里拉不直的沧桑。

别说此时的心情，心情流水般从来不稳定。你此时的笑容究竟是否属于当下，抑或来自昔日的某个场景。

“都说过不再胡思乱想的呀！”
“是的，答应过从此不再浮想联翩。”

可心情不稳定总让她遇见明日的忧伤。该用多少耐心才能赎回被兜售的昨日?
无论一只手如何搂紧昨日的腰身，另一只手却在竭力抚平未来的皱折。

春天里，一朵花凋落的身影被繁花的笑容覆盖。
为什么只有都市的女人逃不出情绪的追杀，频频遇见明日的忧伤?

花瓶的色泽由灯光做主，幽深的瓶口装满深夜的能量。
只为了入夜的那一滴露水，能够完满打开牡丹的国色天香。

咣当，咣当……

好空旷的声音呀……

一列绿皮火车把夜幕撕开一道长长的裂缝，朝着远方源源不断的裂缝里，

吐出源源不断的

咣当，咣当，咣当，咣当……
一匹白马从天际收回蹄声，静静嗅着花瓣上的露水
原野好空旷呀……

往事在半路上转身。
“让一切重新开始吧！”
他环顾四周，寻找哀恳者的藏身之处。
此时，月光像一群白鸽，正朝着放飞的起点扇动翅膀
路途，好遥远呀……

能远到牡丹亭吗？鸽子的翅膀铺天盖地。怎么？多吗？
能多到从五千年文字中仅找到五个或象形或会意的符号吗？
“露·滴·牡·丹·开……”
与幽会者幽会的王实甫，在元曲的幽会处留下一声坏笑后渺然不知所去。
此后五千年，谁能再找到这部男女关系的秘籍？

城市夜夜灯红酒绿。
权贵们的夜晚，戏子们的夜晚哦！咣当，咣当，咣当……
驶向未来的绿皮火车怎么还在现实的街区兜圈？
他的眉头油然皱起。应该是想起了什么。或者意识到，一切都没有走远
那些不堪回首的往事呀！

咣当，咣当……
逛荡，逛荡，咣当，逛荡，咣当……
历史从白鸽的翅膀上碾压而过……
这都是些什么呀！

夜空中，一道男人嘶哑的呐喊撕裂月色
好空旷的世界呀……

月　光

我不要破碎的。
不要水面上的那些，那些颤抖不是真的。
不要指尖上奔跑的；不要弦上如歌如泣的……这些都不要。

即使悲伤，也要完整的、冷的、表面上若无其事的。

所以我只用大地接受你来过，接受你花瓣里的远，而呼唤却在深一脚浅一脚走近。

你让山有陵，你让夏雨雪。

这不，誓言只有半句，即使大地上月光临幸。

即使你是王，在何处停留，你的颤抖是幽深的；小旋涡是宁静的；在皮肤上划出的一道细长的伤口，那月光下的河流是安详的……

天亮了，梦里的一夜都是月光。

被带走的，都是完整的；属于记忆的，只有破碎。

大地上，河，始终在流。一道鞭痕，月光般饱满，在碧海青天，抽打夜夜心。

噩 梦

这不是创作，是我复述一个朋友的梦。

好友告诉我，他做了一个莫名其妙的梦。自己被莫名其妙地驱赶上一部车，是的，是被驱赶，如动物。不是人，人是被押着上车的。

车停了，发现下车地方是监狱，他不知道为什么会到这里。有许多人，大家都无声站着。他注意到旁边有椅子，所以下意识地坐下，却被人发现了。

有人拿来一长串鞭炮，缠绕在他的身上，然后点燃……

是的，人们是用喜庆的方式将他示众，把他的存在点燃。

他只听到人声嘈杂，却看不到任何一个人的脸，那些人没有五官，只有一种处置他的态度弥漫着，令人无处隐藏。

是的，别人是隐秘的，而他确是暴露的，暴露在人们的娱乐与肆意之中。不知道那些人娱乐什么，只有娱乐弥漫着。

此时，他只感到全身疼痛难忍，人们的笑声就像一颗颗子弹在身上炸开。

他被吓得叫出声来，醒了。

此时忽然感到黑暗很亲切，至少此时黑暗可以包围自己，让自己可以隐藏，也没有取乐的观众存在。

灯在床头，也许光是一扇逃亡的门。然而，窗外的黑夜无边无际，沿途路灯犹如一洞洞枪口，排列着瞄准着企图逃亡者……

迷迷糊糊中回想着，一会儿，他又睡着了，竟然接着刚才的梦继续做下去。
听到有人问，“这是谁？他犯了什么罪？”
没有人回答，没有人知道。也没有人知道他是谁。
而他当然更不知道自己究竟犯了什么罪。

只听到有人在议论，“那怎么办？不能让他从这里出去，必须想个办法，制造一起事故？”
又听到另一个人说话，“反正不管怎么说，要用一种方式把他解决了……”

他再次被吓醒了。
黑暗中，睁着眼睛，回味着刚才的梦。
他意识到，可能有一天，自己真会就这样莫名其妙地死了。

他并不是一个怕死的人，但他不能接受就这样莫名其妙的、没有审判的死亡。

（选自《延河诗刊》2019 年第 3 期、《法学名家·警察诗歌》2019 年第 1 期、《星河》2019 年春季卷）

■［北京］黄恩鹏

酱　香

酒是菩提，亦是刀剑。幡然能悟的人，才配称饮者。

1　酒是粮食的神祇，粮食是酒的圣经。
独一无二的赤水河，携着粮食的魂魄，从滇之镇雄西南场坝豆戛寨起程，穿山越岭，攀岩过崖，漫过两万平方公里的土地，直奔长江。
茅台古镇，汲取一截流经七千万年前的紫砂页岩、砾岩和沙质等优品好水，加入九月特级红樱子高粱和五月沐浴纯净山谷阳光的麦子，酿酱香好酒。
摊开手心，滴一粒酒，合搓闻香。酒之神祇，命里特有的厚朴。
酱香贵重，众生福祉。
将相王朝可以寂灭，酿酒的民间却不曾沉沦。始终演绎着醉与醒的生活剧场。
月照金樽，唯酒能歌。唯酒，能让下百姓皆欢：开轩面场圃，把酒话桑麻。

2　端午踩曲，重阳下沙。碎裂的火焰，闪烁《齐民要术》的蕴义。
一仓仓颗粒饱满的红糯高粱，焚身为酶；一堆堆精挑细选的麦子，化魂为曲。

然后进入禅定的陶瓮。

两次下料，九次蒸煮，八次加曲，七次取酒。一年出甑，三年陈贮，然后再蓄存一个春秋冬夏。与几十年的老酒一起，将一部圆润柔和的酱香，勾兑抟生。

酒酿之贵，是三千年的持续之酿，将大量钙镁等微量元素，集于一滴。多轮次调和，酸碱适度，平衡味觉，搭配经典。

不在意修辞堆砌得来的慷慨，

只在乎玉液出甄萃取的吝啬。

辞与赋，琴与瑟，合鸣之后，春暖花开。

古法传承，栩栩飞天。黔地之北，一盏空杯留香。

3 相传远古大禹时代，赤水河畔的土著濮人，善手工酿酒。

《遵义府志》载：枸酱，酒之始也。

山水育养的红樱子高粱，放弃了生根、发芽、抽穗，进入净洁的炉膛。

慈水举灯，普照通透的蜕变。

一滴酒，展开了它独有的纯粹。大地最聚灵气的精华，在以生命宗教为主体的荡漾里，以一丝涟漪，为饮者的心灵之窖，生成一种幽雅细腻，一种丰满醇厚。

一杯酒里，旋转的日月，没有尽头。但是，无论狂尽，还是慢饮，都要遵循天人合一，都要践行没有掺杂腐蠹滥狂的君子之风。

酱香自然，杯樽纯净。

生存之法则，是天道，亦是王道。初心与正觉的互证，提纯了自然本体与农事稼穑之美。山水勤勉，苍黎辛劳，蒸烤出一部难以抵达的深奥的生命哲学。

4 不伤肝，不伤胃，舒筋化瘀，祛病除疾，抗瘟消灾。

凡物与珍品，低洼与顶峰，不可言说的辩证。

赤水河清，可以酿酒。赤水河浑，可以钓鲤、捉鲫、捕鲢。可以浇灌垄亩。可以一苇航之。可以载舟，但从不覆舟。

因此要始终相信：上天赐给人间的，必有其秘密且慎行的法则。而只有安然若素，内心长出果实而非射出刀剑的人，才有至福。

大德隐灵，混沌中脱颖而出的稀奇天物，百年千年的祖宗之法宝，赤水河荣幸拥有。

我俯仰河流，聆听风水洗心。盼望这个冬天，能与你一起抱紧一团火，饮了这杯。

饮了这杯吧。卑微的心灵，将获救赎。

5 原谅我贪杯了。

在仁怀，在红土岩与赤水河抱紧的茅台古镇，不醉都不行。

今宵的酒，要醉。醉了，好好想你。

人在酒中，自在逍遥，不拒凡俗。

让我黯然神伤的是：这一生，灵魂恐难成为酒了。就做一穗低头的红缨子高粱吧，或做一株甘于碎身为曲的金黄麦子，与湿润的风、柔情的水、干净的火，一起，为安宁超度。

人的态度，应该听命神明。

应该与粮食一起，胸藏自然中心主义。

酒是菩提，亦是刀剑。幡然能悟的人，才配称饮者。

（选自《诗潮》2019年第5期）

■［新疆］亚　楠

浙江散记（组章）

但富春江一直向前，波光粼粼，宛如梦中人的笑靥

天目山下

它汇聚的灵气在云中闪亮。若天眼开启，洞彻的力量穿越古今。我在它的庇佑下，在一种光的庇佑下，把内心阴霾的词濯洗。是的，我需要阳光，需要温暖照亮。

但我进入，如一只云豹在他的领地逡巡。黄昏了，众鸟归林，豪猪被红霞所簇拥。而此刻天目被打开，他照亮的万物葳蕤，呈现澎湃之势。我沐浴在霞光里，任时光在树冠上轻轻摇曳……啊！这凝固的音符闪烁，在静默处完成一次灵魂的洗礼。

显然，这静默中有神性的力量在向我召唤……凝重而明亮，它驰骋的空间足够辽阔……

富春江

我感受到的春天，是燕子呢喃，是桃花映红的田野。春水荡漾啊，寻梦的人以心换心，以爱拨动古老的琴弦。而泥土的气息在风中摇曳，若情丝弥漫……似乎，山水就是他的婚床。

但富春江一直向前，波光粼粼，宛如梦中人的笑靥——它所承载的，两岸——稻菽飘香，还有那厚重的文脉。

但我依旧无法想象，这根系缘何繁茂？或许也是因为，精神普照之地，辛勤劳作的人迎来了好年景。他们向着大海，好让自己在更加开阔的视域薪火

相传，繁衍子孙。

千岛湖

群山中的湖泊，隐于绿色烟波里。鸟鸣涌起，若浪花飞溅，在山谷里发出光亮。但那时，风回到它的屋宇，岩石透着仙气，也用自己的耳朵集结音符……这便意味着，水波浩渺，翠绿色的梦若即若离。而岁月深处，耸起的岛屿是无数灯塔在夜幕中呼唤黎明。

游弋在湖光山色里，让缓慢成为一种温暖。并且，以圣贤之心静养，从而完成它的使命。或者，就让新安江把清澈之水带入记忆吧，春光在水波里荡漾，便有万种风情溢满画屏。是啊，它恍然若梦，亦可触摸到飞翔的翅膀。

花港的鱼

这动与静的交汇，这美的港湾，这红色锦鲤……一群群，一片片，仿佛秋天的枫叶，带着闪电的休止符。但春天，桃红柳绿，人们泛舟西湖，或者，在苏堤漫步，尽享人间美景——这时候，鱼儿自由呼吸，动静咸宜，也在游人的喧闹声中，捕捉生命的光亮。

是的。在花港柔润的水波里，它们拥有快乐时光。那一天，黄昏的湖面上，一片宁静……而我，流连于西湖的这一隅，看那些鱼，歌舞升平，恰是一派盛世气象。

（选自《人民日报》2019年1月22日）

■［北京］爱斐儿

龙庭湖上元夜观灯（组章）

——2018年春上元夜与诗友夜游龙庭湖

有时候我会忘记自己的样子，以为自己就是一条河正在缓缓流过尘世。

上元之夜，明月不胜高处之寒而于微雨中隐身。

细雨如弦代替了天上的繁星，敲响满园灯影中的宝马雕车、万花千树。

一座龙庭，端坐灯火的高处，点燃往昔的辉煌，照亮故都开封。

只见光影流转，鱼龙浮出潘杨湖水面，一片旧时繁华从梦境中无声涌来。

花灯如昼，故事若要在今夜重现，需要从不远千年的汴梁往回赶，梦里人需要回到梦里，才能于灯火阑珊处，遇见众里回首的梦中之人。

此时天上，宫阙可闻著词之声，琼楼送来凤箫之音，而广大的尘世：

几人把酒?
几人问天?
又有几人从此关闭了黯然伤悲，终日点亮生命的欢欣?

梅花堂前遇梅花

千年之后，清风送我返回汴梁。
其时，新晴刚刚试罢夜雨，暖意刚刚拥别春冰。
今日赏花的人，心托白云，和微暖的春风如约而至。
一边剪开苍烟，一边剪开春寒，呈出堂前春光。
梅花几树端端正正开于空庭，层层花影香压重门。
姿态还是那样淡然恣肆，梅枝犹遮春风半面，清影还是如许瘦而多骨，气质还是旧时那样透明清新。
一霎时，新花认出故知。
伸手接住你递来的香气，千年光阴从此散尽。
如今，我只隔着粉白、鹅黄的轻纱轻声唤你：
梅花，梅花，我修辞中的姐妹。
多少年，你替我寂寞抱冰，碾玉成尘，守着断香残酒，平野薄光。
只为这一日，携故人消息驾鹤而来。
我只问：浪已淘尽，东坡几时再把酒邀月？雁字回时，易安可有锦书寄来?

像水一样爱着生命的沿途

深爱河流的依据很多。
就是沿着一条河流逆流而上或顺流而下；就是追逐她一起奔跑，并呼唤她们的名字；就是最终选择临水而居。
一条河独流入海，河面上落满流动的时光，河水里盛开着会飞的花朵，就像一个人的爱，不由自主就会流向万物生灵。

河水的两岸，草木和蘑菇都在慢慢生长，那么多人群和牛羊也在慢慢生活，如果我从人群中喊出他们的名字，我喊出的每一个名字都有理由对我发出邀请，并在露水很湿的清晨用羊肉汤唤醒我对情意的深信，让我一抬头，就看见人间那么多光、那么多温暖扑面而来。
他们像滦河一样，通过温暖和流淌来和你分享这片风土，他们会捧出诗歌和所爱让我品味分享的幸福。但最终他们会带我走近滦河的源头，赠我以沐浴温泉般的情意，他们还愿意等在我去草原的路上，为我备好“大清坊”美酒和香甜暖糯的奶豆腐。

我也曾涉过许多河流，平原的、山涧的、戈壁的、异域的、含沙的、冰雪的……无疑，滦河的沿岸草木更丰茂，羊群更洁白，鸟雀和鸿雁也飞得更高。

那些灵动的、宽阔的、咆哮的、包容的、清澈的、幽深的、寂寞的，凡我经过的河流，都会有选择地进入我的血脉，常常与我合二为一。有时候我会忘记自己的样子，以为自己就是一条河正在缓缓流过尘世。

现在，我已回到居住的京城，坐在书桌前，仿佛看到一条河就在眼前流淌，一闪一闪的波光，就像我在滦河边看到的那些阳光星辰般的眼睛，聪明、诗意、热忱、洒脱、温暖，正水一样爱着自己生命的沿途。

（选自《诗潮》2019 年第 4 期）

■［上海］语 伞

音乐厅（组章）

但是，抱歉了大师，我在倾听世界的微笑和时间的毁灭。

先于耳朵洗净天上的流云。

先于曲谱流动起来，使车来人往生出旋涡之美。

先于等待的前后，捕捉夜色的降临，准时迎接一个黑袍子里装满乐器的夜晚。

去见这位城市的艺术大师——音乐厅，春风沉醉你就喝一杯酒，秋风晚来急你就把十指连心的双手放在脸上。他有木质结构的旷远的空谷之音，你可以一言不发，把夜和曲子分开，把曲和调子分开，再从咏叹调里过滤掉灰色的叹息。

身边的陌生人，正在遗忘纷繁复杂的表情。朝着同一个方向，又仿佛不是同一个方向，悬置相互都听不见的声音。此刻，这个世界谁听得见我，我听得见谁，模糊，或清晰，前后左右望一望，答案属于未知就好。前后左右的人，像一座山就好，是一片海就好，眼神如危崖，上面有一棵树就好。

小提琴来了，长笛来了，萨克管来了，钢琴来了，锣鼓、唢呐、二胡也来了……你不拥抱他们，你就不能回到自己。你不回到自己，就无法被万物围绕。音乐顺着暴雨飘下来，你坐在光滑的木椅上，混响像精确的节气，比汉语还鬼魅的和声，充满了整个音乐厅。

但是，抱歉了大师，我在倾听世界的微笑和时间的毁灭。

路 灯

模仿一粒草籽，藏在暗处。

以局外人的身份，高悬寂静的手腕，在路灯的瞳孔里存放夜莺和萤火虫。

当它们对我指引，对城市呵护，光洁的水泥地面上就写满了轻柔的谣曲。

路灯有晚风浣洗脚下的道路。

我有一份闲逸之心，等待被舒缓的脚步消遣。

黑夜来临，明亮的果实果汁四溢……连缀成一棵树的影子。影子与影子平行或者交叉，像光的果园，向远处绵延。

它们靠近我，将我并未写在脸上的情节一一阅读，又耐心地反馈给我，我一天中的急切、懒惰，都水果一样饱满。

风过留耳，有虚拟的歌声供晚归的人倾听。

路灯之于城市，是勾勒城市轮廓线的工匠。

路灯之于我，是我踽踽独行时，闯入我心灵深处的访客，它们并不迷恋我有什么隐私和新闻，我却迷恋它们在夜晚写下的，光的艺术和史诗。

楼　梯

沿着楼梯旋转的手臂上升。

仿佛身体有一种记忆，一直向上，向上，而当我回头，它会用瑜伽术，卷起我颗粒状的步伐。我听到豌豆落地的声音，落向深渊，或是洞穴。

从上往下俯瞰，它又在研究几何学，把自己折出很多折痕，来证明有些东西在不断变化，有些东西亘古不变。

吵醒它的一次假寐，它就用相似的梦回到我的思考中——

有时踩着它一级一级的骨骼，像在踩踏自己的脊柱，我会突然直起腰来，放轻脚步，想让它免于受难。

有时，想摆脱那些半途而废的事，琢磨着拼尽一口气儿，就逾越到达某个顶峰，它却告诫我，诸事都有安全密码。

它向我抛掷抹去棱角的友谊。以它隐逸的耐心。

我为它描述时间远景，通过语言的画布记下，色彩起伏的行迹。

镜　子

镜子探入房间，眼睛就深谙炼金术。

镜子镶嵌在墙壁，向窗口献出祝词，仿佛灵魂都得以安详。

镜子绕过博尔赫斯的恐惧，来到我面前。它站起来是个抽象的疑问，躺下去可以替换完满的天空。

在镜子里摆放一栋喑哑的房子。
在房子里摆放一些乖巧听话的家具。
在家具里摆放一个睡眠。一个睡眠要如何结实，才能装下柏拉图的洞穴？
镜子为探求那些未知的东西，饱食蜜汁和毒药。镜子突然被囚禁在自己的身体当中，被迫先于别人摸索自己。

当我照镜子，我也是岁月的囚徒。
并在它内心的图像中隐喻：花朵都为凋谢而生。
镜子将被另一个我劝服。很多个我，又将不知所踪。下一秒照出“我”的那个人，应该学会倾听不同的“我”同时言说，护送镜中诞生的一切。

电影院

又一群猎奇者，从浪潮涌动的人海里逃上岸。
黑眼珠里，倒映着长廊绘制的迷宫。
一个另外的星球——电影院：这制造陌生想象的，有着深呼吸的隐秘角落，足以掏空我们一切真实。
“这是一座活着的城堡。”
我们坐下。
“每一个出口都是错误的。”
靠背椅上的剧情，蔓延至我们的身体。
观众消失。演员消失。角色消失。
我们像穿梭在，被密封的白昼，被软禁的夜晚。
我们是迷路的人。
不必担心，恰恰是迷路，巧妙地安慰了我们。
我们无法断定前路和方向，恰恰是迷路，让我们躲过了坎坷、曲折、泥泞，避免了走向无路可逃的悬崖。
一切正如我们所见：结局是完美的。
走出电影院，我们的手，还是可以伸向天空。

（选自《诗潮》2019 年第 4 期）

■［北京］唐朝晖　我背对河水，面朝梦中的丹萨梯

我静静地面对三座大山的怀抱，感受生活中温情的过往以及未来。

丹萨梯，在历史的大地上碾压出了非凡的时空，各种物证飞天般飘散在世界各地，它的美，从宇宙十方不断地、不露声色地流向丹萨梯的所在之地——山南桑日日岗村：

像河水倒流回雪山，像落花升腾回树枝。

丹萨梯的丰富，足以让我所有的知识烟飞湮没。线条、神态、生活的方式，散发出来的气息，几乎完美，无一遗憾，让雅鲁藏布江在这里舒缓、致敬，无论现在情况如何，丹萨梯的大美，已经在历史的舞台上，连续上演，让世人惊叹。

于丹萨梯，我没有担忧，只是想远远地看到它，只是想静静地，坐在某一房间里，与丹萨梯的主人，说上几句话，感受时空是如何锻造出这精微细致、流芳于世的大美。

2018 年，我们站在雅鲁藏布江北岸。丹萨梯金光灿烂地几乎是突然之间，坐落在日岗村北侧，名为黑山的大山中，黄昏中的丹萨梯，静到无声。站在它的面前，感受着它的山水、沙石悄无声息地向我流过来。转身，面对江水，想象着之前的无数年里，无数次，有多少人长途跋涉，通过帕木竹渡口上岸，走上身心灵的朝圣之路。

丹萨梯位于郭卡拉山脉东段俄木雪乃波斯温的黑山山坳之中。山腰上，冬天的灰色，深入骨髓，弥漫着整个世界。

高耸起伏、低落的群山；窄而深、流出生命的沟谷；河水如弦，变换着颜色——轰鸣的协奏曲中，没有一片树叶的吟唱，近似于枯死的树枝，强硬地挺立在冬天的冷厉中，一言不发。半山腰上的植物丰富，每个季节都展现出不一样的自己，动物也多在这一地段繁衍生息。

爱这里的人，能体会大山里每一个爱的动作。

已是黄昏。丹萨梯的大门是否关闭，并不重要。我们沿山路往上盘旋，很多时候看不到丹萨梯了，甚至离丹萨梯更远。

丹萨梯院门关闭，我们绕着寺院，一圈、二圈、三圈。左手抚摩着山石，右手摩挲着院墙，通道不宽，仅供一人通行。

坐在丹萨梯院子外面，群山涌动，看不到一个人，只有风和冬天的冷。那一尊尊具有震撼之美的造像，游离于虚空，曾经在首都博物馆和敦煌博物馆亲近过这些造像，眼识早已深刻地把它们记住，起心动念的刹那，各种造像飘拂于前。

第一次到丹萨梯，没能推开一扇门，但有莫名的感动和知足。从那以后，我有了梦想着再去的地方。

2019 年，我第二次来到丹萨梯。雅砻河谷，舒展出一片巨大的空地，丹萨梯选择了离河流、大路较远的山窝里，像在远离一些东西，又像在亲近村民。丹萨梯，远远地观望着河谷四季的变化。

两次上山前，我都把车停在山谷口的沙地上，流水和岁月的冲积，山、河流都退向了远方，形成大片缓缓而上的空地，丹萨梯在远处，大山侵染着它红色的屋顶，它们在微弱地改变着对方，它们也从没停止过对话：有时候闭目而言，说哪一堵墙的黄色，在变淡；说哪一块石头风化得很厉害，而最上边的一根线条，竟然还那么深刻和明显；它们也说到我身后的雅鲁藏布江河谷，说冬天到了，说五月的颜色太绿了……

三山环抱，丹萨梯居中靠后，两面的山上都有路通向丹萨梯。东边，上下两条路，远看，就是两根线，如小溪，横着流过半山腰，一条在上，一条在下。如果不是小西提醒，我认为那只是曾经的牧羊人或村里人，偶尔走出来的一条过去的小道。

那两条路，村里的人现在还在走，路没有想象的那么窄，有点斜坡。三四条小山沟的泥石流，从山顶直泻下来，把两条小线路切断了，但人还是可以行走的。塔木村的村民，就是顺着土路，十公里的样子，之字形往上走。

丹萨梯，像群山给出的一个信号，一种象征。与丹萨梯站在一起，就像拥有了整个山河大地。

雅隆河谷，尽情地舒展着它自由的身躯，鲜花和植物铺满河谷，两岸铁灰色的沙石，也被感染得柔和起来，白色的雪山——远观绿水、红花。雅鲁藏布江静静地经过，接受丹萨梯的检阅。

一条火车桥，一条正在修的公路桥，两根小心翼翼的线条，趁雅鲁藏布江不注意，横跨了过去。河水的深浅，主要看降雨量，沙滩每年都会被全部淹没的，房子淹得不多。

近处是塔木村，更远一点的是冲达村等几个小村子，它们挨着河，靠着山，散落在雅砻河谷里，无时无刻不仰望着神话世界里的丹萨梯。

861年前，从多吉杰布的目光落在这座大山上开始，从把山上的第一块石头移动安放到地基上开始，这片区域，便慢慢地生长起一种新的人文精神，人与自然，人与墙，人把石头变成另一种颜色和形态，把风声变成语言，一切，有了不灭的东西。

丹萨梯，丹萨是上师传承人不断修行加持寺庙的寓意；梯，为自在圆满之意。

丹萨梯所在的位置，距离山顶较近。东西两座大山，如伸长的手臂，把具有侵略性的喧嚣推向远方，但终究，没能推掉灭顶之灾。从创建开始，到第

810年，已经没人再记得起大火是如何燃烧的！

说到物证，只有那些造像的脸部表情，依旧慈悲地面对世间生态，在河流顺势而行的地表上，洗涤人性的傲慢。

我相信，厄运只降临在认命者、悲观者、自流者的身上。

丹萨梯的堪布朗珠经师，头发黑白参半，脸上晒出了红色的太阳圈，皮肤显得有些粗糙，眼角的两条纹路，像感叹号，感叹世间的奇妙。

丹萨梯很多石头墙，都是过去留下来的。

院墙的里里外外，到处都是漂亮的藏马鸡，叫声有点奇怪。僧人蹲在院子里，藏马鸡就会走到跟前，跟老朋友似的，相互看着。藏马鸡的毛色，丰富、漂亮。

走进大殿，里面悬挂着一张1960年拍摄的巨幅照片，是之前丹萨梯的模样，一条哈达轻轻地搭在上面，是一种怀念，没有抱怨，没有低头，只是有一定高度地悬挂在那里，像旗帜，像一个人的内心。

外面有两个塔，前面的是第七代住持京俄尼曲巴扎巴仁青的灵塔，下面一个是第八代住持京俄次西尼马扎巴坚赞的灵塔，里面有擦擦。意大利学者图奇，在1948年的黄昏中，他围着这两座塔转了又转。

丹萨梯最前面的建筑，如一位孤独的战士，从主体建筑群里落下来，伸出去，进到山的悬崖处，被群山簇拥，如捧出的莲花，这里有帕木竹巴大师的修行洞吉祥满噶吞康。

朗珠经师有时候会选择一棵树，席地而坐，沙石的灰色，树叶细致的绿色，朗珠经师安静地坐进树根舒展的柔和里，感受世间的痛苦和温情。

朗珠经师喜欢拍照片，拍鲜花中的丹萨梯，当植物醒来，所有的色彩被阳光发现，经师会步行很远，把植物中的丹萨梯拍摄下来，满山满坡色彩丰富，丹萨梯自身的色彩也被唤醒，白色的五层院墙，如花瓣，层层包裹，红色的最高的院墙如蕊，娇小、挺拔、庄严，丹萨梯在丛林中绽放。

大雪中的丹萨梯，白色的院墙在红色的线条中，比雪更白。丹萨梯就是一位修行者，在雪的寒冷中，稍微裹紧了自己的袈裟，往山的里面靠了靠，躲避风雪的冷。远处的、近处的雪山，像道路，从天空通向丹萨梯，与下面的雅鲁藏布江河谷形成两个世界，一个在高处，一个在低处。

云，从远处的山峰下来，经过雅鲁藏布江上空，从巨大的四条山沟涌向丹萨梯的下面。

丹萨梯的房子沿山坡而上，或整体，或单一，或零散，依山势往上而建。

丹萨梯的红色，源自这座名为黑山的石头，也源自半山腰上植物的颜色。四季的丹萨梯，被植物守护。

大量的时间，东边的山处于阳光的阴影里，修行洞，就像一位问天的求学者，向远处的群山，向流动的河流发问，再一点点践行。

在丹萨梯附近，至今也都没有发现古代铜造像的工作坊，炼铜的地方也没有发现。包括附近的几个村子里，都没有，一切都没有延续下来的迹象。

丹萨梯为何会遭遇如此厄运，有人说，丹萨梯东边的山高了点，阳光照进来的时间少。西面的山比较好。

朗珠经师说，丹萨梯的这些宝贝，那些东西，在外人的眼里，特别好，也特别多，在我们眼里，文物与石头是一样的。

丹萨梯恍如睡去，它的睡眠就是它的消隐。二十年后，丹萨梯醒来，在大地上翻了一个身，土地和石头成了大殿、经堂、佛塔、修行洞等建筑，气宇轩昂地被植被环抱，被群山相拥。

我静静地面对三座大山的怀抱，感受生活中温情的过往以及未来。

我背对河水，面朝梦中的丹萨梯。

（选自《西藏人文地理》2019 年 7 月刊）

■［广东］李松璋

压在天空下的手记

眼窝无瞳，却在寻找林梢之上的闪电。

悬空的石头

并非来自远古，或白垩纪。它的年龄屈指可数。

石头的种性不好判断，生父可疑。杂交的血统令其既无比傲慢，又极端自卑。变态的丑恶怪兽，身躯巨大，头却小而坚硬，口腔永远无法满足食欲，但它志向很大，成为一个笑话。

一块悬空的石头。它不能容忍一切不同或质疑，甚至于：一只蚂蚁的轻声细语，一只不爱花朵的枯叶蝶，一匹护送失散羊群回家的狼。改邪归正也不行。

它成为天地之间一个巨大的悬念!

地上景象依旧

一根刺，来自如鲠的咽喉。医生说，就是它，让一句话囚禁在表达的紧要处。

异见的尸体。文字或话语，包裹在血肉模糊的喉间。广场。浮雕自碑上脱落，原来，历史也是一个绵延千年的豆腐渣工程。虚假而轮廓粗糙的人们，脱去日常装扮，终于落回到地上。虚假的春风无法解冻真实的寒冷。寒冷继续封杀愁肠百结的河，强令河面泛出微笑的波纹，赞美春风浩荡，赞美指向胸口的枪。

溪流戴着哗啦作响的锁链日夜逃亡。冰河里的水草没有御寒之物，血液已冷。

比铅还重的云朵

并非我所想象。那些死魂灵没有赤身裸体，甚至衣着光鲜，不像传说中那样瘦骨嶙峋。

他们在街道一侧的阴影里朝远处的永生之门张望，不敢走到阳光下面。与生者相比，反倒是他们神态安详，举止彬彬有礼。灵薄狱的光线是紫色的，玫瑰是黑色的，云朵比铅还重，地上的影子多于直立的一切，交错铺陈，不知归属。唯一的植物，是轻盈而锋利的石子，随处可见，触碰时会让你的手指流血。

风中的呜咽，据说是掉进忘川的魂灵在哭泣，因为永无上岸的可能。

没有光。那些匪夷所思的影子来自哪里?

失效的符咒

魔像在泥淖里绝望地喘息。眼窝无瞳，却在寻找林梢之上的闪电。

蛇，挂在闪电上。失效的符咒。希伯来传说中有生命的假人，东方的蛊惑。浸泡于福尔马林里的术士相信能让它再次站立。

一具掏空内脏的僵尸。水晶悄然开裂，最后的腐烂无声到来。

双头怪物

双头的怪物在原野上狂奔!

不需要道路。它不受任何足迹的局限，忽而向东，忽而向西，所到之处，青草枯萎，烈焰腾空。

有时像火箭般穿透云朵，穿过天空的伤口和蓝色的血，身后紧随着密集的乌鸦群。照向大地的阳光，被铁制的翅膀遮蔽。

双头的怪物，有时口衔远古的青铜，有时叼着一根来路不明的骨头。

丛林深处传来鸟鸣

这次看见它，就可以给它命名了。

魔像。一个需要用巫术赋予生命的木雕人形怪物。它可以在太阳落下去但晚霞尚未消失的黄昏时刻，笨拙地走出去几步，转颈看看四周，但无法退回原地，碰见石头，便显得十分惊慌，踌躇不前，如果丛林深处传来鸟鸣，它会含混地模仿，声音往往加重黑夜降临前的诡异气氛。

巫师坐在一捆青草上，手指捏着一只残破的青瓷酒杯，说，可惜，我无法让它具有灵魂和记忆。说完，放下酒杯，双手掌心相对，轻叩三下。

刚要涉过一小片水洼的木雕人形应声扑倒。

（选自《大沽河》2019 年第 2 期）

■［北京］蓝格子

芦苇及其他（组章）

遗忘的过程是雨滴掉进湖里，并且成为湖水本身。

雨夹雪的天气向世界宣示着湿和冷，但我们还是带着连日的疲倦赶到此地，像是在完成内心某种仪式。

冬日早晨的湖边，人影稀少。

太阳的光均匀地洒下来，仍然无法稀释冷空气的密度。因为冷，河边的芦苇，雪粒让它们在短时间内拥有了比枯萎更加苍老的面容。但有人偏爱这样的衰败，比如一株枯木或几支残荷，仿佛站在它们面前，就能反衬出自己的生命力。

是什么抽干了芦苇新鲜的汁液？……

看起来是，积聚在芦苇内部的力量已经完全被耗尽。

那些单薄的枯草，在风中摇晃着它们脆弱的身体，和我们一样，正在经历一生中飘然无定的时刻——

但当我们退到远处，它们又连成白茫茫的一片，像是在摇着头，与这个寒冷的世界展开一场坚决的对抗。

湖

如一面明镜，或是一段光阴的横切面，却从不为外界所干扰。

无数人在它身边停留，观赏，赞美，拍照，意欲将时间固定在某个时刻，但它仍然安静如初，任由更多的人到来，或者离开。

有时，它的沉默被理解为一座无情的冰山。痛苦和欢乐被无声冷冻，在它深沉的内心保守着最原始的秘密。

风吹动水波，并不能触动它，雨也不能。

对于湖来说，遗忘的过程是雨滴掉进湖里，并且成为湖水本身。

而过往的事就像一座隐没在高山丛林之中的湖，不愿被说出，却一直在等待记忆的树荫落向它幽深的眼睛，连同树枝上栖落着的，披着夕光的鸟影。

雨刮器

此刻，疲倦如同车窗外的夜色，不断加重。路边的树叶将灯光反射给行人，可以理解为一种善良的举动。但在雨中穿行的人，无心顾及这些微弱的光线。不知所有的焦虑和孤独，已经跟随他一起在这条路上来来回回多少次。想必旁边的车辆也和他一样。

到达第二个路口时，他打开车载音响，是柴可夫斯基第六交响曲。他不是懂音乐的人，但这并不影响他从中听出悲怆。如同他从未理解过命运，却无时不受到命运的击打。

越来越密集的雨让他不得不打开雨刮器。

这些年，生活的雨水一直这样迎面向他扑来，而他，也总是像车窗前不断摆动的雨刮器一样，一次又一次，将痛苦的泪水从脸上抹去。

莲花山

当我再次来到这片不大的山岗，已是深秋。看起来，和多年前第一次到访没有什么不同。

我曾坐在上面休息的那块石头，已经有大部分陷进了泥土，旁边的杂草褪去了新鲜的绿色，成熟的橡子零散地躺在它周围，等待有人拾起，或踩在脚下。

我曾用去整整一个下午的时间在山中闲逛，看一只松鼠从一棵树跳下，然后爬上另一棵树。那时候，夕光轻柔地抚摩着漫山遍野的松树、榆树、橡树，以及它们落下的树叶。

这些年，我习惯了在秋天到来的时候上山走走，习惯累了就找块空地坐下。人生至此，也该学会像一座山一样，平静地接受生活的冷雨、萧瑟和荒芜。

现在，我靠在一棵橡树上，贴着它粗糙的皮肤，风吹着我，仿佛吹着一棵橡树。

（选自《星星·散文诗》2019 年第 3 期）

■［北京］司 念

禅定卓尔山（组章）

不必再攀登了——因为我爱这辽阔的山谷。

1 太阳下山之前，我的足音已到。

八宝河的水潺潺流过，卓尔山的眼睛明亮起来。

松鼠翘起尾巴，钟声响在对面山巅，高塔耸立，彩旗飘飘。

红色的沙砾，黑色的石块，碧绿的草地，一切美好属于往昔，庆幸的是，也属于现在。

不必再攀登了——因为我爱这辽阔的山谷。

飞鸟啁啾着到柿子树的巢穴里，岸口大理石银白的颜色，随着黄河水婀娜窈窕。

山坡的旅人扔掉了草帽：因为九曲连环、一泻万丈的气势，把路边的野草和灌木冲击成了独立的绿洲。一只拨转经筒的手带来了迷迭的馨香，归来的步履正在苍翠欲滴的山间徘徊。

红日晕染开了，村庄在享受最后的熙攘喧哗。

不要再向上攀登了，把脚步拴在栏杆上。

让我躺在深蓝之巅，与星辰絮语。

2 风知道如何吹拂，才是对山川的爱慕。

卓尔山名气不大，只是个普通的地理坐标，少有人注视。

六月，漫山遍野的油菜花，给整座山铺上了金黄的被褥，柔软了大千世界的心房。此时，你可以大口吸气，大口呼气，让体内的细胞和血管，与这一层又一层的清香协奏一首西部恋曲。

接着，把体内的往事按照时间的先后顺序拎出来晒一晒，蒙上尘埃的吹一吹，碧绿透明的摸一摸，伤痕结痂的舔一舔，黑透烂熟的踩碎它。

这满眼的金黄夹着一茬又一茬的茼蒿汁液，麻木渐行渐远的哀痛，你感受到，新鲜的勇气吹动起明晨的窗帷。

六月是个好人，她带给你温暖的风，干净的雨，苍翠的山，明亮的心。你拿什么回报？

卓尔山，不再是个地理标识，给了你全宇宙的浪漫和不羁的治学态度。描绘它、阅读它、记住它，是你最佳的方式。恐怕，还需要思考如何让它在你心里达到永恒。

“成片的山峰屹立不倒，横亘在西北边疆，东起乌鞘岭，西止当金山口与阿尔金山相接，东西长约 1000 公里，南北宽约 300 公里。”你给孩子读着睡前故事。

像无处不在的风，吹着自己也吹着青春。

3　云朵知道如何美白，才是写山川的情诗。

云海绕着巍峨的卓尔山一圈又一圈，与天空连成一片大海。如何记录这份深厚的缘，期待有不眨的眼睛，微笑的嘴唇，张开的双臂，大声地呼喊。

还有你眷念着的宝贝：静坐的如来，点化的佛陀，洒水的莲花，真诚的爱情。

我爱慕你冰峰雪岭，你恋着我高远无垠。羽化成仙，俯瞰众生快意恩仇，一边散尽疲倦虚荣，一边抛却名利迷狂，来到山中独坐，与落日和飞鸟为伴。

取舍的刹那，梵音的清远，盈盈乎，淼淼乎。

你该有所钟爱。

双手合十，为已走的人祈祷，为该走的人祝福，跟身边的人道一声珍重。

站立栏杆处，袅袅的炊烟，婴孩的啼哭，把多年坚硬的外壳打碎了。

尝一口眼泪，舌头说，味道是甜的。

云朵也说出水分的充沛与甘美。

4　已经不再青春年少、意气风发了。她说，该回去了。

回去的境况就能好起来吗？你禁不住打了个冷战。

我梦见父亲做了一桌丰盛的年夜饭在招呼全家，热气腾腾的鸡鸭鱼肉是父亲一生散发的热力，哥哥嫂子和母亲的喜悦把我冰凉的手搓暖了。打出生开始，父亲用他的勤劳淳朴、慈爱包容把我养大，有一天他失去了血色，我却毫无多余的血色传输给他……依然说着要回去，左边的她语气更加坚定了。

那就回去吧，我也冷了，右边的她皱着眉头说。

嗯，回去也好，山间冷，人间暖。我说。

几年后，又是六月，她们再一次看到了碧绿的青山跳动着朱红的心脏，金黄的油菜花染黄了清风，一阵阵浪翻涌过来，云朵用白色证明天空蓝得纯正，毫无保留地献上全部的色彩与线条，让明艳更加绚烂，让跌宕更加起伏。

山间的牦牛如一粒粒芝麻，点缀在绿色的青菜盘中，一群群绵羊如一颗颗大白兔奶糖，均匀地摆在水果盘里。再看骑牛的刘大爷，抽着旱烟，把黑瘦的裤脚卷起又放下。朱奶奶在河谷洗菜，大葱比她的手臂还要粗白，她笑着跟一旁的史大娘约定，明天清晨要早点赶集。

今年的春天比夏天还长，已不再害怕黑暗。而且我知道，若是他从梦里来看我，他有理由长眠地下。

她玲珑剔透的心，与卓尔山的清朗一样让我感动。

（选自《前锋文艺》2019年10月第3期）

■［山西］李　霈

松州古城，历史的回音（组章）

是谁在回眸？在凝视遥远苍茫的水岸？

壁立千仞，一鹰傲骨。水边草地，群鱼所聚。

连寨红瓦，门户洞开。

人和事物，事物和人，堆积如以往的高台。

茶马古道，仍有铃铛迤逦。烟霞飘逸的故都长安，与一个叫松州的地方，仅咫尺之间。蓝天、白云，以及无限的寥廓。

是谁在回眸？在凝视遥远苍茫的水岸？

历史是一方刺绣着暗色花纹的手帕，或者，是一方裹不住内心忐忑的丝绸纱巾。

烟火弥漫或者管弦丝竹。

葳蕤的草木或者花朵盛开。

都如同时间里的眼睛，与远方形成隔岸观火一样的对视。

大唐皇帝的威仪，松赞干布的英武，以及晨钟暮鼓，飞檐斗拱，最后都已成为：

一个古朴地名大音希声的历史回音。

时间深处的黄龙

步步深入，或者，亦步亦趋，都无法涉足你时间深处的倜傥。

让今夜的黄龙，头顶月光。

以彩池为练，以皑皑的白雪画龙点睛；以民族华贵的服饰装扮山河，以古寺延伸一种古朴和传说。

扶摇直上兮，扼岷岭之巍峨。

梦回瑶池兮，控江源之苍翠。

在这里，时间只是一种概念，一条龙用图腾刷新日子；

在这里，风吹过古森林的哨音，让岁月也成为碳酸钙化沉积的优雅。

一只大熊猫啃食竹叶的声音，也是一种韵味；

一只金丝猴咀嚼野果的快意，也成了一种曼妙。

洁白的哈达，是人间最珍贵的馈赠。

一个云朵上的民族，用久远的记忆，放牧着梦里梦外、潮涨潮落的羊群。

松潘，灯盏上的故乡

谁在策马而驰？川主寺的方丈正襟危坐。

明朝的城墙高耸入云。明朝的那些事儿既黯淡又清馨。

一盏盏灯，映照在波光水影中，如同璀璨的星辰。

竹楼掩映，小桥流水。人影幢幢，谁在捧茶？

熙熙攘攘之上，有人吹箫；茶马古市之外，有宾主谈之论道。

羌族以佳丽兮，凌波挽髻，有蛾眉婉转；男子以弱冠兮，舞文弄墨，有羽扇纶巾。

翡翠环之，五谷余裕；百鸟朝凤，巾帛丰盈。

一盏盏灯，一盏盏灯。

以大象的牙齿计时，以盘点细数着日子。

细数着：一个朝代的荣光，一方黎民吊茶烹煮的悠悠岁月。

松潘，闪烁在灯盏上的故乡！

（选自《天山·散文诗月刊》2019年第7期）

■［青海］陈劲松

唯有风雨苍茫如幕（组章）

在大地的静默里经过一座村庄，便经过了这个世界最温暖的部分。

风总吹向远方

不是缥缈的花香。
不是流水波纹中的幻象。

号子声远。背影已凉。
谁把铜镜磨亮，然后带上它的光亮走向远方。

从旷野而来，从时光的高处来，起于青蘋之末……
埋身于苍茫的远方，天空是你辽阔的祖国。

长风浩浩，风中掩埋了多少浪迹之路。
大风猎猎，永不停息的人群已波涛般涌向了远方……

风依然在吹

已经吹拂了亿万年。

吹拂过无边的花香，吹拂过瘦弱的麦浪，吹拂过接天的衰草，也一次次吹拂过那枚老夕阳。

吹白云为苍狗。
吹一场大雪为过隙的白驹。
吹咫尺的归途，也吹迢遥的天涯路。
“大风起兮云飞扬。”
吹小人如尘，吹英雄如碑。
吹逝水东去，吹落日向西。

风依然在吹。
吹日子如纷坠的黄叶。
风依然在吹，还将无尽地吹拂
这新鲜而破旧的人间。

听雨落向夜的深渊

雨声飘浮。
尘埃落定。
俗世被雨水擦拭，在低处闪光。

雨水流向远方，不知所踪。
失踪的人都背负着迷途，每一步都是深渊。

沉默者在集体消失。
没有尖叫，却有异地的遗骸。

死亡沉闷无息。
流亡者无法停下脚步，在天空的墓碑上，刻下
雷声的悼词。

大雨中经过一座村庄

雨声是执拗的收割者。
奔忙的脚步声、喧嚣的市井……泥潭般的诅咒、鸟鸣般的颂歌……
嘈杂的一切都被寂静反复折叠，近于虚无。

有人入梦，有人从梦里出来。
每一扇门都虚掩着，迎迓着这个深一脚浅一脚的世界。

暮色潮湿。
村庄安详。
在大地的静默里经过一座村庄，便经过了这个世界最温暖的部分。

（选自《星星·散文诗》2019年第3期）

■［山西］卢　静

钻木取火（组章）

题记：一个起伏的黑点，抱住了光影摇曳的圆。

指　环

听，你的玫瑰戒指坠落了。
一扇窗覆盖长满回忆的暮年。人们从不同渡口抵达，你孤岛墓园的沉寂。

戒指被金属内核点亮。

干枯的花朵溢出香气，仿佛你临终的目光，改变了星辰的色彩与光线。

闪电迅速聚集，又消失，劈亮灵魂行走的一个切面。
你已经看见，另外一个自己
——开放，同时凋零。

而时针的旋转，保留第三种轨道。

早　安

谷种，赤裸裸地来临。
大雨在婴儿床上快乐地呼喊，神或者泥土涂画的太阳。

早安，苍耳。
云白得忽然远游，卷走了 30 克苦难风暴的预兆。
天空完全安静下来，砌造最原始的溜冰场，倒悬你繁复的影子。
——那里有一朵永恒追求的火棉花，轻轻包裹了我。

早安，追逐姐姐的叫鹅。早安，连续成线的视点。
早晨好，七色苞蕾的乌黑词根，早晨好啊，指挥山间万籁交响的仙女棒。
我们共同的眼睛，早安。

桌子上没有橡皮，早安，一无所有的百万富翁。
如今，你无法企及，我们不屑一顾的大地的财富。

斑　驳

虫斑在一片叶子上显现，又隐匿，会在所有的事物上弥漫。
虽然眼睛毫无察觉。
你只盯住崭新的纺车，扶桑树是它高耸的摇杆，荒野抬起胸脯，开启了金色光线沉重的摇滚。

盘山路一刹那的裂缝，迟疑地弥合。
乔木、灌木与苔藓，都呼啸在光的碎片里，一只僵硬的手，劫持了你的抗议。
你走过瓜地，拖长阵痛的影子。
酸与甜的汁液改造味蕾，脚下的八卦图，枝连着枝，蔓牵着蔓。

像此刻吐出的瓜籽，风的口腔里消失，又一粒一粒聚焦，储存在土里。
风已经在你午睡之前，呼啸而过。

日　晷

总有一峰雪，析出岩石的皓白。
冬天藏身轰然塌方的时间里，用透明的冰，一块睡着的水，分解地表上爬行的长队。

看，你移动日晷的手。
劳作，养家，茧挂满了老树，可是土地沉默。
你守候蚁穴的洞口，整整一个下午 。
上帝一样思考，留下谜一样的微笑，善，恶，争运粮食的简单根源与结局。

春天诱人的雾里，在最后一只蚂蚁的粮仓。
你发现自己也是弱小的蚂蚁，摇晃笨重的身躯，忍受同类的践踏与嘲笑。
你双手举起，瞬间失去了重力。

（选自《咸阳日报》2019年9月5日）

■［福建］任剑锋

从家乡到故乡（组章）

题记：行过万里，看天地阔远，经世间沧桑。一到村口，仿佛又回到童年。

1　我们这一代人，都是生在家乡，长在家乡；
然后选择离开，开始了一生的漂泊。
我们以数十年的奋斗时光，改变了自己及家人的命运；
而家乡也同时在我们的身上，刻下了一个深深的烙印——游子。
我们在自己的人生履历表上，用重重的笔触，把这个“摇篮血迹”、咿呀学语的家乡，写为了“故乡”。
从家乡到故乡的时光，是年少到年老的过程。
从家乡到故乡的距离，是一生不断往返的旅途。
从家乡到故乡的时空，是我们从生到死的穿越。
从家乡到故乡的思念，是从开始要远远逃离，到最后日夜盼归的变化。
从家乡到故乡的变迁，不仅是地理的，更多是时光的。

从家乡到故乡，不仅仅是我们的躯体在迁徙，更是我们的灵魂在流浪。

在这流失的时光里，家乡铸就为故乡。

家乡成为远方，里程不是距离，时间才是距离。

2 在城市，我们寓居，是客人。

回故乡，我们往返，也是客人。

在城市，我们如同故乡田野成熟的麦穗，弯腰。在城市，我们什么都不是。回到了故乡，我们如同在城市求人般地谦卑，鞠躬。

——因为在故乡，我们永远是祖辈的子孙。

一头住着城市，一头系着故乡。

乡愁是我们游子最凄美的感受：

在城市，白天车水马龙，夜晚璀璨夺目，总是在杯盏交映中，不停地与客户打交道；在故乡，连绵不断的节日、喜庆，不断地重复着七大姑八大姨殷切的接待与款款亲情。

故乡的庄稼哺育了我们，让我们滋长出梦想，大胆走出乡村。

故乡的河流知道自己的走向，以日夜不息向前奔波的方式告诉我们，让我们知道自己追求的目标是前面的大海，头顶的星辰。

3 如果没有漂洋过海生活在异国他乡，不会深深感觉到故乡的温暖。

你走遍天涯，也许累了，在哪个地方成家立业，却没有地方可以安放你漂泊的心灵。

我很多时间跟随着飞机在空中飞翔，在高铁上风驰电掣，去过高楼林立的繁华都市，也去过让人不想回来的度假胜景，可是，最终我还是选择回到了我的故乡。

回到故乡，耸立村头的那棵老榕树，依旧是顽强地蔓延着它渴望着地生根、长枝的根须，如同我们故乡的父老乡亲们子子孙孙、一辈辈地繁衍不息。

田野上，一头脚步蹒跚而目光亲切的老牛，哞哞哞的叫声，瞬间唤醒了你内心对幼时生活的记忆。

那条时缓时急、清澈见底的小河，曾经流淌过我最初的梦想——像它最后走出了山冲一样，带着我走出了封闭的家乡。

当年，我们曾经千方百计地逃离故乡；

现在我们回来了，是以朝圣的方式。

无论你是衣锦还乡，还是仍然穷困潦倒——回到这里，都是故乡的子孙！

回来了就好啊。在旧庭院里，沏一杯浓茶；在月桂树下，切一个月饼，与亲朋一起，缅怀幼时的岁月。

今晚，暂且忘却那个远方的他乡——我们所居住的城市，让这里的清风、明月，抚慰自己的伤痕，在故乡温暖的怀抱中安然入睡……

4 清晨，又是离开故乡的时候了。

留在故乡的那些奔跑着、做游戏的小孩们，脸庞上依然无忧无虑的，荡漾着如我在孩童时一般的欢笑。远处，化工厂烟囱林立，工业园区的道路即将朝这里拓展而来。不久的将来，我的故乡将会成为化工厂的一部分。

我默念着：孩子，如果有一天没有故乡了，我们要回到哪里去呢？

（选自《福建日报》2019 年 10 月 13 日）

■［陕西］三色堇

向上的祝福（组章）

每一棵草都醒着，它们笃定没有辜负春天

静美的春色充盈着人间的烟火，而盛大的辽阔与一朵云、一座山、一棵树的相融，成就了万物生灵的颂歌。

遍野的阳光，青草，花蝶，值得我一再回眸。这光亮如新的场景，就连花草都露出惊诧的眼神。我似乎聆听到隐约的梵音，一切都变得轻柔起来。一尘不染的清寂与蓬勃的生机，它们没有在繁花旧梦中深睡不醒，它们在粉粉的桃花 / 白白的紫叶李中开得怎么都停不下来，它们要将这向上的祝福，一直擎到天上去。

这些落在人间的美渐渐明亮，就在今夜，它们依然像烟岚一样穿梭于我深深的寂静，抚过尘世的枝叶，让你不忍再错过这春天的花期。

虽然远方还有落雪，但每一棵草都醒着，它们笃定没有辜负春天，恣意，迎迓，坚韧，轰轰烈烈，旺盛地活着。

我已不再年轻，而这些茂盛的花朵能开就尽情地开吧。

登乐游原

每年三月，我都会踏进青龙寺，登临乐游原，梳理日月潮汐，沐浴春风乍泻。

初春，原上依然是寂静，清冽。南竹聆听着风的弦外之音，樱树吟着："杏艳桃娇夺晚霞，乐游无庙有年华。"

此时，你若闭目闲庭，李商隐的长袍马褂，拈须畅吟之态，举止若如"向晚意不适，驱车登古原"。仿佛置身于盛唐，这里，就是前世的故乡。

也许，正是生命本身的短暂和战栗，也许在这个波澜壮阔的时代，只有这里才足以让人有着酣畅淋漓、舒展心灵之感，行吟天地之辽阔的情怀。

我喜欢登高远眺的开阔，喜欢执念俯视如掌的玄妙。

初春·长安

一个沾着露水和花香的长安，一个刻满了历史的烽火，青铜一般厚重的长安，承载了多少时光的薄刃。古老的瓷器，泛黄的碑拓，西窗下的烛火，漫过了这座古城的残梦。

护城河被一块块沉重的石头托举着，在苏醒的人间，送走疲倦的尘愁，迎来年轻的缱绻，河边漫步的伴侣，缓慢的叙述……

他们朴素的细节，温润，委婉，在长安越发显得静美。他们感受着人间的美好，感受着前朝的琉瓦飞阁，感受着所有事物的前世与今生。

转身，满城的灯火已悄然与春天的薄暖相拥！

往返旅途的人

往返途中的人无法阻止这场精神的大雪，它毫无停止的意思，它颠覆着灵魂的祭坛，弥漫着我的千里江山。它用挽歌的力量击打人声鼎沸的尘世。

我期待天空有雨降落，冲刷黑夜里的尘土、误解与坦途，让一场又一场的雨在山、峰顶、土坡、旷野发出巨大的声响。我站在窗前静静地听着，听着他轰轰烈烈地奔跑，将暗夜里的我拍击得粉碎！

一只炉火，一抹残阳，一场云涌的痛楚，一块生活的背景，填满旅途中疲惫的身体。无论世界归于何处，没有偶然与必然，只有不断地仰望那束遥远的光——这精神世界的最深根源。

（选自《散文诗》2019 年第 7 期）

■［江苏］麦　子

时间枯萎，葵花不谢（组章）

高昂黄金的头颅，以叶为心，以花为梦，舒展，舒展……

1 这是一场寂静的喧哗。
在秋天，这些头戴金色花环的少女，体态轻盈，声音婉转。
她们羞涩，含蓄，却又热烈，奔放。
高昂黄金的头颅，以叶为心，以花为梦，舒展，舒展……

2 小小的黄色的花朵，在燃烧，
这是一千顷的黄金，在抒情；

小小的黄色的花朵，在转动，
这是一千顷的渴念，在奔跑。

3 一千顷的触角在延伸……
转动，转动……
太阳的车轮碾过风，碾过白云，碾过苍穹……
九月的葵花在转动，九月的葵花在抒情。

4 明亮而又绚丽，热烈而又奔放。
这时间开出的花朵，这被时间锻造出的黄金，
急于向天空打开，黄金一样的身体，黄金一样的渴念……
流苏一样的花瓣在颤动。

5 日光如瀑。
这是一朵葵花对另一朵葵花的爱恋。
这是一朵葵花对另一朵葵花的抒情。
苍穹下，她们直起挺拔的腰身，举着各自的火把……
黄金的石头在燃烧。
黄金的石头在抒情。

6 道路有了明确的指向，溪流抵达了金色的大海。
太阳在奔跑，车轮在转动。
黄昏的大地，葵花金色的头颅低垂。
被时间熄灭的花朵，终将结出累累的果实。

7 今夜，头戴金色花环的少女，体态轻盈，声音婉转。
她们裸露出黄金一样的身体，等待月光的抚摩，等待露水的降临……

8 北方以北，星辰陨落。
时间枯萎，而葵花不谢。

（选自《阜宁日报》2019年10月17日）

第三辑 荷塘·香雪(8家)

■[湖北]刘素珍

躺成一口荷塘等你到来(组章)

无须传唱多情的欲望，一柄荷伞撑住一世沧桑。

你的嘴唇覆盖我的歌声

荷花开着、开着，就开满荷塘了。

你是我体内的花，铺满我的泽国。一次次把上辈子、上上辈子化为种子，以无可阻挡的力量生根、发芽、开花，开成火焰，不停地耀动，给我最热烈的心跳。

这越来越甜蜜的花朵，像你的嘴唇覆盖我的歌声和肢体，成为入梦的月光香，长久不能抑制，那么摇曳、沉醉……

身体被一瓣一瓣打开

当你将花蕾高高举过头顶，这扎根泥水的生命，从碧绿到枯黄，记忆的火花触手即燃。

你羞涩的心跳在涟漪里越陷越深，而雨水一再从高天下来，你的身体被一瓣一瓣打开，垂落，我想要扶着你，像要你扶着我。

风贴着耳际而来，你在不远处激情飘荡，湖水清明，照见广阔天际，你选择了内心的飞翔。昂立泥水中，多么丰饶的张望啊！

整个夏天怀抱风雨，笑而不语，也不用言辞表达你的快乐。

一柄荷伞撑住一世沧桑

不是草原，不是绿洲，在一片葱郁的绿茵前驻足。

无须传唱多情的欲望，一柄荷伞撑住一世沧桑。

撑住，是一种了不起的气魄，挡不挡得住风雨，都开出圣洁的花朵，还清香四溢。在你的世界，我看不见来来去去的风雨，那么多荷叶波上含烟连荫翠。

投入你的怀抱，投入种种际遇和命运，越来越清澈的世界，包容了迎面而来种种揪心的事物。

一池塘的月光点亮夜色

一池塘的月色，就在小山坡下，就在夜风中，在此起彼伏的蛙声里。

一池塘的月光，点亮我心中的夜色，用影子覆盖影子，宽厚、深重、倾斜的影子，从山坡上，倾泻下来。

一池塘的月光，如水，漂洗五味杂陈的人间万象，满地都是尘埃，满地都是飘忽不定的心情，满地都是流水无声。

月色无边。我把内心托付给摇曳的月光，我把大半生的悲喜藏进荷塘，我把自己如月光一样洁白的肩膀，作为自己温柔的倚靠。

（选自《天山时报·散文诗月刊》2019年第6期）

■［江西］张　萌

打开月色（外一章）

我打开你的穗衣，纯白，当我与你合二为一时，叫灵魂。

无数次，黑白交错。

无数次，我在你的引力中抚摩一圈圈的光晕。

月色，白，属性嫦娥，常夜间出没，喜蓝色，喜八月，喜寂静；喜欢姓桂的女子，和她的香。

我不记得你善变，在八月，有属于我的一天，我是卑微的，我只要一天。

月的发梢弯曲，沉下的色素颓废，我的心忽感垂危，山洪就要暴发，行走的植物和人们将消失在你的潮汐。你是这样的博爱？我宁愿闪电是有根基的，当它巨大的鸣叫来临时，人们可以将它连根拔起——把灾难留给雷声吧。

浩渺，只是一种假象。

荧光此时俊美，漂亮；有人撒娇，有人拥抱；我看见对岸的你，一只犬埋在灯火里。

这条河是我宽大的手掌，越过它，婆娑的月影是一束菩提。

我将你拥在怀里，吻痕是一条小溪，我将无边的暮色赠予你，表明我的爱情。

月色的柔一如你的咽喉，我的唇，你的软。

有麦。

月下，我只想着麦，充盈地生长，成熟而满；我打开你的穗衣，纯白，当我与你合二为一时，叫灵魂。

哦，麦。我这样崇拜，这样响亮，我窃取向日葵的大黄给你照亮闺房，好让夜色装点你的笑。

海。在你的色里，咆哮。在我雾色迷茫的山冈，一只失魂落魄的海豹生命的淡水正在消逝，我还能在你的眼里妖娆？

亚 瑟

我的乐曲爬上一粒粒玉米，这是秋天的一丝黄晕生长的痕迹，淡紫色的呢，来自八月的小瀑布，挂着雨后的初晴。

阿瑟，你顶着暗淡的目光，走进我的玉米，葵花还在梦中；

阿瑟，我始终拥着你，唱小曲，挥毫，读《诗经》。现在，你坐进若隐若现的光里，把葵花的眸子蹂躏，甩给我两个手势，我明白，这是秋天。

某种不可名状浮在我的水面，一枝黄花是舞曲的惊艳，我的悬崖凹凸着，似乎有洞穴，阿瑟，这是你千年的手，抚摩着我的脸；烈日下，我的手臂唱出正午的阳光，唱出檀香扇的思念，唱出冰中雪莲。

哦，艄公美美一撑，红豆便潜伏，蝴蝶泉。

能喊你吗？阿瑟，今天是完美的，我的长发充满了音乐，数到第八根，琴弦便轻盈了，月亮下来，书写：高山流水。

我只感动，不出声。蝴蝶贴紧石壁，那是我的清泪，我不想拥有琥珀的样子，太累。

2002的长，长在你的心脏中央。我挥舞春风的时候，阿瑟，何处是你？

我凝望千次的雨滴，你的气息，你的脉搏，这是一条月亮河，你谱着一支青色的曲；岸边是我，举着一支青色的歌。

阿瑟，雨雾滂沱之时，你来看我，说，三月如花，花似火；并无玫瑰。

穿过夜，穿过白，穿越八月的绳索，你托着我的下巴，柔情似火，我明了，芭蕉何须怨杨柳。

阿瑟，我酷爱栀子的时候，天上全是你，你信吗？

我知道，春风里的嫩芽是你，桃花的含春是你，给我膝盖无限温暖的还是你。

阿瑟，如果嘴唇有记忆，那么我们，就是朵朵白云。

（选自《天山时报·散文诗月刊》2019年第12期）

■［山西］王　起

啊，香雪

很香很白的香雪如一朵野百合在香溪河畔开放。

1　香溪水自很远很远的地方流来，又向很远很远的地方流去，木槌声年年岁岁、岁岁年年，不知捶打过多少女人的青春。

香柳树下的香雪，就在这一起一落的木槌声中啼哭着诞生了，

又在这从不间断的木槌声中，微笑着长大了。

蝴蝶结飞来飞去，山茱萸黄了又黄，当蒲公英般的童真徐徐飘落，香雪的梦渐渐多了，母亲留下的那面小圆镜常常脸红。

香雪很香，香雪很白，很香很白的香雪如一朵野百合在香溪河畔开放。

香雪十八岁生日的那天，香柳树刮了一夜的风，风把香雪的名字刮得很远很远，吹得那些好咬耳朵的村姑们妒火直烧，吹得那些流涎水的黑眼睛黄眼睛不得安宁。

从此，香溪水开始喧哗了，泛起的水花结出许多不为人知的谜面，

木槌声时不时被惊飞，香柳树一到夜间便抽枝吐叶，那谜底谁也猜不透，只有香雪清楚那里边藏着许多许多黑黝黝的眼睛，一想到谜底，香雪的脸便红得发烫，香雪的心便跳个不停。

2　就这样，香溪水又流了三百六十五天，木槌声又响了一年，香柳树又绿了一年，香雪又白又嫩的胳膊，香雪又鼓又胀的胸脯，终于绷直了媒婆们诡秘的视线。

于是在一个没有月亮的夜晚，父亲的那支象征着家庭权力的拐杖一落地，香雪的名字便随着媒婆狡黠的笑声悠然滑落，掉进一个瘸腿男人的梦里，据说那个男人是邻村一个有着至高无上权力的人的儿子，八万元的聘礼把父亲那间破旧的窑洞镀得通红透亮。

这一夜，香雪一刻也没有合眼，她的梦破碎了，痛苦的泪水使母亲留下的那面小圆镜失去了往日的光泽，紧咬的嘴唇仿佛要把这沉沉的夜咬碎似的，这一夜，外面的香柳树下了一晚清冷的雨，香溪水唱了一晚忧伤的歌。

第二天黄昏，香雪依旧做完一切该做的事情，独自走了，沿着没有尽头的香溪水走了很远很远，去了谁也不知道的地方，冷寂的暮色中，形单影只的香雪很苦很寒，如一片卷曲的草叶在风中飘零。

香溪水在香雪走后的一天夜里突然绝迹，木槌声在不知不觉中驻足，香柳树在不知不觉中没了叶片。

（选自《天山时报·散文诗月刊》2019年第12期）

■［湖南］李佑启

青花瓷——兼赠 CYH

我是你修炼千年的那只狐啊；哥，我是你梦里趴在窗口的那个妖。

是的，我从来都不否认，我的确暗恋过邻家小妹妹！因为，她就是我上上辈子的小情人！

冷静，平和，贤淑，而窈窕。

刚毅，稳重，沉着，而善良。

我知道，小情人从汉代出发，从秋天出发，从高岭走来，去过马家堡，逛过元大都，还在西安半坡歇过脚。你温着一壶暖暖的茶，一袭粗糙的布衣，在四处漏风的草庐里，翻阅着唐宗宋祖老得发黄的陈年旧事。

你从乡邻中走来，与衣衫褴褛、满脸炭黑的汉子们在一起，与汗水在一起，与盐在一起，与鸡鸣犬吠打成一片。

你从地底下走来。但底层的无边的黑暗，却终究掩不住你内心雪一样的清纯与洁白。

窑与民。荒郊与野岭。

以水的温柔诠释着火的亲和与拥抱，以火的妩媚引领着水的随和与大度。

从低处走来，从黑暗中走来，从烟熏火燎中走来，走向烈焰，走向重生。

与水与火生死相依。

木炭婀娜的苗，红的心，蓝的焰。噢，我的窑，以柔以刚。

山水，草木，鸟雀，虫鱼。噢，我的民，以美以娇。

以柔以刚，以你我最最纯洁的爱。以美以娇，以你我生生死死剪不断的情怀。其实，那是哥与妹妹相连的血脉，我们彼此都从未僭越。

将冥顽置于水中浸泡，将散漫置于火里煅烧，将灵与肉一齐淬火，让锋与利，让温润，用质地说话。

于是，另一种生命，从此诞生！

你让水比水高出了一寸，让山比山高出了一尺，让渺小的尘埃，永远高于牌坊的海拔！

你怀揣着火的种子，和欲望，不慕金碗银盏，不慕锦衣玉食，不慕皇冠与权杖。你是哥坐不更名、行不改姓的邻家小妹妹！是哥永恒的风景！

然而，在世俗的眼里，低处无风景！

青花啊，你是哥蓝色的忧伤。

也许，没有几个人真正知道你的身世！一如没有几个人真正说得好青与蓝的区别，没有几个人真正分得清你与陶的不同！

而你，却一定还清楚地记得，当年青梅正盛时，我骑着竹马而来，就已经知道，你贵姓廖，你的小名叫作蓝花。

我前世今生的小花妖！

（选自《天山时报·散文诗月刊》2019年第12期）

■［四川］杨　通　热爱纠结我一生的暧昧（二章）

时光的伤口开着冷艳的花，秋天辽阔的肌肤遍布残酷之美。

十一月的阳光，轻抚墓上的冷草。小路上，人烟和好天气，被逐渐收藏。我无法想象，你开在纸上的花，是否仍然能掀动春天的情欲。我在深秋，被尘土轻埋，躲过了一只迁徙之鸟的询问和左顾右盼。

我在墓前坐下来，面对陌生的隐居者，安抚自己的疾病。面对大好河山，认领丢失于流水秘道上的良药。你说过，不能来看我，因为思念的处方，充盈着太多太具体的望穿秋水。

十一月，南方仍然具有想象的暖。我想打开墓室的某一扇偏门，走出冷草垂死的情欲，与水乡的水有一次伤感的艳遇，与暧昧这个词做一次失忆的私奔。而星光泛滥前，我的巴中，始终山穷水复，疑无路。我打算，云淡风轻，再一次退回冬天的墓地，养好前世爱情过敏的病痛。

织在鸟羽上的阳光，怎么可以轻易地走开。就算是入冬了，我也会睡在一株冷草旁，热爱你开在纸上的花，热爱纠结我一生的暧昧，热爱一片安静的雪花，带着你来世的好脾气，缓慢地，降临在我糟糕的心情上。

秋夜寂寥，或一些此起彼伏的忧伤

时光的伤口开着冷艳的花，秋天辽阔的肌肤遍布残酷之美；虫豸们的足迹，矜持在风的琴弦上；落叶听见的远方，离月光只有一步之遥；谁在路上孤独地行走，被满心的黄金拖着后腿。如果，虫豸们能够在一堆月色的碎屑里刨出自己的光辉，梦是唯一的出口。

今夜，谁在隐姓埋名，沉醉于黑暗的晴朗。仿佛半途而废的浆果退回大地的子宫，仿佛被迫低于尘埃的卑微芦笛，轻声唱出泪水原初的火焰。

草木继续盲书仓促的衰老。而虫豸们并未慌不择路。动静无界，成就生命如此明媚的忧伤。万物皆会被突如其来或骤然停歇的风雨感动。看吧，虫豸们从不给人间纷扰让路。仿若月亮，在失眠的辗转反侧中完善自己的熄灭。

——这个秋天寂寥的夜晚啊！

我喜欢你丝绸般隐秘的光泽，喜欢你疼痛在冥望中的顺滑，柔软，和飘动，以及你蜷缩在命里的冰凉的温度；我喜欢，跟随虫豸们坠在爱情子虚乌有的深渊里，听你，对着那些来路不明、错综复杂的墓碑，说，有人光荣地死在了自己的前面。

（选自《散文诗》2019年上半月版第6期）

■［新疆］如　风　所有的相遇，都是久别重逢（外一章）

一粒尘埃和一颗星辰的遇合，要经历怎样的山高水长？

山路曲折，人生起伏。拐了一个又一个弯之后，就是为了在最后一个转角处遇见你吗？

我的身体里种植着大片的棉花、玉米、麦子、向日葵，田埂上的沙枣树四季开花。我不为收获，只为年年看着它们一茬一茬地生长，长成另一片下野地。

我的下野地。

我愿意挨着这些朴素的庄稼坐下，远离那些盛世的谎言。

你一定和我是一样，身体里有田野有沙枣花和胡杨树，还有哗哗的渠水和水边高过我们的芦苇。

和我一样，身体有雨水，有冰雹，有大雪，还有落下又升起的太阳。

你也一定愿意，在远方，为了归来，向着另一个远方出发。

我相信所有的出发都是为了更好的归来。

就如，所有的相遇，都是久别重逢。

纸上的绽放

阳光下，遗憾无处不在。

黑夜到白昼，白昼到黑夜，不过一瞬。

我走到你的面前，需要用光年来计量。

一粒尘埃和一颗星辰的遇合，要经历怎样的山高水长？

灯光下，我把自己隐匿。

正午的阳光下，我让自己绽放在一本打开的书页中；

被禁锢的灵魂，在字里行间的草原策马奔腾。

（选自《广安文艺》2019年第2期）

■［甘肃］阿　垅

九十九眼泉（外一章）

蓝布鞋上晾晒着刺绣的蝴蝶，一方手帕挥舞出十里花香。

喜欢，这叮咚作响、甘洌清越的环佩。
喜欢，这滑如绸缎、浸透肌肤的亲昵。

水韵的莲花迭起，不改的乡音与生俱来，即便倾诉的二胡远走他乡，日久生情的月光，总要披挂起思念的羽裳，落在九十九眼泉上，再续传奇……

舟曲：一条江的名字

婉转你的舌尖，教你一句藏语。
上扬你的眉目，教你以一条江的涛声发音。

以水为名，藏语里的舟曲，也是汉语里的龙江。
当你喊出她的名字，山巅云雾就会散开，一座座石头镶嵌的村寨闪烁出雨露打湿的鳞片。

堪比沐浴晨光的美人鱼，眼里森林起伏，腰身浪花翻卷。
多少年，我在上游，她在下游，捧起的爱慕之情在同一个源头。

天下之大，苏杭太远。
白墙黛瓦，楹联楼阁，我心底的烟雨江南就在隔壁，蓝布鞋上晾晒着刺绣的蝴蝶，一方手帕挥舞出十里花香。

（选自《星星·散文诗》2019年第10期）

■［四川］阿洛夫基

布谷三声（外一章）

一滴泪，流了千万年，至今还挂在我们眼角。

布谷鸟叫第一声，石头从梦中醒来，嫩草耸着耳，眼睛睁大了。

啼声告诉我们，冬天已经过去。

春日的阳光里，一个女人从那边走过来，妩媚动人。

她要在这季节里当新娘了。

她的目光就是我幸福的方向。

布谷鸟叫第二声，我躺在向阳的坡上，让啼声落在我脸上，让移动的心渐渐平息。

回想，这个女人是怎样成为我的妻子。

我为什么常常忽视她眼中点点滴滴的柔情。

布谷鸟叫第三声，我端详着女人的脸庞，和我一生相伴的人，不是别人而是她，这真是生命的奇迹。

两颗心围成了一个太阳。

看着看着，这女人就怀孕了。

承 认

是的，我承认。

我们已历尽沧桑。

为曾经许下的诺言，为一声声失落的呼唤。

是的，我承认。

一滴泪，流了千万年，至今还挂在我们眼角。

昨日的伤痕，还有些痛。

是的，我承认。

我们是佩戴泪珠串成项链的彝族人，心头有爱，心底有伤。

（选自《湛江科技报·南国散文诗》2019年10月21日）

第四辑　生肖·紫藤（11家）

■［上海］刘慧娟

四月诗笺（组章）

一亩薄田，七分种童话，三分种孤独。

播　种

一亩薄田，七分种童话，三分种孤独。

后来，七分种玫瑰，三分种罂粟。

秋天经常在泥土里迷路。就说，种一段佳话吧！

说着，说着，我却种下了自戕的匕首。

于是，田野有了戏剧性转折。将一颗露珠栽培成哈雷彗星，在时光里，等待命运裁决。

其实，我明知花里有诈，更知道那个怦怦直跳的日子，有毒。

听　雨

雨声，如相逢失散的亲人，如泣如诉。

我推开雨夜红尘，让灵魂渐渐入静。

在丝线与文字，空山与想象的纠缠中，一个终夜无眠的名字挺身而出。

好吧！既然狭路相逢，便彼此对峙，一起听雨。

沉睡有沉睡的理由，清醒有清醒的理由。我与你聚散的理由，藏进一缕柔风。

雨声里，原野绿了又黄，黄了又绿。将苦乐过程，浓缩为一颗雨滴。

叹　息

土地颗粒无收的时候，我更加怀念故乡和童年。

那时，黄叶的叹息，显得格外美丽。

四月恰好，叶子和树干，都重新获得生机。到处充满裂帛般的清脆，各种鸟鸣，耐人寻味。

只有我失手打碎的春天，树不开花，柳不发芽。我们一起确定的方向，开始在岸边徘徊。

此刻，野渡无人。四野空旷。

我耗费半生锻造的铁镰，在这不同寻常的日子，将收割什么？

仪　式

春天，是花的仪式。

存在，是生命的仪式。

有人匆匆为仪式而来，将前面的誓言移到了身影背后。

不需要鲜花，车马也是多余的。

只说长路遥迢，轻车简从，便于将长卷从历史长河提取出来。

打开四月的心事吧，看看秘密是否还在，看看杏桃花含苞欲放的痕迹，看看破晓的秧苗，是否弱不禁风。

竹子高了，流水长了，却见仪式忽冷忽热，忽远忽近，总在有风有月的日子喃喃自语。

后来，呢喃半生的仪式低语，诺言竟然丝毫不懂。

燕　子

我认识那只燕子。铭记它敏捷的护佑。

它借了黎明和黄昏给我，又啄走了一缕忧愁。

它欢欣地吐纳春风，从开始就住在梦里。它曾经描述过一个古老的月台，月台上呈现梅的傲骨，菊的宿命。它怀揣一粒火种，将四月乍暖还寒的天气，剪成一个亘古约定。

它担心岁月不守信用，担心高低起伏的情节有一天会流离失所，为此，它给四月上锁，将全部密码，锁在一场细雨。

将来时的道路，剪断记忆。月光守门，雷电护佑。灵魂，在三生石上，刻下了暗记。

永　恒

在碎片中雕琢永恒，如同鸿雁迷惑了天空，如同天空止不住地泪流。

太阳躲进了云里，曾经关心的事物，至今无法准确命名。

那支开弓离弦的箭，仍然没有找到故乡。

回眸是忧伤，转身也是忧伤。

时光空洞，只有月季花影，拉回一个又一个逝去的月夜。

为了四月的激情不老，时间承认东风仍旧美丽，仿佛穿越了幸福。

蛙鸣与风声编织的童话，还痴情地在春天展厅等待。只是，谁来调试琴弦？谁来装饰梦境？谁来安慰残局？谁来细数相思？

（选自《散文诗世界》2019年第4期）

■［新疆］薛　菲

母亲，抑或生肖书（选章）

岁月是只老鼠，偷走母亲的青春和子女

我源自一场山洪暴发的黄昏

每到黄昏，母亲总是一名胜利者。摆脱白昼的束缚，在凉风习习的堤岸，看见黑夜替她埋葬电闪雷鸣的冗繁。

雷雨过去，灶下麦草还有微火，大庙的钟声余音袅袅。村庄被晚风埋葬，包括千年前牛头城的喊杀声。

现在我知道了，整个村庄都是陪葬。千年来，我们被晚霞养在火中，度过黑夜漫长的河流，迎接黎明。

鼠

岁月是只老鼠，偷走母亲的青春和子女，现在，空空的子宫如秋收后的大地，死生宽敞，却也寂寥。

牛

我父亲是牛，我的兄长也渐渐成为牛，以后，我的侄子也会是他后代的牛。而我的母亲、嫂子，以后的女子们，是那片青草地。

呵，欢迎你，我失去的，我得到的

我在柴草间匆匆做了母亲。周旋于家庭，泼活与细活，牲畜与庄稼。我做了许多物种与传说的母亲。

以急遽地失去青春的代价，继承一位患子宫肌瘤或肺病母亲的生命，替她们看守一处微小的房屋或庞大的山川；替她们生没有生过的病，流没有流过的眼泪；替她们接听在厦门、四川工作的儿孙的电话；替她们衰朽两只乳房；替她们找好正午般温暖的阳坡。

龙

山为龙形，许多女子既不是凤也不是龙，而是萋萋野草，龙的饲料。

蛇

那条苏醒的蛇，是游子的真我。

黄昏寂寂，谁应被提防，被放弃，蛇是冬眠的残忍，在告别的一刻出现。

主持一日三餐就是维持了岁月

山上是母亲，灶前也是。已抵达岁月全部的疆域。她是水，是水的前世今生，甘南的背景是她最好的一生。在山川中寻找，一日三餐推动日月的永恒。

边疆与青藏被她稳坐，天下就太平了。

姐 姐

那一年，阿姐十八岁，出嫁。二十八岁因难产而早逝。现在，我坐在被火烧云照亮的院落。她以风的声音离开我，以云的样子回来。甘南层层叠叠的山野，吞掉她的肉身，又以青草的目光击中我。

火烧云奔跑唐三彩的古代，系在青草腰身上的鹰嘴豆，被我咬碎。

毛桃树

毛桃树的身世在牛头城。毛桃树的三月比桃花还艳。毛桃不是桃，有刺，叶形细小，深绿。在高原上，先绿起来的一定是毛桃。

毛桃就是母亲、姐姐，还有走在路上我叫不出名字的，但我识得她们走路、说话、叹息、大笑的样子。

起风了

翻读民俗与传说，都是男子建功立业的故事。牛头城、点将台，充满唐以来边疆的雄性气质。而我在垭口看见的，谦卑而顽强的生存，在大时代裹挟下，并没有失掉洮水般充沛柔婉的女人。她们性烈如火，温润如玉。没有水，没有女人，这里仍是荒芜边地。

狗

犬吠如一块块抛入河中的石头，多少年前，我们摸着石头过河；多少年后，狗还在原地繁衍，不过河水变浅，已不需要了。

“永恒的女性，引领我上升”

再次回到高处的高原，看见我的母亲，我的女性长辈与后代，以牲灵轻灵而柔韧的样子，将自己活成平坦的大地母亲。

当看见姑姑脸上的皱纹，我相信一切不是磨难。是看起来胆战心惊承受过岁月的刀锋，呈现一种携带岁月根蒂的心平气和。

猪

是我忏悔的一部分，也是泥土与山河的一部分。

当一群小花猪跟着猪妈妈走来，所有道路都敞开，仿佛它们也是神灵的一部分。

（选自《扬子江诗刊》2019年第6期）

■［湖北］草馨儿

在武当山看星星（外一章）

而真正的星星，一直在天上，把世界照亮。

大山归于沉寂，整个世界笼罩在一个巨大的黑里。

紫金城、大顶、皇权、神权、历史的色彩和白日的盛景一下子退回了黑，并且统一的黑。

回头四望，哪一处不是黑?

孤独开始变厚。

连神灵也睡了，谁会选择这个时候出门?

而我就在大山的脚下，只要抬几步，就可以自由地倾听大山的心跳、星星的私语。

于是，我把脚步迈向大山的深处，离星星近一些、再近一些。

其实，我只是想和那些星星说说话罢了。

一阵寒风，一个寒战。顺手扯一把黑，我想把它当成大衣给披上。

天空开始变矮。那么多的星星，比广场聚会的人还多，密密麻麻地坐着，一个比一个亮，仿佛每一颗都向我眨着眼睛。

尘世中的荒唐，有时让人看不到光明。而此时，星星离我如此近，只要一伸手，就能够着。一些暖，裹满全身。而这些暖，何尝不是我守望的理由？

我还是有些困惑，我不知道这究竟是一种慰藉，还是一种逃避。

迷茫中，我把目光投向遥远。

多少帝王将相，皇亲贵族，也曾经走进大山，寻求心灵的庇护；多少高道隐士，把一生托付给名川大山；还有众多像我一样的普通人，怀着圣洁的灵魂、朴素的愿望，到这里放任回归大自然的性情。

这时，我再望望天空，再看看星星，仿佛已经得到些许慰藉。

因为喑哑，几近失语，甚至忘记世界上还有沟通的存在。

此刻，面对一山苍茫，再多的话也是多余。

我只需要孤独，十万大山般的孤独。

孤独多好。可以让我静静地思考，把繁杂梳理，把丑陋摈弃，把美好把握，把希望寄托……

尽管我知道它们离我很远，似乎在另一头。而那头的清澈，总会让我顿生梦想。

有梦想，有爱，有可以思念的人，而这些都会生出翅膀，带着心灵飞翔。

即便什么也不想，我也可以静静地站着，头顶星空，静默万物……在广袤而又神秘的苍茫里感知一种力量、一种慰藉……而这些，又可以化作清泉，四处流淌……

恍惚中，我重新打量自己，像一颗小星星把自己照亮。

而真正的星星，一直在天上，把世界照亮。

棋子与蚂蚁

你是一颗棋子，这个季节，被幸运地置入棋盘。

你不去争取，谁会对你许诺，你一定是最重要的那一颗？

对于一个棋子来说，秋天的命运般，一半靠天，一半在乎自己。

你相信天是公正的。殊不知，这个季节，大家都习惯于蜘蛛的网、知了的鸣，你像一只无声的蚂蚁，自然成了另类。

当尘埃落定，死棋不是他们的初衷，却是你最终的结局，

你承受得住承受不住都是事实。这是你的命运。

不要哭泣、不要羡慕、不要嫉妒，更不要猜疑和悲观……

这个时候，有人幸灾乐祸、有人同情、有人劝慰，却没有任何人能为你改变事实……

怪谁呢？整个空气都这样了，谁让你甘心做一只蚂蚁？

沉默。微笑。什么也不用说，只是微微一笑。

抬起头，继续你蚂蚁般的生活。

对于一群搬运米粒的蚂蚁来说，任何粗暴的干扰，即使石头、瓦砾打压，它们也会从缝隙下顽强地恢复自己的生活。

这是一种追求，也是一种境界，更是对整个人生透彻的理解，对命运顽强的抗争。

如蚂蚁般的生活，其实，你已经从困境中走了出来。

天籁般的幸福，正将你包围。

（选自《散文诗》2019年2月上半月版）

■［黑龙江］转 角

彼岸花

怎么，这光芒的世界也有奔逃者在四处游荡？

再生之门倒立在雪豹的宿命里了。

艰难跋涉者示意我惊惧的中年快去寻找被分封的王土，我还在等待夜幕的再一次眷顾……怎么，这光芒的世界也有奔逃者在四处游荡？

整座城市都在倾听落叶在秋风中瑟瑟发抖，这短暂的相逢洇染着整座城市的旧衣服，整座城市开始新一轮素履之往。

所有遇见于寂静中圆润而通透地打扫过路尘土，所有路过都如昙花一现，于琐碎中仪式一样沉寂下去了。

你是叶，我是花，你是昼，难道我是那冰冷的夜？

撕开昼与夜的忧伤，又究竟是什么人普度了这棵40年得以一遇的彼岸花——

花与叶的永不相见。

谶语悬垂在落日里，红彤彤的远方满是幸福感，为何你背着流水从我门前走过，不说一句珍重就与春天匆匆道别？

紧张而突兀的黄昏不再安静，我抱住沉默对望此刻你消失的背影。

我看见听见我的心已匍匐在赶往天堂的路上了——

叶影与花影正在跨越无穷的山水。

（选自《诗潮》2019年第2期）

■［上海］蝶小妖

紫藤斑斓（选章）

两双清凉的眼眸，不多不少，斟了春天满怀。

四月花

四月芳菲遍野。

姐姐，紫藤花才轻轻吐蕊，还藏于一只茧中。我们抵达，以一曲民谣相和，唱出浅浅的紫，唱出四月里的思念，轻轻拎起，又轻轻垂下。

姐姐，两个紫衣褶裙的女生，是我们吗？手捧精致的瓷器。越过漂泊的日子，停在白墙青瓦里，闪闪亮亮，恰如其分。两双清凉的眼眸，不多不少，斟了春天满怀。

姐姐，季节击碎又更迭。

几许清傲，扎根于江南一角。

避开喧闹和炫目，踏入繁茂的小径，织下一缕一缕诗意。瞧，满园沸腾了，亮了。雾起的眼睛，也亮了。仿佛一段心灵独白，把背后的一小撮淡泊，回旋成春天的青云。

花轻轻，四月亦轻轻。紫藤，从小枝杈里，慢慢伸将出来。

最美的年轮

看，紫藤风铃在互相追逐。清香在有限的空间里，释放出无限的悠远。

姐姐，我不忍高喊，怕从心头挖出的火，烧穿一根苍凉的枝丫。

姐姐，回来了，就卸下肩上或轻或重的包袱吧，为自己披一件合身的衣裳，与微笑碰撞。轻轻拨开云雾的弥漫，静看天与地的融洽。

姐姐，我们就在这里洗尽铅华吧。这里多么恬静，院子是半掩的，扇子的吊坠是璎珞的。你说，我们，这个称呼，美得让我俩屏住呼吸。

姐姐，在这里，我们储存养分，施与未来。

一点一点小鸟般衔接，执着地打捞诗词的韵脚和四月的花朵，将手中的时光编织，归拢于我们的曾经，现在，以及将来。

哪怕一低再低的温度，清凉如水。

心，也要高于苍穹，刻下最美的年轮。

默默如山的依靠

春天萌动，亲情永远是我们默默如山的依靠。我们归来了，一切都刚刚好。上帝的调色盘在四月被打翻了，紫藤花开恰到好处。

向一朵小花靠近。再牵一次手，登一次高，临摹一次愿景。姐姐，我知道，我们的四月，满眼的紫。花开的时间啊，久一些，再久一些，让这场美丽的紫色雪，一朵一朵盛开，给归来的孩子——

我们终于抵达，以惊人的速度。亲人的声音，亲情的沸腾，被一首小诗接到耳边。一页页翻开，笑容和花朵在风中纷飞如蝶。一行行脚印，一行行诗句，清新如饴，被我们的热情谱成歌谣。每个符号，内含我们的心跳。

哦，四月的精灵，你来点燃春天的颜色。春风过处，芳菲笼罩了四周。姐姐，请伸出手，与我、与美丽的弧光紧握，掀开一道缝隙，把生根的枝蔓种下，让不曾吐露的心声，划过永恒的紫，坚定我们斑斓的眼神。

（选自《扬子江诗刊》2019年第2期）

■［辽宁］雨　霖

从前自己的模样（组章）

你的目光是黎明的朝阳，照亮我明媚的春光。

河流涨潮的季节，旷野之风骤然将窗户打开。
回首来路，是谁坐在那块山岩上？
那林中雀跃的美丽少女是我吗？
过去的一切像头顶那片白云飘远了，带走涂满情怀的旧日景象。
往事总是出其不意，叩响那扇紧闭的记忆门扉，试图张望曾经的故事，难忘的人物和情节便历历展开，在面前不断闪亮。
从前自己的模样像水在人间、云在天上，与时光一起歌唱。
在我生命的河床，你曾如大潮奔流，使我为你痴情不改，梦想飞扬。
你的目光是黎明的朝阳，照亮我明媚的春光。

于暮笼的草坪

于是在那淡如水轻如烟的日子里，故事不再是梦般的沉醉。

当爱告一段落，分离的痛苦在我面前站成一种永远的选择。
水蓝的天空下，阳光兀自明亮着，浑然不觉花开花落的忧伤。
明知不能改写命运。你却还在某个角落，深深地注视着：
希望能将骑着单车独自往来的我抱个满怀。
这是怎样一种希冀呢？持一束紫色花儿，于暮色中品味落霞的芳香。
是你走出那隐隐角落吗？我内心的惊喜，化为不可遏止的泪水滂沱。

青春就是我的故乡

视野在月光下迷离，时空里回旋着仿若千年以前的风雨。

风之歌雨之泪都在寻找那遗失的名字，寻找那心灵完美的情人，爱真的能编织一个完整的梦吗？

因为没有勇气悄悄等在每一个你经过的地方，因为害怕伤害只好把你当作一个幻想。松风与流泉仿佛也在发出惋惜的呻吟，那共有的梦境已被雕刻为辛酸一场，我的思念只好在回忆中畅想。

或许从一开始你就是我的虚构；梦醒时星空闪烁，遗憾能一笔勾销吗？

我知道青春就是我依赖的故乡。

（选自《湖州晚报·散文诗月刊》2019年第3期）

■［山东］陈茂慧

敲钟，敲钟

他指挥着它们，让它们歌唱，让它们展开了翅膀。

一个出生真相不明的人。

一个奇丑无比的人：独眼、驼背、罗圈腿、聋子、哑巴。真正的“愚人王”。

是人们口中的“鬼东西”，一个半身是人半身是钟的“怪物”

——“这个丑相比所有的医药还能使孕妇流产呢！”

丑陋何其有罪！

在人类面前，他受尽了鄙弃、厌恶、咒骂和嘲笑，他听不到，但看得到；独眼看不清，但感受得到。人们憎恨他，他也憎恨他们。

他昏暗的迟钝的内心，一片凄惨。他不要同他们朝面。他要转身。转过身——

他就拥有了自己的世界和宇宙，那就是圣母院，他的圣堂。那些大理石像，不管是帝王还是圣徒，不管是妖魔还是鬼怪，它们都不会嘲笑他。

他愿意朝它们微笑，与它们谈心。哪怕他发不出语言。

他爱他的圣堂，以及圣堂里的一切。包括那十五口钟。

是的，他的圣堂就是他的一切，是他的整个宇宙，整个自然界。

他爱它们，没有别的梦想。

钟。十五口钟。他爱极了它们，他要用自己的方式敲响它们。

它们，让最初不聋的他变成了聋子。但它们唤醒了他的心灵，让他悲惨的命运里从此有了生气和活力。他知道，那些钟是他敲响的，它们是为他在歌唱。

对于它们，他内心充满了柔情与温情。

他天天爱抚它们，对它们讲话。只有他才懂得它们。他爬在它们的身上，抱住它们，缠住它们，同它们一起摇摆。他抚慰它们，疼惜它们。

此刻，他全身心地战栗起来、狂热起来。

他指挥着它们，让它们歌唱，让它们展开了翅膀。

——他就是十五口钟的王！

钟声响起来的时候，圣母院里充满了特别的生气与神秘。连每块石头都活跃了起来，那些窗子都是亮闪闪的眼睛，那些高大的立柱更加坚挺，那些门廊更加宽大明亮……卡西莫多，他充满了圣母院的每一处，使它的五脏六腑都处于激动之中。

圣母院就是他的窝他的家，是他的故乡和宇宙。

在这里，没有一缕光亮不被他占有，没有一处灰尘不被他亲近，没有一处凸凹不被他攀爬。

他就是嵌入圣母院的不可分割的一部分。

他是人？还是怪物？不、不、不，他就是神！

（选自《星星·散文诗》2019年第8期）

■［安徽］武　稚

那个人，一步一步走远（外二章）

像一头牦牛，总是不慌不忙；大地温厚，冬阳灿烂。

一切都成了过去。

偶尔的嫣红，偶尔的树叶，似乎想引起人们的注视，但是我们不得不说，青春已远。

雪豹潜伏在远方的岩石，匆匆的飞鸟缩回树林，落日有一种巨大的静。

多希望记忆中的红头巾，裹着的仍是年轻圆润的脸，多希望镇定与从容，能带她走向花木葳蕤的童年。

她被寒风一步一步推着走，不久，她的头上就会覆上棉籽一样的白。

曾经千方百计地好，曾经千方百计地忘却，曾经一寸一寸深入的千般万般，都随着她渐渐走远。

一个人的一生，就这样渐渐走远。

人与草

再大的事儿，遇到这块草地，也只能戛然而止了。

好像没藏什么事儿，好像随处都是我想要到达的境界。

短暂的停留，让我精神一振，此刻，我想到的只有忘却和狂奔。

明明是海量的信息，汹涌不止，我想要打探的，却只是童年和天堂的有关事情。

如果我说，草与草之间，也曾想保持距离呢，如果我说，它们也曾挖空心思，想寻找出路呢，马蹄、朝露、凉风，如果我说，它们也是坐以待毙呢。

多么复杂又多么短暂啊，人与草，为什么不能是寻欢作乐的一生。

大地温厚，冬阳灿烂

这双手，抚过琴，写过字，摸过冷暖。这个身子，曾经跟在卑微的后面，憋屈的后面，失眠的后面。

才一小会儿工夫，晨露滴了，桃花谢了，仓促的时光，已经有了寒凉的味道。

没有新鲜的血液，也不再有新的爱，也没有什么，需要特别表达的夜晚。

但是诗和体温都在，白云和山岗也在，不动声色的脚步，让风也岑寂了下来。

没有什么不堪重负，也不再惧怕狼狈不堪，也知道如何面对漫天的芦花，冷凝的雪。

像一头牦牛，总是不慌不忙；大地温厚，冬阳灿烂。

（选自《天山时报·散文诗月刊》2019 年第 12 期）

■［河北］梁　香

地平线（选章）

鹏鸟滑翔而过的调子太过优雅，以至于没有和声。

1　出了地平线，风，还要迂回。脚印越来越深，深到送别了万水千山和一程烟梦，仍百转千回，余韵不绝。

原来，行走可以是静止的，歌唱可以是无声的；

生死之恋，是可以永诀的。追慕繁华的都在繁华里消亡了，剥夺与被剥夺同时落入深渊。一个人的虚空静美如初。鹏鸟滑翔而过的调子太过优雅，以至于没有和声。

2 生与灭，在红尘中开出有毒的花。那些粗重的心仍然背负着市井，不肯扫盲。所谓悟，是在茫茫人海中找到自己。

雾霾导致了某些执念，团状，以无常为性。野花则是强烈的反讽，它们在哈哈镜前嘲弄扭曲的视觉，并不纠正自己。

法界中哪有什么善恶可以忽略不计？谁吐出什么，最终还要吞下什么。

黑白光影都在循着自己的故事铺展情节，然后自相消受。所以，如果爱，一定要连同它的三世。

3 率先破碎的是一支笛音。

穿透朦胧，最后一点星光，留给昨夜。迷惑结成了暗物质，在时空里重新构造着新的动态。

4 那条被污染的老街，发霉一样，惶惑着，拒绝成佛。

东风总是绕过这般荒芜，去拂动水面。

你始终施以宽恕。你谅解了盐碱地和稗草。因为最深重的苦，是没有能力知道自己在做什么。就像梦在梦里，梦着一个不肯醒来的荒唐大梦。

一片狼藉中，太阳一跃出了地平线，世界呈现光明和至善，最后一层昏暗和与之相关的巫术不知去了哪里。

5 你醒来，发现身体发肤皆成透明的阳光，热情的血脉是滔滔江河，安详的骨骼是巍巍群山。

（选自《星星·散文诗》2019年第2期，《诗选刊》2019年第9期）

■［黑龙江］谷 莉

礼 物（外一章）

出发是坦然的，正如抵达不需要借口。

在你来临之前已有预兆。

我把梦说给你听，你露出温泉般的笑容。我听见水花儿的悸动，那是你第一次放下石头。

关闭许久的喉咙发出疲倦的回音，细微的波浪颤动。我发现，我的怯懦慢慢放松，而你的光辉解下缆绳。

出发是坦然的，正如抵达不需要借口。

这一天，我焚香，煮茶，端坐于窗口，慢慢拆卸穿越荆棘的风声，慢慢收敛灰色的袖口。

夜幕睁开眼睛，远方在凝视中展平。像湖水，不说坚定，也不说深情。

缺角地图

它以缺失彰显存在，以目力不及的空寂摆脱喧响。

双足可以遍及的地方，唯失一角，那一角就是辽阔也难以企及的念想。

多少念想被蒙蔽。如同一块玻璃被擦到透亮，经过的人眼目会忽然如盲。大踏步，毫无防备，撞上，甚至受伤，才知道，这不是轻盈的缺口，是坚实的墙。

于是，那缺失的一部分正是可以大口呼吸的自由，以未知召唤神往。

即使是忧伤的神，也有充满的热望，扭转生之迷途。

（选自《星星·散文诗》2019 年第 4 期）

■［安徽］程绿叶

抓一把大地的黄

风中的银杏叶，生命最后的华丽。

走进你的世界。我本无心。

就像昨天失手打碎的高脚酒杯，就像你去年随手插下的柳……

鲜花凋零，绿叶枯黄。从天上到地下……

繁华之后的荒凉，热闹之后的孤寂。几人能够承受？心里的落差，往往将凡夫俗子推向无边的空谷。

当我目睹你的衰老，恰似瞬间的历经人世的沧桑，极苦。苦到委地成泥。

我的心痛了。

不是因为你有着和我的心同样的形状，却让我的心有着和你同样的颜色。

最不堪遇见苍老，虽然万物都逃不过岁月之霜，从可怜的青春到匆忙的迟暮，只是摩天轮的一次转圈。我更不能看见亲人银丝新添，和母亲曾经被时光雕刻的额际。都会让我愁绪满怀，暗叹一生太短，爱太长……

长过宇宙和轮回。

就算你是树中化石，也难逃此劫。

离别时的你，仍是美丽的。离开了树干，还是那么自信。自信地直面惨淡，越过刀山和火海，承受孤独。再无人可践踏你的尊严。

我从草丛中，抓起了你，用我纤小的手。翻阅，或贴在心上。

我知道，我的朱唇无法让你的世界回温。你是一种属于大地的色彩，金子的黄，拥有无数的故事，藏着太多的人间。

初冬的精灵——

风中的银杏叶，生命最后的华丽。

（选自《散文诗》2019 年上半月版第 9 期）

第五辑　蝶·场景(8家)

■[四川]松林湾

蝴蝶：无人唤醒的沉陷

蝴蝶是一本从来就没被打开的书

我们不认识蝴蝶。蝴蝶是一本从来就没被打开的书，是与花朵、春天狭路相逢的使者，也是一位守护着园圃里的春神的带刀侍卫。她经历过花期的战争，经历过枯叶的绝壁，经历过秋斩的火焰，经历过亡族灭国的危机，至今，我们无从知道。我们，只看到她的恣肆的飞翔，她的斑斓的翅膀，她的清绝的面容，在带给我们狂欢、动感的同时，少有人去关注，她内心陡峭的孤独，与灵魂里无人唤醒的沉陷。

下午的蝴蝶，翅膀上有注疏的花香；晚上的蝴蝶，羽翼上有哑剧的忧伤；黎明的蝴蝶，头部一对锤状的触角，带来露珠里的惊艳与痴狂。密布的花纹，隐藏了一个皇族的身世。绚丽的日落，豹纹的诱惑，都是她绝密而斑斓的化妆。

万物各有其类，花朵各有其主，蝴蝶各有不同。

她们，在花丛，在刀丛，在树丛，有时，也在沸点的鼎镬，展开翅膀。

没人看见，披着迷彩的蝴蝶，吸食着露，吸食着叶，吸食着花粉，吸食更多的绝望。

正在我面前盘旋飞舞的蝴蝶，转眼就消失不见。
直到时间的枪口，
抵住我浮肿的想象。

（选自《散文诗》2019年8月“新发现”栏）

■［浙江］李曙白

场景与角色（组章）

“情节并不重要。”

情　节

“情节并不重要。”
你坐在暗处，你的声音明亮得像三月的河流。

这个季节你的演出很少，戏服都有了腐烂的气味。
灯光和布景都无法挽救一场大戏的落幕。
有时候你真的希望舞台像你年轻时那样简洁：一棵树便是一片遥远的树林。

舞台上的那场雨已经结束。作为道具的旧布伞在岁月深处落下。
你撑起另一把伞，但是你不能肯定，它会帮助你穿过雨季。

结　局

握有一手好牌的那个人坐在离舞台最远的角落。
梅花J和一张黑色的小丑什么也说明不了，主宰这场较量的人坐在更远的地方。
——他握有的，是一座剧院的钥匙。

静默。这时候，等待是唯一的选择。

骰子落地。
恰如其分的响声，比一片树叶轻，比一声雷鸣重。
结局还没有到来。但是你知道，随之而来的一切都不是偶然。

对　白

“四月是没有意义的。”
你坐在观众席上。你的声音来自舞台深处。
一个解开船缆的人，重又把缆绳系在一棵树上。他回头的一刻，一朵花正从一片树林浓密的树荫中探出头来。

“春天正在回来的路上。”
一把伞从观众席上落下。
天空澄亮，你听到击水的桨声。

剧 场

在这个世界上有许多令人生疑的场所，剧场是其中之一。

一个神色凝重的人坐在法官的位置上，他的宣判无疑代表了正义、公正以及爱情。

但是，他什么也改变不了。下一次幕启时，原来做什么动作的人，现在还做什么；原来说什么话的人，现在还说什么。

时光在剧场外面流淌。
而在剧场里面，只有你的座位发生了变化。
从 3 排 15 座，移到 17 排 7 座。

（选自《上海诗人》2019 年第 5 期）

■［湖南］梦天岚

湖水中的陶罐

只要你敲打，它们的响声里会有湖水的清澈。

一只陶罐在靠近湖岸边的浅水中隐现。一只曾经用来装水的陶罐，现在被水装着。

它有两只被简化的耳朵，或许是太专注于倾听，它的耳蜗不知去了哪里。这让我想起湖面上漩涡的形状。

它到底在倾听什么？仿佛耳朵总是不够长。

我相信湖水的每一次晃动都源于一个秘密，湖水中的陶罐从不透露半点。

它腆着浑圆的肚子，只想着在湖底的淤泥里陷得更深。它装的水不再出现在谁家的灶台上，装它的水也不会因它是一只陶罐，而担心自己会被某一双手提走。

这应该是一只被遗弃的陶罐，因为在某个墙角空置了很久，没有水，就如同没有生命，它就是泥，有形状的泥，被火窑烧制过的泥。当泥归于泥，它的形状还在，它应该感谢火，它是泥中的骨头，只要你敲打，它仍是一只响当当的陶罐。

我也是一只陶罐，一身的泥味，在年嘉湖畔晃荡着身体里的水。

总有一天我也会回到泥里去，以一只陶罐的方式。

我会保留我的骨头，它们是经过锻打的铁器，只要你敲打，它们的响声里会有湖水的清澈。

当然，还会有一些神秘之物，它们或飘逸如烟云，或凛利如刀锋。迫于一种更大的神秘力量的制约，它们的神秘将不再显现。

（选自《星星·散文诗》2019年4月下旬刊）

■［湖南］黄成玉

窗（外二章）

坐在椅子上，椅子上的秋天。

坐在椅子上，椅子上的秋天。

我学会颤抖着双脚。

天气转眼就变得凉快了。开窗，看看朦胧迷糊的窗外，呼吸两种不同的气流，我不知道，戴着眼镜透过窗户，能看多远？

我渴望一种能看透灰尘的光，高处不胜寒，早晨雾水更大，不曾感慨过我的视野如井底之蛙，当风吹干雾水，我重新开始眺望……

我是一个平凡人，不需渴望寻找有穿透力的光。

依　然

遇见的、看到的、留下来的只是一个泡影！

我们在香樟路22号、油子塘、北冲水库、笃行湖，看到的、遇见的都破碎成了多个泡影，你忘记该忘记的，我记住刻骨铭心的。

风吹着香樟树，让上课的风铃声响起，风又吹着清澈的笃行湖水。

洁白如雪的背影，那不是你，也不是我。

给树旁陌生路人送去一个眼神，我退后，退后一步或两步，一直退到图书馆六楼

——退到一座古建筑，一个灰色小塔之顶。

一起跨越一段现实好吗？当你沐浴着阳光、微笑，你送给我的，依然是你如梦似幻的背影！

在茅台小镇

群山环绕，坐在窗边，
偏僻一隅的小镇，一阵寒风知晓我来时的心情。

夜幕降临，时光缓缓慢下来，不远处青砖石瓦砌成屋檐，百叶窗独享空旷的视野，我洗去风尘中自带的疲惫，大脑空白，悲喜感怀在心头。

坐着对望群山，向自己亲切问好，脑海中的沉默大多数更加充实、有趣。我看到一个无人问津的小院落，那里野花是否常年盛开？

屋内落地灯似曾相识，一颗清闲之心试着学会顺其自然。

空气中酒香四溢，就这样坐着喝酒，敞开心扉，少谈论人情世故吧！赏河中精心设计的音乐喷泉，用一壶老酒点燃思绪，彼岸水流声、歌唱声绵绵不绝，穿过心中潺潺流动的孤岛。

（选自《星星·散文诗》2019 年第 3 期）

■［湖北］胡　昕

我们不宜离家太久（组章）

你的影子，是我在人群中流动的方向。

1　打更的人没有回来，他仍然滞留在夜色里。
街灯渐次，一盏盏，像菊花一样亮起。
狗吠声，风雨声，还有零乱的星空，都被打更的人牵到远处。
我想象中的城堡，无比孤独地与天堂的花园比邻而建。
平安无事喽——
声音嘶哑、沧桑，一切都在这样一种声音中，还原成最初的温和。
回头细数那些被忽略的夜，如今已是生命里极想定居下来的光景。

2　是我的马把我领到这里。
是我把我的羊群带到这里。
天空还在酒里醉着，蓝得不省人事。
一方湖泊，使我想起菩萨的眼眸，什么都看在眼里，什么都融进眼里，什么都在眼里神化为宁静。
远处的雪山，突兀为另一种境界。

雪山万古不化万古矗立万古不朽，只是，这与死亡又有什么区别?
我心疼我走失的羊只。
我惦记我远行的马匹。

3　我是被指引到这里来的。
然后，重新返回到时光之中。
鸟声布满了茶园。
心事闲适得像一片片茶叶在杯子里展开——悠然，平静，无语。
你不采茶，你只是茶园的主人。
我不说爱，我只是被爱折磨得无家可归。
对世界的看法，取决于对一个早晨的态度。
你的影子，是我在人群中流动的方向。

4　这是一扇上了锁的门，锁已锈蚀，谁也没有耐心去打听钥匙的下落。
我辨不清自己是在门里还是在门外。
我面对这扇门窃窃私语，并夹杂着一些咒语，以谨防风中的耳朵。
门是重要的，它是一个地址，是一个季节的身份，是一个人的踪迹，是一个故事的线索。
我的腿一阵哆嗦，心就随雪山一起坍塌，全然不问门的另一面是春暖花开还是残山剩水。
门上这把已经锈蚀的锁，将所有的恩怨情仇，从此打上一个死结。

5　下雪了。在后院无人打扰的雪地上，有狗的爪印来回叠加。
我冰雪满面。

（选自《诗潮》2019年第1期）

■［陕西］左　右

月河上的月亮（外一章）

沉默与光，是月河上最显著的风景。

我轻咬月亮的嘴唇。就像咬着自己。

月亮的哲学很轻很轻。我轻踩沙滩上的粼光，粼光也在一寸一寸，努力将我反抗。我拉着小芯的手，越走越远，爱情也越亲越近。沉默与光，是月河上最显著的风景。

她说：下辈子，我希望你依然是一个听不见声音的人。

她说：沙滩是一张需要一生去走完的地毯。月亮走了一生，青蛙和我们还在路上走。

她说：我就是你和月亮的耳朵。我帮你听见，你用诗句将它们说出。

这一夜，我与晚风，幸福得不知所措。我们在世界之外，反剪双手，兴奋徘徊，呼啸而眠，将这个世界遗忘。

月亮的誓言，一整夜，还是金黄的和滚烫的。

故乡的月光打在我脸上

我听见月光急促的呼吸。

每一小块呼吸很暖，带有鸟鸣和泥香。月亮低下头来，吟唱李白和苏轼的诗句。有谁说，月亮不是一个诗人？它被诗人抒写，又被故乡掩藏。

无言独上西楼，月如钩。理想总被蔚蓝的天穹浇灭，也被带刀的弯钩刺伤。月光款款落下来，像一把把刀子刺进夜的心脏，刺醒了星群，慢慢将黎明刺亮。

故乡的扉页，总写在不易被发现的地方。还在异地迷路的蚂蚁、鸟群、蜗牛、蒲公英、会行走的种子，它们将所有的大树，当作落脚的驿站。而所有的驿站，只不过是月亮的最后一站。没有一朵花，喜欢在夜里开放。只是个别的昙花，它只不过是想在暗处，看一眼自己出生的地方。

月光打在一大片岩石上，像极了我的脸，我的往昔。一大片脸上干瘪的肤色，发出一道刺骨的亮光。

（选自《诗潮》2019 年第 3 期）

■［河南］庞 娟

隐喻：一滴月光（外二章）

我祈求梅花那么小的一滴月光，涤荡灵魂。

隐喻，楼台的薄露，辉映东岭的孤松。

一首诗固执于修饰的本体和喻体，企望掏出一颗心还原另一颗心。

在语言的怨恨和贪痴中，诗歌，铺排暄绵月光。

他有岌岌黑夜的隐痛。

本体踏进芸窗的月光，喻体却踏进了冉冉春风，渺茫雨雾缭绕的平仄江南。

那些企图将光从月亮中剔除的人，割裂一首诗的善念及慈悲。

微凉的叹息，唤醒先知者，逾越壕沟或者枪林弹雨的虎啸。

一边隐身，理瑶琴，弄轻阴，
一边现身，红装素裹，分外妖娆。
一席清脆的暖风发出崭新的低语；一首诗蘸着月光抄写涓涓箴言。
我祈求针眼那么微小的空间，容纳一首诗无限的恩光。
我祈求梅花那么小的一滴月光，涤荡灵魂。

暗　算

奇异的情绪和虎皮为伍，暗算细胞的财物。
豢养带毒的虎。
以病为患。
张牙舞爪的钳子，撬开妄想之核。

盗取基因的密码，篡改血脉、神经的指令，发号施威，清点工程遭遇打劫的文案。

血痰。支气管喷血，满人间。拨弄门牌号的痛楚。

暗算，起源于琴弦的强度颤音：浪淘沙、临江仙、鹧鸪天……羊落虎口。

谁能挑起反击的旗子？天空，被一把剑挑破了午夜的暗伤，门牌号惊慌失措，将虎皮穿在身上。

血液被搬走。

我接住最后的一滴血。捂于幸福的门口。

令光聚集，也令光发散

光在聚焦，喂养一个人灵魂里的青草、树叶、冰山、诗词。
执念于悬挂，被静默的语言反刍精确的多义性。
他有足够的定力聚拢一首诗里的隐秘与愤怒。

他有托起抽象事物的精神，仿若灯芯被灯盏倒悬，而逃脱不了螺纹的禁锢。
他拒绝燃油的欢悦，却又豢养世俗的贪婪和迷金的烂醉。

石头上煅烧词语的宗教。
令光聚集，亦令光发散。
祈求吧。参悟朴素万物的辽阔和寂静。

（选自《散文诗》2019年第3期）

■［云南］凌伟良

寂　静（外二章）

一滴水滴落，一颗五十岁的心，七上八下。

午夜与黎明之间，声音失去掩盖的可能。
呼吸出声，因为紧张；听力出声，因为高度集中。
开关严守黑暗的秘密。
一滴水滴落，一颗五十岁的心，七上八下。
没有故事，只有梦……

艺术的残酷

树不如花。花不如草。草不如土。土不如灰。
燃烧后，悲痛化不成力量。
至少在正常层面，人无法换骨，不能脱胎。
肉体对灵魂说：死比爱更美。

大提琴

下沉中悠扬。
中年的技法。一生的不安。音符不忍放生这样的主题。
搬空背景，拉响寂寞透顶的安静。
让一切入夜，不再黎明。

（选自凌伟良散文诗集《走近离远》，上海文艺出版社 2019 年版）

第六辑　弯刀·藤蔓（12家）

■［四川］姜文彬

月光下的藤蔓（外一章）

藤蔓很近。月光很远。

藤蔓牵引着月光。

一片一片嫩绿的叶子波光粼粼地装饰着没有打开的窗子。

一双孤寂而又好奇的脚步陪伴着滴滴答答的檐雨敲打着晨光的宁静。

握在手中的清新像一杯牛奶滋补着早晨饥饿的眼睛。

一粒刚降临的雨滴与一粒新萌生的芽苞在清晨相遇，亲密的接触就像少男少女短暂而又深情的初吻。

隐秘的世界遮挡成一幅印象派水墨，只有爬满墙壁的青藤既走向清晰又纵横交错。

藤蔓很近。

月光很远。

松　果

仰望或是平视或是俯瞰。

悬挂成金钟。

内心隐藏的秘密勾起一只松鼠上蹿下跳的欲望。

犀利的目光津津有味地剥着粗糙而厚实的鳞片。

鱼是水中的同类？只是一万年被抛出那片蔚蓝的海域之后再被历史风干。

疼痛像一种流行的病毒从一丛横斜的松枝传播到另一丛横斜的松枝。

或者被咀嚼或者被沤腐或者被在熊熊的火塘化成灰烬。

一种归宿在把另一种归宿艳羡，一种归宿在把另一种归宿中伤，一种归宿在把另一种归宿蔑视。

悬挂成金钟。

等待智者敲击。

（选自《天山时报·散文诗月刊》2019年第5期）

■［新疆］梁北雁

圆月·弯刀（二章）

我在前世等你。你在今生流浪。

圆　月

曼妙肢体，轻悠悠的舞蹈，在青春海浪中，展现出生命的诱惑。
浓郁的思念，像是九月的花朵——
抑或是蝴蝶的魔幻魅影。
草原上，清凌的风，穿过金黄色记忆。
流浪者踪迹，融入荒原夜空，凌乱地寻找着回家的航标——

只有圆月。
没有弯刀的凛然。火焰一样的光泽，幽凉地沐浴在空旷远方。
一只孤狼，凝视今夜圆月。痴迷的神态，冲破苍穹，弯刀的锋刃，跨越千万年，在一块岩石的背后，看到枯萎的野草深处，一只孤狼的泪水，蔓延成湖，成漂流的船舶，一直在起点徘徊——

我在前世等你。
你在今生流浪。

弯　刀

一瓣白色玫瑰，月圆之夜，绽放出抑郁馨香。

飘雪的河流，布满思念的味道。
小鸟嫁妆，遗弃空旷田野。
没有烟花飞扬。没有一路歌舞。
疯长的狗尾巴草，在圆月天地，静静的血脉之欲，凝聚成弯刀的弧线——

弯刀。
疯狂杀戮的温柔娇子——
我的千年王者。一定是黄袍加身，骨骼清奇。
纷繁的禅意，站在崇高的祭坛，显得格外瘦弱。前呼后拥的青春女子，让我寻找不到，哪个是在白色玫瑰中迷茫漂流的小鸟新娘？

——火焰沸腾，战事正紧。

弯刀出手，心脉无痕。

爱人，孤立在九月风中，细细聆听，天籁之外渐行渐近的脚步声……

（选自《天山时报·散文诗月刊》2019 年第 5 期）

■［湖南］苏启平

山路弯弯（外二章）

路可以选择，却没有机会选择一片天空。

穿过一条山路，从繁华走入偏僻，再从偏僻走向繁华。

没有走不完的曲折坎坷，另一头有我们的信心与希望。

以前的路抑或更加狭小，陡峭，而眼前所看到的风景未必就是真实。

路上的草绿了又青，山中的花开了未必再开。

路可以选择，却没有机会选择一片天空。

微笑，嘲笑，都只是路边的风景。

山泉汩汩

山泉汩汩流淌，冒出水泡，冒出望梅止渴的故事。

一汪清泉是最幸福的给予，像一小块糖果兴奋一群孩子。

泉水流过或许只是一瞬间的感觉，真正的幸福还在前面。

前进，是为了自己，为了大地。

当疲惫写在你的脸上，忧郁成灾；那么就请坐下来，静静地思考。

捧起一把泉，像拿起一本书，汲取最充足的养分。再迷茫的人生也清澈明亮。

走进月光

不如意的时候要学会微笑，仰望天空。

绕过脚下的石头，穿过前面的弯道，山路依旧，直抵远方。

走进月光，脚步轻轻，生怕错过月亮与生俱来的寂静。

一只小鸟不懂人情世故，在山路上独自发声。一场叽叽喳喳的争辩上演，属于冠军的盛宴就在眼前摊开。

头顶月光，做个有理想的路人，一直走到天明。

（选自《天山时报·散文诗月刊》2019 年第 5 期）

■［安徽］司　舜

拔节的响声四处流淌（外二章）

田埂，展开自己，再次放出些饱满的音符。

很多都是天空所羡慕的请柬。

哪怕是些针尖一样的喜悦，只有大地上才有。这是阳光恰到好处的时候，也是风愿意献身的时候。

一粒种子也到了最好的年龄，一株嘉禾出落成最好的身段。

旷野似乎越来越慈祥，你看：刚出生的螳螂并不羞怯，它在向上用力，接住一朵慢悠悠的绿意。

我先是向前走着看着这一切，偶尔回一下头，我根本就没想到，我刚看过的地方。颜色一下子变得更深、更多、也更丰富。

不要担心不暖，一会儿就有太阳让你热，一会儿就有拔节的响声四处流淌。

声音舒服美妙

一株庄稼多了一些枝蔓，真好。

四周慢慢升腾起一种热气。

那些叶片懂事似的张开耳朵，出乎意外的安静。

我俯下身子，听到土壤发出好听的声音。无意间我的手碰到一颗尚未成熟的果子，像碰到哪个小女孩刚刚发育的乳房，暖乎乎颤巍巍的。

一棵青草探出一截手臂，它肯定以为我是一棵庄稼，差点缠住我伸出的手。

有很多悄悄话，要俯身才能听见，听见就会痴迷。

心头痒痒的，舒服、美妙。

田埂放出饱满的音符

周边的音乐都在聚拢。所以爱上田埂是必然的。在乡村，田埂是最闪亮的琴弦。每年的三月它最窈窕的时候，一弯犁铧被它磨得雪白。

和犁铧一样白的还有被风吹醉的阳光。

春天一个劲儿生长，小径就一个劲儿延伸，切开大地的愿望。

大地一个劲儿喘息。

一些叶子冒出来了，汹涌的样子，似乎要将季节撑开。

田埂，展开自己，再次放出些饱满的音符。

（选自《天山时报·散文诗月刊》2019 年第 5 期）

■［安徽］李星涛

孤独的磨砺（组章）

走远的每一个人，都会留下一条道路。

1　潮水退去，礁石凸起。

阳光的瀑布飞流直下，思想的水汽冉冉蒸腾。

钟声竖起来，一块青色的磨刀石，上下磨砺着寂静的肉身，一点点露出了礁石的锋芒。

2　海鸥飞翔，心胸广阔无边。一头茂密的头发在蓝色的思绪中飘拂，每一根可以钓出一颗沉甸甸的头颅。

顺着肉身摸下去，一丛硬骨宛若失落的城堡，突然硌痛了手指。

3　走远的每一个人，都会留下一条道路。

荒凉的道路会变成一根根皮鞭，常常将自己和另一个人拷打得皮开肉绽。

一只温暖的茶杯突然碎裂，原来它的身体里竟然藏着那么多锋利的刀子。酒瓶呢？月亮呢？微笑呢？

4　现身责问，步步紧逼。一只錾子撬开石头的嘴巴，掏出了一串串火星。

火星明灭，碑文诞生，瞬间冷如寒冰。

拔掉白发，弯曲成闪电，照亮自己的天空。

5　怀揣着英雄之心，行走在平民之间。镜里镜外，痛苦的火焰和幸福的水流中，你在炽热中冷却着，又着在冷却中炽热着。

抵达和过程交替闪现着刀锋，或明或暗。你用身体悄悄测量着从玫瑰到刀锋的距离。

6　默默无声，从一滴泪水潜伏下去，这一次你看见了大海。

（选自《天山时报·散文诗月刊》2019年第5、7期）

■［新疆］王东江

一头牛（外一章）

一头牛，三种场合，三种角色。

一头牛卧在棚圈，张开嘴巴等待；给它添草饮水的，俨然是仆人；
一头牛停在院落，支起身子静候；给它扫身梳毛的，宛若是侍从；
一头牛站在田野，耸起肩膀默认；给它负轭戴枷的，断然是驭者。
牛棚。家园。农田。
一头牛，三种场合，三种角色。

牛，勤恳、耐劳、忍辱，是一切忠的代言；
牛，吃草挤奶，耕犁千亩，是一切善的化身；
牛，犯牛脾气、钻牛角尖、费九牛二虎之力，是一切愚的统称。
父亲不那么认为，他说：愚蠢的人，把牛当四条腿的畜牲；聪明的人，把牛做通人性的兄弟。

父亲生于公元1937年，岁在丁丑，牛年；
父亲自小孱弱，为讨吉利，乳名：大牛。

一只羊

一只羊，永远也走不出一条缰绳设计的半径。
——那是一次圆周的长征，起点是生，终点是死，生命的每一天都是圆周上的一个点。
缺一点，幸福就不圆满，痛苦也不圆满。
就为这个圆，羊一生都牵着缰绳，划呀、划呀，划成360度。359度半就有缺憾。

我们家那只羊，进家门时，还是一只乳羊。
再过半年，我就是初中学生。
连续六年，一年两胎，一胎两羔，一羔未损，可谓圆满；
连续六年，一羔学费，一羔书费，盈多亏少，可谓圆满。
高考那年，那羊已是皮包骨。
再细的缰绳它也拖不动，再蹩脚的圆它也无力画了，它的生命就要回归原点。

羊死的那天，所有的草低头默哀，
有树叶落下，像冥币。
我的喉咙发苦发咸，好像有一声“咩”要哭出来。

（选自《天山时报·散文诗月刊》2019年第6期）

■［辽宁］晓　林

引　领（组章）

没有一只鸟不想飞到天的尽头。

1　所有的雪花，都是侧身来到人世间。
它们之间少了一些碰撞，多出一丝缝隙。雪花飘飘落到地上就叫作雪了。
雪花引领我经过一座小墓园，它就像是刚刚落到地面上的一片雪花。

2　秋的晴空从千山万木的色调里，采集一些透明的蓝灰色，以此来修筑崇高。
蝉，使劲地叫空了自己，于是才有了座座空山。

3　那一位白发苍苍的护林人，昨天悄悄地离去了。
林间先是少了一棵树，后来又多了一棵树。

4　爱过世间多少棵草，最后才能成为一棵草。
故乡的落日，顺着山坡上的一棵草缓缓地往下坠，就像是母亲顺着梯子从屋顶上倒退着走下来。

5　一棵草死了，还紧紧地抓住一小块泥土不放。它渴望着复活。

6　一块玻璃，只有站在光明和黑暗、正与反之间，才会成为一面镜子。

7　疾风里的归鸟，掠过那些赭红的山岩时一律敛起翅膀，像是两肋插刀。
多少年了，这些突兀的山岩，也一直在为它们而倾斜。

8　没有一只鸟不想飞到天的尽头；没有一只鸟能够飞到天的尽头。
它们不想让天空就这样地空着；它们不想在天空中留下自己疲惫的影子。

9　北方的冬天，厚厚的冰层下面，常常会发出巨大的响声。

那是冬的深处汇聚起向春天迸发的响雷；那些冰面上交错的裂缝则是它留下的闪电。

（选自《天山时报·散文诗月刊》2019 年第 6 期）

■［辽宁］闫春竹

恍　惚（组章）

而爬满眼瞳的泪水，因过于沉重，不知怎样地掉落？

1　你一直在远处看海，我一直在近处看山。

我们都在省略了一些生活的细节：你看到了海的大意，我看到了山的嶙峋。

2　最寒冷的夜最漫长。我还在等着你，而不是走向你；

我需要一个人默默地裹紧衣裳，裹紧我的黑暗，像一块煤，或炭。

3　星垂平野，万物阒寂。

一颗流星划过的时候，我们都没有停下脚步。

那一刻，我们和荒野一样的安静，我们已是习惯的夜行者。

4　落花顺水而走，它放下自己将要有的方向。

水随天去，哪里都是归宿。

5　我的悲伤漫过丘陵。

我的目光将不再为你停留，我的沉默也不是为你静候。

我把丘陵的起伏留下来，不管你来与不来，它都是秋风也不能改变的样子。

6　寒夜漫长，月光失去垂落的方向；

一曲潇湘，已无歌唱。

而爬满眼瞳的泪水，因过于沉重，不知怎样地掉落？

7　为什么叶子落下来总是枯黄的？因为它在高处已哭干了绿色的泪水。

它们的啜泣，从蝉的口中发出。

8　深夜里，病榻上祖父的灼痛开始上升。

他说："我扛得住。"

我用一双小手攥紧着祖父粗糙的大手，不肯松开，感觉到它渐渐地变得温热起来。

（选自《天山时报·散文诗月刊》2019年第10期）

■［新疆］黄 金

八道梁子（组章）

袅袅的炊烟；像是一个傻子扛着老妇人砍伐的捆捆柴火。

1 山林中野物协会号令全体会员前来聚会；
包括御风而行的山鹰和牙牙学语的松鼠。

2 有人巧妙地比喻：翻腾而去的河水，有如一副历久弥新的陈年扑克牌；
而笨拙的说书人过于粗略的演绎，使雄浑的水浒英雄故事也乏善可陈。

3 若是站在深山起伏的胸脯上，我们怎么去定义：
何为年轻有为？
何为意气风发？
何为黄藤不攀缘他木而生？

4 河堤在睡梦中蜿蜒漫过山脊；
疯长的茅草占据荒凉的田野；
小溪跃进水库后叫喊着疼痛。

5 七道梁子的挖掘机挖去了风中倒伏的柚树、李树；
村民们又用锄头和锹栽下了从邻村移来的甜橙树。

6 八道梁子稀稀落落的民居，像是一群顽固不化的钉子户；
占据着夜夜星空，拥有朝雾夜露，引来无数羡慕者不远千里到此一游。

7 那山巅上兴起的九层房子已是天谴；
终究难逃暴怒的闪电。

8 山村流火升起道道婷婷袅袅的炊烟；
像是一个傻子扛着老妇人刚砍伐的几捆柴火。

（选自《散文诗世界》2019年第10期）

■［新疆］王信国

湘地行吟（二章）

一条江的叙述，是一个民族经典的献词。

橘子洲

——与水有关的修辞，高过桂花树擎起的时光。

橘子洲，一位湘江的儿子，把血管里奔腾的睿智、胸襟、雄韬、大爱，浓缩在举手投足之间，让污浊的大地变成多娇的江山。

一个字，一句诗，一条江，一棵树，一个人的呼吸、心跳、气度，全写在一片桂花叶子上，朝朝暮暮听鸟鸣、品花香。

我们时刻怀念，是一个人远行了。如不想怀念，因为那个人，从未离开。

一个人的微笑，让花瓣上的江山绚烂。

一条江的叙述，是一个民族经典的献词。

湘　江

湘江，与西域大漠遥遥相望。

一滴湘江水，与一粒西域大漠的沙子那么近。柔软与粗犷联姻、物理反应、发酵。一只手与另一只手拼接后，所有的花朵渐次绽放。

启程，行进，当路过一个人的诗歌时，羊群一样的文字，血液一样的江水，从一个心脏流向另一个心脏。

湘江，水与水组成的时光，拥着一个人的心跳，向前走，从不回头。

湘江不会停下来。如果停下来，西风烈。而今迈步，也不会重新开始，不会在马蹄声碎中举起空酒杯。

湘江，至少在乙未年十月，你回过头来说，西域大漠，是一滴水的魂灵。

（选自《散文诗》2019年9月上半月版）

■［甘肃］小　米

致枕头文（外一章）

声明五：著述做椽瓦，骨气为梁柱。

枕头，你好！

从没问过你过得到底好不好，但我今天想问一声：你好。

我总是用脑袋压迫你，好在我没用装在脑子里的那些书，压迫你。那样做，我也许会压死你。好只好在我这个人，虽百无一用，却良知尚存，只用不足二十斤的脑袋，每天压迫你，压迫了一生！

你一直什么也不说：也不抱怨，也不反感，也不反抗。

我何德何能，每天压迫着你，却做着我自己的春秋大梦？

你的行为，当数壮举。岂是“甘愿”两个字，可以了得的？

来生还是我做枕头吧。

招　标

本人欲建影子塔一座，有欲建造者，请在吾有生之年，与吾电话联系。

声明一：无舍利子可藏。

声明二：擅于豆腐渣工程者，勿扰。

声明三：阿谀逢迎互拍马屁者，请勿为我撰写祭文铭文考文忆文之类，那时吾往矣，已不能来矣，只能毁尔盟约弃尔合同矣！

声明四：建此塔者，只拟文字为砖，不可冠冕饰顶。

声明五：著述做椽瓦，骨气为梁柱。

（选自《散文诗》2019年7月上半月版）

■［广东］蒋志武

种植者（外一章）

雪花那么轻，砸在地上不知道会不会疼。

这时间之廊晃动着，天花板下垂。

暗红色的土壤中有谷物和一座森林的中心，当肖像和窗帘挂在一块，风首先吹动的是没有眼睛的窗帘，最终，活着的人会帮他的同伙说话，扶正歪斜的图像。

手继续保留着紧握的姿态、内在的形象，我隔着一段距离亲吻人性和浮木。

是信念制造了恐慌，我从小就种植白色的骨头，现在越长越大，需要火炬，将骨头燃烧成避难所。

我们进入自己内部的是自己的无知和恐惧。

太阳朗照，一个摄影记者说，他对死人的样子很着迷，从他们脸上可以看到回家的路。

梦想那么轻

雪花那么轻，砸在地上不知道会不会疼；

祖母那么安静，长眠地下，有没有人跟她谈心？

那些枯萎的落叶如果不离开树枝，它生长中紧固的暗穴就会被时间紧紧封闭。有时候会想起流向远方的河水如我的梦想一样，东奔西蹿，轻轻地磕在河岸和岩石上，把时间走得如此波澜不惊。

把身体的水花甩得如此干净。

（选自《散文诗》2019年8月上半月版）

第七辑 村庄·乡情（14家）

■［河南］马东旭

姐姐，我摇动所有的经筒

我想象星空的浩瀚，但无法将自己托举在星空。

1 姐姐，孤独溢出我的肉体。

孤独如雪。

孤独飘出我的肉体。我坐在麦田之上，坐在镰刀之上，坐在草垛之上，坐在圆圆的落日之上。我坐在三炷飘袅的香烟之上，摇摇晃晃。

灵魂的外衣是什么织就的啊？

是蝉羽。

是一粒粒的经文。

还是几缕佛光，我喜乐地披上。让孤独在肉体之外，翻卷如大海。

2 姐姐，我看到雪花。

翻江的雪花。

倒海的雪花。追风的雪花，逐利的雪花，把金顶压得很低的雪花。雪花压着雪花。

白雪花压着白雪花。站在申家沟的风口，我含苞。

我怒放，按不住的骨朵，开出赤色的光。我于雪花中静默，我于雪花中蓬勃，我于雪花中离筋离骨地哆嗦。姐姐，我替一株梅花活着，也替一群梅花鹿活着。在辽阔的豫东平原，我的身体活出了血色。满血复活。

3 姐姐，我从人间路过。

看见你在唱赞美诗，念大悲咒，读中国古老的汉字。你祈雨，像一张美丽的祈雨图。时间是一把锯子，日夜锉磨着你的肋骨。在冬日的申家沟，你咽下菜叶，你与大雪融为一体。

你成了一个失眠的人。

假死的人。

你在黑夜揉着黑头发，你举起菜刀，砍向门外的岑寂。姐姐，你搅动了村里的神。

4 姐姐，我与世无争。

但害怕与世隔绝。

在冬日，在平原，鹖旦不鸣。我用骨头造出一座殿，谜一样的殿，即是净土。我读经，带走我的双目。我唱梵呗，带走我的嘴巴。我合十，带走我粗糙的十根手指。

这肉身仿佛不是我的肉身。这面孔仿佛不是我的面孔。

我把自己嫁接于三炷香火。

渐渐飘散。

构成时间的浮尘。

5 姐姐，我飞遍东平原。

祈祷文飞遍黑色的屋顶和枝头。

让北风吹，雪花吹着雪花。十万亩滞销的洋葱泛着黑光，牛羊呼出白色的气体。姐姐，我让它们和凉薄的世界接纳我的肉体。

允许我吐出真言。

五字真言或六字真言，涕零如雨。唯有捧读《金刚经》，随处是净土。可以使我摆脱。恨我们所恨的，怜悯我们所怜悯的。

6 我们的肉身最终是用来做什么的呢?

我们的肉身里放着一个怎样的灵魂，我的僧袍撩起，灵魂也被撩起。

我飘升。

我落下。

我如尘埃不定。如果我去了另一个时间。我的灰白的骨灰也不愿翻进故园。这是张迁的故园，这是文正公德故园，这是苏金伞的故园，这是那一年饿死诸多亲人的故园。

这是一个连神都蜷作一团的故园。

隐秘的故园。姐姐，我掏出十盏莲花灯，也暖和不了的故园。

7 姐姐，我不关心人类。

我只关心你的手，从手中掉落。你的脸，从脸中掉落。你的嘴巴从嘴巴中掉落，不善辞令。

我们都是榆木疙瘩。

亦是心中有疙瘩的人，无法用世俗的钥匙打开。我们在尘土里摸索诸神的脚。但你越过疾苦的风暴和白霜，像一束枯萎的花朵。

黎明之光。

还是甜蜜的雨水，于你皆毫无意义。

8 在申家沟白色的天空下。

我们不思虑活着的意义。一日三餐是我们的意义。在泉水中洗脚是我们的意义。眠目也是我们的意义。而骨头在骨头中会感到孤独和岑寂。

我们与黎明之光隔着一个黑色的平原。但不惧怕死亡。但敬畏上帝。

因为上帝说：要有光，就有了光。

9　那一夜。

我摇动所有的经筒。

诵读所有的经书，点燃所有的真香，闭目在香雾中。姐姐，我多么渴望抚摩和被抚摩。我化归万物，万物化归于我。凉薄的世界啊！

我取一瓢饮。

瓢在我的身体里，弱水三千也在我的身体里，沉浮起落。那一夜，北风吹着号角，门闩晃动。我想象星空的浩瀚，但无法将自己托举在星空。

（选自香港《橄榄叶》诗报第17-18期）

■［黑龙江］戴永成

新年致母亲（组章）

今夜，儿难眠，想起你的背影。

土　屋

土屋，是母亲生我养我的巢。
生命之巢，简简单单。
土墙，苇棚，火炕，苇席，炉子，灶台，风箱……
母亲过日子，不嫌寒酸，不怕简陋。
一日三餐，大楂粥、窝窝头、土豆炖白菜。
锅盖一揭，满屋米香。
土屋长大的孩子，不会挥霍。
母爱筑在童心之上，炊烟放飞思念。

乳　名

母亲梦中呼唤的乳名，是我最美的名字。
乳名，坐在如雪乳峰上。
舌尖上的乳汁，嚼着爱的滋味。
母亲，是水做的女人。

乳汁，流成母亲河。
乳名若舟，涟漪成母亲的微笑。
乳名若莲，绽开出淤泥而不染的佛语。
母亲啊，请唤儿的乳名入梦。今夜，儿难眠，想起你的背影。

火炕

土坯房的火炕。柴火烧的火炕。
母亲抱来一捆苞米秆子烧攮灶子，热炕头上焐着花被，留给我钻。
热乎乎的火炕，温暖我的心。
母亲把寒冷带走，胸脯留下。
母亲把饥饿带走，乳汁留下。
一滴泪，滴在火炕上。
守着这滴泪的只有一双眼睛。
守着这个冬天的，只有一颗心。

油灯

一盏小洋油灯，是土屋照明的灯盏。
母亲用白色的棉线，捻成灯捻。用针一拨，灯就亮着。
母亲在灯下用补丁缝补日子。
我在灯下读着唐诗宋词。
母亲用民歌与农谚喂养我的童心。
母亲用麦子与拾穗喂养我的风骨。
母亲，就是我心中一盏不灭的心灯——
拨亮了我一生的目光。

（选自《天山时报·散文诗月刊》2019年第1期）

■［浙江］刘贵高

厚 土（组章）

阡陌纵横的阳新，一只白鹭驮着光阴飞进苍茫。

小地方的云

一列开往春天的高铁，从攥紧的指缝中划出优美的弧线。

小地方的云，在丘陵高冈和平畴沃野上，飘着楚文化的节律。

富水滔滔。广场上，翩翩起舞的流行音乐，与逶迤的长江有着某种隐秘的关联。

这随心所欲的季节，这淡淡而慵懒的情调，演绎着小城的内涵。

稻浪起伏。两三只蝴蝶，白的，黑的，粉的，翻飞追赶。

阳新大地，春天的雨，春天的梦，铺天盖地。

烟雨阳新

站在桥上。我与春风一样，把脚步放在原地一动不动。

让静默的湖水从内心流过。看蒙蒙烟雨铺满历史的甬道。

阡陌纵横的阳新，一只白鹭驮着光阴飞进苍茫。

绿浪翻滚，田野打开了新鲜的时光。一些受宠若惊的词相互转告，这是一个仲春的早晨。

茶馆里，有茶香邈邈。戏台上，有小曲绵绵。

一条微信里，那些湿漉漉的风情被记录得浪漫而悠长。

秋天的枫林

枫林的秋天，流淌着金黄的颜色，温柔中透着安详。

碧云山麓，一棵棵苦楝树，与稻田里的谷穗一般沉重。

金色的阳光，金色的空气，让枫林饱满，阳新丰盈。

一幅油画，在落叶的飘零中浑然天成。信手拈来的秋意，一阵阵，弥漫着淳朴的乡愁。

洗去铅华，沉淀底蕴，秋天的枫林，点燃了鄂东南的梦想。

灯火飘忽，星星闪烁。杜牧的诗句，照亮心灵的故乡。

（选自《天山时报·散文诗月刊》2019年第11期）

■［湖南］游　军

你的村庄（外二章）

这个地方，可还有，我想要听到的回响？

穿过别人的河流、村庄、原野。随行的影子一会儿朝东，一会儿朝西。

密不透风的奢望，我看得见阳光，却再没有你的声响，也触摸不到你的脸庞。

我在黑夜里潜入你的村庄，一路上月光照耀，你的墓地，正进行一场隐秘的法事，蓝紫色的蔷薇，在次第开放。

我在春风里歌唱，用手鼓和吉他轮流伴奏。我想跟你说说：关于稻草，关于羊群，关于孩子，关于梦想……

我知道你听得到；蔷薇正散发芬芳。

风从北方吹来，带着洞庭湖的凛冽与潮湿。野蔷薇占领大地，你的村庄已经荒芜。坍塌的瓦屋里，长满了灌木和苔藓，还有荆棘。

一枚生满铜锈的钱币，还系在辨不出颜色的虎头帽上，那个会刺绣的女人，已经不知所踪。

我站在村口，不知道是该向左还是向右。我还会回来吗？这个地方，可还有，我想要听到的回响？

神　兽

逆风而行，倔强生长。电闪雷鸣中，有惊心动魄的爱恨，汇成血色的乳滴。

一株植物的悲伤，侵入春天的腹地。它不说话，它知道我所有的悲喜。

多想赋予日常以灵性，唤醒我沉睡的神兽。

我一边质疑世界的无序，想挥起生锈的宝剑斩获新生，一边妥协于庸俗的常态，成为一个只剩盔甲的士兵。

我在春天里犯困，幻想一觉醒来，我手握镰刀，赤脚站在田埂上。还可以驾驭我的神兽，开启新的征程。

他年，我若离场

他年，你若需要为我主持一场葬礼，请不要落泪。

不论，我以何种方式离场，请为我画一道清秀的眉，死亡，是另外一场约会，请播放一曲轻快的旋律，将我葬在母亲河边。

他年，你若经过我的坟墓，请不要悲伤。不论，我已沉睡多少春秋，请为我准备一株蔷薇。羽化成泥是另外一种生动，请轻诵一首宁静的歌谣，将它种在我的坟前。

他年，你若回到我的村庄，那漫山的花儿会告诉你：死亡，是恒久的约定。

我以一种敬畏泥土的方式感应生长，触摸四季体温，聆听流水与风的和唱。

（选自《天山时报·散文诗月刊》2019年第3期、《星星诗刊·散文诗》第9期）

■［广东］孙善文

父亲的菜篮子（外二章）

一园墨香，滋润着一户农家朴素的时光。

老家的五分自留地，花开正旺，瓜菜成畦。一把锄头，一支画笔，一瓢清水，一园墨香，滋润着一户农家朴素的时光。

父亲的菜篮子就是这样的鲜嫩水灵。春天茄子的蓝，让人想到夏天胡萝卜的橙，夏天西红柿的红，让人想到秋天玉米的黄，秋天山药的白，让人想到冬天香菜的绿。父亲守着土地，陪着岁月，边走边老，他每一个富足的笑容，都有着菜花般的灿烂。

七十岁的父亲跟随我进了城，菜园子留在故乡，他却不忘菜篮子。不远处的宝安五区市场，像当年的自留地，忙碌着他的每个清晨。他用皱纹掩饰的眼睛，巡检着每一个菜摊，寻找与季节一起生发的植物，激情讨论每一个鲜甜香脆的细节。年轻的蔬菜让苍老的父亲精神焕发。

离开故乡的父亲，用这种方式继续与土地打着交道。如水的日子回旋着简单、透明的味道。真诚感谢每一把从父亲菜篮子里出来的蔬菜，它像一种弥漫着清香的信仰，一回回温暖着我们的家，这温度里有亲情，更有传承的力量。

一只菜篮子，父亲用一辈子拎着，装载着柴米油盐，装载着全家的温饱和健康，也装载着始终如一的担当。

笼子里的兔子

它坐在笼子里，磨动着腮帮子，神情闲逸。在属于它的世界里，每一片递来的小白菜，都是人间佳肴。

小侄女与它对视着，不舍的哭声撕心裂肺。此时，天下着毛毛雨，打湿兔笼的，却是豆大的泪水。

我从外面匆匆回来。一阵急促的敲门声，令小兔子一阵惊愕。它红着眼，敌视着我。

一张陌生的面孔，犹如静水里投进的一块石子，每一道漪涟都荡过一丝恍惚。

小白兔很快恢复了平静，咬嚼白菜的声音，盖过了小侄女的哭泣。

厨房里，父亲霍霍的磨刀声，急促入耳。

印　石

印石沉默着。这是石头的价值所在。所有试图咧开嘴巴表达思想的石块，已因自己的多言而被丢弃。

石头在变成印石的那一刻，已彻底醒来。它保持着打禅的姿势，任一双爬满厚茧的手端详着，随意拿捏着。

千万年的光阴，其实并不长。由石头到印石，只相距一个金石味的梦想。

从咔嚓一声开启，我看到了刀光在方寸之间的游离。一把舔石的刀，划出一滴滴坚韧的水声，清脆且细腻。水滴而石穿，在时光末梢，一块顽石悄然开花。每块印石都住着一个灵魂，沉默不语，却在启迪未来。

印石其实是站在我面前的另一个我。在霓虹闪烁，光芒四射的城市里，吮吸着刻刀铿锵的味道，追寻凤凰涅槃的一刻。

（选自《南方都市报》2019年8月、《星星·散文诗》2019年第9期）

■［安徽］张道发

在东岗村看麦（组章）

每一阵风起，都有最动情的起伏来自爱情深处。

1　青麦秸压得扁扁的，用它编一轮黄月亮，挂在你家的瓦檐口，夜晚便不再暗淡。

麦香顺着屋顶升上了天空。

廊檐下最好有两只小板凳，头挨头坐着，低声说话。

月光那么清，旁边开着柿子花，风过时，柿子花簌簌落满肩头。村外麦野，连虫声也熟透了呢。

2　搓一茎金黄的麦穗，而后用力一吹，麦粒留了下来，带壳的春天飞远了。

麻雀贴着麦野低飞，翅上沾着麦芒，芒上的阳光很扎眼。

一捆捆麦秸草上，落着今年的乳蚂蚱，细胳膊细腿的，狗尾草稍稍一撩，蚂蚱就呼啦啦飞过几条田埂。

麦野之外，有一条长满青苇的小河，有人从那里挑着麦秸过桥，花衣漾在水波上。

3　母亲特意用麦麸做了一个棉布枕头，送给常失眠的我。

从此，我夜夜听见麦子在枕边匀称地呼吸，梦因此变得和顺了。

梦里有一轮蔷薇花一样的黄月亮，这是我一个人的黄月亮，送给来东岗村看麦的你。

4　今年，最后一块麦田是父亲用村庄唯一的一辆牛车拉回家的。

坐在牛车上的是一轮麦色夕阳和一群馋嘴的鸟雀。父亲咿咿呀呀哼着庐剧，手中的牛鞭沉默不语。

身后，颠散的麦草落满月光，清香的夜是从柔软的麦草上开始的。

5 麦田夹出一条寂静的小白路，沿着它一直走下去，就会看到五棵开花的柿子树。

我家的麦场安静地卧在柿子树下，黑皮小侄儿执一竿青竹看护麦子，几只芦花鸡在场边觅食遗落的麦粒，红月季开得正好。

蝉刚开始叫，初夏依旧羞涩，叫人不敢直视。

6 麦子是世上最温顺的植物，你看她长得多敦厚，笑容多干净。

日头晒热了麦，每一粒都轻爆出细细的声响，这是酣睡的麦子在说梦话呢。

我喜欢光脚丫在麦场上走路，脚丫缝时而钻出来几粒麦，那种痒痒的舒服，难以言说，仿佛一下子回到了童年。

捧一捧晒热的麦，将脸贴上去，又有一种恋爱的感觉。

7 大片的麦浪在村外涌动。

村子里安静，野萝卜花冠上停歇着蓝蜻蜓。路过的青衣少妇有一个微微拱起的小腹，她的发辫编成麦穗的形状，活泼地在肩后摇晃。

村南的殷勤人家，开始整理麦场了。

8 窗外，蛙声已然堆厚了。

傍晚从麦田回来，父亲说，再有两三个大日头，麦就熟了。

此刻，有鸟在麦田上空翻筋斗，叫声那么热切，分不清是什么鸟，与这个宁静的夜晚又有什么关联？

夜里醒来，窗外有月，晓得村外的麦安睡在月光下，心平静了许多。

每一阵风起，都有最动情的起伏来自爱情深处。

（选自《温柔的部分》，天马 2019 年 5 月第 1 版）

■［湖南］曾　辉

乡村见闻（外二章）

野花张扬自我，构成季节蔓延的美丽。

清晨的鸟声是晶亮的露珠，滴落在乡村的朝雾里。

野花张扬自我，构成季节蔓延的美丽。

嫩绿把春天浸染得生机勃勃，天上的云朵和地下的狗相互追逐；而风尽现温情，让日子在阳光下慵懒地舒展……

把心打开，在乡村的田野放逐。

赤脚踩进水田里，花草的清香在原野上蔓延，父亲的草帽高过天空，草帽下面快乐在飞翔。

乡村的雨油亮而金贵，雨洗过的天空，鸟声箭一样穿过，远方落在湖的尽头。山后的笋拔节生长，呈现新生命的力量。蛙鼓敲打着夜，充满了躁动。乡村的夜是有激情的，生命在交合在繁衍在释放，呈现野性的活力和强大。

在乡下，所有的事物都是用动词呈现。

经过雨水的洗涤浸润，大地又捧出了一个全新的太阳，把原野照得晶莹剔透，洞庭湖平原就这样展现在你面前。

寄老同学乙

一声幽微的叹息，自远古的长廊传来，沉甸着湿漉漉的心事。

船早已启航了，风中的手留在忆念里，杨柳岸边，相思的雨不再飘落。

口琴悠悠，一腔心思付与流水，那上面承载的不是枯枝败叶，而是一个久远的真实，一个曾经承受过风雨洗礼的生命。

南飞。南飞。再南飞。再向南飞，即便是迢迢也飞不出母亲的视线，飞不出那盘根错节丹橘飘香的乡恋。

一滴相思的雨，落在幽微的叹息里，五彩霓虹照不见回归的路。一挥手，那只美丽的蝴蝶便成了标本。青春，放逐的青春已化作了天边的星辰——明亮、幽远、孤寂。

无法捧出内心火一样的情怀，岁月芬芳的酒香溢满逝去的日子，溢满曾经热闹而又清冷的校园。长长的足音走过，走过古巷，走进尘封的记忆里。

回头再问你，现在还好吗？

蒙蒙的泪光，照不见我忧伤的感怀。

苦竹湖

是遗落凡间，最干净的一滴露珠。

是大地上，长出来的一块碧玉。

不敢惊扰湖水的梦，我们无处下桨，只能纵荡漂流，任意东西。

立在蓝天和碧水间，让人觉得渺小，小得如水下一尾自由自在的鱼。原来小才是最自由的所在。

湖边的花草是精灵，蝴蝶的翅膀把欢乐带出来，散落湖面。

湖面是宁静的，有种田园式的舒坦，可以让灵魂躺下来，随波荡漾，甚至于可以做一个梦。

长虹卧波，柳色青青。

行人走过，就是踩响一个个的琴键，快乐的音符自脚底飘出来，可高亢也可柔美。

能让目光明亮的，是炊烟，是狗吠或者鸡鸣。这人世间的桃花源，让日子温暖，让心里自在而踏实。

展一湖烟波，从这里开始，钓取快乐。性情自在，天地悠悠！

人是鱼，鱼也是人。伟大的钓手，可以钓到一个西落的太阳。

灯光睡在湖的梦里，有点缠绵和恍惚。桨声灯影里，夜色渐渐加浓了。

如鼓的蛙声，把大地唱得昏昏欲睡，于是我们就这样，泊在苦竹湖梦的波涛里。

（选自《天山时报·散文诗月刊》2019年第5期）

■［四川］陈宏宾

麦子，麦子（组章）

麦子麦子，把田野喊成一幅春，文静，清新。

1 那片一望无垠的绿，耀眼。

拔节，向上奔腾的欲望，触摸蓝天。

一把镰刀已经苍老得张不开口，灰尘紧紧抱着墙角里的磨刀石。在你来之前，磨不利四月的风。

田野，一株野草，在春风里把身躯开成一朵紫花，路边诗意朦胧。

迈开的布鞋，已经踩到一缕香。

2 拥挤的麦叶，用绿色唤醒河底的蛙。

深一声浅一声的鸣，在麦田上空定格。这首曲子，就是演奏给麦子听的。

蓝天、白云、垂柳、炊烟。在整块整块的麦田怀里，倾听四月，等待五月，盼望六月。

3 冬眠刚醒的蚂蚁，背负着娘的眼神，行走。

锅台上散落一粒金黄的麦子，那是娘祭祀神仙的供品。没人敢动，蚂蚁知道娘的心思。

清明柳绿，白杨苏醒。一坡一坡的绿，一夜一夜的喊，拔节的痛深入我骨子里，我替麦子做着明天的梦。

我坐在麦田里，构思，酝酿，每一个想法都浸在绿色中。绿，顺着我的血管流淌。

风，带路；露，折磨着我疲倦的眼神；清明雨，把我的脚步固定在泥土里。

扎根，我和麦子一同生长。

4　醒来的爹，醒来的娘。

喊着我的乳名，喊着麦子麦子，把田野喊成一幅春，文静，清新。

一个词语行走在老屋与麦子之间。苍老的只是一个等待的符号，麦子依然生机勃勃。

呼一口爹，吸一口娘，咱的身躯有故土豢养。

惊蛰的雷没有改变模样，谷雨好呀！赐给我力量，

还需要一团火，炙烤春风。麦子的心思永远不会安静下来。

村头的石磨，眼神里露出杀机。

5　马不停蹄。

从冬至走来的雪花，给麦子跳一场惊天动地的舞；

而后，紧紧抱着麦子，谈一场旷世的恋爱。

冰天雪地里的心跳，烫红雪花的脸。

那时，我手中的笔还在冬眠，无法书写僵硬的麦子，僵硬的雪。

我的目光冻结，看不到绿。站在雪地里想象，和麦子一同颤抖。

6　从2℃到20℃，不需要过程。

春就这么任性，一点也不体谅麦子的感受。冰与火的告白，只能让骨节更加坚硬。

我喜欢春天，一年之计在于春。麦子正兴奋地告诉我他的想法。

麦子在创作一幅画，等到六月里杀青。

7　一场暴雨，洗去绿色，思想开始泛黄，这是一种成熟的态度。

麦子借走了爹娘的肤色，麦子有了属于自己的本色。

这是一场浩大的蜕变，这一变竟然延续五千年，

麦子已经抽穗，麦子的心跳走进老屋破旧的空间里，爹枕着麦香入梦，连鼾声都香。整个夜里的香，足以喂饱五月。

8　六月，我的欢乐从小就遗忘在麦田里。

六月，记忆最深刻的一个词语是——收割。

炊烟喊醒我，我在麦田里收割疼痛，和麦子一同哭泣。

用镰刀敲碎泥土的呐喊，把麦子摆成一排排诗。

终结一个生命，储存一份希望。

向每一粒麦子致敬，从我的祖先就开始。

这是一颗微不足道的果实，他的内心里包裹了天地，包容了日月。

亘古不变：昨天。今天。明天。

（选自《星星·散文诗》2019年第6期）

■［安徽］蔡兴乐

屋瓦是最朴素的陶片（外一章）

这是由许多个瓦片所遮蔽的所在，我们则称之为老屋。

在分水岭，只有土墙上的屋瓦，才是最朴素而纯粹的陶片。一片屋瓦虽然泛着青灰色的光，乡里人却称之为瓦蓝，比如头顶上那瓦蓝瓦蓝的天空。我常常痴痴地想，这该是天堂才会有的一种颜色。

其实屋瓦的出身并不那么高贵，分水岭上的每一块泥土，都可能是自己不敢忘却的前世。曾经与那些玉米、高粱、红薯以及花生和大豆一起摸爬滚打，与我一辈子只在泥土里刨食的父老们，成为不离不弃的亲人。

屋瓦居庙堂之高，栉风沐雨。屋瓦下，那些与其一娘所生的陶罐，有的是用来装满着豌豆，酿制的甜酒；有的则小心翼翼地储存着来年春耕用的种粮。它们安静地蹲在一片角落里，这是由许多个瓦片所遮蔽的所在，我们则称之为老屋。

在分水岭，屋瓦总归是要经过支离破碎的磨难，直至回归于自然，回到被装在陶罐里的骨灰身边，入土为安。

农作物都会向上生长

娘在世的那会儿总是闲不住，每每把岭坡上的庄稼打理得井井有条、横竖成行。每一株农作物都会向上生长，每一滴汗水也都是向下流淌。那些个小麦、玉米、马铃薯以及南瓜、扁豆、茄子茂盛得风生水起、有声有色。

它们被我不经意写在了纸上，也生洁白的根、开细碎的花，也会灌满乳汁一般甘甜的浆，也会结下或金黄或碧绿的果，直至成为一首乡土诗的模样。

娘在世那会儿，一些疯狂的青草，只会在村头的空闲地，或路边的间隙悄悄地绿着。而风吹草低里的羊羔，则像是被安放在了青草之上，一些干净和有温度的分行文字。

我学着娘的样子慢慢蹲下身来，与一株疯长的青草对视良久，然后谈一些有关春风与野火的事。蓦然间就会发现，原来我比一株青草，并没有高大出多少来。

这不，娘才刚埋下地里后没多久，那些青草就超出了她的坟头。

（选自《散文诗》2019年上半月版第8期）

■［湖北］向天笑

老家的道路（外一章）

老家的路，是老家的经脉，它还在向外伸展。

老家虽然越来越老了，但道路越来越新了，也越来越宽了。

我儿时翻山越岭的感觉再也找不到了，那下雨天深一脚浅一脚艰难的行走，早就一去不复返了。老家的路有的通向田野，有的路通向菜园，有的通向湖泊，有的通向山岗……而我走得最多的是通向学校的路。

走的人多了，并不一定会成为路。在老家走得最多的是禾场，特别是在收割的季节里，每家的老小都在禾场上奔走。

只有放牛是没有路的，哪里有草哪里就是路；只有驾船是不要路的，哪里有水哪里就是路。

现在，老家的道路上没有多少人走动了，只是还有无数的影子在悄无声息地走动。

老家的路从不随便废弃，特别是前人踩出的路，更不会更改它的走向。

尽管只有一条水泥路通向村庄，但抄小路走的人还是很多。

老家道路上走出来的人虽然踏实，但喜欢走捷径，哪怕那捷径满是坎坷、泥泞，甚至还要付出足够的代价。

老家的路，是老家的经脉，它还在向外伸展。

老家的水井

父亲离开乡村好多年后，村子里装上了自来水，父亲在老屋后面费力掘得很深的那口水井，几乎废弃了。

一口废弃的水井，远离了我们的生活，它依旧清澈、凛冽、幽深，只是原本光洁的水泵摇柄，现在锈迹斑斑。

可父亲每次回老家，执意要喝水井里的水；那水甘甜、清香，沁人肺腑，不是自来水能够比拟的，尽管他老来移居城里，也喝了多年的自来水。

那被他打磨过的摇柄以后又渐渐锈蚀了，像他离开乡村之后的影子。

可惜什么都可以带走，唯独水井带不走。

那口带不走又舍不得废弃的老井，弥漫着父辈的余生……

（选自《诗潮》2019年第10期）

■［河南］蒋戈天

带着蛙鸣上路（外一章）

乡音，温暖在路上。乡情，鼓胀成风帆。

天空黑下来，蛙鸣亮起来。

春夜默默动情，并不孤独。

华灯渐次熄灭，蛙鸣似另一种灯盏，拨开夜幕的眼帘。

一部出自泥土的乐章刚刚开头。可以在田埂下，草窠里，菜园边，轻轻地蹲下，静静地倾听，安歇下我们不安的耳朵和心。

带着青草的芳息，露珠的新纯，橄榄枝的浓浓绿意，蛙鸣呈现故乡的底色。

明天，马蹄就要远去，请允许我带着蛙鸣上路。在钢铁的城市，在泪水浸泡的寂寞和失落中，让蛙鸣一次次舶来故乡的月亮，为我疗伤。

带着蛙鸣上路，左肩扛上太阳，右肩扛上星星，在尘土飞扬中，沿着思念擦亮的铁轨，实现一次次开心的漂泊。

乡音，温暖在路上。乡情，鼓胀成风帆。

再让蛙鸣穿越山水，在异乡扎根，开花，点燃青春和荒芜的时间。

与一树樱花默默对视

一棵怒放的樱花树。粉红的火焰将尘封的心事点燃。

不经意的对视间，它拱动出片片嫩碧的叶芽。

一棵上了年纪的樱桃树。身体高大虬曲，脸上布满刀刻的皱纹。

她的沧桑解读着时光、岁月的缓急，风雨霜雪里的飘摇、伤痛。

当无尽的伤害和考验之后，它又捧出柔软的心语，呈上盈盈笑意。

站在这棵伤痕累累的樱花树下，怎不为那些荒芜的过往落下泪滴?

为了活着，我们常常找出诸多借口，来原谅自己，洗雪遗憾。

而樱花美人告诉了我：即便独对黄昏，风卷残年，也要头顶蓝天，胸怀大地，敢于亮出枯枝上的花期，就像在乌云滚滚的夜晚，敢于亮出惊雷和闪电。

（选自《信阳日报》2019 年 3 月 28 日百花园副刊）

■［湖南］山 珍

乡愁，在一杯梅山红里升腾

题记：据记载新化茶叶追溯至唐大中十年（856年），清光绪年间达到鼎盛。

茶叶，在风吹、日晒，或者火烤中，封存心事。
生活，在阴晴圆缺悲欢离合中，轮回，或翻新。
踏三两点星光，汲一罐山泉，用上等枫木，烧沸。
邀四五个好友，围一炉炭火，泡壶梅山红，慢品。

诗意，就在茶叶于沸水中悠悠舒展时氤氲。
茶语，伴随着袅袅升腾的热气，内外飘香。
诗意的茶语，风韵茶中日月，宽广茶里乾坤。
茶语的诗意，延续东方文明，流长古国血脉。

一杯茶，暖口暖心、解渴解毒、传情传意，皆因本性。
一杯茶，由浓到淡、由热到凉、由深到浅，都是必然。
一杯茶，浓酽故乡的气息，稠密亲人的牵挂，拨动游子的乡愁。
一杯茶，鲜活春天的柔情，清凉盛夏的暴烈，煨热隆冬的冰雪。

在岁月的沃壤里，茶叶静静地吸纳风雨，以青春融合天地精华。
在激情的浸泡中，茶叶缓缓地绽放芳心，似少女倾吐惊世初恋。
在雕版的墨痕间，茶叶柔柔地诉说历史，如长者翻晒经年往事。
在悠长的古道上，茶叶窣窣地穿越沧桑，若清泉漫步岩层石缝。

顺一叶茶，逆流而上，可捕捉纤纤玉指的纹理和体香，可聆听茶园情歌的直白与火辣。

乘一叶茶，顺流而下，可观摩百态人生的平铺和跌宕，可辨析冷暖人世的真善与丑恶。

捧一杯茶，伴一盏灯，对话秦皇汉武，论辩唐宗宋祖，阅尽风流人物，数我辈最英雄。

捧一杯茶，摊一卷书，策马雪山草原，遏浪长江黄河，游历大好河山，唯故乡常入梦。

（选自《娄底日报》2019年1月15日白鹭湾文学副刊）

■[湖北]刘金祥

故　乡（组章）

我觉得，我就是故乡的另一半。

1　从故乡远去，我即是天涯。

从天涯远去，我就是故乡。

打开远方。风轻轻地吹，雨就来了，归鸟在高空掉下一地羽毛。白杨树上，一个个老巢在风雨中战栗，如同黄土上松散的老骨头，岌岌可危。

路人闻语于鸟：白杨树的檐下，是彼之笼也。

归鸟说：天涯是故乡……

2　黄土，本应匍匐，尽显宽广、辽阔。此刻，它站了起来。

站成了一排排驼背的垦农，不说话，任大水冲刷、分解、割裂或者遗弃。他们蹲在峰口的孤寂里，握紧犁耙，在古老的黄河水畔开垦出深邃的诗行。

天空多么澄澈，一深一浅的诗行，融进了阳光、期盼，融进了幸福的汗水和赤子的情怀，还有草丛间的虫鸣，还有大片的光阴。

我惊讶地发现，众神在这里播种。

3　黄河之水黄土上来，还要回到黄土上去。

溯回，溯回，一生不止一趟行程，在水上。

黄河，总是用这样反反复复奔走的方式，写下了历史的乳名：母亲河！

十八岁那年，我站在母亲河中央，两颗奔腾的心，紧紧地贴在一起，我为自己预测：溯流而下。

远方有更大的湍流等待我，等待我去跋涉。

或者灌溉。

4　黄土高原上，母亲正挑着担子……

村落，炊烟，煤油灯，麻布衣，还有黑白电视机，近在咫尺。

街上的草帽、扁担、磨盘、麦秸垛状的线偶，还有白杨树做的桌子和板凳，还有飘忽不定的麻雀声，还有村子里坍塌的泥土墙，无关联的事物在重叠。

但我不得不承认，那些停顿在记忆里的乡村事物，还活在那里。

——人却渐渐老去。

5　少年，青年，成年……

故乡的那盏煤油灯，时而阑珊，时而暗淡。一举，一动，始终萦绕在我的心头。

离开故乡的日子太久，内心的风暴骤然升起，尽管雷声大，雨点小，隔着山重水复，都能感受到它给予的慰藉和光芒。

如同人间烟火，暖在了心里。

一半是亲情，一半是生活；一半是燃烧后的熄灭，一半是涅槃后的新生。

我觉得，我就是故乡的另一半。

只要我在，故乡就一定是故乡。

（选自《湖州晚报·散文诗月刊》2019年第10期）

■［湖南］邓建华

皮影黄

打起河西班子最强的腔调，嘹亮寂静已久的村庄。

1 皮影黄要拉儿子入伙。

皮影黄并不想和老婆散伙。

老婆踩在一个叫“薛平贵”的皮影人上，恨恨地说，你和这些影子菩萨过吧。

皮影黄捧起皮影人，泪流满面。所有愧疚，是对不住满架沾尘的皮影人。

他一个一个皮影人轻抚。

他一个一个轻唤它们的名字。

对不起啊伯牙。

对不起啊秦琼。

对不起啊韩湘子。

对不起啊包拯……

老婆走了，没有打转。

儿子走了，留下话：爹啊，你实在混不下时，就记得来找我。

2 这些皮影人，有的还是皮影黄的老爹的宝贝。

那年爹拉他入伙。

爹说，你看村口，像不像只手掌，捧着我们放生。

皮影黄说，像啊，我们就是干枯河沟里的泥鳅。

爹的箱担里，满满的皮影人静默无声。

还愿，成全了皮影。
十里八乡，谁家没有过许诺，谁家没有过愿景。
一段平安戏，足以慰藉忐忑的心灵。
来接师傅的理由，更多的是因为还愿。
来抢箱担的乡亲，早早报上了他们家戏的戏名。

乡村的夜，神秘而寂静。

3 这些皮影人，更多是皮影黄的杰作。
他叹它们生不逢时。
歌舞、影视、网络，让咿咿呀呀的戏腔变得遥远，变得陌生。

4 师兄唱不动了，一身绝活，闲置在一间瓦屋的老年痴呆里。
师妹嫁了，摇篮曲催眠着昏昏欲睡的山村。
师弟在不远处小城市的脚手架上，像一只被上下拉扯的皮影人。

皮影黄依然守着爹给他的箱担。
皮影黄依然做着他的皮影人。
皮影黄依然一个一个叫着它们的名字，尽管声音里，有了一点点生疼。
你好啊薛刚。
你好啊林英。
你好啊胡迪。
你好啊张古东。

5 皮影黄的家乡，和一条江千年相守的，是一串像禾草掩盖下的珍珠一样的古镇群。
被新时代的浪花揩拭，古镇光彩照人。
皮影黄看着满架的纸影人，说，要出发了，祝你们好运，伙计们！

皮影黄，记得当初为什么出发。
皮影黄，珍惜眼前每一缕阳光。
皮影黄，要打起河西班子最强的腔调，嘹亮寂静已久的村庄。

（选自《长沙晚报》2019年10月11日）

第八辑　秀美山川（14家）

■［湖南］郭　辉

阿岗昆之夜（外一章）

播下一颗快乐的心，必将披戴一生幸福的星光。

野狼在那里出没，它们的长嚎，把夜幕，撕成了零星碎片。一片比一片暗，一片紧挨着一片，布控不安。

驼鹿摆尾穿过了松冈——一朵凝固的气焰，一团刹那的静。

熊在熊窝，鼠在鼠窝，兔在兔窝。

鸟睡在树上。

树有多大，沉默就有多大。

墨绿的树影，越来越厚了，重了。天上来风，尽管张着坚利的爪子，也无法掀动，打几声忽哨匆匆走了。

隐隐湖光，在天边闪耀，变幻着魔力。

一湖暗语，半湖雨。

湖畔小溪上，有一座木桥正在老去。它睡在夜里，夜又枕着它的残梦。

夜色无边。

却有一堆通红的篝火，一直在燃烧，像一块补丁，打在暗的身上，又像黑色篇幅中，一个明晃晃的形容词。

用野味烧烤出的热情，升腾着，飞扬着，经久不息。

高脖颈的啤酒瓶，挨着，靠着，一只只一只只，摇摇晃晃，是不是全都醉了？

比醉还要开怀！

今夜呵，阿岗昆，是一顶天大的帐篷。是丹娜和她的朋友们，狂欢的王国。

让青春来得更猛烈些吧！

播下一颗快乐的心，必将披戴一生幸福的星光。

阿岗昆，神光普照的阿岗昆，在黎明的时候你要冉冉升起，让整个安大略，都听到年轻的歌唱。

明天——

是新的朝圣！

御笔峰

这如海的青苍与深绿，需要朱批。

春天沿着陡峭的路，蜿蜒而下。有白云尾随，飘飘着，铺张着，是不是众山联手，告发行路太难，行程太远的一纸状子？

更要朱批。

就有这如椽大笔，应运而生，应景而立。

一杆矗起。

大隐无形的自然之王，调来万斛日光，倾注其上，唤来万丈雄风，鼓荡其巅。

命雷电，磨雨水为墨。

喝时令，铺苍穹为纸。

多少年过去了，多少代过去了，运腕挥毫，仍在书写。

美是不需要批注的，属于此山此水。秀色与灵气是不需要批注的，属于天地人寰。信仰也是不需要批注的，属于与生俱来的高度！

日月之下，大野之上，这一支天赐神笔，永远御批不尽的，是万古千秋——山河恋！

（选自《散文诗》2019 年 9 月上半月版）

■［广西］庞　白

莲花山放肆地笑（为二章）

杜鹃都叫过千万年了，她还站在那里，不言不语，只是微笑。

她没心没肺的村姑脾气，漫不经心地扩散。那么坦然。使少走山路的我，不得不相信原始和朴素，真好。

当然，你也可以觉得不好。

但是，这有什么关系呢？

她站在阳光下放肆地笑，露出两颗兔牙。她养了满山杜鹃。杜鹃都叫过千万年了，她还站在那里，不言不语，只是微笑。

西山又一日

在这里，独自度过一夜，打湿前额的，要么是雨水，要么是露水。

很难还有别的。

在这之外，一天又一天，淡化仇恨的是时间，消解恩情的也是时间。

很难还有别的。

西山，又过一日。

日子，和每天折返奔跑那样，没按预设进行。很多事情，仍旧无处安放。虽然它们扬起的灰尘，在掩埋往事，掩埋得像什么事也没发生。

药香中的金秀镇

再远，也有尽头，正如最近，也通向无限。

金秀镇正是这样。

小小县城，首先显现出来的是一朵花的洁净；然后是种满花草的山石；之后才是瑶山、山歌和传奇。

它背后埋伏着的无数草药，会在寂静中隐约透出轻易就擦肩错过的丝丝清香。如秋夜朗月光辉中的星辰，既融于灿烂，又闪烁出独特的温暖光芒。

（选自《川东文学》2019年春季号）

■［山东］张晓林

这一刻（外二章）

看天下大势，你来我往，风卷云舒！

日已东升。
风在吹，呼啦啦的各色旗帜，像天鹅，在飞。
所有的牺牲一字排开，所有的酒坛，一一打开。
所有的船，所有的人，都在期盼着，
这一刻！

终于，金风起了；
有乐奏起；有红红火火的鞭炮，开出十万朵响着的牡丹；
锣鼓声，欢呼声，大海的波涛声，开出十万朵百万朵鲜红的玫瑰；
甜蜜啊，美好啊，期盼和祝福啊，在人和岁月的田野延续了千年，
今日，终于开花了！
照亮了黄海之滨的每一片云朵，每一片树叶，每一张笑脸……
就连那高挂的渔网，都像身边欢呼的少女婀娜着娇娆的身段……

眺望田横岛

岁月蔚蓝。海，静如荒原。
我在岁月这边望你，田横岛，就像审视——

一段历史……

岛上有碑，有凛然风骨；一个王朝大剧，像树，枝叶扶苏——
一部《史记》，生猛鲜活，淋漓着春秋况味；
越过千山万水，百载千年，那些故事，人物，依旧鲜活如昔，
就在我们身边！

望着你，田横岛，就像在读一部青史，然后，化蝶似的，飞起：
看天下大势，你来我往，风卷云舒！

走进雄崖所

这个下午，有土地的温热，袅然上升。
雄崖所，每一块方砖，都穿着明代肤色。
此时，乡野间夏日葱茏，秋毫无犯。没有烟火，不是要塞；
它只是历史里一个名字，一个逗号，或一个句点。如此，而已。
没有惊呼，没有闪闪审视的目光。
一弯新月，看排排剑戟列阵如水。之外，无有其他。

这个下午，很静。
年长日深，雄崖所，你体内的寒凉，想必越来越少了吧！

（选自《大沽河》2019年第2期）

■［山东］邱雨秋

走进桃花谷的人（外二章）

赤条条的真诚，一代代传递。

走近桃花的人，不怕桃花运的洗礼。
桃花诗，桃花扇，在花树间蓦然回首。
一位丽人，见到一只蝶从她的余生中经过。
桃李满天下、知足常乐的师长们，收到一份沉甸甸的礼物：
冰川怒放的桃花，可赏，可品，可念。

在五彩的神话面前

落雪，哈达，羊群，冰川，这些洁白的蝴蝶，在蓝天下，飞翔或者伫立。
人间剩余的表白、补白、旁白，全在叫卖声中候着，等待着恩赐。
博窝，头顶光环。
一双勤劳的双手，捧起阳光，清风，种子。
内心有甘露。

赤条条的真诚，一代代传递。
分不清藏民与汉民的肤色。

盔甲山的新帽子

这些台阶，汗水浸过，飞鸟踏过，朝霞与夕照休憩过。
积雪装饰，心怀禅意。鹰的守卫，苍劲有力。
春风，悄然上山，拨动石板崖的心弦。
一顶帽子，在新年，掸去淡淡的旧花纹。

（选自《大沽河》2019年第3期）

■［山东］鲁本胜

即墨故城遗址随想（组章）

即墨古城位于今青岛北部平度市古岘镇大朱毛村一带，是战国时期的名城。

目光，走进即墨故城遗址，阅读岁月深处的一抹新绿。

夯土肃穆，它的泪，已被田野的风吹净，菊花呀庄稼呀多得风车都装不下。

一身风霜的老树，紧锁眉头，他知道，自己必须醒着，必须固守一些什么。

移师蓬莱的城砖，基石，身周是灯红酒绿，轻歌曼舞与海市蜃楼。他的心中，依然像在秋风面前那样，风姿飒然地美丽着。

养鱼池，放养的已不是鱼了。

一野麦苗，一声鸟鸣，还有一天蓝色的云朵，都是清雅出尘的哲理。

火牛阵的硝烟，仍在一个民族的心上飘荡，一片滔滔而来的蔚蓝。

曾经的许多疑惑，此时，在我的心中开始纠错……

走进即墨古县衙

穿越一千四百年的长途，我在膜拜一位——
来自隋朝的历史老人。
往事徐徐打开，所有细节，似乎仍在沉思。
屋檐上悠然滴落的光波，点亮了二盏宫灯，照出曾经的辉煌。
绚丽的古典之美。
我看见春梦无痕，日影微移，斑驳的青砖灰瓦呀，好似有话要说。

岁月如佛，在我心中一片肃穆。
面对古老而久远的藤萝，我不由自主，顶礼膜拜。

龙山的沉思

每一棵思考的青苗，瞅着龙牌。
永远翠绿的祈愿，被谁的刀子，劈成两半？
是谁，播撒雨露，让龙山的石头开口说话？
树木、花草、禾苗，托起一条黄金之河。

一条飘在空中的鱼，被谁的梦幻，握了这样久？

（选自《大沽河》2019年第4期）

■［浙江］柳文龙

山 居（外一章）

比流泉急迫的呼唤，等待又一次石破天惊！

在月光背后，我看见一棵青檀树的宁静姿态。
竖立在满山遍野的苍茫之上，孤傲的背影，看不见风吹起的任何皱褶。
流泉顺着小道走，没有丝毫的回声可以折返山谷。
翠峦一点点让出原有的绿意。黄叶像一簇簇火焰，似乎在鼓励我让出苍松与祭祀——这片即将被浓雾瓦解的晦暝。
独居者的生活，将贮有的一个个漫漫长夜，慢慢消弭，甩掉黑暗。
哦，我理解星辰对天空的索取，终将规避夜色一刻不停的吞噬。微弱的光明还将真切地还原星宿的特质之美，飘逸之情。

远方，不知名的小动物在鸣叫。我从不惧怕人兽之间达成的某种默契。
灿烂的野百合半开半闭，仿佛等待熏风一次漫不经心的侵入。
我引领的小道没有荆棘挡路，只有月色静静地铺开一条明亮的河流。
面对陌生的语境，我从不赞美未知的圣物。
内心却变得忐忑和不知所措。

滚　石

每块石头落地都有一个宿命。

当滚石从万仞之巅扑向深渊，大地不会被一声轰鸣而惊恐，山体不因一个缺口而改变坐姿。巨大的落差过后，消失了的力量，将进入另一块石头的体内，蛰伏、隐匿，恪守能量守恒。局部的宁静，不再展现对立的态势——天命如此！

倒伏的草木迅速弹起，杂土掩盖的根茎，从一个侧面思索苟活的取向，寸草心，不易之典。

夜晚，石头滚过的地方，铺满月光的碎片。那显露出的金属凿痕，似乎留下深浅不一的伤痛，像某种无声的喧嚣和情感坦陈，流淌进满山遍野的繁花，隐于苍翠之间。

谁能平静地化解恩怨——任性而执着的伯劳鸟，依托这样的信念，羽毛悬浮人世，心归明月，随气流飘逐，巡视山峦细微变化。

石块聚集而成的磁场，是它永远也飞不远、脱离不了的未来。

石头浸润于昼夜不同的温差。山间的疾风，将万物驯服得温顺无比，而来自山体内核的骚动，久久不能平息。

比流泉急迫的呼唤，等待又一次石破天惊！

（选自《天山时报·散文诗月刊》2019 年第 9 期）

■ [四川] 鲜　圣

湿地书（组章）

湿地的高度，是一只野鸭飞翔的高度。

1　土是湿的。草也是湿的。每一根草尖上，都沾满阳光的体温。

晨曦初露，薄雾里的湿地像一个人的心肺，偶尔一声鸟鸣，惊动静谧的时间，一双翅膀，从湿地的天空划过。

大地睁开眼睛，蒙眬之中听见的鸟语，像一个人的呼吸，平缓而有节奏。

这个时候，阳光，是来玩耍的第一批客人。

它留住湿地上的一丛芦苇，或者一只野鸭，与它为伴。

2 阳光静静地俯视：埋头吃草的牛羊，是湿地最虔诚的信徒。牛羊的胃里，装着湿地的空旷，牛羊的眼中，丰茂的水草是湿地上最美好的收成。

洼地上，有几串脚印，分不清是鸟留下的，还是牛羊和人留下的。面对蓝空泽地，没有谁能不停下来，奢望走进这幅画卷之中，并在湖水里留下自己的倒影。

3 清澈的湖泊，收藏了岸上的花朵。水，静止。风，没有吹过来。

这个时候看上去，湿地的高度，是一只野鸭飞翔的高度。

4 起风了。风中传来的声音，是一丛芦苇抱着另一丛芦苇诉说的声音；是一双翅膀带动另一双翅膀扑腾的声音；是一双脚印覆盖另一双脚印跋涉的声音；阳光的斑点，洒在水面上，翻卷着鱼鳞。

此刻，整个湿地都在动。水里的影子，在起伏，一天的光阴，在旋转。

人烟之地，听得见鱼在水中奔走、游戏、恋爱的声音。

阳光停靠的码头，热闹非凡。

5 如织游人，分享一只白鹭的心情。

在岛上，安居或者露宿，都是一件惬意的事情。

下午的草尖，露水已干。

蓬勃的草地上，花朵像一盏盏灯，把湿地照亮。

6 在阳光中漫步的一只蝴蝶，还在草丛里逗留。

鸟飞来飞去，飞不过这里的天边。

这里的鸟儿，还是以前的那些鸟儿。不过，鸟的鸣叫，明显降低了。

风也很低。那些阳光，在湿地里静坐，望着远方。

7 暗淡的光阴渐渐靠近。

湿地的一天就要回归。

鸟在寻找自己的巢穴。牛羊打着饱嗝回过头来，看着剩下的青草。

夕阳覆盖了整个湿地。一切草木、流水都在目送夕阳归去。

土是湿的，草依然是湿的。

湿地，把一粒粒尘埃、一滴滴水，还给了人间。

（选自《天山时报·散文诗月刊》2019年第5期）

■［四川］徐澄泉

梁家山·路（组章）

梁家山道路弯曲的弧度，比我一生走过的弯路还弯。

我一生走了很多弯路，加起来，也没有梁家山的路弯。
或者说——梁家山道路弯曲的弧度，比我一生走过的弯路还弯。

我便以汽车的方向盘和警惕的目光，把弯拉直。

梁家山·海拔

我一直登高不止，总是高不过山顶。

比如——在千里平畴的四川盆地南缘，突兀拔起的1047米高度，是我永生永世不可逾越的坎。

高山仰止，景行行止。就是我此时的心态。

梁家山·楠竹

长势节节高。是说他们的日子。
击之锵锵响。是说他们的声音。
比石头硬一些，比山峰高一截；
狂风乱不倒，野火烧不尽……

这就是它们的秉性。

梁家山·农家饭

青菜。萝卜。白米饭。
土鸡。腊肉。粮食酒。
一桌没被污染的热情，香得很！
赵大爷一家原生态的笑容，比酒菜更香！

梁家山·雪

从春到夏，到秋，我期待了三个季节的雪，终于在这个冬天遂了我愿。
我便以一片雪的轻，一滴水的重，融入梁家山。

（选自《乐山日报》2019年2月17日“海棠”副刊）

■［天津］青　槐

马岭散章（三章）

燕子梳羽，看着母亲啼啾，它的喜悦能把整个春天填满。

燕　子

转过山坳，世界消失了……

一房老屋停在春天的额头，是世界的原点。燕子绕屋三匝，穿窗投入梁下的旧巢。昨天的体温，还暖在巢沿。

此时，人间是一扇虚掩的窗。原点与终点，都栖在窗棂上。

屋外，鹁鸠在枞树林里唱歌，土鸡在啄食，柴犬在篱笆下跑来跑去……一切都是昨天的样子，有着理所当然与怡然自得的表情。

风收敛翅膀像燕子收敛归程，穿越窗棂如同燕子穿越千里。

燕子梳羽，看着母亲啼啾，它的喜悦能把整个春天填满。

这讨厌的燕子，总是抢先一步到达
母亲的微笑。

冬　橘

最后一个橘子黄在树上，寒风穿过它，就像穿过秋天的句号。

凛冽的风摇着翠绿的橘叶，仿佛随时都会递出白色的橘花；随时都会摇落橘子金黄的倒影与虚无的鸟鸣；随时都会摇落父亲的咳嗽与母亲的浅笑……

此时，整个橘林都是它的：比它高的天，比它低的草，以及夹在高与低之间的我与几声狗吠。

此时，坐在树上的橘子与我对视，风吹着它就像吹着孤独。

孤独有多大，内心就有多甜。

在冬天

在冬天，满地的绿草棵棵都在代言我的家乡。

冬寒菜内心圆滑，掌心有小火苗，穿绿衣，风一摇，影子里便滴落鸟鸣。

蜈蚣草见缝插针，每一根骨节都伸出一双手，它知道小人物的大情怀就是拥抱身边所有的事物。阳光甜，石缝辽阔，一捧泥土也可以爱成祖国。

风吹唐竹，细碎的声响恍若秦朝。

傩歌用丘陵的形状起伏，唱土地的人，嗓子里养着一条叫资水的河，黄尾鲴模样的颂歌，逐水凌波……

鸡鸣是软的，狗吠也是。

一只大鹅追着我咬，仿佛我是它的仇人；

就像我追着时光咬。

（选自《散文诗》2019 年第 5 期）

■［四川］夏　梦

生命中的醉美河山（外一章）

醉了祖国的如茵四季，美了三江六岸的今日和明天！

岷江之水清兮，可濯我缨，濯我心，濯我望眼。

金沙江之水清兮，可濯我足，濯我诗，濯我衣衫。

这里是川南边陲璀璨的明珠；

这里是万里长江永不磨灭的初心；

这里是长江源头第一座繁华的城垣；

这里是我四季光芒、赖以为生的盛世家园。

这里就是宜宾——我生命中的醉美河山。

金沙江横空豪迈，岷江大爱绵绵；一起汇入浩浩长江，是时光一气呵成的万里长卷；

兴文石海，一石一世界，如九鼎擎天，那坚硬、畸形的石头里也蕴藏着柔韧的美学；竹海云雾缥缈，绿波翻涌，林涛喧嚣阵阵，此起彼伏，时隐时现——仿佛是我们时代发出的壮阔强音。

驰名中外的酒都，处处涌动着改革开放的滚滚春潮。

——醉了祖国的如茵四季，美了三江六岸的今日和明天！

雨落戎州

滚滚江涛，雨季霏霏，我正驾车穿过蒙蒙雨幕中的古戎州桥。
没入一城人海，化作一圈小小的涟漪。
竟也漾出一束岁月澄澈的生机。

雨似细纱，替岸边泥土中沉睡的蚯蚓轻轻沐浴。
一阵接一阵似莹露的雨滴，镌刻出在水一方伊人晃动的背影。
索性委身于这婆娑幽微的树荫吧，任雨丝飘拂成流水迎面涌来般的浩渺。
满眼满身涓流澹澹呀，又一年的双江秋涨！

（选自《宜宾文学》2019年第4期）

湘黔古道上的寻觅（组章）

■［湖南］铎　木

远走的汉家哥哥，将山外的情话留在了桥边。

邵阳往西

沿沪昆高速西行。
血脉流过红土丘陵，楚地向群山敞开胸襟。
经络、血脉、父亲浩荡的精元。
往西……

在一个叫洞口的地方，羊水激荡，母亲分娩，诞生一曲民族的交响乐章。
千年的古寺、苍劲的钟声、历史的梵唱、挑盐的汉子、骡马的蹄音……一俱从石板路上驶过。
汉代的金戈、唐朝的诗歌、元明的喇嘛、前清的驿馆，攀越了雪峰的陡峭。
往西，往西。宝庆以西，湘楚衔接着黔地。

舞阳河

唇齿相依，古道从舞阳河里流过。橹声连连，茶香醇厚，方言绵绵。
流进大山，走出湘黔。

历史，染红了竹篙上的阳光，古货船顺着山势颠簸。
古商城坐在葛盘上垂钓。绣成凤凰样的一群鹭鸶，栖在暮色的深处。
余音丝缕，从码头的旗幡上逸去。

夜宿南门外，酒家小巷。
画舫方动，琴音正起。……
一条舞阳河将月色洗白。古道静谧了，可小女子的呓语又让铃铛摇晃。
古道弯成了月的蛾眉，流进了女人的怀里。
鼾声渐渐醇和，缠着雕风的窗口。

风雨桥

木质，被青石拱起。那么纯粹，容不得一钉一铆。
这些汉末唐宋的毓秀女人，仍旧秀在闺房。
这是一段厚积的历史，飞龙绕梁。
哼着三乡四亭的歌，留下了古商道的传奇。送走了一队又一队的骡马，迎来一串一串吆喝。
贩盐的汉子珍藏了昨晚的圆月。

我怀着一种崇敬靠近她的淡然与落寞。甚至，那年的一场私幽。
远走的汉家哥哥，将山外的情话留在了桥边。
泪语涟涟。
情郎呵！“何时重回三江道，拥裘温热话思劳。”
流水默然，青鸟飞过。
蝉鸣孑孓，风雨桥上栖落蝴蝶凄美的翩跹。

（选自《散文诗世界》2019年第7期、《诗选刊》2019年第9期）

■［湖南］陈 颉

澧水，澧水（组章）

落日的锋芒，弥漫着神的气息，星光已被唤醒。

落 日

落日的锋芒，弥漫着神的气息，星光已被唤醒。薄霭中，澄澈的澧水，一条金色的绸带，燃烧的火焰，渔歌晚唱，虚虚实实。

马鬃岭，孤傲地站在冷风中，幽冥的夜，星空低垂，微弱的光亮，略显荒凉空旷。不远处，迎恩寺的钟声，已挂在山垭，夜幕四合，摇摇晃晃。

古 树

老宅旁，一棵古树，期待从绿芽边醒来，三百年，一次坚韧的行走，一粒种子，在僻静角落吟诵着凛然的孤独，蓬勃的隐秘，破译尘世的秘咒。

站在山坡，俯瞰古树守望乡村的安然，隐忍被风吹冷，坚持被雨硬化，三百年沧桑，跌宕浮沉，明明灭灭。

疼痛虚无磨损的记忆，留下风声，在时间侧面，日升月落，隐忍前行。

天平山林海

爬上铁质的瞭望台，天平山的秘密，一览无余。

一个牧场，成吨的绿色，势不可当，潮汐一般向我涌来。

空旷的林海，发出风暴般神秘的脆响，深不可测，漫山遍野都是翅膀。

坚硬的风，发动引擎，晃动整个春天，连绵起伏的绿，不可遏止地逼近。

一片林海的高度，从一滴水到一匝绿色，时光腾出的脚步，已行走千年。

（选自《散文诗》2019年3月上半月刊）

■［内蒙古］雪 漪

情系宜兴（组章）

检阅一下历史，岁月总会露出端倪

1 从阳羡转了个圈，转眼之间就到了宜兴。触摸太湖指纹密码，拉开宜兴红茶家族一千多岁世外桃源的序幕。

一不小心，可能就和古人类化石打个照面。要知道，他们是一万年前使用原始农业和手工业的淳朴先民。八百里竹海纵横，和丰腴一点都不沾边儿。咬定青山，幽篁卖与东风，负氧离子来报平安。

2 好像我刚刚走过战国时代荆溪、荆邑的乱云飞渡，解释完秦始皇置设阳羡后的风雨兼程。三国、两晋、南北朝，甚至唐宋元明清，都其实和我的现在没有多大关系。车、马、信件都很慢的日子也已悄悄远去。

停靠在这个到处写满陶意的江南古镇，千余年时光，整齐有序地站在了我的身后。

3　灰岩用巧夺天工告诉你，地下宫殿上演梁山伯与祝英台相亲相爱的故事，一说出来，就别有洞天。

草木在侧，看起来特别虔诚，每一株，都在为爱而拔节。

街头巷尾，吴侬软语的故事，携带深奥的方言脱口而出。

4　很有可能，随时就请出来站在陶器与瓷器之间的一块文化瑰宝——紫砂。抑或是，通过一条历史的河流安顿下来身世的仁人志士。

四位状元，十位宰相、二十六位两院院士，完全可以组成一个总裁班，烘托得小镇一派人文荟萃，泰然自若的样子，隐匿着无比有趣的灵魂。

5　老时光氛围下，宜兴紫砂怀抱乌润的苏红，算不算漂泊的游子深谙情依故交，一路欢歌，回到了老家？

这些懒懒的条索状叶子在水里旁征博引的过程，一门心思纯粹感受迷香沁脾。

聚味、增香之前，一定经历了相思般的望穿秋水。

这一章节的厚重，无论如何，你要推却黄金的诱惑，放下身段来读。

检阅一下历史，岁月总会露出端倪，有的心还在流浪，有的心早已回家。

（选自《散文诗》2019年第11期）

■［湖北］乔书彦

呈　现（二章）

尘世的交响混合波涛远去的声音，拍打两江四岸。

1　长江上游和下游的船舶以雄性的刚毅和雌性的柔肠孕育出汉正街。方言和方言交织，商铺和商铺交织，地铁在繁复的意象里升腾，连接起往昔、今朝和未来。七十年，热烈而宏阔的大时代，铺展开民族壮丽的未来。

韵律是鹤的飞翔，精彩呈现，刻骨铭心，花蕊隆起着新鲜，无论身居何地，总会在内心涌起火辣辣的亲情。从武昌走过来的妇人，接手了汉正街一家店面，梦想成为现实，她的打拼混合着甘蔗和苹果的甘甜。扯来明净的云朵，织起梦想的围巾，火焰点燃内心。白云翻卷如棉花，往事熙攘，民宅旧貌换新颜。登上长江大桥，城市逐渐升高，龟山看起来低矮却蕴含着敦厚的气质。

汉正街托住了敞亮的天空。

我从铁门关向古城进发，春风壮阔，男孩女孩骑着共享单车，身前身后荡漾着茉莉花和栀子花的韵味。二十年前，或者更久远一些，我走进来，各色衣服、鞋袜、厨房用具、老冰棍、燃气灶、新式电器、沙发椅子、糖果、糕点，琳琅满目。物品丰富，阵仗庞大。七十年，通向未来的路光亮如铁轨，不可阻挡的力量是疾风，奏起盛世辉煌。

2 太多的执着为的是走得更远，引路人高擎灯笼，直到光芒照亮世界。

七十年的大合唱，震撼着每一个人。我转身采一把暖阳，撒下一把纯金的光芒，长江和汉江交汇处，闪耀时代的惊喜。文明的守护者和未来的开拓者交织在汉正街，赢得了时代的爱戴和尊重。地铁六号线朝汉口北狂奔，一根绣花针舞弄着精彩的绸缎，在蓝天白云下，舒展新的诗篇。

追赶梦想的人使得祖国更加繁荣昌盛，辛苦和付出使得人们的生活更加美好富足。新时代所呈现的超出预想的高效、飞跃、便捷，具有金属质地；金丝雀飞向我，我接受她的预言和指引，在前进的旅途歌唱和赞美。走出家乡的人站在街口，他们的到来让我惊喜，我们曾经一起扛麻袋、割麦子、放牛羊，如今，我们分居各地，给个人履历刻上不可磨灭的印记。七十年，怀揣梦想的人群，与春燕翩飞。

泊船的人起身瞭望，那总被提及的奇异瑰丽被放飞。江面活跃起来，还有更好的，比如：金钱橘挂满枝头。

尘世的交响混合波涛远去的声音，拍打两江四岸。

（选自《散文诗》2019年上半月版第10期）

第九辑　海·湖·江河（14家）

■［辽宁］张少恩　我的爱与大海有相同的血液（二章）

你眉眼低顾，追忆跳珠连沫。今夜的月光令你的心事潮涨。

死亡和永生都被我相中

是什么力量?!

面对它我有永生的奢求，也有死亡的冲动。我大笑……又想大哭——

将我卷走吧，我说大海。燃烧的浪花是我涅槃之火。我想以决绝的方式在你的怀里获取永恒的闪耀——翻腾的，不折不扣的钻石和黄金。

无所始亦无所终。无限的喜悦；无限的悲悯；无限的回声……

孤独，被波涛抱紧，像获取伟大的真理；孤独，又被波涛放弃，如敝帚，如废物……

枯萎的花朵，香销于冷冽的风雨！

大海——波浪向生的柔软的子宫；

大海——波浪向死的寂寞的坟墓。

我取用丰盈的幽蓝将自由埋葬。闭上眼睛，不是依旧的涛声，是大海向我灵魂的探入！死亡还是活着，这是个问题。活着还是死亡，世界没有质疑。

大海的深渊；大海的浮云；大海的羽毛；大海的根须……磅礴摇曳着星汉的低垂；灿烂的铺展，高擎波浪的祈福。面向辽阔的海天，爱情的菩提守一，观音的合欢万象，椰树袅娜的指尖拨云见日。

浩瀚啊，死亡和永生都被我相中！

夜的蚌怀了月的珍珠

夜。

雨林谷珺唐酒家的灯笼挑亮了北纬 18 度。

露台之外，沸腾的虫声，勾兑春宵和香槟的倾听……

你坐在我的对面，眉端上有淡淡的愁。我向天空仰望，支颐遐思，翘的指尖划过月色。你举起杯，轻轻啜了一口，然后，话语流来，渐渐上扬，高于我身侧的蒲葵。

我约你赏月，但你的心不在天上，在从前，在情感的乱麻中纠缠。

我出示倾听，在你和明月间切换。身子斜倚，倾听暗度陈仓。

我沉默的常数，被你带入倾诉的方程式，理解和怜惜成为余数。你把从前和此在的事物以及未来的假设放在一起演算，许多悬疑、未知，繁复又深奥，像宇宙学；像哥德巴赫猜想，让我迷惑不解。

我一生脑子简单，情感是一条直线，从没有旁逸斜出。

偶尔思想在月光的回廊拐弯，借皎然的月色涤荡生活的喧嚣和浮尘。

……你还在说——曾经，曾经……旧事在唇上披星戴月。

我顺应着，偶尔抛出一粒诘问的石子儿，添一缕微澜，不忍以粗鲁的方式截断你滔滔的逝水。

你眉眼低顾，追忆跳珠连沫。今夜的月光令你的心事潮涨。

这不怪你。

只怪你内心积蓄太多；怪那一轮月太满，促发你心情的泛滥。

我耐心等待着你的落潮……

月上中天，薄云散尽，夜色裹紧了寂静。

你起身，我亦响应，月光被碰响，清脆，有袅然的余音……

相视一笑，杯中溢漾着月光。短暂的静默……然后我说——相信未来，真正的爱像月光一样简单。

你思量着……无语。再后来我们经过一条路，离开了月光浩大的现场。

今夜，你烦琐的演算无解；

今夜，我的沉默是月的满。

（选自《南国散文诗》2019 年第 57 期、《湛江科技报》2019 年第 1403 期）

■［山东］刘俊科

海的光（外一章）

涛声是我们的画外音，我们是海的画中画。

涛声是我们的画外音，我们是海的画中画。

海风在你的长发上东躲西藏，飘起来的发丝，像上弦月下的海。

树影斑驳，沙子的呼吸静下来，清澈的海的素描，装满了整个海湾。灯光的伸展，使海叠成橘黄的迷离，夜，生动起来。

我想抵达夜的深处，就像山峰追求云端的神秘。沿着你眉毛的弧线，在美的内涵里，寻找我生命里渴望的激烈。

我要拾起千万年的威猛之梦。刀光剑影只是历史闪动的草稿，真正深刻的痛，都埋在时间的角落，一如血在大地上流淌成花的形状。

我不应将你的美好与那没有休止的历史相连，因为我无意流连在历史中。

我只关注潮起潮落、日出日息。

——那天人合一的意象，正如你我的忧伤，遥远缥缈而真切地迫近现实。此时，泪水在潮声里隐去，只有狂跳的心，压低着海的深情呼唤。

我知道：你的胸膛里不息地飘动着我远航的旗帜！

沉静而不息地闪烁着的，海的光啊……

望　海

海折叠着夕阳。

你品尝着夕阳的辉煌，咀嚼着岸的诚实。

旗语在对流，很咸的风使你的生活没有平淡过。

鸥翅剪断了你的一缕视线，又系在了故乡村头的一棵树上。

你将另一段深深地扎进海里，于是大海便涨潮了。

水和天眯成一条线，你和她的心也是平行的吗？

铁锚牢牢地泊在你蔚蓝的心境，你的眸子却泊在了她的心中。

海很丑恶的时候你很英俊；当海即将崩溃的时候，你却如傲然立于崖上的一棵松。

（选自《大沽河》2019 年第 1 期）

■［山东］何敬君

面向横门湾（组章）

——写在即墨田横祭海节

五百义士似崖岩，长啸似烈风

1　……春风汤汤……海浪浩浩

渔家号子在远处跌宕，在近处嘹亮

有声无象地在坚硬如壁的高阔里，在净澈如虚的蓝空里如诉如慕……

2　我们匐身长跪，拱手酾酒
向大海，向长空，向门牖一样敞开的内心
海浪涌来——自横门湾，自广阔的海洋，从湮泅的文字幽深处
——滔滔涌来

海浪高过我们的身躯，高过我们的灵魂

3　我们会是上到哪一处岸的哪一条鱼？
千年的承诺如诉如慕
田横岛依旧似目似炬似一艘永不抛锚的航船
五百义士似崖岩，长啸似烈风

而此时，海上似有万桅千帆，驶向我们约定共赴的梦境

4　你在巉山之上
他在文山之上
我在黄山之上
——面向横门湾，面向大洋
向着更广阔的天空——朗读大海，和大海中的那个岛屿
朗读无始无终的篇章，和嵌于亘古的着重符

5　龙旗猎猎……桅旆飒飒……

酾酒入海——酒似当年以血晕染的朝霞暮云，泼洒高低宽窄的海与天间，波浪与流云，在一坛酒里涤荡——临风而酹

（选自《大沽河》2019 年第 1 期）

■［河南］毅　剑

行走的故道（外一章）

夜的漫长，不动声色，只为孕育一个盛大的黎明。

我一直就深信，在我出生之前和远离之后，深厚的故道，总是在马不停蹄地一路奔走。赶在断流的前一天，告别一川浑黄的泥水，拖着沉重的河床，从岁月断层开始新的奔赴。你知道，改道的河水带去了原本属于你的鱼虾和帆影，并不曾带去属于你的花朵和树木。一阵风掠过，一片又一片茂密的野草低下头颅，触及昏暗的尘埃。

一场暴雨或一场大雪，注定粉饰不了一河大水远去的谎言，日暮途穷——并不是真的没路可走了，只是需要寻得一条新路。夜的漫长，不动声色，只为孕育一个盛大的黎明。

一些漫过高地穿越丛林和峡谷的记忆打结成往事，多少次，我都幻想着打点行装，深入你曾经空旷无比的梦境，那满载星辉的帆船，披着霞光的波浪，还有一阵又一阵排山倒海般如虹的气势。感悟着你生命的感悟：把拥有当作失去，将离别视为挽留。

不知从何时起，你习惯了腹地的龟裂，习惯了让蔓延的野草触及你深处的心思，习惯了雨季里连片的积水、干旱时扬起的尘烟，还未及春天，扩展的耕地就一天天宽阔，你张开臂，一个喧响的青绿世界，就已拥入自己的怀里。

多么厚重的秋天，想念你的人在另一条路上，朝着你的方向，看到了属于你的田野，你的风和云朵……归乡的路，总是从青绿走向金黄。而你，一直在岁月的峰顶，结算果实的丰硕和日子的圆满。

过多的尘埃淤积在断裂的缝隙，每遇阴雨，曾经折断的骨节在体内就开始隐隐作痛。离去的人来了又走，远方的太阳还在深远的远方。

我要在你行走的路上种植御寒的药材，温暖双足的沉重，也温暖翅膀的梦。让时光不老，生灵安康，期待一场完全真情的倾诉和洗礼！

历经岁月打磨过的事物，总是厚重深远——又光亮无比。

走失的界碑

我总是坚信——那块界碑一直就在。

许多年前和许多年后，伫立在大堤口的那块界碑一直就在，那是两个省区的交点，两个县域的分界，还是两个相邻村庄土地归属的界线。

一年一度，黄了又绿的野草可以做证，那棵早已枯死了的百年大树也可以证明。小时候与同伴割草捡柴，作为不可替代的标志，那时，已开始微微倾斜的界碑，是我们一次又一次相约的集合点。一些黄昏或清晨的走近，我都会觉得，他就是村里辈分最高也最年长的老人，在深厚的黄河故道一隅，悄然伫立。安静的侧面，总是一如既往的棱角分明。无定向的风，“讨气鬼”似的摇动一处又一处的绿丛，在原本宁静的四周制造着莫名的恐慌。让我在短暂的惊惧后，联想一些稀疏的往事和传说。那些渐渐模糊，终生都不能靠近的事物，在我的潜意识里一直存在，宛若梦境般的场景。让我在不经意间打开流年和远方，深陷一种自相矛盾的向往和怀念。

迎着岁月侵蚀的锋芒，界碑安静，故道深远。

四季的风雨霜雪围困中，干旱的尘土和冰冻的日子封埋里，凝固的一些事物和它们早已屏住了的呼吸……界碑不语，肃穆站立，也像我静静地坐在高铁上，凝重的界碑搭乘着在时光深处不停行走的故道，感悟着自身原地的一动不动，却也可以走得很远。一切都会在时光里老去，就像那块界碑的最终走失。是泥沙的淤没？还是风雨的侵蚀？抑或人为的销毁和搬运？走失的界碑无声无息……

界碑站立的地方，一些原本绿着的草还在绿着。阳光打开故道长远的路，让悬浮于高空的叶片和故道厚土的根须，都无尽地展开原本就属于自己的生活。

（选自《当代人》2019 年第 8 期）

■［山东］常增文

黄河之舞（外一章）

你，一扬手，便展开五千年绚丽画卷。

谁？持彩练当空舞。

一头青藏高原，一头渤海之滨。长发泼墨，衣袂劲飘。

你，一扬手，便展开五千年绚丽画卷。

彩练落处，深烙出起伏连绵的图腾：山川、沟壑、黄土、绿树、人、象形文字！

东方大地，一片红红火火。你，舞动一个奔腾的“几”字，惊涛拍岸，汹涌澎湃，直逼苍穹，叩问天宇。几千几万里趋奔，几千几万年追寻，九曲十八弯。出发，出发，朝着彤彤红日。阵痛中，你泪流满面……

执长缨在手，迎猎猎长风，

耳边响起殷殷雷声，有黄钟大吕自历史深处漫卷而来。击鼓，击鼓，你抖擞沉郁已久的斗志，怀揣向往已久的梦想，摆动辽阔的双肩，迈开壮观的脚步。

舞，舞，舞出辉煌的人间正剧！

闪电颤动，空间颤动。十四亿多中国人的队伍，昂起头颅，挽起膀臂，一千波次一万波次地突击。冲锋，冲锋，理想在奔流，血液在奔流，汗水在奔流。东方地平线，上演一个民族的狂欢！

滨州，滨州

一位北方女子。端庄，贤淑，从容。

依黄河而居，面渤海梳妆。轻轻洗濯平原温柔的肌肤，杨和柳的长发飘逸。

一举手，一投足，款款而行，眉间透出水的性情。

最早点亮东方的曙光，推门而出。从刀耕火种，针线缝补，到锄镰锨镢，耕耪播打。端一只粗犷的陶碗，养育人丁兴旺。三千年、五千年不老，

泪水湿透辽阔的胸口。

而今已用上微信。葱白一样的手指，嫩嫩点击，

唤来播种机、收割机，让粮食颗粒归仓。在互联网上给孩子买下远行的衣裳和鞋子。村外的开发区，小轿车大货车成群结队，就像牛和羊一样鱼贯进出。车间里的生产线，吞吐自如。电的波，光的波，闪烁闪烁，给远方的游子，

送去变迁的信息。

滨州。北方的女子，波澜壮阔的女子，风情万种的女子，

以千古不变的执着和热情，

描绘新的风景。

（选自《诗刊》2019 年 10 月号上半月刊）

■［陕西］杨剑文

河的另一种意象（外一章）

暗隐的河，一直在血脉与骨头深处鼓荡着浪花的光芒……

雪花降落下来，河打磨出一把长剑，

似银蛇或白龙的身躯，弯了又弯，盘旋又盘旋……北风里有磨剑的声音！

河水的剑身在冰凉、近乎透明的剑鞘里絮叨着长长的醉话。

山站在河岸两边，拉出视域遥远的距离，纷纷的乱雪，想要填平河谷……树木用干枯的姿态以投影描绘着村庄的寂寥。

西风一笔，北风一画。

那些稀疏的爪印留在雪地上，让目光遇到一些温热的新鲜感……狗、兔、鸡，或野山鸡的叫声回荡过来，河谷中又像是被谁掏空了一些矿藏，空旷、寥落了许多。

河水在冰下沉睡了，酿着沉醉的风声……车轴吱吱的声音传过来，沿着河岸修筑的路上，投过来一两道稀疏的影子。

很快，一行脚印将连接起桥的这头与桥的那头。

从桥上走过去之后，就是遥远的长路，路上的脚印闪着光芒，像是出现了另一种河一般！桥下的河，正流向遥远的远方，在冰雪的包裹中像一柄鞘中的长剑，等待着春风的磨洗……

意念中的另一个楼兰

太阳高悬，尘埃落下来，榨干沙漠最后一滴眼泪，

胡杨的影子勾勒出一只无羽的鹰……荒草干枯，似有还无的土路被狂乱的笔迹在简牍描绘的旧址上涂抹出黑的空旷。空旷无底，有骨头的白。

挖开坚硬的地层，青铜器褪去锈迹，方正的铭文有未解的秘语！

风，长一声，短一声，抚弄残破的骨笛，遗失的韵律暗哑成丝绸的光泽。不老的丝绸之上，谁的针脚完成着年年无声的荒芜耕种，那一缕粉色丝绸遮掩久违的容颜，有入骨的疼痛击穿千年的瞳仁……

红的夕阳是一条红色河流的源头！

红色的眼眸，有铁的红透热度……

名叫孔雀的河流，已经流干了泪水……黄色的沙，是另一种水滴。

消逝在烽燧之上的狼烟，也是另一条河的流程！

暗隐的河，一直在血脉与骨头深处鼓荡着浪花的光芒……

楼兰却是无河可以凝视。

（选自《天山时报·散文诗月刊》2019年第12期）

■［河北］雨倾城

谁都无法描述一条美丽的河流（外一章）

你流经这里。躺在一片云上，与我对视。

你流经这里。躺在一片云上，与我对视。

蜿蜒。向前。两岸青青，回旋着山峦。

我在一个地方折一截柳笛，送你。

昼和夜。蝴蝶来去。三月灌满耳朵。曾经热爱过的燕子，停在春风。

友人，我还没醉。

旧时人家，方言打翻一片寂静。

时光纷纷落下。

我们在一起，凝望，或者落泪。一场追逐，已是千年。

这方水土，有一个你就够了。

诗歌就生在这里。神圣就静在这里。更高的山峰，更大的慈悲，更多的晨曦和夜晚，半掩烟岚，默诵五谷。

整个北方，拒绝不了你巨大的善意。

繁衍。生息。谁都无法描述一条美丽的河流。
谁都可以一尘不染地走过。
出神。又醒来。
之后，一再纪念，一再还原。

它们走过的地方，阳光肥美

天空飞在水里。
一脉清流，带着大野的苍茫，穿越草色、知了与夏天，轻漾古今。
最好的时间。一群白云，时而停留，慢慢咀嚼午后。
它们走过的地方，阳光肥美，喧嚣归隐。
“这一生中的好时光，还与了我的河山和村庄。”——泱泱之水，读出鹤壁不为人知的喜悦与疼痛。
人们都走了。世间只余下一个人
仿佛谁，永恒的念想。

我愿在这一刻老去。
我愿在他乡辽阔的水域里，不断奔跑，淘洗最洁净的质地。
我愿城市上空，鸟儿们奔向四方，投下善良和容纳的影子。
我愿长跪俗世，看无数个鹤壁、无数个你，在祖国大地秩序生长。——明亮，且健康。
多少次，我闭上眼睛。
只是，请你原谅。那些美好——
我，拙于说出。

（选自《核桃源》2019年第3期）

■［福建］林登豪

黄河拐弯大禹渡（外一章）

历史断层的决口，等候新的漂流……

顺着黄河之水一拐弯，双脚落在大禹治水之地，拍一拍额头，大禹渡顿时成就自己精神的息壤。
黄河急流，继续挺进。

疾风环绕，塑像点头。

是谁依然在陈述水患的悲哀。

破旧的码头在一壶浊酒中，衍生出一群古汉语。

大禹像伫立水之警觉中，徐徐透出仙风道骨的意味。

接近，再接近，再接近，我悄悄伸手，轻轻一抚，依然感觉华夏的心跳。

我在岸边打坐，水陆两用船自豪地表演，全裸的沙滩溢出恋人的温度，拥挤放浪的笑声。记忆的种子在水边开花。

古道与月光仍然飘浮，黄河之水流向银河，星座轮动方位。

四千多年前的龙头神柏不是苍天派来的使者。

站在河畔，面朝禹王石像，高音呼唤——人类却在忙忙碌碌。

黄河很镇定。理想若即若离。

追求宛若叉道口。黄河之水在我胸膛湍流汹涌。

我是河中一条变异之鱼，或痛苦，或兴奋，或咆哮，或远行……

黄　河

许多人说你汇百川黄水汤汤，哺育了中华民族生生不息。

更多人意识到：不到黄河心不死，乳汁开始口感不好了，代代相传的摇篮慢慢地、慢慢地开始倾斜了。你是母亲河，我又是什么呢？

听说大禹在黄河的古渡口，十三年与水害搏斗，三次过家门忘了妻子。

治水者真能治天下吗？中原睁开月亮般的眼睛。

一组组象形文字蝌蚪般爬出，维系着郑州的古老；

仰韶文化的母系氏族地基上，生长着粉红色的困惑；

唐三彩列队再列队，无法灿烂茹毛饮血的风俗；

龙门石窟的众佛安详神态中，又隐喻着什么意象——

项羽和刘邦的疯狂队伍，在母亲博大的胸膛，创造了广武山战场。

霎时，烽烟四起，战马嘶鸣。“临涧对话”对出了中国象棋盘上的楚河汉界，黄河之水天上来，颤动出：

　　造纸　印刷

　　　　火药　指南针

一节节断代史冲撞诗行，尘垢污物纷纷扬扬……

五千年的时间溶成深黄的液体，飞扬的浪潮蒸腾朦胧的气流，回旋千千万万里的空间。

一段又一段的古老传说，繁衍出一个又一个的英雄故事；

一部大合唱平平仄仄，全力地挽留阳刚之气——蓝色的畅想暂时断路了——

历史断层的决口，等候新的漂流……

（选自《天山时报·散文诗月刊》2019年第8期）

■［湖南］邓 杰

资江的迷茫（组章）

总有一种黑暗在壶中发酵成黎明前曙光。

夏夜的资江水。有些太阳的温度，有些月辉的凉意和清寂，以致彦博先生与我从水中捞出了一件件比太阳还灼热比月辉还怅然若失的往事……

夜岚与迷茫同生，且从水面升起，且从慎独中消失……

一条大鱼，穿越岁月的沧桑跃出水面，可我们没兴趣去抓住它；

我们又同情它的遭遇：适者无以生存，跃出自己的生存面又有何用？

一个人的迷茫如果融于资江，如同汗滴洒入水中……我们应该珍惜当下的时空，让惊雷成为怀旧的锣鼓，每敲一下，迷茫的神经就震颤一下，又一下……如同山谷的声声回应……

连续下雨的后果

一个地方，如果连续下雨，居安思危者总是有一种倒塌的恐怖。

因为肉体与墙一样，容易在湿漉漉的意境中失去守望的信念。

特别是那些孩子，看到自己所爱的泥偶倒地而亡，总是吓得哇哇大哭，以致整个世界的视野在散烂的泥偶上面定格僵化……

不能再下雨了，雨花区的春花早已因久涝而枯萎消殒……

活着的壶

一把活着的壶，是神的思想的胎盘。

捏壶而思，神思泉涌。

提壶而行，看到的是土地背后的辽阔。

总有一种黑暗在壶中发酵成黎明前曙光。

一把活着的壶显示的是，泥土烧炼后的魅力和价值。

指纹中的雪

今年古城的雨季有些长，以致我的指纹里萌生出很多细细的江南雪。

雪误入指纹，完全是因为梅雨的拖累，是古城人的痛。

痛彻心扉的是雪没有具体的截止日，以致雪无法通过指纹发送到我的万能的朋友圈里……我和众多的古城人一样，盼望着融雪的阳光。

眼下，某种使用率高的哲学已经沦陷到了低于面包或者奶酪的价值。

影子累死在路上，膏腴着清冷的月光。

但愿众多的真理为人类发现并缔造出“第五个季节”。

但愿第五个季节的花朵顺势绽放！

（选自《天山时报·散文诗月刊》2019年第7期）

■［北京］沉　沙

我的瓦尔登湖（外一章）

如果有人一下子，从北国跨越到南国，大概那是一个巨人。

我的瓦尔登湖叫宿鸭湖，我一岁时它才诞生，因此我总比它大一岁。它长我也长，我总比它大一岁，我总比它无涯无际的烟波浩渺大一岁。哈哈，它有春天我也有春天，它有黑夜我也有黑夜，但是我的春天和黑夜总比它的春天和黑夜大一岁。

不管离开多久，我都要回到这里。这里是南海禅寺悟道之地，这是董永与仙女相遇之地，这是梁祝相爱之地，这是周子敦颐祖籍之地，这是金哀帝绝命亡国之地，这是词人秦少游诞生之地，这是周公命召公测量九州之中颜真卿大义绝笔天中山之地。

《诗经·周南·汝坟》曰：“遵彼汝坟，伐其条枚。未见君子，惄如调饥。”这里是三千年以前一个漂亮的妹妹与她心仪的君子约会之地：顺着汝水河岸走，砍了树干又砍枝，砍了细枝做柴火，已经看见我那个人。

现在，我在这里构筑我的词语的王国。我每天行走在湖水的岸边，我把宿鸭湖叫作我的瓦尔登湖。它长我也长，我总比它大一岁，我总比它无涯无际的烟波浩渺大一岁。

宿鸭湖有春天，我也有春天，它有黑夜，我也有黑夜。但是，我的春天和黑夜总比它的春天和黑夜大一岁。

哀歌·一下子

——致敬诗评家子庆先生

诗评家朱子庆先生既在广州做学问，又在宋庄画画。几年前，他画过我的油画肖像，为我的《宋庄我的油画布》写了诗评。今得其主编的南方诗丛二种，其将自小堡返归花城，谨持赠此拙句送行。

如果有人一下子，从北国跨越到南国，大概那是一个巨人。

有人刚刚在宋庄，一下子
就回到南国。他是怎样足踩两只船，一只脚踏在北国，另一只一抬腿，一下子，
就到了南方的呢？

子庆、马莉，一对画家学者诗人伉俪，既生活在南国，也在北方写诗画画。
我怎么做不到像他们那样足踏两只船，横跨南与北，爱着写着画着并思想着？我也想一步跨越千万里，三生三世潇洒走一回。

呜呼哀哉！有人一下子，成了巨人，有人一下子，成了侏儒。
有人一下子，把一生过完。

（选自《散文诗》2019年第5期、《野鸟诗刊》第1期）

■［辽宁］陈 词

醒在船上（组章）

我的木船得悟：来自河，止于流。

1 我背着老父上山，想把他葬身于崖洞。

惊起一只鹰。丢根羽毛就穿进云层。那根羽毛落得真慢，把一眼泉暴露了。

我双手捧起泉，想喂给老父。老父的双唇咬成石头了，我看见崖壁上刚被撕开一条口子。

我把老父葬在泉的脚底，把挖坟的锹植在坟前，为不哭泣，把头扎进泉痛饮。

我下山了。双耳不绝如缕，听到那眼泉在吹箫，听到泉在跟老父攀谈。

2 鹰在我的船前船后整整飞一夜。我像荡了整整一夜秋千，睁开眼，看看山上开满映山红，看看河流，更绿了。

船因缺少两根翅膀显得特别无聊。我多想再潜次，到石头底下把最肥的石斑鱼捉出来，让老父下酒。多想在石头底下多藏一会儿，吐更多的泡泡吓唬喊我回船上吃饭的母亲……从石头底下观河，看到的星星都是石头的身影，婆婆丁是带翅膀的鱼群。我吐出的每一个泡都包一块糖包一座果园包石头房子包石头剪子布包不断来玩又不断说再见的月牙。从石头底下观河，能看到山，看到泉底下的老父，抱着那把锹吹箫。

3 我醒在船上，所有的拖累却在岸上堆积。船上的一切除了帆发灰，剩下的都装睡。系好了倒扣过来的死结。帆，使劲打着拍子，那只在山上见过的鹰仿佛飞临，又

像风在说风语。

鹰赠我一条蛇，飞走了。我用它纠缠远方。

走咧母亲。

我朝荷花挥手我知道你藏身于此，我去远方吹泡泡，只要泡泡里有你。

走咧老父。

为你点烟的那根火柴，我留半根，河暗了，照亮，流慢了，加油。

河使劲朝流上抛我。流给我一张张亮底牌，下一个码头，叫无名。

河放飞我，流根本不想收留我的羽毛。我的木船得悟：来自河，止于流。

（选自2019年《辽宁诗界·秋之卷》）

■［湖南］邵孝文

洞庭·蓼花洲印象（二章）

洲的周遭是水，它比我们的心内，更博大，更温暖，更绵软。

蓼花洲不生长蓼花

谁也数不清，洞庭湖有多少内湖，又有多少河港沟汊，洲垸滩涂。我只知道，沿着赤磊河一路向东，拐个弯，就到了蓼花洲。我只知道，洲被未名的湖水围绕，洲的最高处，有一条东西向的主路。

在我的记忆里，蓼花洲不生长蓼花，只生长野苇、芭茅草、鸬鹚与洪浪。蓼花洲方圆几十平方公里的土地上，渠塘遍布，农舍零落。白天，从茅草房上空会飘起淡蓝色的炊烟，夜晚，家家户户的油灯点亮天空的星星，人间天堂交相辉映。偶尔传来的几声犬吠，像是谁的手，在温馨地触摸人间。

而那些冬天藏着的莲藕，春天寻来的野菜，是它留给我的暗伤。

多年后的一次聚焦，我站在高处的主路上，如一片远处飘来的树叶，夹在一首唐诗的缝隙，与苍凉对白，与湛蓝谈心。沿着路往前走，迎面吹过来的湖风，从时光的胶卷中扑面而来，思想的羽片，纷纷撒落。

故乡的容颜已改，但岁月的印痕还在。洲上升起的袅袅炊烟，依旧是它画面上最高光的部分。

我站在路上望去，洲的周遭是水，它比我们的心内，更博大，更温暖，更绵软。

篙指的方向是归途

都说洞庭湖的小木船，是洞庭人的鞋。渡口泊着的，汊里挪动的，湖河里漂移着的，洲头横七竖八躺着的，全是蓼花洲人的鞋。

蓼花洲人穿着这鞋，在河中走，在湖中行。他们懂得，只有水才能医治他们的疾病。失眠、抑郁、胃溃疡、骨质疏松，谁回到水里，谁就能得到救治。

他们懂得，在洪水泛滥的季节，如何紧紧抓住自己，才不会被冲走。他们只要握住手中的篙，就等于握住了一条河的手，就等于握住了湖水的流向。

一支长篙，只要插入生活的心脏，就会长出葱绿的枝条。

儿时最深刻的记忆是，我无数次撑一只小木船，或在烈日下，或在狂风暴雨中放牧，指挥着鸭群的合唱。用一支长篙，挑起朝阳，驱赶晚霞，让一只只白鹭从水面腾起，让翅膀将蓝天擦得分外高远，是我无法压制的幸福。

有了手中的长篙，尽管孤单，尽管饥饿，只要探明了生活的底线，就可行进自如。

哪怕晚点回家，也不用母亲的呼唤。撑船时篙指的方向，便是归途。

（选自《散文诗世界》2019年第6期）

■［北京］苏　忠

南澳的失忆（外一章）

一个渔夫，拉着一片寂寞的海。

一个渔夫，拉着一片寂寞的海。

沙滩还有点疲倦，困了还是拂晓。

在南澳，除了海岸线起起伏伏望不到边，除了浪花生生灭灭无穷尽，还有白鸥它从远方来，又回到远方去，这边看不见，那边也看不见。当然，这只是因为我的定义，也因为南澳沙滩对我的定义。

——焦距再远些，和一粒沙子没两样。

只是远方也有成片的马尾松，也有趴在沙上探头探脑的藤蔓，也有归航的空无一人的渔船，也有一天到晚睡不醒的怪石头，也有哪家孩子落下的彩色玩具，还有太阳出来了月亮还不肯撤的眉目情。

此时此刻应没有我！

喇叭花上的露珠一碰也没了。

薄雾开始渐渐散去，风卷起粼粼波光一路潮退。我确实还在南澳，我没有玩捉迷藏，我只是混迹于一群鬼鬼祟祟的小螃蟹群里，爬上礁石，钻进洞子，走走停停，摇摇摆摆，总之拒绝做一粒大同小异的好脾气的沙子。

而蓝天和大海也这样，也有着漏网之鱼的狡猾，从渔夫的网里这边来，那边去。

它们都被远近的白云所定义。

而光阴，只顾着自己的细腻，和从头到尾的失忆。

夜半，七夕，在亚龙湾

酒吧凭海，半是露天，黄昏一阵紧似一阵，沙滩席卷，藤蔓上的野花像滑落梦境的孩子，一溜烟。

浪花都露出虎牙，没头没脑地笑。

啤酒白沫，红烛轻磕，歌手的旋律略带忧郁，眼神低垂，低到无人举杯的杯沿。

雨开始点点滴滴下了，海风凉凉地吹，吹过椰林，吹过暗礁，吹过层层脱落的海岸线，吹过天涯海角，吹过的七夕像首老歌，有些人，有些事，都忘了，都是异乡的底片……

（选自2019年《橄榄绿》第2期、《厦门文学》第10期）

■［云南］莫　独

一湖长桥（二章）

凤眼莲用另一场欲望的水，把一场水严密隔断

香　蒲

暗火，低到风的腰部
风，轻轻重重
往下，凤眼莲用另一场欲望的水，把一场水严密隔断

再往下，鸟声溶化，几片羽毛被绿色吹捧
脚下，草地隐隐颤动
高高的堤坝上，谁和自己一起，留在自己的借口里

无以潜伏。这个秋，这个下午
这些被生命留守的植物胸膛亦隐隐伏动

水烛，长桥海的一滴暗痛，终归被风眼齐齐的视觉，和盘托出

记 忆

水降三尺。随岸边的水印，时光再次溃烂
疆域不敌伪装的季节，一夜间，重新败于事实

此时，劳动还在地里走动
防备已放下。相信爱，相信收获
晚秋向晚，向你，向那株没追上花季的曼陀罗

一湖水，承接时日接踵而至的践踏
长桥，把涛声又压低一层，拣拾起那片随羽毛坠落的鸟鸣。千年的名字，仍然肩负不泯的往事

（选自《散文诗》2019 年上半月版第 3 期）

第十辑　高原·西部（11家）

■［西藏］张九龄

行走高原（外二章）

有没有人在一场大雪里放声哭泣？但一定有人此时正身在他乡。

白云之地，我在其间。

这么些年，将生活中的酸甜苦辣酿成一杯杯烈酒，用来浇灌日渐苍白的头颅。

缺少氧所带来的疼痛，甚至体内的脏器都已变得面目可憎，但我依然前行。

直至今天，我还未走完它的万分之一。

我多么小，小如一粒尘埃。

仰首就是深藏若虚的蓝天，它给人以渴望，仿佛被魔幻纠缠，让自己如中蛊毒。

雪山起伏，那是多么坚实的脊梁。而我的背已经弯曲。

离太阳那么近，体内有金黄的肋骨。金黄的骨笛之声常在夜半幽幽吹响。

将生命置于石头，回首已近半百的光阴，我相信，我没有虚度。

现在又是春天，雪莲花打开它内心里的美，点亮所有旧的时光。

一根青草，慢慢绿遍每一寸泥土；一只鹰，用它的翼，慢慢滑向天边。

我追赶着它们的影子。

高天厚土，它伸出手臂，怀抱我，如怀抱一个日渐老去的婴儿。

天有落雪

降临，以最美的方式，再次拥抱这片土地。

天空唯有苍茫，而人世有着最大的寂寞。

会有谁伸出自己的手掌去靠近一片雪花所蕴含的温暖？又会有谁能停下匆匆的脚步，仰望漫空飞舞的精灵，让它灵动而又纯洁的美，洗净自己一身的尘垢。

大地打开它宽阔的怀抱，用最大的沉默将这带着水光的火，铺向远方。

是的，是火，涅槃之火，它的火焰，只在这冰天冻地之间，以短暂的时光，如昙花之绽放，如夜莺之歌唱，无声燃烧。

白色的火焰，是莲花轻轻托起神的呓语。

是梦，梦幻般的轻盈，梦幻般的时光，梦幻般的悲伤。

有没有人在一场大雪里放声哭泣？但一定有人此时正身在他乡。

白发三千丈，他所沐浴的雪之光，将他通体照亮。

仿佛一切都归于静止，大雪纷纷扬扬，而他的血流停止，甚至他的疼痛，也离开了生命。

让风吹我

让风吹我，让这一身布衣飘拂起来，甚至可以像一面旗，猎猎作响。

骨头依然坚硬，哪怕用刀削斧劈，哪怕它都碎了，我相信它依然有着火星，在夜空下，闪烁自己的光芒。

而让风吹我，吹出骨头里深藏的黄金。我有大美，就算身在低处，我有嘹亮的歌声。

风吹肉体，体内呼啸的春天澎湃。你纵有精美的花朵，但我只种自己的种子，哪怕一无所获，但我有从骨头里流出的汗水。

头顶铺满的白雪，风吹，吹雪花遍天飞舞，但吹不熄一颗心高举的火焰。

你纵有天梯，我未必要托起我的头颅。

此身只向往泥土，风吹苍茫大地，尘土漫卷，之下是我安静的村庄。

吹吧，吹去这时间老去的背影，而自己，

有着欢愉的天堂。

（选自《天山时报·散文诗月刊》2019年第10期）

■［陕西］成　路

七日，或次仁罗布（选章）

花朵盛开，为太阳黑子遮阴，谁是持花的人。

■［第1日：7月26日，格尔木—托拉海子—格尔木河西农场三团—察尔汗盐湖。S303，转柳格高速。］

1　托拉海子的海水已经远游，留下盐碱的硬壳，等待——

如我这样的闯入者踏破，发出好听的声音。这声音，引导我走向沙地。

好吧，仰起头，眼光沿着沙脊向上。

胡杨树的遗骸，枯枝，不很茂盛的枝条，昆仑山，太阳黑子，依次地纵深。

我贪婪的恶性想用相机让此刻永恒。我跪在沙坡，取景框闪烁银质的光。

像一群人，挣脱恐怖后微笑着从胡杨树遗骸里走出；又像过往的炽焰焚燃未来。

2 诗人陈劲松说，胡杨树的叶子有九种形状，是九种树的生命。

我数叶子，数出了第十种——察尔汗湖里采盐的舟。

这叶舟啊，载有上古的歌谣，载有卤水的毒。

卤水在沙子中生成巧克力色的盐花，在深海里生成洁白色的盐花。花朵盛开，为太阳黑子遮阴，谁是持花的人？

3 有的毒沾在手上，是清洗不掉的，如梦境中的恶。

我坐在昆仑山下乘着鹰翅遮的凉睡着了，续接十年前失手致人死亡，藏证据，逃匿的旧梦。一支庞大的家族团在搜寻物证，我也参与其中。他们打开一只装满铁尺子的箱子，说，其中肯定有一条尺子上是车轮痕印和血迹的斑点。

我劝告家族团，这些证据已经失效，去别的地方寻找新的吧。

其实我知道，这箱子里的某件物质上有我的一枚手纹。

鹰说，这枚手纹上有卤水的毒。

[第2日:7月27日，昆仑山南山口乃吉沟大队检查站—纳赤台—西大滩—昆仑山垭口—可可西里—格尔木。G109，转青藏铁路Z6801。]

4 千万朵云，如千万条海浪，从山峰背后卷起而来。我与低空飞行的鹰，并行在昆仑山190公里的峰谷里。

我知道，这是鹰在腹腔里积存氧，恒久地去翱翔天空的修行。

鹰头顶着风化的流沙，或者雪，或者冻土，俯视古生海床，以及海床上端坐化的道士。当然，也给道士传递经文。

而侧旁，冻土上羸弱的草，羸弱的花，引导着傲慢的人儿低首，在冰雪水里看清楚自己肮脏的容颜。

而侧旁，4768米海拔的阶梯上有孤庙，是否留给我之外的哪位圣人布道。

5 一只苍蝇落在我的手背上的时候——

两只待产的藏羚羊从可可西里的东边向西行走，拉着架子车朝圣的一家老幼磕着长头从我背后经过，可哼唱曲子的背包客和着远方火车的汽笛声，看着苍蝇淫笑。

我，只好缓慢地把手和苍蝇挪到头顶，给以光，或者把此刻心里仅持的肃穆，给昆仑山北坡西大滩六月的祭坛。

[第3日：7月28日，火车上，经那曲草原—拉萨。]

6 5点钟刚过，黑牦牛如裂口的豆粒，在草甸子上撑开天。

我在列车窗口朝向东方望去，逆光中，大地的黑与太阳涂染的光正好形成了鲜明的色差，添加了旅人探进去的神秘。

远山衔接的云是乌云，黑沉沉地向上铺展，突然一道金光插入其中，再向上就是淡白色的云了。在这些丰富的云团中，偶尔会有一片纯蓝的天露出来，像一扇门——有神会走出来的门。如若走出来神，那是掌管什么的神呢？

牦牛，依然只管吃草，也抬头盯视躲在窗后的窥视者，也许仅是抬头……

7 拉萨河的水和岸几乎是平的，湍急地流着。

作家次仁罗布委托两位姑娘，献给我和我的朋友贺黄生的哈达，在吹过紫色格桑花的风中飘起，我视哈达如拉萨河。

8 鸽子，在布达拉宫广场上啄食，在藏袍里安睡。手持念珠，或右手举于胸前的信使口诵经文。我听不懂经文，唯能在大雨中抬头，以退伍军人的方式，给朱红和雪白的圣殿行注目礼。

大雨夜，借宿的房间里有一盏长明灯。

这是主人给我的护佑，也在半夜把我喊醒——

“嘿，抬起头看窗外，你视角对面那面蓝色经幡旗，它是夜的打祭神。”

“嘿，旗子褪色了，泛的白，它是夜间给你的时间，光。”

（选自《散文诗》2019年9月上半月版）

■［山东］王忠友

甘南散章（选章）

白云忘记了行走。把我从山冈，引向天堂……

黄河首曲

一条河安详地躺在草原之中。

西梅朵合养鸟，卓格尼玛养花。

养科扎西的阳光，在草上抚琴。琴声中，安详的是那拐弯的黄河，离我最近。伸手可触的都是甘南的神秘和爱。

玛曲养心，黄河养德。

一千年前的笑脸，还笑在今天孩子的脸上。毡房蹁跹，羊群朝圣。青稞酒引领的是尕海，奶茶醇香的是桑科。

河流都是吉祥的哈达。有了河流，我们才能像植物一样，安详成长。

翠峰山

草是绛红色的庙宇，花是暗红色的衣袍，悲慈，虔诚，仿佛在等着我。这个豢养苦难过往和清贫岁月的陇上名山，静若处子。

峭壁，手翻经卷，诵声满地。经筒，身披氆氇，踯躅而行。一个更老的背影，匍匐大地，朝向圣境。

江水迟缓，羊皮筏子临水而动。那个孤独的少年，是否我的前世？

暮鼓起伏，温暖。所有纷闹与寂寞，都朝向我走来……

在山洪泥石流地质灾害纪念馆

泥石流，像一头凶恶的猛兽，吞掉了低矮的房屋，一日三餐的村庄。

埋下亲人的灰骨。有的影子，抱紧柔软，流着泪走远。有的影子坚硬，藏起悲伤，修补破碎的家园。

这里的孩子，一天天长大。

信念的种子，种进覆盖亲人的土里。厚厚的泥土之下，长出仁慈、悲悯、感恩和遗忘。

荒芜的山冈上，泥石抹掉了阴霾，铺满了奔跑的花朵和光亮。

站在门前，仓央嘉措捻着佛珠，向我走来：

“这一月，我转动所有经筒，不为超度，只为触摸你今天安详的指尖。”

这一刻，我想用一生的泪水，把热爱奉献给这里……

大峡沟

苍翠长势汹涌，呈现向善的力量。

那么多温柔的花草、溪流，那么多善良的鹿、鹳、牛羊，在这里，都摒弃过度的欲望和利益纷争。

我从尘埃拥挤之地而来，坐在枫叶遮挡的一隅。

一半用羊的目光看人，一半用水的目光，看一朵格桑花细小的呼唤。

果者堡遗址，守着古丝绸之路，如守着唐宋延绵的历史，像麒麟寺，沉默不语。

阳光转动，雕刻箭窗。

一根根石板插在凤凰山。白云忘记了行走。

把我从山冈，引向天堂……

（选自《大沽河》2019年第2期）

■［湖南］陈旭明

净海：赛里木湖

在赛里木湖，有一种干净，像重生一样灿烂！

1　辽阔得，可以放牧天空。

大地布满神迹。

穹宇邈远。万象低垂。第一颗星辰启开命运的锁孔。岁月，把一脉流水高高举起。在雪域，山自成峰，水有其源，是什么以鹰击长空的气概、马革裹尸的豪迈，雄风涤荡，穿云裂石，一路裹卷尘埃，在天山之麓手绘血脉的支流？

生生不息的奇观——让修辞失血，光阴葳蕤。

百川汇集，安静着——家园诞生。造福子嗣。

一生，视媚俗为天敌。每一滴湖水彼此肝胆相照，倒映雪峰的巍峨、青铜的血液。它们鄙夷所有坑坑洼洼，冰天雪地里，宁愿成为雪线、冰棱，也不随波逐流，宁可站着死，从不做跪着求生的苟且之举。

在宿命的两极纵然浊如生、清如死，它们不虚幻、可缱绻；喜缄默，不嘘叹。花开有声，徐徐，打开内心的春天。一面湖，缝合时间的伤口。

天空，弯曲在树梢。

亘古莽荒，锈死于澄澈中。

雁阵横过眉际，纵马高原，唱尽一万支牧歌，我能否抵达源头？一声嘶鸣折断远方，在赛里木湖，与其投鞭问路，不如身心膜拜。

情怀为大。

俯首。我深信水珠最小，也能拳头上站人，胳膊上跑马。

干净，才是人格的写真！

2　动用十万公顷干净的蓝，浇灌我灵魂的荒芜！

净到极致，清到无涯，惊动天下秋。所有华丽的色彩全部变成赝品。莫非，每一滴水珠，都是月亮的孩子？

夜渐渐浩瀚，时间，逐渐闪闪发光。

落日赠送以火。明月赐予以玉。

预言带来光。

万物有形。灵魂有色。掬起一捧湖水，仿佛擎起骨殖里的灯盏。

我看见纷纷的篝火，在水底寻找火种。

声音是灵魂疼痛时泌出的光。

在摧枯拉朽之后。只以炯炯的眼眸俯瞰尘寰，不口吐金句哗众取宠。

把寂静雕刻进内心，蓝，被闪烁得恰到好处。

又一轮春天，抵达。

天赐的水原是最圣洁的母乳，用人间的至柔润泽和哺育众生。高原上，牛羊肥壮，帐篷遍地，飞鸟的歌喉抒怀，花儿有了好看的衣裳，季节有了诗眼。

最干净的，莫如母爱。

神殿。圣水。

谁能像湖水，净，能入木三分；清，可掘地三尺？

只有在神祇的高度，才产生这种人间奇迹。

洒向人间都是爱。却与银河相映成趣。

3 上得天趣。下接地气。

独居星座的海拔。

在旷野，一个人的呐喊与眺望是多么的微弱和狭隘。谁灵肉怀璧，月下披云，独坐秋风里？把手伸进依依的涟漪，内心的璎珞、流苏披拂，风声，啄醒欲念深处的痒，还有疼。面对守静如一的你，芸芸过客，耻于将年久失修的孤独示人。

原宥洒得满地都是的杯觥交错后的宿醉和腥膻；

理解他们的日子潦草类同“到此一游”的涂鸦手写体……

摒弃流光溢彩的饰物，扬我逆风而舞的长鬃如旗帜。一如湖水，从不在喧哗和骚动里破碎，而是从宁静中复活。

高贵，以虔诚为底座。

因其博大，所以欢乐！

走过赛里木湖，我珍惜这种蓝天般辽阔的喜悦。

好水如镜。

往往，人以声名遮羞，何如一面湖水素面朝天，铅华洗尽，以其静，以其深，照透肤浅的浮世清欢。

打开内心，剔除剥啄。

不要说孤旅如寄。在波光山色里，专注地倾听湖与人两颗心灵彼此的喋喋。是的，总有些狂欢就像不知面不知心的假面舞会，在湖边，我以己身之小，沐浴天地的祥和。

临水照影，应不自怜，当自省。

人，把自己活成道具，非常容易。寂寞是灵魂的散步，一个内心掏不出火焰的人，命运肯定不会送给他一盏灯。环绕湖边行走，美在远方，爱在高处，一颗暴风雪杀不死的心，永远跋涉在路上。

湖边的黎明，每天都是新鲜的。

岁月，喷薄。

在赛里木湖，有一种干净，像重生一样灿烂！

（选自《回族文学》2019 年第 3 期）

■［湖南］谈雅丽

白龙河的流水（外二章）

九十九眼闪闪发亮的泉水，洗净了藏在我体内的尘土。

这个下午的温柔——注定要给水，给阳光注满的白龙河！

注定要给暮色中站立在河流之侧的白桦。他们向舟曲的群山伸出的那根柔嫩的枝条。

注定要给远处站立的龙山，它怀抱阳光拂照的泉城，九十九眼闪闪发亮的泉水，洗净了藏在我体内的尘土。

注定要给波光闪闪的拱坝河和博峪河——它们日夜不停流淌，溅起的清波，让我的灵魂通透。

注定要给我的藏族兄弟扎西，他滚烫的罐罐茶驱走我的疲惫，他用一碗又一碗醇香的青稞酒，祈愿亲朋安康，河山静美。

注定要给我跳着朵迪舞的巴寨姐妹，朝水节上她穿着节日盛装，她送我柿子和花椒，清脆的笑声就像哗哗流响的白龙河。

注定要给河边一群自由自在的牛羊，它们温良的眼神使我心生柔和。

注定要给甘南大地上的人民，他们勇敢而焕发无穷的力量，如涅槃的凤凰，重生的火鸟。他们绽放美丽和生机——花开舟曲，吉祥甘南。

夏季小镇

牦牛和羊群已赶往夏季牧场，在小镇，我亲近孤独的草原。

时间变得缓慢，宁静的镇子，安详的乡亲，帐篷年迈的阿妈梳理白发，姑娘们喝着酥油茶，寺院活佛静坐禅修，传来时断时续的颂经声……

万物的静美都融化于此，近处是高原的青稞，迟了春天的油菜，绽放甜蜜的金黄；远处是碧绿的草甸，孕育野花与青草的天堂；更远处是绵延的群山，相接无尽的白云。

年轻的卓玛引我们穿过牧场围刺，坐在一丛小白花里俯瞰小镇，空荡而自由！散落草甸的零星牛羊，白云，蓝天，啁啾麻雀，一只苍鹰在重叠的林海展翅而飞。

风吹来西部大地咚咚的心跳，一种不被察觉的流逝，沿着苍茫远山逼近。细小的时光之神，将从星光初升之地赶来——

小镇层云尽染，暮色铺天盖地！

傍晚漫步红松林

从七星湖回来已近七点，阳光尚好，白云浮动。穹形蓝空下，远处草原像一个欲睡的孩童。近处红松林密密层层，泛着静谧、淡青的光芒。

我和女友决定漫步草野，穿过暮光中的红松林。女友丧偶一年，淡淡的悲痛使她始终不能释怀。

经过红松林，一条油青柏油路把山风引进了山谷，盛夏的清凉模仿南方的春天，我们望向高高的树顶，红松正试着把塔尖伸进河水的天空。我听到一种轻微的响动——仿佛涛声汹涌，冲洗林中的野草。

路岸一朵朵野花，散发微紫微粉，使林子静谧深沉，清香弥漫。

女友行囊中有已逝爱人的小照，她想带着爱人的愿望行走天涯，草原是其中的一站，她带着无法释怀的悲伤遇见这片傍晚的树林。

现在只有红松，只有野花，只有草原上一只夜鸟突然飞起，呼唤着一个人的名字，那样持久和伤感。

暮色熄灭，渐渐只能看清黑黝的树影。我们默不作声，相伴徐行。这是我第一次从她的身上感受到了——

一种永逝的悲凉。

（选自《星星·散文诗》2019年第4期）

■［甘肃］牧　风

欧拉秀玛（外一章）

一册河山，在祖国最旷远的版图上熠熠生辉。

在海拔三千米以上的欧拉秀玛，我只选择对生命的敬畏。

穿越云雾，我们打开畅想的翅羽，向远方的欧拉秀玛飞翔。

沿途清新的草场和牛羊唤醒耳朵和眸光，那天边游走的畜群，寂寞的食草神，它们没有选择阳光和花朵的青睐。

在西梅朵合塘，在格萨尔说唱的韵律中，我与隐没在草丛的花瓣亲吻，成片的花海将我簇拥，浓郁的花香浸润我的心扉。一个游历雪域的人，今夜把头颅和灵魂安放在这偌大的草海，让游子的心沉入鹰隼的故乡难以唤醒。

抚摩阿尼玛卿浑厚的胸膛，我的思绪在连绵起伏的云朵里环绕不定，梅朵的身影在眼前晃动，一个忧伤的歌者在西梅朵合塘的心里沉吟不走？

在河曲南岸，远眺风卷云动的草原，牛羊如一串串诗意镶嵌的韵脚，在牧人仰望群山时，发出苍凉的嗟叹！

而鹰隼紧贴云层，在雷电中高歌，似摆布一场宏大的交响曲。

唯有马匹，在遐思中闪进峡谷，那急促的蹄音承载雪域最浓烈的眷恋！

在欧拉秀玛的心脏，牧者挥舞着响鞭，在牧帐外弹响牛角琴诱人的旋律。情歌和花草都喘着气，天空有些沉闷，我邀来草原的精灵，等一场盛会的到来……

可汗山

一册河山，在祖国最旷远的版图上熠熠生辉。

可汗山，英雄的身躯垒砌的一座丰碑，透过元史的风烟一直在科尔沁草原弥漫。

八百年前血与火交融的印迹，在远足者敬畏的记忆里闪烁着。

可汗山下，我只有怀揣明灯，才能将成吉思汗和忽必烈征战的故事装入行囊，在翻捡《元史》的章节中渗出沉甸甸的热血和汗水。

回想蒙古铁骑跨越亚欧大地，使华夏的足音回响在诗人裴多菲的故乡，那艰辛和荣光撞开的美丽疆域，一定是可汗沉睡八百年后依然点亮尘世的诗篇。

可汗山下，马蹄声声，青草眨动着神秘的眼眸，轻风习习，成片的赛钦花和龙胆花次第绽开。

元代的故事正打开精彩的一页，而敖包里的马头琴声由远及近，在众人仰望的眼神中迢迢远去。

（选自《星星·散文诗》2019年第8期）

■［浙江］张敏华

宁夏诗篇（组章）

沙丘，我的肌肤，在我的叙述中呈现——

黄　河

在沙坡头，第一次坐羊皮筏子在黄河上漂流，混浊的河水漫不经心地流着，我倒出皮鞋里的沙子给了延绵的黄河。

一个神情恍惚的诗人掏出空酒瓶，灌满河水带回家。平缓而逝的黄河，它的爱和恨，需要重新发酵、酿造。

现在，终于可以上岸了。我听见“咩——咩——”的叫声：十四头羊又活过来，不再咆哮的黄河，成为另一种草原。

西夏王陵

最先看到的，是景区入口处几个西夏文字，稀稀落落的游客，让整个景区也松弛下来。

相对于西夏，贺兰山下，这鼎盛过后的消亡，裸露几个千疮百孔的土堆，忍受着帝国的爱和仇。

巨大的虚无袭面而来，飞鸟化身于王陵上，整个景区，像铺着一张三维旧床单。

时光消磨着历史的耐心，时至今日，西夏王陵，何时归于安宁？

骆　驼

我的骆驼还活着，活在绵延的腾格里沙漠。它胆怯、消瘦，脚掌皲裂，陷落身后的那片苍茫。

沙丘飘浮不定，我的骆驼怀着原始的野性，它的情欲，打开我近乎迷惘、疯狂的肉体。

我的骆驼，它从身体里抽出雨水、盐粒护佑我——日月朗照的魂灵。

驼铃声声，二三十年眨眼就过去了，我庆幸我的骆驼还好好活着——

沙　丘

沙丘，我的肌肤，在我的叙述中呈现——细腻，空旷，辽远。

延绵的沙丘把尘世隔开，月光下踽踽独行的驼队，不忍的荒凉，一阵流沙不忍的苍茫。

一个命定的时辰，我五体投沙，十根手指抓破未知岁月里的红尘。

沙丘上，我抓起一把沙子撒向经年的天空——

大漠无边，天无边。

回到江南，宿在我肌肤里的沙子将我摹刻成一尊沙雕。

（选自《北海日报》2019 年 4 月 18 日）

■［河南］霍楠楠

印象甘南（组章）

一千朵野花的开放，过滤我沉重潮湿的欲壑之支流。

尕海湖

我从未见过被羊群拥抱的河流，澄明如斯。
孩童的眼睛，反射蓝天的镜面。
那么多的物华越发丰满，甚于满溢。
那么多的泪水日益消瘦，直至干涸。
可是我看到，即使是乌云密布的黑幕，也蕴含着清澈的雨水之泉眼。

在暮色苍茫里泅渡，尕海湖，早已融化了我的陌生与不安。
七彩霞光的注视，张开身体里所有的欢欣与喜悦，恬然与安逸。
我摇摆的裙裾轻轻点过低声慢语的野花，
高高低低的草场，蔓延到深邃辽阔的想象原野。

我飘逸的长发流入湖水，牵引出一圈涟漪的独唱，绵软摆动的水草，清洗昨晚沉默黯然的面容。
它们在最高音节处：一弯弯荡漾波动，倏然，即归于沉静。
谁的木鱼声在轻和着节拍？
风声作响，亦听到远处经幡的飒飒飘动。

有多远呢？一双湖水的望眼，以及，
仿佛立身倾听的整个世界。
是谁？早已沉醉在，尕海湖绵长的回音里。

拉卜楞寺

众多的酥油花，引领我的脚印，上山。
旧尘缘早已放下多年，新采的红霞还未随风来到，圣洁的白塔旁鸽子们被惊扰了，几许扇动的翅膀包裹晨曦的花苞。
转经，浓浓的煨桑烟里，莲花一朵朵盛开，
安然的光泽抚平心底每一丝的皱纹，与越来越多斑点的晒痕。
众人的石群里，我寻找每一丝和雅与清澈的梵音。

一步一叩首，饮下阳光里的水，与尘土，
一枚菩提，走到最高台阶的“拉章”。
修缮一面呼吸中的墙，它装备无形的门扇，我可以随时打开，走进去，
那些光，火焰似的燃烧，那些耀眼的光辉，我所有记忆之中柔韧的曲度，
时时指引。而内心叙述已然趋于天地之大静。

照亮的前方。不会迷惑于潮湿的岁月，不再执着于干枯萎靡的悬崖花瓣，不再沦陷灰暗颤抖的黑夜。
观自在，手中转经筒咕咕的风声，洗洁我。
而早已觅得的梵呗，安然、深满、辽阔。

黄河首曲

我会失语很久，每当面对河流。
而今天，我策马而来。在夕阳一点点泛出红晕的落霞里，在玛曲草原肥美温润的滩地，我望见了，这条在梦境中无数次迂回闪烁，星罗棋布的银河。

它一直安抚我灵魂之中超脱于尘世的宁谧，攫取我震颤的浓情思绪。
第一曲，第一首嘹亮奔腾的壮歌。
沐浴其中，一声鸟鸣，掀动整个夏天空旷与闪烁的波段。
沉思的，浩荡的，在拐弯处拥抱着宽阔的，波动的；闪耀的，漫溢的，在曲折中回返跳跃低语的——共鸣于我清澈如许的咏叹！
倾吐，一千朵野花的开放，过滤我沉重潮湿的欲壑之支流。
更是一汪镜面时而安静时而狂野的吟唱，在我透明的身体里，生长出无数朵浪花，沿着火焰般燃烧的河不停地奔向海的那边，升高一团团白云缓慢却明亮地飘动。
追随它。在斜阳下，越来越多的影子，纷纷，汇入天际的涌流。

（选自《天山时报·散文诗月刊》2019年第6期）

■［上海］杨瑞福

大西北（二章）

只有惆怅可以化作晚霞留下。

塔克拉玛干的甘草

拼命往下伸展的根，每下去一寸，剧烈伤痛的感受就增加一分。

想象自己是一棵甘草。头顶的烈日，不是为了照耀你而高悬。

除了饥饿，就是渴，这里所有的生命，每一天在体验恶劣环境的最后挣扎。

侥幸挺过又一个明亮月色的夜晚，也许清晨有一只迷途的羊，会因为啃食你被阳光烤蔫的叶而存活。

只是你能逃过采药人贪婪的眼睛吗？当砍土镘高举又落下，你就知道，命运永远是一场逃不过的劫难。

如果你的大名不是被《本草》反复提起，就可以在广袤的沙漠环抱里，安稳做一个梦。梦里，有许多成熟的种子，在新的地点，筑一个小小的家。

流沙听到了哭泣，但流干了伪善的泪。

风起了，又迎来一个扬尘的天气，我们把它叫作人间。

贺兰山岩画

贺兰山，一个完全免费展示的画廊。

谁能把史前的生灵，用最原始的坚石，刻画在阳光能清晰察觉掌纹的地方。

作者的姓名真的那么重要吗？当一座山成了无数幅画中灵感的来源，后来的人就只剩下了赞叹。

画中的300多个人物，他们是否还在另一个世界里放牧着牛羊？甩鞭的声音似乎穿崖而出。

当马蹄载着日月唇边吹响的号角，在眼前次第闪过，力图复活那些史册上已经消亡的族群——羌戎、月氏、匈奴、鲜卑、铁勒、突厥、党项，我只能感慨时间之刃的凌厉，让中原长久寒战过的大地，也亲眼见证了他们在刀下的无情毁灭。

所以，人们生前珍惜的任何荣耀都是山头正飘散的轻雾，只有惆怅可以化作晚霞留下。

（选自《天山时报·散文诗月刊》2019年第4期）

■［甘肃］倪长录

写在骆驼城遗址

破碎的瓦片上，落了一层五百年前灰旧的月光

太阳还从城东升起，骆驼城里已无人声鼎沸。人走了，骆驼也走了，唯留下一片骆驼刺在此踟蹰独行。偌大的城池，只有窒息的宁静。我登上东北角的城墙，向四周瞭望，感觉有一支军队就埋伏在附近，他们的灵魂，像天空飘过的一片浮云。

风的刀子，雨的刷子，把一截高大伟岸的城墙，雕刻成了一座孤独的驼峰，驮起一座城池的沧桑和今天一位诗人思接千载的瞩望。南望祁连，雪峰皑皑。像是另一个城池高大的边墙。河西走廊。是否就是那座城池里驰骋的要道？

我跨前一步，看到凋敝的灶台前破碎的瓦片上，落了一层五百年前灰旧的月光。此刻，我的脚步声，溅起一声绝响，一只倏然起飞的鸟，如一枚从古代射来的锋利的箭镞，不偏不倚，射中我眼里的惊慌。

好一座北凉都城。沮渠蒙逊杀段业而为凉王后，这里所有的繁华，一觉醒来就被风沙蒙蔽了真相。丁丁驼铃，失去方向，就如这破碎的瓦片和沾满鸟粪的石头，他们的脚步，已经走到了我的想象无法到达的远方。

而地上被蚂蚁大军建成的王国，多像一座城堡或村庄，一圈碎绿的小草围起小小的家园。这座微缩的景观多像现在我们在城市周围，筑起绿色的屏障。拨棘问路，岁月沧桑，这座边城经历了汉、魏、晋、唐，周围7000余座古墓葬，说明了那些时代有过的辉煌。如今，这个曾经陷于吐蕃的汉唐城池，已不问生死，不问是非江湖，瞧它端坐如仪，一副超然脱俗、看破红尘的模样。

（选自《散文诗》2019年第8期）

■［宁夏］陈　斌

阴山下（外一章）

车停下来，有人伸手遥指，那就是阴山。

车停下来，有人伸手遥指，那就是阴山。

天空矮了下来，那些云朵像熟悉的羊群朝自己赶来，穿越一千多年的黄沙；可我一直以为自己体内住着的那匹老马垂垂老矣！

眼前是被改良后的沙漠，这是所有阴山下的子民引以为傲的工程。浇灌了无数的汗水才长出了这么一片绿色，他们梦中的绿色。

上面的向日葵正迎着烈日肆意尖叫，滚烫的土地让他们内心的火焰更加炽热，他们和那个荷兰画家笔下的印象一般无二，倔强而又高贵。

一些蝴蝶在偌大的花海迷宫飞绕，它们是否绕出了命运的棋局？

以天为庐，以地为席。我内心的那只蝴蝶依旧微微颤抖。

雪落贺兰

年年如是。如果贺兰山一旦把自己的内心幽闭起来，一片雪也落不进去，春天的底色也出不来。那将是青草的悲伤，飞鸟的悲伤，也是马蹄的悲伤。

一匹马习惯于追逐落日的诗篇，一匹马掩饰不住虚无的惆怅，所有古老的苍凉如影随形。在生活与生存之间游弋，我的一切行踪都落在贺兰山眼里。

在她的眼里，我是一个没有秘密的透明人，如同山中的一草一木，心底那些波澜有的跳跃，有的潜伏，但更习惯保持一副若无其事的样子。

在贺兰山下，我们本应对酒当歌，本应该扬鞭策马，哪怕只是守着一堆篝火，煮雪烹茗、一夜无话。

（选自《星星·散文诗》2019年第6期）

第十一辑　途经的水·时光（10家）

■［上海］清　水

途经的水（组章）

我跟随迁徙的鱼群，渡过了三条大河。

为了取一些干净的水和桑叶，我跟随迁徙的鱼群，渡过了三条大河。

鱼群有着自己的记忆，无意识往前是它们重要的经验。它们充满好奇，对新异的事物过目不忘。更多时候，它们洄游到深处的静水等待产卵。

寒流来临，在冰冷彻骨的水流里产下鱼的孩子。

向更深的逆流游去。树枝泛出青色，在后面徒劳地追赶。

鳞光聚集，溯流而上。这长长的迁徙的生灵灼伤了我的眼睛。它们如此年轻，又如此苍老。它们聚拢自己的道路，而道路不会失信一个鱼群。

我看见身驮青苇和尺素的骢马，晨昏不歇走在路上。

我看见一只黑色的翅鸢，在一条河流旁，清洗它小小身子上的尘埃。

我忘记了时间和空间，隔了几条河的距离，我依然想要前来迎接你。嗒嗒嗒的马背上，有人正唱《定风波》："莫听穿林打叶声，何妨吟啸且徐行。竹杖芒鞋轻胜马，谁怕？一蓑烟雨任平生……"

空阔的天地间，我看到你正在你之外生长。

风声猎猎。天空的火焰在彼岸慢慢熄灭，又在此岸熊熊燃起。

河流积沛雨意，大雨突然来临。

大雨坍塌了一个人内心的暗。

大雨是另一个鱼群。

雨是时间的波纹

雨来的时候，你听不到纷乱的脚步。

你的睡眠一片安静。夜空不见繁星。

某个映像总是转眼即逝。你艰难地睁开眼睛，却睁不开睡着的身体。你停留在雨的边缘，看见一些陈旧的屋顶和消逝的声音。你听到一张古琴音色低沉。天鹅像片翠绿的叶子坐在湖心。等不及天亮，它就会成为你具体的回想。

你回想一场雨的下落。它们敲打窗户，敲落无数个夜晚。这些虚幻的雨模糊一片，它们总是抽身而出，留下潮湿的印痕。

一个瞬间和另一个瞬间。雨更像是时间的波纹。

和雨水一起降临的，那些被水洗刷过的物事，它们触手可及，又常常是幻象。你站在岸边，有时也会在湖里。这也不奇怪，你可以看到更奇妙的事物。

你可以看到一切的欢乐和伤悲。

那覆盖在荒寂上的，在城市废墟脚下，雨的形状长久存在。

旅人图

流浪人睡在长亭。

下雨的长亭。雨落进你的身体。每一滴都很清晰。

雨把你叫醒，说木槿花刚刚盛开说两匹石马运来了青苔。

雨水瞬间栽入泥土，仿佛紧紧握住一本经书。

有人说迷路。说白天黑夜一个城市虚无。离天空最近的，有风来过的脚步。

你的背影有微卷的伤。却始终朝着水的流向。

这个冬天，一些河流改变了走向。那些被风吹皱的断墙，断墙上生生死死的信仰和倔强。

我看见地黄开在薄薄的尘土上。

花瓣干枯暗香。

沉默的旅人，你是否也想起了默温的诗句：那几乎听见的声音，光芒回避我的眼睛。

流浪人一言不发。青铜色的雨和你彼此安慰。

雨水一点点涨起，遥远的城市冒出最后一个水泡。我听见有人正把我叫醒。

（选自《星星·散文诗》2019 年第 2 期）

■［福建］陈海容

雨滴的重量（外一章）

每一滴雨珠都含着一个世界的重量。

雨滴清洗着小城，并非无缘无故。

云朵自空中而至，雨滴自空中而至，它们回应等待已久的呼唤。

一棵棵街树在大雨中洗亮自己的树叶，它们开始呼吸，舒展自己的叶脉。我也学着街树，在雨中洗洗自己的脸，洗洗自己的肺，舒展开自己的内心。

梦是如此真实，生活如此虚幻，我也要洗亮夜色中的每一片自己，我要迎接在雨夜一个干净的我。

我心无旁骛，目光所及之处，我观照整个雨夜笼罩的小城。

在我眼里，这个雨夜和这个小城如今都是我的，这个世界也是我的。只要我行走，它们都陪我行走。

这些雨一定是为我而来。

每一滴雨珠都含着一个世界的重量。

我们是白云，也是羔羊

在静观远山时，有时你会看到那些白云在天空走着走着，就降落在山坡上，在山坡走着走着的白云就变成一队队羔羊。

仿佛降落是一场自然而然的事件，也是一起隐秘深邃的事件。

仿佛起初的我们，不知不觉就被带到这个未知的世界，不知缘由地被挟裹前行。

谁能说这是一次偶然的降落红尘，还是必须偿还人世间未了夙愿？

这是隐喻的演绎：我们也是一朵朵白云降落，化身成红尘里另一种形态的羊群，我们咀嚼着人世悲欢的青草，打磨着一生的时光，用于付出或者赎回自己。

没有谁逃脱得了命运之鞭，被鞭打的伤口凝结成血痂，即使伤口愈合，也在心上留下一道道枷锁，各自的命运却又各自嫌弃，曾经的对和错已经不重要。

那些洁白的毛发，逐渐被染黄、染灰，甚至染黑，我们于是看不到自己的本来面目。

或许是孟婆汤的缘故，在人世太过投入，我们因此而忘情，我们几乎忘记了自己很早以前也是一朵白云，是行走在世间的一只羔羊。

不再沾染不再执着，用几十年的光阴慢慢将体内的水分熬干，也将体内的悲喜退还给红尘。

过去的事物不可追执，我们慢慢地又变成那朵白云返回天上，不再忘记，我们是轮流行走在天空和人世间的那朵羔羊。

（选自《散文诗世界》2019年第3期、《散文诗》2019年5月上半月版）

■［四川］曹 雷

倒影：飞过水面的一只鸟（外一章）

一江清流，洗濯掉的是滞重，交还我的是轻盈。

是不是和我一样，这一小段历程，要交由水底来收藏？

张开的翅膀下面，是压矮的千山。

天空不留下飞过的痕迹，只有倒影在江心映现；

只有十里春风迷醉我的情怀，与轻佻的柳絮共舞，一路抖落的羽毛布满尘埃；只有百亩桃花摇动我的心旌，长梦醒来，泣血的唤归声再次聚拢起失散的神魂。

世人还在谈论旧事，而在新的语境里，我的羽翎已在从容盘旋。

一江清流，洗濯掉的是滞重，交还我的是轻盈。

轻灵的尾翼裁剪江天的辽阔，一幅堪称绝版的倒影在人们视野里展览。

这时，激动的水纹再也平静不下来了，轻风抚弦，动情的渔歌一边编织浪花荆冠，一边泊往彼岸等待。

是不是和鸟一样？即便是最后的飞翔，也要让万水铭记！

侧影：野外有一座无名石像

你的沉静是旷野最精致的一部分。

线条柔和，轮廓丰满，只一个侧影，就那么英气逼人，连清风露水来去，脚步都放得很轻。

风过了，雨又过，没有谁解开过你的身世枷锁。

那些首尾断裂的故事，那些支离破碎的传奇，一百场寒暑交替的打磨，看不到新的效果，没有一丝线索有迹可循。

盛衰枯荣也罢；骄阳冷月沁也罢；蜂蝶、草棵、腐骨、磷火……在你无法改写的眼神里，这一切都轻薄如丝、如羽、如微尘。

环绕你的荒草倒伏不起，压在身上的，是一百年那么重的寂寞。

从来也不吭一声。从哪里来？又去向哪里？这是你和我们同样解不开的人生命题，而过往的风，也给不出可以认同的答案或者谜底。

就这样一直立在那里，立成静得沉闷的一个侧影，像一声久久的叹息。

仿佛是在提醒：天下石像，都不过是旧时光凝固的多余话题。

（选自《散文诗》2019 年 7 月上半月刊）

■［河南］李俊功

时光本来就没有流动（外一章）

时光无所谓流动，它摒弃一切世俗化冠名。

完全是假想：时光澄寂，根本就没有流动。

所谓的暴动，只是你的一厢情愿，你完全败给了你的自我对立和情感逻辑。

你是静的，却被动乱拆解。
你是智者，却被经验制服。
你是生死无畏，却被伤痛苦楚蒙蔽。
穿过驼铃声声，一滴水和一粒沙微笑。
根芽和绿，修改枯死的冬天。
哭出血的梅花，用寒冷挽救自己。

“在这个多疑的时代里”，矫饰人群一如中毒的苍蝇，沉醉，餍足，吸食物质化的欲望。

你是清纯，却被贪欲沾染。
你是醒者，却被酣睡豢养。
你是体悟，却被愚痴玩弄。

不要设想时光会嘲弄你。它没有流动，也没有劝说。你得不到它的一点好处。你累死在你混沌自身。累死在所谓物资的空壳，以及钱币遮羞的无极荣耀、干巴巴数字化的断根梦想。

企图用时光造设一副巨大的反光镜，它根本不去理会你的所有挥霍、摇摆、霸占、癫狂。

时光无所谓流动，它摒弃一切世俗化冠名。

夏日正午

——读索甲仁波切《西藏生死书》

北城墙胡同东端。一个人，此刻孤僻，坐读正午时光。

往内看。

自我卸除井底蛙的狂妄自大，以及狭隘。
一个人的带领。一群人，检视心性。——云后的天空绝无止境。
我希望这样的日课。

挣脱于固执的拳头。
身体内安装照路的明灯。

需要证悟的诺言，比“日常生活的心绪完全是愤怒、贪婪、嫉妒、怨恨、残酷、欲望、恐惧和纷乱”负荷更重。
在人群中丢失既久，我努力搭设一架虚无的梯子，设法找到本自清净的——真我。
找到隐藏既久，那颗本自清净的初心。

（有人指着我的鼻子谩骂——
荒诞的两个梦！）
（于现实深巷，谛听过滤器尘的天地宁静：摊开思索，抑或洁白的一纸无思。）

炎炎夏日，倾泻满地，静泠如玳瑁。
凝注到平常的智慧，愚笨亦如光芒了：一丛绿薄荷与一棵幼乌桕相忘于对视。谁？于某时某刻——
果断地，把惶惶昨日和稠密的物质喜悦，撂到了身后。
摘自书中句子。

（选自《湖州晚报·散文诗月刊》2019年第7期）

■［甘肃］李　萍

疼或不疼的时光

我听到时光的暗语：所有的疼都不算疼。

1　三月的某个下午，倦怠席卷了热气腾腾的咖啡馆，风改写了一封春天的情书。
我没有妄加评论，扫一眼，那些字眼已经面目全非，搅和在危险的情绪里。
夜半，我撕下伪装，比以往任何时刻都清醒地面对月光。
一杯薄酒，又灌醉了清欢。
我允许自己软弱，允许自己落泪，允许自己在流水堆砌的崖壁上倒挂，还允许自己对黑夜喋喋不休地讲述凉凉月色的故事，更允许自己向着星光大喊。
月是不老的情人，所以我的影子失散后也会皈依。

2 几滴墨汁在渲染月夜。我推开我的灵魂，然后又抱紧。

推开与抱紧之间，晨光被忽略。你也被忽略。

只是被你霸占的心田，那些花朵还在艳美地开放，虽然有些期期艾艾。

我有些魂不守舍。一卷书，一支笔，一把琴，变成尖刀，刺痛我蓄积的凋零。

梦里最昂贵的时光，我留给清晨，不管冰凉或是滚烫，我都会一口饮下。

时间在倒数，咖啡没喝就凉了。

人来人往的街头，我敲打灵魂的骨头，等候或挽留，都是痛诉温柔之花。

3 阳光下，循规蹈矩一手扶植的花朵，擦拭锈蚀的风清月白。

被文字辜负的日子，在沉闷地给记忆写信。此时，山水相连，我自在自渡。

自渡。不堪自渡。窗台上成熟的花草，躲着我，捋着鲜活的曾经。

空气拒绝回忆，凝视着我的木然，浪费了桃花装裱的灼灼时光。

在冷漠面前，在新仇旧恨面前，我折返，我绕道，我躲避，我隐身。

然而，心存侥幸，以期圆满。

4 看着岁月饮一杯苦茶，变成了我的习惯。

我写下的文字，我写下的情诗，在搭乘季节的头等舱之后，我看到伤疤嗫嚅的深情，还有时间略带羞涩又窃喜的眉眼。忽然，我觉得这个春天很疼。

我听到时光的暗语：没有什么疼，与不疼。

我头顶的一片瓦蓝突然间泪流满面……

（选自《星星·散文诗》2019年第9期）

■［河南］曼　畅

树，或诱惑者（外二章）

风停了，等待之间，树与树有着一叶的距离。

流霞在树梢上空徘徊，一树的空旷，树站在树外，一抬头，发现天空越来越高。当我这样想的时候，四周的植物都看着我，风慢下来，大朵大朵云彩飘过，放慢归隐之心。

另外的空间，你知道我坐在这条长条凳上，季节已接近尾声，一只鸟蹲在树杈上，叫一阵，歇一阵。我知道风能做什么，什么声音突然静止了？花朵还在树上，用一个局部来判定，浓郁的花香，使我变得有些恍然。

故事被迫停下，置身于变故之中，所谓经历，不是复杂与神秘，而是时光流逝。风停了，等待之间，树与树有着一叶的距离。

老槐树上空的白云

和以往的秋天一样，风在吹，鸟儿在浓荫里嬉戏，一片槐叶率先飘落，洁净的叶面，时光温润。已记不起曾经抚摩过哪些青枝，时间就过了午，一切都是那么的坦然，譬如一片叶子，譬如丰满花朵，譬如一些引领季节的新潮流。

草木起伏，或许我从来就没有意识到，一些远或远处以外的远，气候，候鸟，飞翔的云，会一天天厚过阳光，一年不算太长，一些日子却在我们手上，一层紧压着一层。加入一片云朵，读云的人爱幻想，一匝一匝的暖意，和一只鸟接济着黄昏，现在旅途正渐渐暗了下去。

道路深而长远，一片落叶，欲和第一缕秋风的张扬，它的暖，苍白村后那片芦苇。不同的背景，我看见白云很白，天空很空，眼前一切尚且纯净。

四月海棠

一只鸟停在一棵树上，不知道留下的鸟音能厚成几多光阴，阳光捎来的几缕暖风，就像这首诗，悄悄述说着开得认真的海棠。多数时候我相信了参照，比如时间与花开，比如年轻与微笑，比如生命中一些情感与感动。

对于季节，向上的延伸被一双眼睛接住，我会站在站立的地方看着自己，有风偶尔路过，轻轻拂动树枝。时间在深处，捷足于枝梢而词呈三变，雨水虚怀若谷，三两天的小别，生命之轮仍在大地上驰行，看着看着，一丛丛绿枝就成了蝴蝶。

然后记起我的鞋子，一些爱就从远方回来了。树旁油菜结荚，风也会静坐一会儿，四月的枝头，阳光新鲜，片片花瓣吐露着无语的馨香。

（选自《湖州时报·散文诗月刊》2019 年第 6 期）

■［四川］伍荣祥

寻物证（组章）

像鸟被什么召唤，若虚拟与无形的事物催促。

寻物证，并且爬上高高的木梯和墙。

在睡梦中找寻，在昔日的回忆中找寻，在儿时走失的路上找寻：旧墙上涂鸦着繁复的图画，陈旧而布满尘埃的木箱里收藏着儿时的稚气与纯真。

几累课本，几件木质的玩具，几页作业本上的书信……

寻物证，爬上高高的木梯与梦中的墙。我以双手在树丫上找寻，直至让儿时的鸟惊飞，直至梦里醒来。

陌生与诧异，昔日的痴让我隐隐纠结与疼痛。

空中叶

让人触动的一瞬，若睫毛上的一滴泪。

谁知道这叶从何处飘来？是远方的丛林？还是近处那无名的秋树？谁也猜不准叶的来处与去处，唯有风在后面呼呼地吹。

你看：叶在空中上下扑腾，直往前冲，没有回顾、瞻望与逗留。像鸟被什么召唤，若虚拟与无形的事物催促。

这叶，依然一路前冲，整日的头顶还伴随哗啦啦地响。

喘息着，忽快忽慢，这叶的边缘在向晚之时还辉映着残阳的轮廓。

这潭水

入冬了，这潭水终于安静下来。

低头之时，几片秋叶在水面荡起涟漪。

对岸一片白银，前方的桦林却成为隐喻。

零摄氏度冰封水面。这时，谁还去辩解与诉说？抑或扭头去质疑：谁还像夏时的鸟在岸边林间喳喳地鸣。

从未见过这种安静，雪仍在下，而谁也无法阻挡。

说树木

任凭季节拍打与撕扯，一枯一荣顺其定数。

其实，这里依然不安：砍伐、火灾、雪暴和地震，而每一次劫难之后众树之中各自都有暗伤与走失。

不能自以为是，每一片叶都在睁眼彻夜难眠。

家事不外扬，每一棵树都在沉闷与捶胸顿足。

猜忌与纠缠。谁能知晓叶缝中的呻吟与苦楚，包括枯枝的颤动与残叶的憔悴和冷。

（选自《星星·散文诗》2019年第10期）

■［北京］杨　东

黄昏的云图（组章）

云影绰约，光晕的涟漪交替擦拭光明与黑暗。

黄昏的云图收藏了火烧云溅落的赤金。

往后一步，它要锤炼星月的白银，黎明的青铜。

被一再凝固，旋转的光线，新鲜的风声，尘屑的重量，关闭眼睑的花朵，伸开怀抱的树冠。

大地上无我的肉身，收敛，关闭了火焰。

月亮在云图里进退。

有什么在追赶，在坍塌？又有什么在停顿，在重建？

云影绰约，光晕的涟漪交替擦拭光明与黑暗。

有人在练习目力，咏叹和深沉的呼吸。

云图收敛了翅膀。

一条来自深渊的鱼，越飞越高。它不眠的眼睛，已遣散了人间的泪水。

天空用自身幽暗的微光宽宥了大地阴暗的人事，失意和绝望退潮。

善德永在。一如云图里永存的残简，散发出旧时代的低音，并应和了一轮满月的心跳，向一个新时代的夜晚致敬。

山中遍布的微光令人心痛

时有念想。但并非：把山间的云水收集就获得了水，你遣散了枝头的蝉声就放逐了心中的潮汐。

不可能无乱石，无湍流，无阵风，倒悬的朽木和瘦小的坟茔。

原来的秩序，不可能无转换，无裂纹。

我在你刀耕火种的薄薄的心上取土，在你秋去春来的嶙峋的身上裁云，山谷的层次好像又增添了几分。牧羊人的鞭子拍碎的空中，一半的春风流连，一半的苦涩起伏。当它们变得密集，山谷里一定有迷失的声音在转动。

除了那些失踪者，所有留守的石头错杂在一起，相互眷顾，替流年保持缄默。这大海的殉道者，人间最忠实的永不散场的小观众，从未放弃那烟花若水，山色如暮，祥云沸腾，并时刻承受着：

山中，那遍布的没有阴影的微光令人心痛。

辨识，解构与重生

月色无限扩散，万物陷入沉湎，流年在不疾不缓的云烟中轮回。

我深信漫长的今夜，是有理由的仰望与守候。

那怀揣因果的人，度一切苦厄，教化万物于云蔚之间。

一些无意暴露的花骨表达了事物的本质。更多秘而不宣的预言在清凉的夜色里积聚，消融。一个思想者的微澜，随触手可及的云天排挞而出。那磅礴的低音，有着不再偏执的异于往日的回声。

在对世事的解读中，我尚能辨识：一缕月色何以抵达尘世，燃烧恒久的清辉。更多飞散的部分，又如何占有了辽远的星河，替代了古老的浮云，包容了人间离涣的身体。

一个惯于在长夜苏醒的人，从不担忧单薄的羽翼被月色、云气和星象一次次解构，重生。

（选自《散文诗》2019年1月上半月刊）

■［四川］金指尖

都江堰·外河的石头（组章）

我终于找回了丰饶的肉体，找回了美人和荡漾。

1　内河灌溉，外河泄洪。

作为人类对自然的干预，更多时候，都江堰外河，石头多于水。

石头，在河床睡觉。

洪水留下的狮子在睡觉，铁在睡觉，钙在睡觉，河堤在睡觉……

内河灌溉，外河泄洪。

自从修建紫坪铺水库，更多时候，都江堰外河，干净而安详。

石头，像一块勇士的骨骼。

这些远古诞生的婴儿，时间的遗产，面对诗人，展露微笑。

这是五月的一个下午，一场小雨来了又走了。我们在变轻，携带的山色和雨量，也在变轻。

当阳光小心翼翼，经过外河时，我正在河床翻捡。
我发现：石头的脸，比我干净。

2　茶，续了一遍又一遍。
整个下午，我都在沉吟：这些偃伏的石头，隐藏了怎样的野心？
这些洪水擦亮的战士，怎样把哭泣还原为荡漾的笑声；
怎样把落水的光阴还原为春天？

石头们一声不吭。
它们，在干涸的河床继续偃伏，那么安分，安分如立地成佛之心；
那么干净，干净似没有一丝杂念的眼睛。
它们以慈悲立世，存大爱于天地间，两千年不归不隐。

但更多时候，我在幻想，在审视洪水的阴谋。
也许当洪水再次咆哮，我刚好学会偃伏，学会石头们的睿智。
当诗人抛开幻想，试图变成一堆精致的石头；
我终于找回了丰饶的肉体，找回了美人和荡漾。

（选自《散文诗》2019 年第 1 期、《诗先刊》2019 年第 6 期转载）

■［福建］张生祥

你听，这喧哗的水声（外一章）

沉入曙色，沉入土壤。我应当沉入这个壮阔的人间。

沉入曙色，沉入土壤。我应当沉入这个壮阔的人间。
他们说起高峰，石头承载着比生命更有重量的世界。
他们说起花朵，脚印延续着比笑声更为严肃的生活。

向往在美丽的童年里，跳跃。

攀上山川引渡的大树，采摘人生道路的阳光与火种，接引生命一次次冒出的奇迹。

洗白的黎明，被双手高捧起；虔诚的双膝，叩响天与地的门扉。

成长，并夜以继日。你听，这来自粮食内部的声音。让我知道了怎样安身立命。让我和我的故乡相依相恋。

母亲的手掌，沾满红尘。红尘之中，谁都无法卸下出走的行囊。

你听，这喧哗的，不是水与水落下的声音。

是手与手，心与心，生命与生命链接的通灵。

群　山

在闽北，群山无眠，他们日夜张望着神一样的眼睛。

天空之下，群山逶迤。天空之上，多少苍翠袅袅升起。

我知道，在水域滋养之下。绿色饱含着生命每一滴鲜嫩的颜色。而绿的汁液又让生命一次次获得新生。在这多彩的人间，群山娟秀，饱满。像我的一生，众多母爱的身体，焕发着血与火一样燃烧的激情。

山的尽头是水，水的尽头，是无限汹涌的爱的梦境。阳光的焰火，在四季里高举。我奉若神明的土地，那么柔软，绵长。

我知道，群山每一次的微微浮动，都是一次心的轻轻呼唤。

我在感恩中战栗，在飘逝的岁月中，怀念着那些不朽的轮回。

她们都站在高处，从不曾倒下，也不曾有过叹息。

群山相依。仿若片片树叶的名字，在风雨中，静立。

（选自《郴州日报》2019年10月13日文学副刊）

第十二辑　沉思·虚构（11家）

■［河南］郝子奇　那些没成熟的苹果（外一章）

少女也是一只苹果，脸上还成长着青涩。

那些苹果，
还带着成长的梦呓。
很茫然地，沦落在少女的果摊，等待
出卖。

少女也是一只苹果，
脸上还成长着青涩，
只是，被都市抹上了一层彩妆。
（红红的口红，还没有遮严泥土的色泽。）

那些苹果，还没有成熟的苹果，
要去哪里？
灯光辉煌的夜宴，
物欲拥挤的超市，
晦暗隐欲的酒吧，
路边被烧烤熏出泪水的大排档，
要不，就在一座豪门别墅的茶几上衰老着。
（已经离开的枝头，挂不住回归了。
失去枝头，并没有得到鲜花，仍然在路上漂泊。）

少女拿着这些苹果，看着它们怀露羞涩，正一点点被咬伤，或者，提走。

叹息一下。就像看着自己在辉煌的灯下，瘦瘦的影子，被奔跑的灯光剪成碎片。

夜色正从高高的楼群滑落，把自己的碎片，提走，
无声无息。

门

他走着，感到了城市的沉重。

孤独刚刚点亮华丽的街灯，汹涌的车流拍打着一个又一个疲惫的灵魂。
匆匆的地铁呼啸着，吹远了站台上最后的等待。
迪厅的摇滚刚刚响起，口哨的尖叫，让沉重的夜痉挛起来。

快开门……

他走着，感到了城市的旋转。
广告的叶子飞来飞去，覆盖了一层又一层的困惑。
衣不蔽体的美女，从巨大的荧屏上挥洒着性感，让整个城市一点点陷落。
飞快的出租车，雀鸟一般，在楼的森林里转来转去，
找不到记忆中如水的月色。

快开门。快开门……

他走着，感到了城市的迷乱。
风暴登陆了吗？
或者，晃动的影子，预示了地震的传言。
海潮一样上涨的，房价，地价，水价，油价，电价，还有菜市场上正在拔毛的鸡子，刚刚离开土地沾着泥巴的菜叶。
一个人，在奔跑中，走成一只蚂蚁。

快开门。快开门。快开门……

（选自《核桃源》2019年第2期）

■［安徽］宋烈毅

享受沉思（外一章）

那个夜晚手机店里的寂静完全可以让我一个人挖一口最深的井。

我在快餐店里也能陷入沉思。我点了一份简单的食物，真的极其简单，它仅仅能让我不再感到饥饿，仅此而已。我享受美食的乐趣总是不及我享受沉思的惬意。在快餐店里，很多人拿出了手机，旁边，一个年轻时尚的女孩在独自玩着手机，她陷在手机的世界里，似乎已经钻进一部手机的屏幕里面。我的思考就可以从她身上开始。我专注地思考一个玩手机的人，一个人的生活和手机的关系。直至她离开这里，她也没有对我随意地看一眼，我被忽略，仿佛我只是快餐店里的一个静物。几乎所有独自走进这里的人都拿出了自己的手机，

手机将他们吸了进去又吐出来，随意将他们玩弄。多么有意思，又多么残酷。我在快餐店里几乎一动不动，在最后离开这里的时候，我把自己想象成一个静物，一个微微有些裂痕的花瓶。这让我感到有些窃喜。

保护写作

直到现在，我也没有找到真正适合自己的职业。以前我读过一首写“糖果店”的诗，那时我觉得在糖果店里做一个伙计是一件非常幸福的事。现在我认为在手机店里卖手机是一件幸福的事，那是因为我在一个晚上独自经过繁华大街一角的手机店时看到里面灯光明亮，地面上铺着平整的大理石，一盆葱绿的植物在灯光里保持着洁净。也许我喜欢的只是它的环境。白天在办公室里我不能写诗，我的写作是在挖一口深井，在房间里挖，在夜深人静的时候挖。写作至今不能算是我的职业，连第二职业也不是。写作只是它自身。我保护写作不受任何侵犯。现在我想在手机店里写一首诗，那个夜晚手机店里的寂静完全可以让我一个人挖一口最深的井。

（选自《散文诗》2019 年 2 月下半月版）

■［广东］谈　耘

心　灯（外一章）

他们像一支支蜡烛，在昏暗中燃烧着自己，照我前行。

摸黑行至起居室楼梯转角处，一小盏感应灯默默亮起，照着我踏上梯阶的路，将我疲惫的身影长长地映在那面熟悉的墙壁上，似在安慰我：你回家了，累了，但你努力了！

一天又一天，灯光似乎渐渐变得暗淡，但仍竭力伴着我踏出的步履。

有一天晚上，我刚踏上梯阶，灯，突然不亮了，顿时感觉整个身躯陷入黑夜的包围之中，不敢再挪动半步。

这时，我才真正意识到这小小灯盏曾经微不足道的存在，对我原来是多么的重要啊——心里不免生出愧疚和感激！

为什么总是要等到失去时候，才明白它的价值和意义；而平时不去维护、报答那些或许只是细微的恩惠呢？

于是，我想起在人生之路上那些曾经帮助过我的那些人……

他们就像一支支蜡烛，在昏暗中燃烧着自己，照我前行。

此时，身处黑暗中的我，心灵的窗口一下子打开了，仿佛有鸡啼和微光告知我东方之既白……

又仿佛是置身于璀璨的星空下，逝去的和未来的都在我的头顶照耀着！

池　荷

在小区花园散步，见池中荷叶田田，锦鲤穿梭，蛙吐新声，心中欢喜！

我知道，生命之火将在这片小小的，初夏的塘中爆燃！

荷是新种植的，蝌蚪却是随水而来。我想，若是缺少了蛙鸣，那盘踞荷尖上的红蜻蜓一定会感到寂寞。

隔些日子，花终于开了：有紫红、淡粉、鹅黄、奶白……小蜜蜂得到消息也来采访、道贺，周围多了些赏花的人影，平时静静的池塘一下子热闹起来了。

我甚至遐想：风清月明之夜，会有观音坐于莲瓣之上为这个美好但总有缺憾的世界祈福！

不料一夜之间，突如其来的台风像个暴君，将荷塘肆虐得遍体鳞伤……

第二天我来到池边，眼前一派惨不忍睹的景象！

忽又发现：大片残花败叶中，竟然还有一朵血红色荷花，依然亭亭玉立，依然开放得如火如荼。

——这真个是菏中的铁汉子啊！

正在我极力赞美之时，却有一阵稚气而响亮的嘲笑声传来：

“假花！假花！哈哈哈……”

待到看清那嘲笑我的孩童时——他已飞快地将这朵不知是谁抛进池里的塑料荷花捞了起来，弃置到垃圾桶里去。

我吃了一惊，且有些怨怼；但转念一想，心地也就释然了：

那一池此时残败了的荷花——都将化香为泥，滋养埋在深处的老根新芽，准备着迎来下一个更加灿烂热烈的夏天呢。

（选自《天山时报·散文诗月刊》2019 年第 11、12 期）

■［湖南］刘定中

最美的心（外一章）

——读海伦·凯勒《假如给我三天光明》

在读书中，我们微笑着以心灵与时代对接。

我曾经做过这样的梦，从无声的黑暗的深渊掉下去，掉下去……

我读海伦·凯勒，又重温了这个梦。

从而，深深地体验了感悟了懂得了这位女孩在无声的黑暗中

生活的惊恐苦闷和悲凉，
抗争的曲折艰难和伟大。

也许，正因为上帝剥夺了她的视力和听力，
她的手，就发挥出非凡的才能，成为她走进世界的桥梁；
她的心，就特别会想象，成为她翱翔宇宙的翅膀。

于是，她用手和心，
阅读历史，
阅读文学，
阅读山川草木，
阅读社会人心。

于是，
她珍藏天地于心，
珍藏智慧于心，
珍藏感恩于心，
珍藏美好于心。

然后，
她将心吐出来，
就是一部震撼心灵、催人奋进、畅销全球一个世纪的传记
——《假如给我三天光明》。
一座屹立于人类历史的恒久亮丽的里程碑。

夕阳，更美更红

一颗一颗白发苍苍的头，一本一本散发芳香的书。
我们默默地品读，我们自由地评说。
这是夕阳红读书会的一道亮丽风景。

我们读书中春天的万紫千红，
我们读书中夏天的郁郁葱葱，
我们读书中秋天的硕果累累，
我们读书中冬天的雪花飘飘。

读书，我们细心品赏生活滋味的甜美；

读书，我们深切感悟人间大爱的温暖；
读书，我们获得平和、恬静、畅达的心境。

在读书中，我们微笑着迎送日出日落；
在读书中，我们微笑着坐看云起云飞；
在读书中，我们微笑着以心灵与时代对接；
在读书中，我们微笑着将精神高地守望。

“夕阳无限好，只是近黄昏。”
看吧，在读书中，
夕阳，
更美，
更红——

（选自《社区教育》2019年第1期、《学生·家长·社会》2019年第3、4期合刊）

■［安徽］程洪飞

虚构的苹果（外一章）

树梢上白花涌动，燃起盏盏白灯——为了寻找消失的苹果。

如果知道疼痛，也许苹果会大声喊叫。对一只苹果，咬一口，又咬一口，一直咬到苹果的果核部位。几粒果核，为果肉输送甜味的心脏，亮如黑宝石，零散地躺在苹果破碎的心房中。食客消灭一只苹果，并不需要多长时间。今夜，一只苹果消失，而果肉的甜，果核的香仍然存在。它们有声有色的甜香，在齿间、舌尖上婉转盘旋。敲击盘沿，空荡荡的回音爬上果盘盘沿，慌恐地缩回盘底。灯光下，吃掉一只苹果的食客，以为吃掉了天下所有的苹果。唇部的红，食客被苹果果皮染红的唇部，细微的唇纹，随着灯光的角度，纵横交错地流动、荡漾，红得格外明艳。一只苹果今夜消失。盘外寂寂无声。也许另一只苹果在异地夜里消失。寂寥的夜中消失的不可知的苹果数量，食客不知道。如果神存在，神知道。我存在，我不知道。野外的苹果园当然知道，但并非因为苹果园而存在。今夜不是不告诉你消失的苹果数量，世上的苹果在不断消失，告诉你消失的苹果数量的那个时间段，苹果有可能又消失了几只。可是，我又不得不告诉你昨夜的一个突发事件：苹果园众苹果树的树梢上白花涌动，燃起盏盏白灯——为了寻找消失的苹果，一朵白花又一朵白花提着灯盏，走下枝丫，摇摇晃晃地走出苹果园。苹果花寻找自己的苹果，黑暗中的苹果园在它们的灯光中扩大了边界。

存在的蟹

两只蟹六两，吃完称了下蟹的残骸仍然六两。难道没吃？如果吃了，吃了蟹身上的哪些部件？事实上，凡是蟹体内依附的柔软的肉都吃了，包括咬一口瞬间花开的心苞、肺叶、贴在腹腔内壁亮如黑金的黑衣，两大勺蟹黄（蟹的胎儿）当然不会放过。两只母蟹，心状的肥大肚腔中熟透的蟹黄，吃了，有人说吃下的是一千只小蟹的种苗。六两毛蟹嚼食后剩下的残骸仍然六两重，这是事实。蟹的残骸没消耗重量也是事实。食蟹现场，蟹的残骸在。空盘在。分解蟹体的剪刀小锤以及挑肉的小针在。舌苔上残剩的蟹味漫出齿缝，我也在。一幅诡异的画面被食蟹者与分解蟹体的工具构成。问过他人，问过的人食蟹后回我："当然，吃剩下的蟹残骸如同活蟹一般重量。"这个问题从午间一直想到黄昏时分依然没找到答案。想不出这个问题的结论，我简直疯了。有些事情，尤其自己身边出现的事情，甚至进入它的内部，面对出现的问题依然解释不清。昨天，友人邀我，说趁窗外蕉叶未枯，小霜未来，小风尚暖的晚秋，正是蒸蟹饮酒的好季节。我在电话中告诉友人玩笑着说："饮酒？有没有红袖添香？"其实，琴身蒙尘，琴弦散乱，美人拂在弦上的指声琴音，随着炉中的紫烟消失很久了。江山美人。有江山无美人，酒醉无歌，流水空殇，白山黑水啊，这般饮酒，多么无趣；吃蟹不如放生。忘记昨天承诺的是不是诺言的诺言，那天午间应约我竟然吃了蟹，竟然是母蟹，两只怀孕的母蟹，吃了即将出世的蟹腹中探头探脑的一千只小蟹。诡异的场景，奇怪的事件，莫不是蟹族活着的蟹们，其中某只蟹冥冥中爬上餐桌，藏在堆起的死蟹残骸中添增残骸的分量？其目的是否咒我在今后生活中，对身边出现的所有问题的分析产生错觉。太阳没落山。蟹的残骸撒入青龙湖。晚风一野。残阳一湖。夕照涌动湖水闪开的波光，恍若千只小蟹浮在湖面，粼粼波光中清洗青葱色的甲壳。

（选自《未来》2019 年第 3 期"散文诗专栏"）

■［山西］魏洪红子

墙体内的涛声（外一章）

如果有一场雨，它体内的涛声就会和雨不约相涌。

墙体内有涛声。

莫非河水上涨，涌上了墙头，涛声钻入墙内，后来河水退回河漕，涛声却死死地咬住墙体没有退。或者是在砌这堵墙的时候，那些石匠故意把一条河砌进了墙内。

不管是钻进的，还是砌入的，墙体内的河流一刻也没有停止过骚动，涛声一刻也没有停止喧响。

像一条蛇似乎要延伸墙的长度；像一双翅膀似乎要攀升墙的高度。

它给墙上原始的石头和古老的砖瓦在无意中渗透了爱和恨，也给墙上的泥土浸染了善和恶。

如果有一场风，它体内的涛声就会和风遥相呼应。

如果有一场雨，它体内的涛声就会和雨不约相涌。

一次又一次的传来，隐隐地。

有一次，竟然看到那墙晃动了一下，又晃动了一下。仿佛那涛声涌上来，退下去，又涌上来……

有几次发现墙上有无数的水滴和水渍。从细小的和宽大的缝隙中蜕出一些闪闪发光的盐。

但墙始终没有倒。

没有倒，那条河就要骚动，就要痛苦。

也许这堵墙今生不会变为流动的河了。

但它体内的河总有一天会破壁而出，因为那涛声一天也没有停止过喊叫。

旧钥匙

突然发现我的衣袋里躺着一把旧钥匙。

我已记不起它是哪把锁子的了，但那把锁子肯定不在了。

钥匙尖锐的牙齿稍有些磨损，那失去光泽的地方，沾着些锈。说明它已经很久不用了。我带着它，好像企图有用。我幻想那把锁子还在，锁子挂着的那扇门还在，门连着的那个屋子还在，屋子里那束不太亮也不太暗的灯光还在。灯光下有一把闪闪发光的锁子，和灯光互映成辉，灯光下，这把锁子我曾经开了多少次也没有打开。

打不开的锁子才是我一生最大的痛。

正因为此，我的这把旧钥匙一直没有丢掉。

为了寻找这锁子，我去寻找过一场雪，那是一场很大的雪，雪中的我急急忙忙地跑向温暖，可是那门却锁着。

我去寻找过一场雨，那场雨下着，我在屋檐下，看着那只也在檐下躲雨的鸟飞出雨幕中去了，我却望着那把摇晃的锁子。

我幻想总有一天，我能找到那把锁子，找到那把锁子锁着的门，那扇门关着的屋子，那屋子里的不太亮也不太暗的灯光，那灯光下闪闪发光的锁子，来享受那段开锁的日子。

这把旧钥匙一直没有丢。

（选自《天山时报·散文诗月刊》2019 年第 12 期）

■［香港］文 榕

我知道月亮在那儿（外一章）

谁在这世界无束地游弋，以致伤痕累累？

面对我的心花，我把月亮当成我的守护天使。

连续多日，我到花园练瑜伽，月亮一直在天空护佑我，她没有变，除了阴晴圆缺，仍如初升的光明，守着我。

今夜上弦月，我的内心仿佛不能应和她的微笑，昨夜的梦太奇怪，明明是一个人，却有两张脸，我恰逢善意的，也遭遇了丑陋的，这些，都在月下经过。

月亮的记忆，没有防线。我飘浮在瑜伽垫上像整个世界都承托着我，仰望月亮，飘忽而空泛，似航行于夜海上的小舟。我不知将来如何，逆境让我坚实和易足，荒谬的存有中，抽离以往的角色，安安静静地扮演另一个自己。

这世界缺少的仅是一个角色？或许在多生灵魂的转折处，我与自己相逢，直至思想重生，再度回到彼岸，木门红漆的百合花畔……

谁在这世界无束地游弋，以致伤痕累累？“那张无唇的嘴还能说些什么呢？只有我内心的另一种神秘的声音每天倾听着我的无知与幸福……”

沉默的记忆，昏黄的冥想。

我知道月亮在那儿，夜之神祇，或孕育于阴影，或诞生于光明。

天空的记忆

它，总在那儿守护我，聆听我，远或近，奇效或乏力，一直令我免于绝望。

我不该过分责怪它的苍白，应为它透明的神情深思与喝彩！

总是无法跨越过去未来，只能顺着时光的轨迹梦一般流逝段段记忆，那存放在天空的时光之匙需要神圣的密码。

怎能不在乎抒情呢？如果歌声是理智的，花朵由何绽放？僻谷是幽静的，哪只手又会采摘玫瑰的艳红？

近来我喜爱行山，它一遍遍治愈我无形的创伤，山风送来流水的轻，远方隐隐的雷声，像甜蜜的安抚，存于风之歌中。天空的记忆遗忘了前因，一如我潜入前世的提示也改变不了今生的命运，仿佛我走在丛林，迷失了今世以后的路，长长短短，走走停停，经过甘甜的泉水，永远是清幽的橄榄树林……

（选自《大公报》2019年2月17日、7月28日）

■［香港］秀　实

“K”系列：游乐园（组章）

K的旁边是一个年迈的女人。她佝偻的背影令我感到她的幸福。

摩天轮

夜色缓慢地泛滥。我浪荡在一条繁闹的道路上。吊悬着的街灯在一场微雨后静歇着幽暗的黄晕。城市躁动中又有着细微的宁静。

港口旁的摩天轮开始亮起，如一个有规律而繁复的星座在旋转着。我立在旋涡的边缘。看到旋涡中心的K。

K披着一袭灰黑色的风衣。牵着一只奶白色的羊。K的旁边是一个年迈的女人。她佝偻的背影令我感到她的幸福。

脚下的石块，裂痕逐渐扩大，终于喷出花火。我逝去，如一盏流星。

旋转木马

那群在圆盖顶下奔跑着的木马。

响着简单愉快的叮咚声，马群相互往复追随，有节奏地起伏着。飞扬的鬃毛如一列快速运行的火炬。

我不知道马群要往哪里去？也不知道它们有什么庆典？K在一匹棕色的小马上，正专注地策骑着。他头顶上稀少的黑发，是我记忆中的一片永恒飘飞着的羽毛。

过山车

K一个人站在过山车的闸口。他手上有两张票。

我游目四顾，但找不到另外一个人。距离下班车开启的时间已不多。K镇定地立着。上一班过山车在他头上飞过。我抬头，看到天空的色彩。云块如肥皂，并因为摩擦而产生七彩的肥皂泡。

未久，过山车已停在闸口。人群更拢聚。我再寻到K的背影时，那只奶白色的羊也在。它身上的毛看起来就如一块肥皂般的云。

（选自《中国流派诗刊》2019年第12期“散文诗粹”第6号）

■［内蒙古］夏 寒

生命的迹象（外一章）

记忆，却在温柔之乡化作落英遍地。

黑暗，卸下辎重，四月那片芳草地泛青。

树枝，抽芽的迹象荡起一片绿意幽景。

野外，一夜惊梦。生命沿着缕缕青烟，似漫山遍野的藤蔓落地生根。

小草的战栗，挣脱了冰封的土地，正在侧耳倾听花朵的演讲，林荫为之动容。

生命的景象，撑破摇曳的灵魂。

声声鸟鸣，在黑夜与白昼交替与轮回中完成花开花落的使命。

当春风化雨的矜持开始渗透，芬芳被点燃。

微风吹过，细雨浸润了炊烟。

谷雨前后，青草芽与花骨朵的清香紧贴土地，唤醒泥土的沉寂。

无处安放的秘密搅动原野，使季节变得轻盈起来。

一条花香鸟语的小径，通向一枝一叶流露的真情，打湿了花枝。

在隐藏的缠绵里意醉情迷，却找不到芬芳的源头，待到大地把朝晖、晨露，以及叶脉上隐形的曼妙流淌。

记忆，却在温柔之乡化作落英遍地。

远方，牵动思想，将黑夜的想象和呓语自我放逐。

岭南的意向

大地的诚意，是涌动的花汛托起的一缕缕光线。

流水，暗示鸟巢的幽梦，打开隔夜的曲径通幽。

黑夜，被一阵雨冲垮意志，于是天亮了，多情的花蕾撑开微笑满枝。

大地上，万物所有的默契散落在枝头，现实以幻想状态深入诱导惺惺相惜的重逢与一见倾心的邂逅。

榆叶梅的娇羞，伸出一个清晰的指向，在白色的花与绿色的叶之间扩展夏季。

心中构建的安宁，被紧攥的泥土在春季节外生枝，释怀生命的延长。

枝枝杈杈的累积，顺着天意挣脱束缚，随后驱散阴影的私语，由隐形的成长托付那份情怀。

当我抽身踏入花草交融的林带，惬意隐匿的往昔形成的生命积淀，开启一条光明的缝隙。

凋零的花瓣，感叹一年一度的别离，默默无语的心情，像落寞者期待重逢的时刻。

花，支撑的细腻与纯净的色调，在忐忑地喘息。

春意，像一江春水抽出的意向，在我血液里悄悄奔涌。

（选自《意文》2019年特别推荐专栏第2期）

■［湖南］白红雪

狗尾续貂

那些不幸战死沙场的白骨，仍然坚冰一样拒绝融化。

换一个频道。终于降雪了！非理论的真实的雪，让我们在一片空白中安营扎寨吧。雪的神光将高高托起许多痴心妄想……在这丝绒般柔软的时刻，你却气息初凝，像一尾害羞的鱼，悄悄躲进了遥远……难道宝剑出鞘，你真的害怕？可一切传奇的巨枭就偏爱剑锋呀！

哦，远征军的马蹄也偏爱积雪。你瞧，那些无忧无虑的士兵还在马背上抒写大爱情书……小家碧玉早就被他们唾弃，连同故乡那把弯如新月、只能割刈莜麦的镰刀……而暴风雪又要来临，美人何去？

闭月羞花者，不在边疆……今夜，再一次从雪花中传来撕锦裂帛的声音，那么沉重，如同闪电劈开乌云……其象牙般圆润的玉体，薄饼一样将被暴君啃尽……而刀光剑影只是一层更薄的屏风。

雪还在下。这是一场久违了人性初绽、大量残留着兽性的大雪……虽然开怀痛饮的人不见了踪影，可兔死狐悲的故事仍然在雪地上悄悄上演。不仅如此，没有一个人知道，引发悲剧的导火线究竟埋在哪里……在命运的港口是否藏有珍珠般诱人的密码，指引我们脱离险境？

没有一个人预先发现，正是雪的清纯和漂亮，使我们误入歧途：从前，她恰巧飘落到青铜的沸点，令帝王将相一夜间暗度陈仓……太美了！这雪花把他们内心深处的夏天给融化，你瞧，她那大丽菊般妖娆的胴体高高飘扬在情欲之上。又媚眼生辉飘进窗内，去古典的红木床翻滚……水开了！青春的光泽足可以让一个帝国土崩瓦解……阿门，雪花的力量竟如此神奇，有谁相信？

于是，黄狗身上白，白狗身上肿。转身返回现实的场景吧，这大地上与生俱来的苦难突然间变得异常幸福起来。雪花真是一个天大的魔术师……上帝！您双手合十的指尖也在下雪吗？那些只为一个夜晚而红的玫瑰，还在雪中裸体狂奔；在历史的羊肠小道边，那些不幸战死沙场的白骨，仍然坚冰一样拒绝融化，并且情不自禁地举起了红旗！

一直没有谁能够用瑞雪的语言描绘这世界，请恕我就这样狗尾续貂，然后重返空白……尽管这空白也是一条多余的丧家狗。可它如象牙一般突出，异常珍贵。

（选自《作家园地》2019 夏季号）

■［陕西］梅一梵

金·银（二章）

用微笑抵达虚无，用宽宥辅佐众生。

金

潜伏在石头中已经多年。

沦陷在大地上已经多年。

想要从远古的洪荒时期横空出世，需跳进熔炉，让火眼金睛的火，刀山火海的火，把它从石头里，指认出来。

于是，它屏蔽呼吸，不动声色。

于是，它让火，剔除思想的残渣，身体的附属物，多余的水分。

淬火的石头涅槃成金子。

涅槃成，金勺，金碗，金条，金锭。

涅槃成，规则，章程，权柄，律法。

涅槃成，金屋藏娇，纸醉金迷，一掷千金和千金一笑。

它大彻大悟。它茅塞顿开。它醍醐灌顶。

于是，从石头里走出来的它屈从于人类最高理想的同时，

用微笑抵达虚无，用宽宥辅佐众生。

并，立地成佛。

银

它。奢华，尊贵，圣洁。

它。朴素，纯净，内敛。

你看，神秘的山寨子里，年轻的姑娘，头戴银帽子，身穿银马甲，腰束银饰带，腕扣银手镯，用银铃般的歌声，浇灌幸福，采摘爱情。

你看，美丽的大草原上。阿爸用银质的酒器大口喝酒，阿妈用精美的银碗盛装马奶子，洁白的银项圈追逐着孩童的笑声，雕花的银刀佩带在汉子腰间。

它恬静，细腻，柔润，具有良好的延展性和反光率。

和汉字联袂。

它可以化作，白银，赃银，水银。

也可以化作，银装素裹，火树银花，瑶台银阙。

回望华夏五千年。

银，一直用它丰富的内涵，在王公贵族，宗教上层，在老祖母的耳垂，婴儿的摇篮里，像一瓣月光，一方丝帕，一匹锦缎。

流着光，溢着彩。

（选自《大沽河》2019年第3期散文诗专号）

第十三辑 梵琴·寒鸦（9家）

■［浙江］风 荷

青夏时分（外一章）

光阴的眼眸深得像一面海，你就是那抹弯月。

山峰，卵石，流水，道路。在汉字里，偏旁和部首都有葳蕤的表情。
仔细端详——
阶庭，有被青苔勾勒出的画的韵致。
草木，自然之子，守着初心。
湖水，一派安详的佛意。

推开窗，竹喧先觉雨，山暗已闻雷。最卑微的事物，都在生长，带着一颗勃发的灵魂。
将耳朵稍稍带离东林寺的钟声，在水汽和果香里，抒写物候。快速转换的季节也不责怪小情绪。
绚丽之后，又慢慢归于沉寂。
余生很长，不必慌乱。倒一杯茶，记忆在水里复活。水墨在纸张上滑翔。再念一小段经文。你把房间里调和的气息，放进贴身的衣袋。

自己是自己的福祉。
锁骨里飞出一两只蝶，眉睫上传来一阵风铃。继续用雨水浇灌文字，继续去寻找丢失的爱情。
你的身体里有火焰和玫瑰。火焰晃动着，应和蝉鸣，而玫瑰挂满露珠的拔节。

风吹动廊下的编钟。
你记得你的昨日。光阴的眼眸深得像一面海，你就是那抹弯月。
鹰在高空，练习搏击，蟋蟀带着自己的影子暂时离开田野。时光带走的事物，有旧，也有新。

断离舍，你清理身边之物，包括无用的书籍、衣帽，心尖上的欲念。
月明船笛，风定池莲，在起伏的音节里，抚摩一段快乐的旋律。
一个明媚的女子又从你身体里走来。

鸟声清凉

一只，两只，很多只……

高高地站在树枝上，转动着它们的黑眼珠。田野、山间和村庄传递着寂静。

夏日大，在江南的水墨画中蔓延。

晨起的鸟鸣，吐着翠，一声声珠玉圆润。我忽而怀疑那枝洁白的栀子，那朵黄澄的凌霄，那片小茉莉，那蓬小蔷薇……都是鸟用它好听的声音绣出来的。

屋前屋后，一朵紧靠一朵，不离不弃。

循着鸟声，思绪翩跹，仿佛来到了宋朝的楼台之上，月色下一首新写的辞章还墨迹未干。墨里的诗意飘散下来，轻轻地覆盖着一池荷塘。

木耳依着柴扉，蝴蝶穿过梦境。黛山，峨眉。绿的芭蕉，红的樱桃。摇曳在夏风的枝头。是你，是我。怀草木之心在寂静中等待轮回。

在鸟声的弧线中——

牵出乡邻的一头牛，和那青梅竹马的时光。骑在牛背上的笛声，不远处有杏花村倒映在水中。我只想在竹林边的客栈歇脚，远古的长亭短亭，不去想是否要获取功名。

依窗，看到你在不远处走着走着，就辨认出了那个与众不同的自己。

一段时间，我都在看书，画画，喝茶，听禅。放下人间悲喜。只想把香气捎还给花瓣，把一朵朵白云赠予镜子里的爱人。

当然，最好的光景是让清脆的鸟声找到我，进入我的身体。

用清净心看世界，以柔软心除挂碍，任风缓慢地吹动我的时光……

（选自《上海诗人》2019年第3期）

焚琴记（选章）

■［河南］耿永红

他内心火热，他的眸子点燃起无边的野火，熊熊燃烧。

1　一路翻山越岭，相依为命。他和他的古琴。

那是多么深挚的安慰。黑夜幽深，星粒诡谲，他的琴声发出声音，每一声都来自他的身体内部。在琴声里，你能听得见他的悲叹。他心脏的跳动，起伏不定，无数萤火在他体内翩然飞舞。

风雨征程，琴声弥漫。

琴声藏在他的发丝。风吹处，头发有银质的声响。

哦，这内心的声响，在巨大的喧嚣中，特立独行。

有人谈起他。那个独行客，在无名湖边燃起篝火。他的胡须黑亮，眼睛锃亮。他坐在湖边，望月，望天空。低头，望着湖水，抬头，仰望天空。

有人说他的古琴，价值连城。但他是古琴的唯一主人，没有任何人，可以掠夺得了。

他走路。荒草萋萋。他那么自由自在，高兴时，连走带跑，不高兴时，皱着眉头，慢慢挪动。有时坐下来，双手抱膝，一动不动，陷入长久冥思。

他建造出一个独属于他一个人的世界。

2 有一个人始终在找他。拉住路人的衣襟，喂，你见到他了吗。

那人眉目清朗，每见到一个人都会问，神色焦灼。

他是寻仇的，还是寻觅故人？

嘿，有人在找你。

路人后来告诉他。他笑了笑，不问是谁，不问其因，低头走去。他的影子和长剑一样尖锐，划破了整个黄昏。

暮色铺展开来，他慢慢化成暮色的一部分。

天黑了，天很快黑下来。好像和他约好，迫不及待地黑了下来。

他有时会疯狂地走，一直走一直走。脚步沉重，远处的大山压在了身上。远处的河流，汩汩从身上流过，他听到了河水的声音，哗哗，哗哗，从骨头缝里响彻全身。

他抚琴。

云朵一动不动。琴声凄厉，他的嘴唇咬出血印。琴声和煦，蜂蝶起舞，他的整个人变成了一座花园，春天的事物都在蓬勃生长。原来，他会制造春天，会引来一园子的鸟语花香。

他长啸，声响拂过世间万物，树木全都低了头。

3 春天来了。他的身上长满了嫩芽。

清新的嫩芽，春天的嫩芽。

土壤，阳光，虫鸣，蓬勃生长的大地。他的琴，也长出了嫩芽，仿佛初生婴儿的头发，柔软，崭新。在不停行走的尘世，他和他的琴相亲相爱，犹如一对兄弟。

琴声响起时，他的身体被一声一声拨动。

他体内的瀑布悬垂成无数弦丝时，琴弦被轻轻拨动。

夏天来了，墙外的蔷薇向他递出妖娆的笑。

竹篱笆边坐在那儿剥葱的老妇人，向他轻轻一笑。

这个孤独的人，他饮酒，来浇灌内心的干涸板结。他品茗，来驱除尘世的阴冷与龌龊。

很多尘沙来势凶狠，淹没了他。

琴声绝，人影杳。

时近秋天。

他弹琴，弹一曲，落叶一层。

金黄的落叶，红色的落叶，青色的落叶，触目所及，大片大片的黄金时代坠了一地。他在落叶上走，脚下踩着历史的灰烬，似乎在寻觅幽古的身影；那些腐烂发霉的旧人旧事，成为火苗遮掩不住的纸灯笼，零落在某个愈陷愈深的朝代。

而他无声，而他踯躅。

冬天里。他继续前行。

北风呼啸，雪落万物。他的身上覆满了厚厚的雪。衣服，胡子，头发，他全身冰凉，他内心火热，他的眸子点燃起无边的野火，熊熊燃烧。

观雪人锦衣华服，美酒佳肴，在窗内指指点点，喏，就是那个人，他和他的琴，一直在走。

直到走成一片雪花，隐没于未知处。

（部分章节选自《星星·散文诗》2019年第4期）

■［黑龙江］霜扣儿

涅槃·逝水

题记：我将过尽千帆，过尽，这白茫茫的黑暗。

逝水。

一直在眼底。

从初遇时开始积攒，到挥别时冲毁堤岸。

短则三日，长则百年。

太深了，就忍不住，再想一次那声鹧鸪啼处。
心啊，羁旅于弯月下的一扇西窗，等着雪意落下。
等冬山吐绿，叠韵的人影从桂花影里走来。

——这里还空着一阵，无人认领的琴瑟呢。
心啊。还就着青石巷口，与三两只莺燕，慢饮一壶黄酒。
回头处总有几朵夕颜跟着。这缓慢又纷飞的季节。

意直路曲，心弦难拨，谁能隔着岁月，再弹出一个遥远的瓜洲？
别时，一更阳关，一更白露，又一更甜蜜恍惚。
岁月的坡谷与峰岭早就只剩一人守候。

我要如何摘下年华的线头，弃之如梦呓。
我要如何掩下日月轮转的速度，在夜起时，背走一声晚钟。
我要如何，在日记中抹掉暮归的脚印，为飒飒凉风题一句：青山原不老，为雪白头。

一双手影仿作青鸟，终未能在世俗的墙上，生出翅膀。
余味只是烟雨蒙蒙，借夜归人的轻叹填词，淡淡一行：雁行埋处尽是风雪梅花路。
红尘纸薄，漏走了那些被深深铭刻的日子。
镜圆，镜破——不若不喻婵娟，依着一方福祉未凉，就此把伤心忽略。
而后江湖无限，一朝一暮，一粥一蔬，慢慢施展。

——逝水是越发的深了。
诸事日益瘦削，一件件，化成盲鱼的骨架。
生命的展台只为剧终而来？
生命的过去，泛黄在打马过烟云的旧照里。

湘竹依旧在等雨罢。
等着一滴又一滴斑驳涂改人间。但有一块天青色的幕布，从此不再被拉开——暗香里，一只木桨搭着斜阳，一缕北风抱走了残山。

小径灯暗，走远的女子，兀自低吟着一小段戏词：
但见落花人独立，已知此情是经年。

听到这儿，一排芦苇会主动低头。
相思如飞白。

只落得苍苍一声：
一步之遥吧，从这里到那里，从昨日到今天，从我，到你。

（选自2019年1月《星星》诗刊首届“茅台酱香杯·全国青年散文诗人笔会作品集”）

■［江苏］田宇格

泛舟记（外一章）

黎明就这样逼近，一下子摘掉整面湖的孤寂。

雨落湖心，像在抚琴。不动声色的温柔里，湖微漾，抖开蓝裙，裙上莲叶随性铺展，像船娘摇橹，船歌慵懒、销魂。

在湖更细的皱褶里，芦苇窸窸窣窣，轻压水面。
蒲草相继生出絮状花，洁白地梳理每阵风，而孔雀在林中开屏，有无人关心的专注。

雨下下停停，桥身更青了。
白云游过莲茎，无心映照，也无意逗留。
一场白露从深秋赶来。
我安坐船头。万物寂寥如不在。

梦里船歌

风掀布帘，夏夜沿蓝印花，一寸寸走来、走失，似他来过。
野鸭凫水，像他举起水冲洗尘劳，顺手掐灭渔火，打开她发髻：
长发披散如星子垂落、缠绕。

舱外，星空旋转、倾覆，像他的肌肤忽然贴过来。乌篷船乱晃，月光探下水晶柱，鱼嘴一开一合，满湖波光悱恻。

幽暗，代之以蓝天白云的充盈。
黎明就这样逼近，一下子摘掉整面湖的孤寂。

（选自《散文诗》2019年上半月版第12期）

■［江苏］马亭华

大风歌（外一章）

一朝步入画廊，恍若梦回千年。

汉风流韵，落日熔金。

从大风起兮的背影中，从泗水亭到歌风台，从楚河到汉界，我捕捉到了历史浩荡烟云和大汉刘邦的万丈豪情。

古老的时光在大地上起伏，那些登高的梦境、龙飞的翅膀，以及兵戈铁马踏平了的光辉岁月，在沛公的石雕上，开着幸福的花儿。

这茫茫小沛之中，做一个汉风的子民是有福的。

大风，从西汉的册页中吹来了辽阔！

像无数浪花抓住大海的心跳，那些冉冉的篝火和黎明，那些铿锵的战车碾过暮色大地时的浩浩声响。

前世的星空下，大风还在以秋天的名义横扫中原，以强劲的汉风擂响胜利的战鼓，风尘仆仆的将士像一群赶海的人。我再一次低头捧起海水，像一只忧伤的麋鹿，锋利，内敛。

红缨和兵刃还俯在我的手中，成一双欲飞的翅膀，蓑衣和弓箭还在背上滴着水，我抬头恍惚看见了西汉的繁华，夜幕中燃起了万千灯火。

“大风起兮云飞扬，威加海内兮归故乡，安得猛士兮守四方。”

古老的大地正以沧桑的泥土作埙，满腹经纶，轻轻地吹着一个人，一直把他吹进《史记》。在黄河故道边，那高高举起的酒觞，永远属于全人类。

沛县啊沛县！我汉风流韵的故乡，请以沛公的名义，撼动千里金黄的麦地，撼动四方丰饶疆土，一朝步入画廊，恍若梦回千年。

泗水亭

泗水亭仿佛老了，连同红色的墙、黑色的瓦、高高的飞檐，以及翘角。

西汉的辉煌，恍如云烟，荒芜千年。一任历史长满青苔，日月匆匆而过，汉风潮湿了多少沉默的梦境，隔世繁华。

泗水亭孤独的守望，季节轮回，以千年的梦翼。

岁月之轮碾碎了多少金戈铁马，青瓦与风铃相约依旧，在故乡的井底轻轻摇晃，在月亮古老的清泪中倾听汉风流韵，倾听大风起兮……

然而许多人还是走了，最终的一切都将消逝，除了这亭。让历史在这里歇歇脚罢。让楚河汉界的抵达成为另一种风景，成为对精神的超拔和对生命的释怀。

让许许多多的问号，踉踉跄跄，摔倒亭边，这时，我仿佛被一些不可企及的光芒击中，我起身，尘埃落地。

也许只有在黑夜，月上柳梢，我料定那些四翘的飞檐一定默默飞翔着，带着几千年的风雨沉重，带着延绵的香火传承，带着我的梦飞吧，飞吧——

我为自己的想法激动着，为泗水亭的前生今世，一夜未眠。

（选自《星星·散文诗》2019年第5期）

■［安徽］心　亦

诗境中的寒鸦图（选章）

游丝：吊着一枚轮回的宇宙。

寒鸦：轮回之链

蛛丝衔着一座昆虫的坟冢。这枚来自寒鸦腹中的残留，在冷风中荡悠。

悬葬的日子：上不巴天，下不着地。须弥诸山，芥子与针锋，全部淹没在空气中。枯萎之声，断断续续，若有若无。

游丝：吊着一枚轮回的宇宙。

寒鸦：诡异的空廓

在白雪中，只能保持凝固的瞬间：静谧的诡异黑点，寂寞得让人心存不安。

寒鸦年少时，深埋在雪地里的愤怒，此时已经步入暮年。时光悄悄开始泛白，慢慢悠闲……仿佛一杯白开水，淡得有些微甜。

腊月里：寒鸦斜飞的影子，掩藏着巨大的空廓……有如恒久的忍耐：虽饱经沧桑，却深长悠远……

寒鸦：一种苍寂

风雪：磨亮了寒鸦的喙器。尖锐的黑羽，杵在风与雪的间隙。

刺骨的寒光擦肩而去，一座孤城，侧身挤进了寒鸦的眼里。

我只想取走，喙上那弯新月的怀抱中，镶嵌的锋利。不料，却碰翻了翅尖上：潜伏已久的半城苍寂。

寒鸦：即我

空中：满是飘飞的白色羽绒，地面铺积的也是。

你只是一滴随心所欲，去涂鸦的墨。是纯洁中的污点，我亦如此。

你展翅高飞，划破长空，瞬间：就洗白了留在原地的曾经。

我却只能硬成一块顽石，垫起黑夜的脚，让它全力攀爬到东方升起的黎明。

（选自《散文诗》2019 年上半月版第 4 期）

■［安徽］许泽夫

在包公故里（二章）

你的骨子里养成了庐州儿郎的硬朗与忠贞。

衣胞地

千年之前，一声啼哭，分水岭上那个名不见经传的小山村和你一起嘹亮在历史的天空。

薄若蝉翼，从你身上脱落，意味着母亲从死神手里挣脱了。

借助晨曦，接生的婆婆按照家乡的风俗，你的衣胞就地掩埋。挥着一把锄或铲，在田头挖了一个小坑，把湿淋淋的胞衣埋了，与此同时，你在家乡扎下了深深的根，即使你像风筝那样飘扬，一地稻花香也会牢牢牵着你。

父母在哪儿，家在哪儿；

家在哪儿，衣胞埋在哪儿；

衣胞埋在哪儿，根便在哪儿，魂便在哪儿……

这块地是肥沃的，那是因为衣胞上还淌着母亲子宫的羊水。

这块地是红色的，那是因为剪下的脐带上还沾着母亲的血。

小包村成全了包公，收下并珍藏着一个肉身凡胎。

包公成就了小包村，成就同样哺育小包村的江淮大地。

喝着家乡的水，你便滋生了读书人的仁义、礼仪和孝廉。

吃着家乡的五谷杂粮，你的骨子里养成了庐州儿郎的硬朗与忠贞。

三十九岁那年，你在父母的墓前长跪不起。

回首望望家乡的山川、河流和小路，然后，背着行囊，越过小岘山，蹚过店埠河，走进大宋风雨……

仰望包公像

每次从你的面前经过，我都会驻足仰望。

站在分水岭的岭脊上，你深情地望着太阳升起的地方。那是被称作老家的地方，埋有你的衣胞，也葬有你父母和列祖列宗。

没有云卷云舒，只有车水马龙。

在这个喧嚣而天天扩张的小城，你的立足之地正从偏隅走向闹市。

我靠近你，靠得足够近，近到能听到你的心跳和呼吸。

你的心中涌动着潮汐。

都说你铁面无私，谁知你情深义重。你一辞建始县令，再辞和州盐官，只为了在慈祥的双亲膝下尽孝。在那个孝行天下的时代，你做了表率。

你心系乡亲，居庙堂之上，情萦乡梓，你将箭杆黄鳝马蹄鳖作为贡品献给明君仁宗，禀报灾情，免除赋税。

都说你六亲不认，谁知你大爱无疆。你忠诚朝廷与社稷，面对贪官污吏，你剑眉倒竖，黑脸怒沉，谏国丈斩驸马打龙袍，把北宋的天空擦洗得晴空万里。

千年的演绎，你是百姓心中的希望、正义的化身。

家乡人知道，你是饱读圣贤书的白面书生，你不是面若黑炭。更不是日断阳夜断阴；家乡人知道，你哪是什么不食人间烟火的神，你是喝着嫂娘的奶水长大，吃五谷杂粮长壮。

凝望太阳升起的地方，那里有你的家乡，有你的父老乡亲，无限接近而永远回不去的家乡。

（选自《新安晚报》2019 年 9 月 16 日）

■［四川］周小平

管仲的思想星空（选章）

故乡的乡愁是否还怀揣着日出而作日落而息的安详？

（一）物质与精神

（管子曰：仓廪实则知礼节，衣食足则知荣辱。）

颍上。管仲老街。秋风正打捞一条河流，试图捞出片言只语中的深邃……

颍水，对黄淮平原来说，是有情有义、有滋有味的，而且是足斤足两。但，低头的颍水却又不失时机地高高举起浪花的叩问、不时地刷新和提醒长长的堤岸。

辽阔的土地，拔节的声音，不时地蠕动着仓廪肠胃，悬吊着天下粮仓的胃口。

炊烟在锅碗瓢盆的摩擦声中拉粗、拉长且渐行也渐远。

棉花的开怀，是豪放而野性的；纺织车的咕咕嘎嘎，会拍着夜色深度入眠；染坊的热气腾腾，温暖着乡村的神圣忧思：

仓廪实，竖立起礼、义、廉、耻的门坊！

衣食足，流行起温、良、恭、俭、让的歌谣！

（二）招财进广

（管子曰：国多财则远者来。）

八里河畔，叽叽喳喳的人们，让耳膜应接不暇。长长的排队，涌动着会说话的另一条河流。

唉！偏僻的以往，撵不走的是贫穷，拴不住的是一门心思在外的姑娘。

当 5A 级景区的魂幡招摇，蜂蝶会来，人财物会来……

财大气粗、人穷志短，对峙在滚滚红尘同一线段的两头。

办节、会展，是赶场赶集的现代版。而赶场赶集，自是那会展办节的前世冤家与今生良缘！

讨价、还价，配对着孪生的行为艺术。当然也是心理的较量。

只有金刚钻的才华，才能包揽瓷器活的垄断。垄断，正收剪着世上的羊毛。而钻出来的平价竞争，却又不失时机地碾碎暴利、壁垒、防火墙，以及贸易战争这些卡喉的骨刺。

国多财，则民安稳！国多财，则远者缤纷至来……

（三）土地撂荒

（管子曰：地辟举则民留处。）

车子，激动在临界线上，像出发的射线……

兴凯湖！右侧。波光粼粼地诉说过往沧桑……

新开流！左侧。横躺着北大荒并不遥远的活化石。

平铺直叙的稻谷，望不到尽头；沉甸甸的苞米，彩排着沉默是金。

此时，脑海不时跳出“填四川”“走西口”“闯关东”“下南洋”这些触景生情的迁徙。

背井离乡，让先人脸面布满迷茫；插标占地，让祖辈瞳孔充血眺望……

面对粮食的诚实！我忍不住深情回望，故乡的“三八、六一、九九”部队可曾安好？

故乡的乡愁是否还怀揣着日出而作日落而息的安详？

撂荒的土地！是否还能喃喃自语：
地辟举，则民留处……
地辟举，则稻花香……

（选自《世界华文散文诗年选》2019年3月刊）

■［湖南］曾　冬

唐诗素描（三章）

它的梦里，是不是也被季节填满了姹紫嫣红的色彩？

咏　柳

那场淅淅沥沥的雨，随几朵云飘向了远方。

岸边，一株亭亭玉立的纤柳，披上了一件碧绿的新装，每一片叶子上，都缀着一颗水晶般的雨水。在波平如镜的潭水中，顾盼生姿地望着自己婀娜的影子，仿佛一位浣纱的少女。

她是在等梦中的王子，还是与谁有个早已约定的遇见？想起含羞的心事，终将被春天解读，不禁兴奋地荡起了柳条的丝带。无数翩翩的绿影，飘飞在蓝天下，让笑靥如花的阳光，绽放在枝枝叶叶，擦亮了沉睡一冬的梦想。

或许，这些窄窄的柳叶，只是一线细细的浅眉，装扮在女子的睫毛上，妩媚着情窦初开的季节。那个打马而过的少年，在万条飘动的绿丝间，似乎看到了一个低眉浅笑的回眸。他是否知道，哪一双灵巧的手，裁出了一袭迷人的美丽？

寻花问柳的二月，拿着一把春风的剪刀，快乐地穿行在田间野陌：花开了，草长了，那些小小的细叶，也绿了……春天的景致，被裁剪得花明柳媚。

村子里，一束散步的炊烟和几只南归的燕子拉着家常。它们会说起碧柳和春风的故事吗？

鸟鸣涧

一切都沉寂下来，黑夜屏住了呼吸。

几朵娴静的春桂，不小心从枝头坠落，淡淡幽香击碎了谧谧的夜色。庭院里，茗饮的诗人，斜倚在长椅上，半闭着眼，若有所思。没有谁留意，一些花偷偷地开了，又悄悄地落了。

万籁无声。黑暗是一口幽深的井，埋葬了尘世里所有的纷扰。今夜，我只想做一滴山中的露水，洗尽铅华，在春天的风中一点一点地消瘦。

月亮像个有点害羞的女子，围着一块白云的丝巾，半遮半掩，缓缓地挂在了空中。月光如水，沐过山林。一只酣睡中的小鸟被这突如其来的温暖惊醒，茫然地张开了翅膀，在月色中飞来飞去，最后又安心地回到了树巢。它的梦里，是不是也被季节填满了姹紫嫣红的色彩？

潺潺的山涧，是一根轻柔的手指，阒然地划过夜色。这时候，有时断时续的鸟鸣，从黑夜深处响起，空山幽谷，跳荡着高高低低的音符。它们会唤醒明天的太阳吗？

夜雨寄北

此刻，那封来自北方的家书，在油灯下慢慢展开。每一页浓墨淡笔，都可以在微冷的夜晚，读出暖暖的温度。你字里行间的欢颜，在薄薄的宣纸后，映出了点点未干的泪痕。我把你的问候和唠叨，裹在寂寞的黑暗里，让耳边，萦满你温柔的细语。

只是，我真的无法确定，那个改了又改的归期，会在什么时候可以走进你天遥地远的守望。相思的距离，不知道要用多少时光，才能填成坦途。我撕下一张日历，是否离你又近了一天？

秋越来越深了，黑夜在瑟瑟的风中流泪。巴山的雨是一场绵绵不尽的哭泣，淋漓了我伤感的心事。一池秋水涨满了窗外的荷塘，而我，像一尾孤独的鱼，迷茫在波涛起伏的愁绪里，找不到一处栖息的水域。

一切像是一场梦，那么遥远又那么近。哪一天，我会坐在西窗下，牵着你的手，一起剪下一朵烛光的小花，把美好的日子拨得愈加明亮。泪眼朦胧中，你抬起头，望着我羞涩地笑了，仿佛你十八岁时的那夜。

我轻抚着你渐白的鬓发，向你说起巴山的那个秋天，那场彻夜不停的雨，以及孤寂中深深深深的思念。

（选自《人民日报海外版·新西兰》2019 年 10 月 31 日）

第十四辑　动物王国（7家）

■［云南］陆晓旭

狼王·狮王·虎王（三章）

题记：有一条道，让许多王，从黑走到黑。

狼　王

狼其实渴望融入一个群体，然后，做王。

即使退一万步，也可以做自己的王。

四肢有力。脚下的风，像欲望的车轮。滚滚红尘，弥漫着追逐的硝烟。

一声长啸，引来更多狼，组成阵营。

在王的带领下，狼分工明确，组织有序，配合密切。一旦锁定目标，即可群起而攻之。血腥的较量，往往没有好坏之分，只有强弱之别。

狭路相逢，勇者胜。适者生存，由来天经地义。

躺下即是死亡。奔跑就是狂飙。

有时，面对更强大的对手，宁愿用碎裂的骨骸抒写最后的篇章。

凶残的本性，也可以用爱来填满，就看是谁敢挑衅，逼迫你成为最后的敌人。

来了，引起一片骚动和不安。

去了，隐没在寂静的丛林。

让战栗的大地卧倒，奔跑的身影镀亮原野；让平白无故的日子，留下巨大的阴影。

狮　王

强壮。勇猛。凶残。

这些冠名，始于何时？

似乎每一个与狮王有关的词，都可以作为它的标签。

这些标签，极易破碎，还原生活的真相，也可以拼凑成一面镜子，照见另一群会说话的狮子。在自然法则面前，得与失，进与退，忍与让，是衡量一切生命是否敬畏另一种生命的天平。

狮王，在成为狮王以前，也幼小过、无力过，甚至被同类欺侮过、伤害过、遗弃过，一颗饱受凌辱的心，曾反复面对孤独。自以为是的强大者，不懂得它是怎样度过那些暗无天日的岁月。

向死而生，或许这才是狮王成长的唯一途径。

更多时候，人们所说的睡狮猛醒，是因为狮子还不够强大。醒着，也麻木着，只有用愤怒将它的倔强点燃，它才会不惜血本，以牙还牙，在欲望横行的原野上追风逐电，用沉闷的嗓门吼出本色。

生活真的不易。

再强大的个体，也会面对以卵击石的困境。挺过去，前面是个天。囿于茧夜，也要有撕咬黑暗的勇气。

狮王终于成为狮王。狮王终归要成为狮王。它用自己的言行照见了结痂的伤痕。狮王无法控制自己。这多么可怕。

狮王忽然发现，在王者的路上，命运，有时真是一个循环的陷阱。

虎　王

一吼，二扑，三掀。

再高超的伎俩，一旦被识破，就远不及拳头和哨棒。

倒不如做一块巨石，在时光中静卧，与丛生之草捉个迷藏，偶尔斗胆接纳将军的弓和箭，以若谷虚怀和容易醉酒的英雄同销万古愁。

弱肉强食的世界，谁在食物链的顶端，谁就是当之无愧的王。

而纸做的老虎，把威严写在眉心，向动物们展示那可笑的抬头纹。吼一声，雷霆滚动。扑上来，地动山摇。就是翻个身，也可以掀起惊涛骇浪。这纸造的假象，让狐朋狗友趋炎附势，哗众取宠。

自以为是的老虎，所到之处，危机四伏。锋利的牙齿，昼长夜短，黑白分明。仿佛谁都不是谁的邻居。

用摧毁一切换来的安身立命，也会被一切安身立命所摧毁。

冷血，狂暴，历来不是人间的主流。

招打的老虎，要夹起尾巴做人。这是通向春天的唯一路径。那些细嗅蔷薇的人们，在这个寒冷的冬天，依然按住内心的狂放不羁，把另一群张牙舞爪的老虎关着禁闭。

（选自《散文诗》2019 年 6 月上半月版）

■［甘肃］郑万明

藏地之鹰（外一章）

只有藏地的天空，容得下鹰的苍茫和孤独。

骤雨过后，一只鹰挣脱黑云的羁绊，朝辽远的天空鼓起大翅。

甘南的天空，是阿妈深藏多年的一面铜镜，牧羊女出嫁时，用泪水一遍一遍洗过。

翱翔在天空的大鹰，多像飘进阿妈眼里的一朵牧谣；刻在晨光中的倩影，多像游离在牧羊女身边的爱情。

尘世上，有那么多人，已经踏上深邃的霜路。

黑夜里，佛展开一条经路，一直通向藏地天空。

只有藏地的天空，容得下鹰的苍茫和孤独。

只有藏地的闪电，能照亮鹰的锋利和勇猛。

牧羊人

牧羊人每挥一下鞭子，天空就抬高一寸。

满坡的青稞，就在风中唱起花儿。

秋天转过身子，看见回娘家的女子背着一袋土豆，下了山梁。

赶集的羊皮贩子进了城。整个下午，牧羊人在山梁恍惚。

此刻，牧羊人想起从尘世走丢的母亲，一脸泪光。

途经西海固的异乡人，突然念想一朵云，一把燕麦，一双布鞋，和银川女子深邃的眼神。

山上的草浅，羊啃完了草根，就啃尘埃。

牧羊人挥一下鞭子，把落日赶下山沟。

之后，山梁铺上一层厚厚的苍凉。

（选自《散文诗》2019年上半月版第3期）

雪　豹（外一章）

■［内蒙古］包玉平

它内心的黑暗，并不能说明／一场雪的瑕疵。

在岩壁灰白的阴影中，它内心的黑暗，并不能说明
一场雪的瑕疵。
枕着自然的律令，眼神里闪动有人世残暴的阴影——
就在此刻，将再次被一道闪电，模仿。

其实，在一场雪中，它不过是偶然性巨大的一枚大一点的雪花而已，在

雪窝子里失踪。岩壁上滑过的影子。
就像它身上
——逗留的一场雪：是一闪念中的倏忽，就像一只鹰，瞬间掠过
眼前一座岩壁，再也
没了踪影——

山河依旧，流水依然在云朵上游动，
余下的，也只是斑驳的空无：
寂静里枕着大自然的法则，津津有味地咀嚼着，
那只岩羊的
一生，像一小片人世的
——残暴阴影。

林　中

在时光深处，有聚集的
空寂和幽暗。
灌木丛中，有一座老坟，死寂。小径，从侧面似有意偏左，擦过——

一片枯叶，不偏不倚，蓦然砸在
小径中央；挡住了我的去路，如一座荒山，断崖。
恰巧有一只白蝴蝶在路径中飘摇，蹁跹，一闪而过——
一片叶子，有微小晃动，我看见它身后，尾随一缕细小的凉风：一把小刀飞舞，只有一点点的寒光。

（选自《天山时报·散文诗月刊》2019 年第 11 期）

■［四川］云　子

笼中之鸟（组章）

飞不动的有翅膀，隔不断的是鸟鸣。

笼子里说话的声音，一瘦再瘦。
虫子，挑逗的话题，一肥再肥。
精致的笼子，是想象的，也是真实的。
笼中鸟：飞不高的是翅膀，隔不断的是鸟鸣。

钓

一茎枯枝，在谛听蚯蚓的痛苦。
一节一节地被掐断，又一节一节地被穿在鱼钩上。
守候着的岸，欲望如水，深不可测，却又在浅浅地微笑。

春　播

指尖萌生的灵感，带着羞怯去找你。
阳光自亘古而来，风雨为今天而至。
激动的你，想起一个冻僵的名字，浑然不觉就走进了，这脆弱的年龄。

春　心

睡在风的羽毛上，读你的眼睛。
一个“要”字，从你的指缝间挤过，随歌舞而流行。
身体，贴在你吉他的曲线上，美丽而风情地弹拨着青春。

削苹果

苹果站在手心，刀子离它的皮肤很近。
在这个小小的旋涡里，分明有一颗心在跳动。
一种欲望，不小心伤害了你的心。

（选自《诗湖》2019年第10期）

■［黑龙江］张雪松

树桩上的鸟（外一章）

树桩上的鸟，年轮是岁月给它编织的巢。

树桩上的鸟，用脚爪拨动年轮的旋转。
它在树桩上蹦跳，像一朵骄傲的雪。
胸腔里充满想象，谷粒滚动着，轻轻压住了一粒粒鸣叫。
它在树桩上抖动翅膀，天空和飞翔仿佛都被它吸引。

它也吸引了观察它的人，像另一只鸟，在大雪中和它一起发呆。

树桩上的鸟，年轮是岁月给它编织的巢。

它在树桩上眨眼，假寐。细小的脚爪抓紧了一场又一场饥饿的雪。

饥饿的雪，为它在树桩上的舞姿一次又一次倾倒。

它继续在树桩上蹦跳，振翅。整整一个冬天。严寒肆虐，北风如割。

它让早已死去的树桩，似乎从结满冰霜的眼角上又拥有了生者的气息。

月　亮

月亮，是一座皇家花园。它的私密性激起了我们瓜分的欲望。

月光是固体的，它有柔顺的圆滑和坚硬的弯角；月光又是液体的，它有无声的流淌和细密的滋润；月光还是气体的，它有大雾的形状和闪烁的呼吸。

当我们眯起眼睛，看见月亮从夜空深处抛过来一根根射线，洞穿辽远的黑暗，尽头是一条条笔直的时间隧道。我们奔赴的脚步，碰响了寂寞已久的桂花和琴弦。

当我们闭上眼睛，让泪珠滚落。每一颗泪珠里，都藏着一粒月亮。

在天上，流星，拖着短尾，倏然划过一片寂静的花园。

在人间，汽笛轰响，一列火车喘息着，又到达了一个月光笼罩的终点。

（选自《青岛文学》2019 年第 5 期）

■［山东］赵大海

俯视蚂蚁（组章）

我们俯视蚂蚁实际就是在，/ 俯视大地。

1　在草的根部，在洞穴深处，睡眠、拥抱、哭泣、喘息，
一旦来到地面，就仅剩，
奔跑！干干净净——

2　两只触须、六条细长的腿脚和一个大比例的肚子，
身子始终在和大地平行！
它们始终，面朝黄土，背朝天。

3　前前后后，大大小小，老老少少，连在一起，一条细小的漆黑的绳子在和大地摩擦——在和草根、石粒摩擦！

时而被风雨咬断，马上又迅速合拢。

4 一只、两只、三只……

始终保持自己的黑、尘土一样的黑、大地一样的黑，铁锅一样的黑，墨水一样的黑！在黑中长出触角、长出腿脚和肚子，

还是一样的黑！

5 把花草树木、风雨雷电向前推动，这一瞬间，我不知道，

是蚂蚁在动？

还是大地在动？

6 一粒尘土在奔跑，无数的尘土在奔跑！

有多少尘土就有多少蚂蚁。

尘土生出腿脚，就是蚂蚁，

蚂蚁一静止，一低伏，就是尘土。

尘土有了生命，

有了痛。

7 在草丛间，有三堆新土，它们掘出的松软的新土，像三堆新坟。

像它们自己的尸首堆成。

它们从中钻出来，实际上就是这堆尘土其中的一粒，

又复活了。

8 这灵动、具体的大地和尘土！

一平方厘米上有多少只蚂蚁？

一平方米上有多少只蚂蚁？

一平方公里上有多少只蚂蚁？

还有什么的数量大于蚂蚁？！

所有蚂蚁的移动就是以一个大地板块的移动，

我们俯视蚂蚁实际就是在，

俯视大地。

敬畏一只蚂蚁，敬畏

这些尘土的前世和今生！

（选自《新时代散文诗》2019年创刊号）

■［福建］张　平

十二月：向日葵地的马匹（外一章）

肉体寂静，背后的隐秘，是山峦的相连。

马匹的欲望加深，天空空无一场，飞鸟衔着信件没有归来。

肉体寂静，背后的隐秘，是山峦的相连。

“给你画的线条就是海岸线。”在群山的那边，总是握着某个时辰。

八月的时辰，或者献礼的时辰。

在海水下面，春天已完美过，蹄印奠定了奔跑的黄昏曲。

没有孤独，就没有盈满，时间剩下了倾听吗？哦，不！

马匹的欲望加深，第一颗向日葵没有离开，扎着下巴出神，灵魂正经历无限可能。

“在时间的尽头，曙光向你致敬。”

炉火：奏鸣曲的一部分

黄昏的奉献，我找到黄昏的手套。

将手捂过去，带来星辰闪烁。我坐在木凳，焐热的不是虚幻的身体，这是真切的锻造，铁锤用力击打，击打心灵的碎石。

在碎石里合金，这是奏鸣曲的一部分，季末已深，拉动风，呼吸猛烈，反复抽取灵魂的忙音。

“每一朵碳粒都是眼神对世界微小的窥视。”我坐在木凳微微敞开。

（选自《散文诗》2019年第9期）

第十五辑 季节如歌（11家）

■［贵州］杨启刚 九月在浆果的蜜汁中醒来（外二章）

九月，在浆果的蜜汁中醒来。它独自轻欢，独自酿蜜

这个世界还有蜜汁吗?

众花凋零，一卉独秀。九月的风声，开始封锁穿过平原的鸟群。树叶已经褪下蝉鸣，蚂蚁的触须正在探寻松香的来路。

九月仍然还是去年的九月，只是山中的浆果不再酸涩。当然，甜蜜，或许本来就是它的旨意。只有剥开岁月的尘埃，才能看到内心的果核。浆果没有奢望，但它冷暖自知。它早就知道它的旅途与归宿，与一粒红尘相比，它庆幸山中没有荒废的阳光，让阴暗藏身于沼泽的淤泥。

醒来，或者睡去，都不是我们唯一的选择。我们最终所期盼的，无非就是一枚浆果挂在树梢，它没有被生活之重所剥离，它的甜与蜜，都是发自内心的亮堂，不被谎言所欺骗，不被所谓的道德底线所绑架。

九月，也仅仅只是另一个季节的开始。它无意于替代它的同胞，它只是顺着一条独径，走向它所需要的浆果，走向它的另一种甜蜜。

周而复始的，只是一个名词，只是回眸一笑。那些流水东去，也不过是一场庆典连着一次祭祀，在寒秋之外制造另一个梦魇。

九月，在浆果的蜜汁中醒来。它独自轻欢，独自酿蜜，用一罐秋风中的阳光，来制造一个季节特殊的韵味。它不愿意就此沉寂下去，山巅的野花烂漫，也诱惑不了它的心脏；一条闪着银光的溪流，是它的甘美之源。

只有群峰之上的悬崖，那棵千年古树的枝头上，一只鸦雀，无声地一头栽进秋风之眼。

夕阳之外，一枚浆果，暗自抽泣。

秋意正浓，风声掠起，鸟鸣已经渐渐远去。

落叶用灵魂诠释秋天

再高耸的大树，残叶也要落回大地。

再金黄的落叶，最后的结局都是一捧泥土，都是一个季节之后落寞的尾声与告白。

每一片树叶，都是一个灵魂的舞蹈；当疲惫的休止符戛然停止，漂泊者一生辛酸的记忆里，只剩下随风而坠的惆怅与伤怀。

没有落叶而下的季节，不能称之为秋天。今夜，是游子归乡的季节！我孑然一身行走于低垂的黑暮，我眼里噙满的每一片落叶里，是否都蕴含一个四季的轮回？

我无法仅仅只用一片薄薄的落叶，就轻描淡写地诠释秋天；就像我无法只用一个苍白浅显的灵魂，就能够诠释浩瀚高远的天空。

秋风渐紧，鹤舞苍穹，漂泊已久的灵魂，已经寻找不到归乡的途径与出口。

日益衰老破落的村庄里，只有村口那棵气喘吁吁的银杏，还在抖动一身金灿灿的落叶，铺满一地的金黄，期盼着远方的游子，前来祖先的神龛上，重新拾起故乡深处的灵魂。

落叶仍然还沿用灵魂诠释秋天，秋风却用岑寂回答沉默的土地。

不卑不亢的是田野上的稻穗，一柄弯曲的镰刀，便割断了思乡的泪滴，还有那一堆堆翻晒的金黄，闪烁着秋后最后收藏的泪光。

当一枚落叶的灵魂被击碎，早已丢失于疾走的夜风中，那山峦深处隐藏着的，只能是秋天的低语，暗河里的一声叹息，还有天空之上寒鸦的几声哭泣。

（选自《民族文学》2019年第2期）

■［四川］郭　毅

秋风起

你不凋落，只是精神上的站立。

听！我听见自己经过的路途，有无数片贴金的叶子，在做婉转之飘零。

它们在身前，以登临之躯，按图索骥，对我狂欢，证明着自己理论上的实现。

它们在身后，驱动轮翼，以时序的先后，你起我落，追撵着就要实现的夙愿。

一切尚未化灵的叶子，每一步来得这么匆忙，这么不尽如人意。

好像不快一点，就甘居人后，就挣不到那笔戴金的银纹。

我只剩这最后的步态了。这种赶往的奇迹是不是真要带着劲，才能穿过风尘，落在西山的晚景？

这同化了的天地，你下我上，是不是要交错魂魄，才会由霜雪把身躯沉淀?

我已酝酿很久，努力很久，贮备了足够的盘缠，准备更远的登临。

如果挽留，我定是那个悲怆者，要与这众多的辉煌纠缠不清。

但是，命数的格局就在路上，你不来，我也会持有这些贴金的叶子，赶着耳旁急匆匆的话语，掠过兵荒马乱的心境，向你表达这生的意义、死的光荣!

你不凋落，只是精神上的站立。

我不退缩，只是骨骼上的汹涌。

怎能承载你积重成病的爱!

秋风送来的暖阳，让我抚爱也来不及了。我看见你的泪水盈眶的那一刻，爱像一把刀子剜深你的有缘我的无分。

但这时我明白了，如果我一步再跨一步，或者你再跨一步，你我都不是自己。

你将会是另一朵花，我也将会是另一枝停靠花的枝丫。

（选自《散文诗》2019年上半月版第2期）

■［宁夏］杨建虎

秋，从天而降（外二章）

唯有山水可以告诉我们，爱情从未走出过彼此的内心。

傍晚时分的银川，天色暗了下来。

秋，从天而降。花园里，灼灼燃烧的美人蕉，端居首位。一座孤寂之城，因为你，而有了绚丽色彩。岸边苇草茫茫，舞成最美的姿态；细雨沥沥，鸟鸣声声，恍若回到《诗经》里的《蒹葭》。

唯有山水可以告诉我们，爱情从未走出过彼此的内心。

渐渐加深的暮色里，风声和尘世的喧响悄悄隐匿。

听草叶的呼吸轻轻漫过湖面，我亦将于暮色中归去。

水岸风月，花木传情，湖畔的絮语多么温暖!

桥　头

桥头山峦隐约，不远处，有我已然消失的村庄。

每当我漫步这座横跨茹河的大桥，便会久久地眺望那空旷之美。

蓝天、白云，深深的河谷，有我少年的记忆。背着花布书包，奔波于一条河流的两岸。放学以后，常在河边的小树林里读书、玩耍。

桥头，有我温暖的家。我们的菜园田野，老屋老牛，鸡鸭羊群，堤岸和阳光……弥漫于岁月的记忆里。

蓦然回首，看一缕缕白雾缠绕山头，遥想山外的远方，该有多远。

时间之外，又有多少美妙的事物被我们重新书写！

在镇北堡

当黄昏悄悄来临，我在这古堡里转悠，看城墙之上无限苍凉，夕阳的余晖铺洒而来，而人间烟火不灭，作坊、酒肆、皮影、草编、泥塑、剪纸、烫画、布艺、刺绣等一起装饰着古典的生活。

此刻，琴声悠扬，月亮门居高洞开。像一个戍边将领，我在黄昏的光影中巡查，有悲壮的嘶鸣自空旷的贺兰山下传来，汹涌的马蹄，踩踏苦寒的边地。

我迷恋于这古堡的传奇，眺望一轮明月轻轻升起，照亮大漠、孤烟！

（选自《天山时报·散文诗月刊》2019 年第 11 期）

■［甘肃］任随平

深秋的叙述（组章）

深秋的大地正在说出隐藏的秘密！

1　寒露过后，我将开始自己的心灵旅程。

让一只鹰，剖开天空的荒芜。带一架身体的软体，攀缘而上

——我要在天空巨大的空茫里，建筑家园，牧放羊群。

我要把漂泊无定的白云，领养回家。我要让一阵寒过一阵的秋风，轻装上阵，迎接从天堂出走的雪花——那些白色的精灵，圣洁的火焰！

我居住在另一个世界里的温暖，让她们重回人间，

重回大地宽阔的背脊，在这个即将到来的寒冷而又漫长的冬季！

2　麦田是平静的。场院是平静的。广袤的秋野是平静的。

一株株狗尾草宽广的内心是平静的。

如果你没有俯身，就绝对听不到深秋的大地正在说出隐藏的秘密！

地脉抚摩青苗的声音，是芽尖的嫩绿说出的。

夜雨中聒噪的恋情，是檐下的蛐蛐说出的。

一场风抱住一棵命运的大树后的哭泣，是一个夜行者无意中说出的。

亲爱的，冬之神款款而来，让我们洗净内心的私欲，用圣洁的双手，迎

接来世的嘱托！

3 大雪来临，请燃起炉火。
把村庄烧热，把冬天烧热，把高原酒烧热。
让山庄围炉，让树木围林，高原的汉子，端坐在村庄的内心——
举杯。交谈。脸膛酡红。

暗夜来临。
让雪花演绎童话，让狐狸随意出没，让成群的狗吠
——驱散黑暗，迎接黎明！

（选自《大沽河》2019年第2期）

■［湖南］海　叶

冬日即景（外二章）

你的红丝巾，遗落在去年的雪地吗？

寒风中，翠柏的阴影里，仿佛藏着一道厚实的帷幕。有人用谵妄的手指，朝我示意。稀薄的气息，在半空写下——

不！等一等，我还没有准备好言辞。

房顶上，三根摇曳的枝条，握住了一只鸟飞翔的影子。

你用来考验我的冬天，此处并不是失败之地。

一片叶落下。高处的天穹中，铅灰色的云块，好像又张开了微翘的嘴巴。

在不远处的公路上，汽车的引擎一直在轰响。我把冻僵的脚用劲踩了踩，在晃荡的枝丛里，我把寂静和喧嚣悄然劈开。

冻红的小鼻子，往外冒着袅袅的气息。你的红丝巾，遗落在去年的雪地吗？

此刻。影子、肉体、遐思，全由我们掌管。所有在寒风中瑟缩的，都停息在燃烧的词语上：别出声，在手掌里传递的是绵延的温暖。

此刻。大地上只有两对眼睛，避开了刺骨的伤痛。

释　放

在黑暗中，找到一束光。在远方的风里，找到一对翅膀。在透明的杯盏里，找到嘴唇。我的追寻，充满了玄机。

无须献上一束花，无须端上甜言与蜜语。你不经意的一句诗，见证了震颤中相逢的两颗灵魂。这是多么让人心动的时刻，穿越时光的隧道，只是偶尔

伫足，就被一朵飘逸的云，悄然包裹。

有月无月的夜晚，没有了酒都是寂寞的。

一对寂寞的翅膀，在恍惚中也失去了方向。

幽香的嘴唇，已停止了诉说。

那就倾听心跳的声音吧。倾听静夜里灯的召唤——

且把屏住呼吸的爱，尽情释放！

黑夜书

没有夜晚的大地，该是多么枯燥。

饥渴的想念，将黑夜咬出了一个窟窿。我的孤独，从中探出头来。

属于你的远方，群星闪烁。之于我的世界，你的一束光足以照亮。如同你的美丽之于我的眼睛。沉睡于你内心的种子，已从我的土壤悄然长出新芽。

所以，你会听见我的呼唤。一路打开风声的耳朵，当曙光落入你的双眼，丰腴的众河也开始为我吟唱。

如果没有别的黎明被擦伤，如果河川上的帆影停止流浪——

那么，不动声色的那截光阴，在我的守望中已归你所有！

（选自《星星·散文诗》2019 年第 7 期）

■［湖南］剑　峰

清明与怀念（组章）

当儿女们掰开我的手指时，便可发现——一缕阳光已孵化出另一个春天！

1　是谁被春天引领说起乡情？

是谁被牧鞭指点走进清明？

清清明明的日子，谁的灵魂在雨后和盘托出，像光芒丛生的彩虹，构成一个个生动的静物，袒露在记忆的天幕上。

伫守辽阔的春天，谁的怀念像闪闪发光的锄头，于石头之上溅出几朵楚楚动人的火星，让我们回眸——

谁的魂魄似春水晃动花影，让苦难化成泡影？！

2　乍暖还寒的年代，许多清明都被杏花淡忘。

尘土之上，腥风横流，噪声遍地，透过火焰，谁能看到我的内心比狂热者更多几分寒意？听觉之外，谁的泣声喑哑无声？

那时，父亲褶皱的脸布满沟壑，他的孩子一直手扯野草平凡生长。

面对先人的墓碑，枯不死的笔依然于梦里生花。想起许多面孔和他们的名字，先人的灵魂一个个被我梦中的怀念慰藉得很温暖！

那是一个历史性的悲剧，却使一朵白菊在一瞬间憔悴了十年……

3 步入葳蕤的田野，有鸟顺着麦垄向我飞来，整个春天它都在枝头含露歌唱。这是怎样一种鸟呵，那叫声总使我的眼睛发酸，心头流泪。

鸟鸣的日子，谁的声音从泥土深处再度返回花朵，像劫后余生的幸福，每片花瓣都折射阳光的芬芳。

人呵，生于泥土，又归于泥土。孩子！你可知道，那麦苗生长旺盛的地方，就是先人们长眠之地。我们和先人近在咫尺，却无法用最简单的语言对话。

深入墓地，先人从我们的眼泪里走出，伸延的路上，所有的眼眶都没有囚禁清明之雨，翻飞的纸蝶照亮一张张熟稔的脸孔。

烧一沓纸钱，点三炷香，是我们对另外一个世界的馈赠。

当儿女们掰开我的手指时，便可发现——

一缕阳光已孵化出另一个春天！

（选自《塞上散文诗》2019年第2期，获《神州散文诗》征文三等奖）

■［安徽］潘志远

白露，一个女子的真身（外一章）

雨已过，寒气消隐，阳光撒羽，为起飞指点迷津。

白露，是一个节气。暑已了，秋渐深，很快将平分秋色。

昼与昼平分，昼与夜平分，人与物平分，我与我平分……有些纠缠不清。

白露，是凌霄花做了一个噩梦惊出的一身冷汗；白露，是石榴成熟的激动盈流的一行泪水；是紫薇额头的缀饰，是荷掌心的明珠，是蝉的遗憾，是蛐蛐的琼浆玉液……白露，是一个女子的芳名？

不，是一个女子的真身。我的故人，你的发小，他的梦中情人。

见过，或尚未谋面，正在来的路上，注定有一次幽会。

她有一个干净的身子，干净的身世，干净的灵魂。

她干净的目光，打量什么，什么就嵌入她心灵深处；

她干净的呓语，说到谁，谁便是她湿漉漉的思念。

她是伊人，在水一方。

她来时，蒹葭意气风发，思绪飞扬；她去时，白露换了网名。

唤一句，天是一块蓝宝石；再唤一句，北雁南飞，风声一天比一天紧，枫叶穿上红装，正准备启程……

这一树芬芳的白鸽

就要起飞了，这一树芬芳的白鸽。

雨已过，寒气消隐，阳光撒羽，为起飞指点迷津。

它们隐匿于树干，慢慢露头，筑巢于高枝，期待春风，等得好苦。

积攒奋飞的力量，饱满了身躯。一朵一朵雪白的呓语，从收敛到绽开，只为完成一种古老的遗愿和本能的冲动。

不以高为目的，也不以远为目标。

只钟情于飞的姿势，于风中摇曳芬芳的翅翼。

从雨中濯洗出来的干净灵魂，化而为羽，羽翼青青……

这一树芬芳的白鸽，比白鸽还灵动，比阳光还温暖和安静。

吊起我的目光，我的心情；一种昵称，打上我的烙印。

一种并不妥帖的修辞，倾注着我全部的想象和独一无二的虔诚！

（选自 2019 年《未来》第 3 期、《中原散文诗》第 1 期）

■［安徽］陈　俊

冬日帖：新年或冷暖（组章）

没有比一场大雪有更多的自信。

新　年

我撕下了一页纸，和纸上的日子。

前几天刚下的大雪，还在纸上留着刀砍的伤痕。

一张纸上着墨，一年就那么几笔精彩，那么几画随意，那么一次涂抹认真。或许还有一两次多情，一两回醉态，一些歪斜的脚印。

没有比一场大雪有更多的自信。在白雪之下，一张纸学会留白。

而我手中仅剩一年的风声。

光阴之白

大地尽白之后，我也尽白。在雪中站久了，不给自己留下余地。

爱一个人无须余地，让自己白。恨一个人无须余地，让自己白。

那是雪之白，头之白，心之白，光阴之白。

那样的天地，不仅好看，不仅苍莽，不仅辽阔，不仅冰晶。

更没有多余的杂念。

我们也是叶子

一片凋落的叶子正好飘过我的眼前，我伸手接住，捧在了掌心。

捂着凋落的叶子，想着还挂在树上的叶子。

都是叶子，都是生命，都是命运，都是归途。

在树上的叶子，我听到它的叹息，看到它的不安和挣扎。它在风中摇摆，竭力维持现有的位置、尊严和体面，阳光下它的脸是半绿半黄的，有美人迟暮的担忧。

在手中的叶子，它安静极了，一如初生的婴儿，我能听到沉睡的光芒。

看着树上的叶子和手中的叶子，我的眼里应该含着泪水的，一方面悲悯，一方面怜惜，一方面宽慰。

光阴是一缕风，吹出了叶子的两面。

我们也是叶子，在一缕风中。

（选自《天山时报·散文诗月刊》2019年第2期）

■［四川］符纯荣

立　冬（外一章）

向着南方以南。鸟群不时飞过，留下翅膀划破空气的痕迹。

从山那边过来的绵绵秋雨，张望了好一阵，没好意思迈进冬的门槛。

暖阳缓缓升起，湿气在山坳里洇散开来。

光线穿过槐枝，火星一样撒落在草垛上。那些抱团取暖的干谷草趁机敞开呼吸、舒展腰肢，弄出一连串惬意的响动。

从清早出门，到日上三竿，老人一直在地里弓腰劳作。

霜风抽打过的卷心菜，将阳光紧紧笼在怀里。每当老人移动一下，就碰醒一轮情感回暖的小阳春。

山坡上，柿子熟透了，笑容挂一层可爱的薄霜。

其实，面对风声鹤唳，大部分枝头都已失守，剩下来的坚守者仍在相互照应，把美好一面交给新的一天。

向着南方以南。鸟群不时飞过，留下翅膀划破空气的痕迹。

一只鸟掉队的鸣音，清越，短促，为天空拓出别具意味的宽度。

白 露

吃过早饭，母亲为祖父泡上一盅老荫茶，随后带上农具，没入白雾蒙蒙的山中。

沸水翻腾。一缕茶香萦绕空际，邂逅了闲庭信步的白露雅士。

一天天地，屋前那棵橘树就绚烂多姿起来。

枝叶间，一张张红彤彤的脸，仿佛被秋风点燃的红灯笼，指引一群夜露款款而至，笑容满是糖分和亮光。

趁日头还未升起，我去田间割稻茬。那时，牛在路边安心啃噬草叶；蚂蚱不时惊飞，肩背滑下几滴青绿色的簌簌声。

一枚落叶旋舞而下，打中我的额头，引发短暂的眩晕——岁月筋络毕现。那偈语深刻、沉重，注定感化我的内心许多年。

“蒹葭苍苍，白露为霜。”

多年后，被古典意境唤醒旧梦的人，一直记得回家的方向，露湿衣襟；一直记得——

钥匙，放在向阳的窗台上。

（选自《散文诗》2019 年 3 月下半月·青年版）

■［山东］刘凌军

柳树发芽了（外二章）

抬眼望，柳树发芽了，忆念发芽了。

杨柳树，微风吹面。

阵阵鸟鸣似蝉鸣，真叫人心碎。

清明时节，柳树发芽了。

枝头叶，细思量。年年醒来，不是梦。摇曳几多离人泪，心中的雨，点点儿怯。

一颗心，思念一颗心。一个人，想念一个人。

折断了杨柳无数，插入了门楣间。搁置了伤心，悬挂了哀念。

抬眼望，柳树发芽了，忆念发芽了。

在清明，春天发芽了。

鸟 巢

苍茫中，点亮思乡的那盏灯，接近月光的颜色。

硕大的头颅，乡愁一定蓄满，乡音一定蓄满。

泪水，还能盛下吗?

老家门前的那棵老梧桐树上，长年累月地擎举着一个鸟巢，活脱脱一个児子头。

两只斑鸠鸟，整天忙着，东挪西借。大风后衔树枝修葺蜗居，阳光下咕咕噜噜鸣叫春天。

树下有一石碓，母亲一下一下，舂着波澜不惊的生活。

如今，树已被砍伐，鸟巢也不知流落何方?

年年，只有母亲，时不时在石碓旁，捣弄那些落下的几许月光……

春

一棵一棵的树，立在东风里。

一片叶子，又一片叶子，展开。绕过了我的视线。

一朵又一朵的油菜花，正在把春的大地点燃。

足迹，淹没其中。多么绚丽的一幅油画啊!

春风，春雨，淹没其中……敲打这金色的记忆。

岁月的铁犁，在泥土里翻出了春的钥匙。

鸟鸣，打开春天。

（选自《天山时报·散文诗月刊》2019年第4期）

■［黑龙江］王　平

腊月辞典（三章）

腊月的雪，以最轻盈纯粹的质地敬献给大地。

喜鹊

百鸟中的巧匠，衔来枝条与河泥，日日劳作，在风雪和阳光中营造出一个朴素温暖的巢。

跃上画家的笔端，喜上眉梢、喜在眼前、喜相逢的故事，让人间多了无数像小河一样流淌的音符。在没有绿叶，没有鲜花的冬天，一场场雪、一阵阵北风追赶着炊烟，追赶着孩子们的串串笑声。喜鹊们在天空中飞翔，像一朵朵火焰，让人们的内心多了一份明媚温馨的情愫。

喜鹊是腊月天空中的勇士。它们用翅膀抵御严寒，用歌声传递着一种心跳和温暖。

麻雀

不倦的歌者，一只只、一群群缱绻在屋顶、树梢、电线上。

觊觎庄稼饱满的谷粒，更啄食农田里的一只只害虫。曾被一只只弹弓击中，无声的悲剧给时光留下了伤口。

任意打开一节童年的记忆，都有麻雀的影子。在雪爬犁和滑板儿的呢喃声里，在一场场打雪仗呐喊的声浪中，在风筝缓慢飘飞的节奏下，都有麻雀们在旁助威，忘情地歌唱、舞蹈。

小小的麻雀，迎着十二月的寒风飞翔，与乡亲们一起等待春来的消息。在雪的盛筵中，弹拨着天空和大地之上令人感动的和弦。

雪

腊月的雪，以最轻盈纯粹的质地敬献给大地。

树木、小山、屋顶，都在雪的照耀下迷醉。

腊八粥的香味儿，在每一户人家里回荡。

冬眠的耕地、菜园，在雪毯下好梦连连。

雪雕，在城市和乡村成为一帧帧耐读的风景。

锣鼓声中，舞动的秧歌，在提前庆祝即将来临的正月。雪花轻吟，麻雀、喜鹊打开歌喉；燃旺炉火的人，举起酒杯，说着彼此祝福的话语和美好的祈愿！

（选自《天山时报·散文诗月刊》2019 年第 13 期）

第十六辑 飞雪迎春（9家）

■［山东］刘向民

春天停不下来（外二章）

春天，只要来了，就会一直向前，直至大地苍茫。

春天停不下来。一开春，就停不下来了。

雨水停不下来，雷声停不下来，追赶着，穿过青色的天空。

草芽停不下来，花朵停不下来，呼喊，或者掩盖，都阻挡不了一场浩浩的情事发生。

我知道，尘世间的事情就是这么势不可当，尤其是春天，只要来了，就会一直向前，直至大地苍茫。

母亲的唠叨也停不下来，唠叨田地该耕了，庄稼该种了；唠叨冰河开了，水汩汩地流；唠叨树发芽了，燕子就要从南方回来了。

母亲唠叨的时候，不停地仰望着天空。

我想静一静，深入思考今春的事情，却不敢闭眼，唯恐灿烂的景致一晃而过。

做一棵树

一棵树，挺立在大地上。屹立。

孤独地站立着，默默地，瞭望着。高处不胜风，灵魂坚持着。

从一粒种子，萌芽，抽枝，长成参天大树，是一个艰难的历程。

穿越黑夜和风雨，在大地上成为生命的支点。

一棵树，它不是一个幻想主义者。在大地上，首先扎根，以韧劲深入坚硬的泥土里，延伸，坚定着自己的方向，坚持着牢固的根基。

它的根有粗的，不停地向大地深处拓展，紧紧抓住浑厚的大地，融进大地；那些细细的根，生命的触角，不停扩散，汲取养分和力量，积蓄着足够的信心。

它坚持着高昂的理想。在广阔的原野上，向着天空，不断挺拔，直指天穹。那些向天空伸出的枝叶，旁斜着，是欲飞的翅膀，时刻有着飞翔的愿望。阳光下，一片片叶子翻滚着，闪着亮光，是一只只鸽子振翅，嘶鸣。

一棵树，从大地上站起来是一件艰辛的事情。有风险，有苦难，是生命的一次又一次抗争。

一场大风，使大树弯下身子，摇摆着，枝断叶碎，疼痛遍及全身。一道闪电，撕开天空，雷霆击打，触目惊心的悲惨。

只有咬着牙，抱紧沧桑，坚持，保持伟岸，宣扬纯粹的品质。纷繁的枝，无论是直，还是曲，都是风的形状，雨的命运。

一棵树，经受着雪雨冰霜，一些蝼蚁也要侵蚀，在阳光下明目张胆窃取生命的时光。

其实，一棵树最大的威胁，是那些手执钢锯和利斧的伐木者，冰冷的白光和贪婪的目光，使内心发颤。

我所担心的是，有一天傍晚，一棵树倒下了，挟着黄昏的余光，重重击打着沧桑大地，尘世黯然失色，被痛楚地抽去了一根肋骨。

疼痛的汉字

一些汉字，在黑夜中沉睡，黎明时分醒来。

五千年的路程，甚至更远的路程，是那么遥远。从疼痛穿过疼痛，从黑夜穿过黑夜，从黎明走进铺满阳光的大地。

生命繁衍生命。是母亲的乳汁，滋润了生命。哭声和笑声，是霍霍萌芽的种子，遍地发芽，开出灿烂的玫瑰。那些疼痛、汩汩流着鲜血的声音，是一丛丛鸟鸣，在大地上行走，在天空下奔波。

那些携刻在甲骨上的一笔一画，深刻，桀骜，哪怕已经被腐蚀，甚至模糊不清，我都能感觉到它剧烈的体温。

一片甲骨冷却了这么久的时间，深陷在黑暗里，还是这么富有激情！

那些镌刻在陶罐和青铜上的汉字，经受了火的灼烧，无论是象形，还是写意，无论是工整，还是潦草，都是更加深刻、明了。即使已经模糊或者锈迹斑斑，却仍然清晰记叙着曾经的风雨，承载着往事的苦难，仍是铮铮的质地。

我最崇拜这个叫作“黍”的汉字，它是一株挺拔的庄稼，顶起一粒粒结结实实的粮食。看似孱弱的植物，却是经历了风吹雨打，一茬又一茬地盛开着花朵，顽强地生长、成熟着。

这些沉默着的汉字，内心激荡，在岁月中枝繁叶茂，茁壮成长。

（选自《诗潮》2019年第9期）

■［河南］王　剑

春天的到来，有个过程（外一章）

阳光被寒冷多次驱赶，又多次潜回。

春天是个慢性子。她的到来有个过程。

春天的手里，拿个蒲扇。扇扇这里，扇扇那里。每一扇，都注满了劲道。

风的脚步很快，像是在节气里，不停地赶路。

风刚一走，雨就来了。一下就是三两天。

花香开始弥漫。混着青草味儿，泥土的腥香，还有阳光的微响，以及鸟的鸣叫。

这些气味和声音，被风吹起，又落下。它们都是春天的元素。

阳光被寒冷多次驱赶，又多次潜回。

前行。后退。跌倒了，然后爬起来。

最后，缓慢地，成为春天的一部分。

玉兰花

世界上，恐怕再也找不到其他落花，能像玉兰花这样惊心动魄的了。

玉兰花，若是走在宋词里，就是一个热烈的词牌名。

春天里，玉兰的芽苞，如一个个劲健的笔头，指向蓝天。

一朝花开，玉兰像一只只洁白的鸽子，在阳光下聚会。这些鸽子张着小嘴，喓呷有声。像是季节无声的喧哗，又像天使芬芳的语言。

微风吹过，玉兰花一起摇响铃铛。千万只酒盅擎向天空，向春天庆功。

玉兰花一旦要辞枝，那就意味着集体谢幕。冷艳而决绝。

开就开得热烈，开得纯粹，开得尽兴。

去也去得干脆，不留遗憾，不留痛苦，不顾结局。

即使告别，也要留给世间不同凡俗的高贵。

（选自《河南工人日报》2019 年 4 月 18 日“花地”版）

■［天津］小　睫

早春，意念中的村庄（外一章）

不远处，桃花掩映下是久违的村庄。

时间有情，弥合大地纵深的伤口。时间亦无情，让新事变成旧事。

穿过日子的流水，汇入诗和远方，成为记忆的海。

早春，空气中弥散着小小的冰晶，这些坚硬的水，令一些急于打开的心思收拢欲飞的翅膀，花朵连同它们尚未打开的梦想止于一场雪，枝丫上的梅却怀抱小欢喜。

二月，大地辽阔，天空高远。

那些飘浮于生活之上的忧郁尚未散尽，花红柳绿还只是一个行走在季节路上的想象。

色彩跃跃欲试，大步向前，冲破冬天遗落的冷的禁锢，披荆斩棘。

被时间簇拥着前行，放下如影随形的重，抓一朵白云填充身体的虚空，与春风一起迎接第一场春雨，第一丛绿意，第一朵花开，第一声鸟鸣。

马蹄声声，由远及近。

春风得意。不远处，桃花掩映下是久违的村庄。

春天，一场回眸的雪

来得刚好，于眼神的左顾右盼之中，于身后，覆盖生活中此起彼伏的乱象。

此刻，与冬天有关的情节被续写，装裱。洁白终于成为动词，给你，给我，给我们共同的期待与坚守。

那些闪亮发光的可是梦里飘落的星子，踽踽独行的精灵？

该如何亲近你，就像多年前你亲近我，赋予我另一个名字。

一场突然而至的雪，令万物怀抱圣洁，春天被自上而下，从左到右，洗涤。一些快速升温的物事，瞬间安静下来，它们在雪的眉宇间、飞舞中停下急匆匆的脚步。

路上，那些干涩的脚印，渐渐饱满起来，

悄悄地，静静地。回眸一笑，解开人间千愁。

不借助风的翅膀，不爱三千繁花，只爱这无垠的夜色，赴一场情感的盛宴。

即使交出有形的六角，回到最初的无形。

（选自《诗潮》2019 年第 9 期）

■［湖南］陈惠芳

不负春光（组章）

我想跟春天交换，永远不老的年龄。

1　满世界都是花开的声音。
熬过了冬天的音乐，比赞美更加动人。
只是没弄清：这些嫩芽，花蕾，是否长在原处？
去年凋零的花，留下密集的伤口；整个冬季，一言不发。
一开口，就是绝句。

2　结果的花，开了。

不结果的花，也开了。
高层次的花，开了。低层次的花，也开了。
如同孩子五花八门的作业，科科都是满分。
策划这样到位，色彩如此鲜明，是谁发出指令？

3　我想跟花交换，让我站在枝头摇曳三秒钟。
我想跟云交换，给板结的乡愁下一场透雨。
我想跟鸟交换，去天空巡视大地缤纷的颜色。
我想与水波交换，五线谱般展开的美妙乐章。
我想跟露珠交换，那样清澈透亮的心情。
我想跟春天交换，永远不老的年龄。

（选自《天山时报·散文诗月刊》2019年第3期）

■［江苏］陈广德

飞雪迎春（外一章）

歌声由远而近，不可抵御，太湖石在冬眠中苏醒！

心被扬起。在鲜活的感觉里。
乘着清冽而来的雪，越过秦皇汉武，飞过唐宗宋祖，径直飘到了今天。
雪，还是那雪，亘古未变。

是临界状态的绮丽！
有白梅铮铮，也暗香浮来；山茶璀璨，笑靥不输鸡鸣；童话般的小鸟，如同经历了蒹葭边的等待，正顾盼生风……
歌声由远而近，不可抵御，太湖石在冬眠中苏醒！

生命的燃点就在那一刻达到！
舒展我们的双臂，迎接吧！
许多美丽的感性的理性的词语争先恐后地涌来，一轮鲜红，开始跃升！
如果说，冬天到了，春天还会远吗？
那么，雪飘来，花就在其中了……

勿忘我

蓝色。是海吗？

一朵花，唤来海水漫过脚踵……

薄如蝉翼，却色形久远。

久远，是深爱的光的巢穴，是平静的湖的眼睛。

独立寒秋，叫：勿忘我；结伴玫瑰，名：爱不变！

我默默念叨着的是你的别名：补血草。补血，补滴滴热血，补红尘之红……怀抱因之温暖，凡间才值得眷恋——心跳，咚！咚！

十里相送。河上微风。

怀念秋天枫叶红。

五月。八月。十月。……每一个夜，都在你的低语中醒来。

每一个醒，都在你的牵挂中辗转；每一个牵挂，都如叶子，渴望着风；每一个渴望，都有风中的迷醉和躁动……

因为勿忘，内心便开阔起来；

因为开阔，人生的坚定一如天山——

爱啊，到了深邃的境界，就是博格达峰！

（选自《天山时报·散文诗月刊》2019 年第 2 期）

■［江苏］苏 扬

春天的萌象（外一章）

立春的姿势是意气风发的少年站立的姿势，是年轻的太阳运行的姿势

如果因为一场大雪，你就不敢确认春天，那就错了。

即使在最寒冷的阴霾天，精灵们也不会停止审视自己的花园。

扒开厚厚的白雪，你会发现泥土湿湿的、软软的。俯下身子，将耳朵贴近地面，似乎能听到泥土内部有轻轻的蠕动及开裂的声音，那是藏在深处的虫子和植物的胚胎蹬腿伸胳膊，想钻出来哩。倘若你还犹疑，就抓一把泥土放在鼻子底下，这时你会嗅到一种温润的新鲜的生命气息。

当太阳从皱褶的梦中睁开眼睛的时候，还有更惊喜的哩。

小河边，那些光秃秃的柳树一夜间突然爬满了粉嫩的芽苞，原本粗糙憔悴的皮肤顿时有了光泽，僵硬的骨头也有了韧性，身姿恢复了婀娜。她们低头相互打量着、交谈着，笑容在每个芽苞上鼓胀、翻滚。

山坡上的梅花也揣着女娃的心思，矜持地立在枝头，面若凝脂，流目顾盼，仿佛等待与谁约会，那棉花般的白雪遮挡不住她们的羞态与温柔。

于是，冰冻的河水在激动中悄悄融化了，变得丰盈起来，亮闪闪的鱼群摇着尾巴交头接耳，并不断地产卵，野鸭在水面追逐，几个蹲在码头上浆洗的村妇，一边开着男人的玩笑，一边不失时机地拢一拢额前的头发，朝水里照一照自己红彤彤的脸儿。

浩瀚无垠的大雪让大地的野性窸窣作响，暴露了春天的萌象。

谁还怀疑幸福不会降临到人间呢？瞧，空中掠过的鸟儿是见证者哩！它们已经开始吟诵春天的诗词。

这时，你心里也一定有些燥热了。原来，无论处在怎样的环境，生命总是顽强生长的，并且层出不穷的。

正所谓，坚冰深处春水生。

毋庸置疑，大雪的压场是为迎接情事喧闹的春天！

立春的姿势

太阳驾着金辇出现的时候，楼下的小狗欢乐地叫喊起来。

我看到，路边的积雪已经融化，被禁锢的灵魂获得了自由。

枯黄的草地焕发出生机，苍白的街道染上了红晕，一些丑陋的阴影正在委顿销匿。

我看到，路上许许多多的行人，无论认识与不认识，彼此都朗笑着打招呼：

立春了！立春了！

立春，季节的长子，首先亮出了春天的姿势。

于是，其他二十三个兄弟都跟着立春走。

大地上所有的生灵都跟着立春走。

一个佝偻着腰的老婆婆，两只手拎着沉甸甸的布袋，蹒跚地踩着立春的脚步，走到我旁边时，停下来敲敲后背，有些难为情地说，老得身板都抬不直了。

接着，我又看到了我的儿子，我的儿子充满了青春的朝气。

他刚下火车，正大步流星地向我走来。

他带回来北京的烤鸭、刻着清华大学标志的青花瓷书签和钥匙扣。

还带回来费列罗榛果威化巧克力、加州原野腰果以及一堆不知名的热带水果。

我凝望儿子的一刹那，突然发现儿子昂首站立的姿势多么英俊挺拔，儿子在阳光下微笑的模样多么温暖灿烂。

啊，原来立春的姿势是意气风发的少年站立的姿势，是年轻的太阳运行的姿势；

是一粒种子发芽的姿势，是一朵花苞绽放的姿势。

（选自《世界日报》2019年3月19日）

■［青海］鸿　颖

春雨在下（外一章）

畅快地流淌着对乡村的爱恋

乌云中拥挤了两天的雨水，终是破门而来。

寂寥的碎片，敲打在搁浅已久的农具上，发出金属般的脆声。

像是外村阿哥对姐姐说出的承诺和密语，连绵不断，潺潺溶溶。

一阵阵暖风，推搡着雨水蹒跚的脚步，像不肯离别的恋人，扭动着柔软的身板。只愿把纯洁、小小的身子，铺平大地干裂的伤口，让干渴的尘土得以丰润，让污浊的脸面擦洗亮丽。

梦在慢慢苏醒。所有平静的心田，落满雨水的韵脚，并在空旷、记忆的宫殿里，用亲昵的呼唤，叫醒一个个清高的魂魄。

婉转的溪流，都来自春雨的潇洒，畅快地流淌着对乡村的爱恋……

雪落无声

断断续续下了两天，还在飘飘洒洒。

内心的干燥，像是需要一次彻底的遮蔽。

天地苍茫，鸟雀的身影和啼鸣无迹可寻。热闹的广场过于沉寂，并积攒了厚过五寸的水晶冰层。

放学的孩子们，在回家的路上，边走边打雪仗，踩出了一条条咯吱咯吱的印儿。寒气在流动，但他们胸中却有着与生俱来的热度。

开车的司机，都变得小心翼翼，专注的目光，向前缓缓移动着。

西面的高山脸色苍白，它用干裂的嘴唇，吞下落日后，一阵阵吐出习惯于行走高原的风。风雪肆意横行，万物已入梦境。

这绝对不是埋葬，也不是入侵，它只是对夏秋焦躁的一种缓慢覆盖。

而在高原的怀抱里，一切都顽强地存在着，直到春天缓缓抵达……

（选自《天山时报·散文诗月刊》2019年第2期）

■［河北］可　风

北方的春天（外二章）

用虚构和盛开，为季节的疲惫刮骨疗伤。

在北方，春分就是一剂良药，用虚构和盛开，为季节的疲惫刮骨疗伤。

燕子回归，那些被压迫的神经变缓，南方的讯息把我带入了一个安稳的梦。甚至在必经的路口，让风筝飞上天空，翻涌着风，爱着风，啃噬着风。

窃窃私语，所有的花，用芬芳荡漾。

室内没有风景，窗外到处是召唤。

旷野里，是约定的和弦。

有爱就大声说，面对春天粉嫩的绿，张开我们羞涩的怀抱。

或者保持安静，细数自己虚无的心跳。

慢慢变暖

春天真的来了，没有谎言，也没有欺骗，风向一变，过了惊蛰，天也越来越长。

雪都是往事，像丢失的句子，在诗行里，变得晦涩。

雨才是与喧嚣密会的时间，此刻的风景，抬高了对岸。

大自然就是这样，我们不要刻意去避开什么，该经历的就经历，哪怕是快乐的，哪怕是痛苦的，哪怕是长久的，哪怕是短暂的。

不要用过去的伤口去证明什么，有些是不可替代的，比如血脉。

慢慢变暖，大地正还原于真实的面目。

倒春寒

来的时候，谁也躲不过。像一场蔓延的流感。

先是肉体，然后是灵魂。

有些绿，刚冒了头，就齐刷刷蔫了。

收藏起来的衣服，又拿出两件，一下子，整个街头全乱套了。啥样子的都有，没有了规矩，但好像人人都是规矩。

倒计时，也是进行时。

有些没有开始，已经结束。

（选自《天山时报·散文诗月刊》2019年第2期）

■［山东］黎　权

和春天一起返城（外一章）

所有的花儿和枝叶，即将随着春天一起返城。

大雪封冻了湖面，深夜的湖畔火锅店依然人影幢幢。我在冬至之前跌入谷底，但将和春天一起返回这座老城。

在很长的时间里，我们对春秋没有经验，随声附和大雪下的青松，放大内心的疼痛，而忘却自己也是一棵应对四季轮换的植物。季节必将引领我们前行，和春天一起返回这座古城。

总有些时候滴水成冰，花朵和绿叶成为稀缺之物，踏雪寻梅抬高了一些事物的身价和名声。此刻，光洁的玉兰树正在熔炉上锻造春天的箭矢，褐青的皮革之下裹藏的不是悲伤，而是无数从黑夜返回白天的明灯。

暮霭低沉如雾霾锁住了喉咙，经历疾病与中年危机恐吓的男人，从此开始变得从容淡定。莱阳路上的迎春花，每到这个时刻都会通风报信，所有的花儿和枝叶，即将随着春天一起返城。

北村之春

从旗帜上吹拂而去的风，依然寒凉。

北村的屋脊排列成行，像大图书馆里摆放井然的书架。展开书册，一群耄耋老人浮现眼前，正在渴望跨越冬季炭火的余烬。

大地冬去春来，枯木起死复生，鲜花繁叶纷纷赶来。村庄里的老人仍然闭户索居，对钻门而入的春风依旧戒备森严。

车祸截瘫在床的狗子爷，安了五个支架的月老儿，子女迷失在城市商海里的王婆婆……最艰难的莫过于肉体，迈出门槛，穿过院墙，爬上台阶。老人用目光注视自己的心愿，却从不敢嫉妒风哨里自由飞行的纸片。

如果春风再紧上一阵子，明媚的阳光便会启开桃林里的筵席。久卧灰烬之上的心灵，其实与粉妆的世界只有一墙之隔。漫步，有谁能使他们重新漫步在日月的节奏里。最后一次，仔细划算这季春风里的光阴？

风景向左，岁月向右。莺歌燕舞的日子在节令中升腾，贫寒屋脊下衰败的老人，却一节一节地向下，向下慢慢坠去。

（选自《青岛文学》2019 年第 11 期）

第十七辑　雪落中国（13家）

■［云南］鸽　子

雪　花（外一章）

雪早就该开花了，雪早就该下了。

这是我喜爱的花：雪花。

在说出这个词之前，雪早就该开花了，雪早就该下了。

这大地上，这么多的黑暗，需要昭雪。

这生活里，这么多的脏污，需要洁净。

这天地和人心中，这么多的霾和霾一样的杂念，需要开千千万万朵雪花，来芬芳。需要下一场场的雪，来清除。

在雪落下之前，我早已深入雪的背后和雪的深处，把冬天和春天重新经历了一遍。把小雪和大雪重新命名了一次。

我这样做，不为充英雄当好汉，只为保持初心和精神的雪白，只为了让内心的灯盏之光和血脉里的血，有抗击和抵御严寒、传递和播散温暖的坚强。只为了当雪花开放时，我能以洁白面对洁白，以干净牵手干净，以正直拥抱正直。

如是，我自信。这首献给雪的诗，我七步即成。

一步，两步，三步……一步一雪花。

这首诗的本色和质地，除了像雪一样洁白，唯有像雪一样洁白。

如是，我自信：当漫天雪花纷舞时，总有一片雪花像我，能够飞翔起来成为雪花中的一片。

如是，当我能用干净的文字写就一首雪花诗，当我能用光明的声音喊出雪花的名字，当我能用干净的姿态拈着一片雪花微笑，这时——

雪花开处，春满人间。

起风了

突然，起风了。

树枝上那些再也挽留不住的枯叶黄叶，漫天飞舞。

这苍茫的现实主义奔逐，这浩大的集体主义凋零，不是音符，是无休止的叹号。

起风了，突然。在大街之上，在树木之间，在我们俯视仰望中。

风越来越大。越来越猛。越来越快。像挡不住的时间和白发，像跨不过的光阴和皱纹。可大风刮走的是落叶，不是美好。

我看见，树和树们像是靠得越来越近，像是相互拥抱着取暖，像是相互搀扶着前行，像是相互交换着魂魄里的光荣和梦想。

起风了。叶落了。温情的河流还在流淌，长明的灯火还在燃烧，有坑的与平直的路途还在继续伸展。

因为热爱，时间不会苍老。一如我们之间的善良和真诚，时隔多年，依旧美好如初。这么大的风，让我们看清我们之间，有风卷不走的站立，有风吹不落的梦想，有内心里长青的友谊和关切。

起风了。美好的将更加美好。纯粹的将更加纯粹。幸福，刚刚开始。

（选自《天山时报·散文诗月刊》2019 年第 12 期）

■［安徽］方文竹

雪　天（外一章）

我抱住了影子，那才叫作迷人的孤独。

从天而下。雪花簇拥着，像话语——

一遍一遍地说。一句一句地说。一字一字地说。……连句。连篇。无始无终。

说了一整天。说同一个字。说同一句话。重复地说，等于什么也没有说，说了还是白说，

白说还是说，白白的说……一片雪花是白白的说，无数雪花是白白的说。整个世界是一片白，白白的世界。

说得白白的，这就够了。

说的白，就是我要的白。

城郊的加油站。一抹细微的，白的转折。我看到天际线的象群，渐渐地涌向人间。

走出家门，从多彩进入单色。站在雪天里，站在白白里。有人说我是一个黑点，有人说我是一幅画。我将白的抒情移向广阔的世界，和丰富的心灵。

小于一。大于一。

深夜的府山广场

星群隐匿。

月亮瘫软。

一片云，像神女的纱巾，悠悠地，抹去了人间的多情……草丛里，百虫唧唧。我放慢了脚步，附近的工棚里传来低沉、清甜的男女歌声。

此时，空无一人。我刷新自己，用月色的波，用星光的浪，放眼八方，邀请万物……感到自己是一座小岛……我知道，任何孤独都充满危险。

城市的蜂巢，宁息下来。此刻的广场，像城市安全的衣领，可以顺势而摸探：神秘，幽深，多解。

突然，我感到被影子抱住，是一个，还是无数个？不知道。我没有叫喊，像一只翅膀遇上另一只翅膀，觉得如此熨帖。

我抱住了影子，

那才叫作迷人的孤独。

（选自《天山时报·散文诗月刊》2019年第12期）

■［重庆］萧　敏

雪落中国（组章）

瑞雪兆丰年，雪落中国，祝福中国！

1　万物万事都有征兆都有预告，大寒过后，无数飞舞的小精灵，带着上天的旨意，纷纷扬扬降临中国。

那白，被寒潮裹挟，白了山，白了水，白了原野，

那白，至纯至净的覆盖了新疆，内蒙古，西藏，还有宁夏，甘肃，东北，华北。一路南下，攻城略地，白了黄河上下，长江两岸，白了广场高楼殿厦，白了小桥黑瓦残墙……那白，覆盖了依依浅草，枯枝败叶腐木……悄悄地、势不可当地征服了中国！

雪茫茫一片大地真干净！

漫天飞花轻如梦，年去岁来，雪中流年暗换。

2　雪花飞舞，哪只鸟最先啼落枝头的雪？谁率先在雪地上踏出脚印？

面对多少年罕见的大雪欢呼雀跃，奔走相告！

雪地涂鸦，杂乱的脚印踩着脚印，纵横着生命的痕迹。

一点梅心，数枝冷蕊，香在雪中，有人在茫茫雪野中寻香而去……

天阔云冻，风月俱寒，飘飘扬扬的大雪不声不响地向世界宣告：我来了！

3　雪霁之后，暖辉乍现，大雪渐融。

融入山水，融入溪流，融入大地深处，融入万物根须……

悄没声息的来悄没声息的去。雪后的高树更苍翠，雪后的浅草更葳蕤。

茶花更红，蜡梅更香！

雪地冰天之后，那些该死亡的死亡，该消失的消失，大自然以其造化之功规范一切，逆天而行者必自毙！

瑞雪兆丰年，雪落中国，祝福中国！

写意重庆

重庆的山——顶天立地，嶙峋铮铮。

山，立在城中，山，横在城外。路，绕山而行；房，依山而建；隧道，穿山而过。城因山而立体而挺拔。山风过处，山色变幻无穷：春岭如烟，夏谷苍翠，秋山烨艳，凛冽的冬雪给碧峰绿树戴上洁白璀璨的水晶冠。

山——就是重庆城骄傲的雄矗之魂！

重庆之水——婀娜清幽，气势磅礴。

千溪万沟挟持着山上流浸奔突的泉水汇入江河湖泊。

长江、嘉陵江热情拥吻着城市，城因水而生动而活泼。

飞瀑、流泉终年不绝其响；素湍、深潭柔情万端默默。那江水穿越时空携岁月而去。

水，是重庆人最爱的文风流韵！

重庆之美在城。

滨水而居的重庆人，把绿色种在水边，把花朵嵌在岸边。

涧水灵动，牵一路柳风；清溪澄明，照两岸桃红。

桥，飞跨江流；市声和微笑，虹霓和热闹……

因了这绿色的荫蔽，在这里工作着是美丽的！在这里生活着是美丽的！

你看那些藤萝、枝蔓、树根、绿叶，攀缘着，努力着，以向上的姿态，以绿色的征服，诠释了这座立体的城市！

那些藏在蜡梅深处的往事，被清风一一滤尽。阳光下花朵一样的孩子，少女一样的柳荫，青年一样的花果，老人一样的大树，生命与自然的大美和谐于这座城市。

（选自《重庆晚报》2019年1月2日、4月17日）

■［黑龙江］贾文华

雪之初

它们把一片片纯净，默契地排列成岁月的遗嘱。

她准是迈着细碎的步子，涂着上好的胭脂，抿着梅花的红唇，眨着繁星的眼神。她也许会落在你的楼阁，径直从窗子飞入你的案头……天色灰灰，比灰鹤的翅膀

还灰，愈低地覆盖临霜的清寂。风的干号，像野狼无奈而苍凉的悲鸣。十一月的呼伦贝尔彻底醒酒了，准是躲到一个地方做春梦去了，不再宣泄沉醉后的郁闷。没有了透明的珠子，被神的手指于天地间拨弄，世界，孤零零地倚着牧场翻新的草垛，衔一根衰草，冥想天际的流云。

快捷的光芒，像箭镞自天堂斜斜射下，穿透云层，加快了坠落的速度。这位崇尚我行我素的"叫天子"，一头扎进板结的大地，以一杆金子的闪烁，撑起呼伦贝尔的脊柱，让天空不再下沉。那片冬野，沿着回归线以北，大面积迁徙暮秋的深不可测。徐徐前行的落叶，做了远去的马蹄的练习册，又被潜规则的季风撕扯得七零八落。命运稍好的被写生的人夹入画册，说不定，还能拥有一纸相思的命名。

山岗与山岗的交界处，是一锐角形清沟。初春时，窝在这儿的积雪最不易融化。掉队的羔羊常常陷在这里，连同求救的声音一起陷落。从个性的花朵到庸俗的稻草，从随遇而安的蓬蒿到命悬一线的蜘蛛，背靠阳光生长，往往意味着无影无踪的凋零。炫耀了几个季节的色泽莫名其妙消失，一夜间就变了初衷。曾经的信誓旦旦，瞬时翻脸成一派冷霜的底蕴，那可是百花仙子的遗魂，仍旧嘲讽吝啬的金秋。

懒散，荒原懒散依旧。比箫声委婉的是霜天那声掉队的雁鸣，比天空深沉的是远天那只敛翼的大鹏。它蹲在天空一角，俯视清寒的大地，有如目空一切的王，藐视所有苍茫。永远的消失有多远？永恒的存在又能亘古多少年？古城堡遗址绵延的同时，不远处的工厂，仍把有毒气体，排向天然湖的薄冰……当草原静谧得仅剩一缕琴声，夜空投来一轮皎洁的倒影。

谁的步履轻轻、轻轻，在入夜的草原蹑手蹑脚地行进，不想惊动栅栏内的甜梦，不想扑灭那盏指路的马灯。像猫们的爪痕，从弥漫膻味的空间一掠而过，一掠而过……片片时而重叠，时而挣脱的思想，铺天盖地般降临。每一片都有一副六角形筋骨，怎样旋转，都不会打乱原始的程序。要想知道天外来客的密码，就到那些六形棱角上破译。

此时，小雪终于放开脚步，有的还像做游戏似的来回飞奔，像漂浮在寒

潮中的小船，争先恐后地扑向大地彼岸。它们把一片片纯净，默契地排列成岁月的遗嘱。

（选自《天山时报·散文诗月刊》2019 年第 1 期）

■［新疆］刘　琼　**一场雪，在天山深处等我**（组章）

而我，注定会成为雪的一部分。

1　一场雪，在天山深处等我。

缥缈，浓密，不可穿透，我想借用更美妙的词语。

尽管我坚硬，粗粝，而所谓的柔软，这一切取决于风，会从哪个方向吹来。

当所有的碎片都结晶成体，我注定深入，或是坠落。

我想说的是，在世间，爱，多么艰难，索要一半，留下一半。

在这里，我轻易地交出了所有……

真的，面对整个天山，漫长而绵延的寂静，我有足够的耐心等待。

2　走近天山，就走入一片松林，肃然，凝固，有千年的缄默。

你看到一座座、一尊尊的山峰或树木，都是前世在此坐化的僧人。

落雪，成蝶。

林间，梵音隐隐，这是整个山谷给我们的回音。

3　冬日的天山，衣袂如霜，所有的缤纷都隐入袖内。

踏着落雪的小径，成为小径的一部分。

直至山顶，你看到旷野辽阔，你成为辽阔的一部分。

你看到盘旋的鹰隼，指向天空的雪峰，犹如白色的火焰，舔着云，成了云的一部分。

而我，注定会成为雪的一部分。

4　黄昏后，蝴蝶收起透明的羽翅，停歇在山峰的肩头。

云海如湖。旷野。灵魂。宿命……

和春天一样广漠的草场上，草木已经凋敝，牧牛，寒鸦，一匹空着缰绳的马，有我们所不知的忍隐。

占山为王的人，拉开序幕，在夕阳的灰烬里，虚无成薄雾，弥漫。

5 天山深处，月光、松影，小径、白霜，斑驳在千年的崖石上。

今夜，透过树梢的清辉，只怕是又老去了千年。

野花在山谷后面安睡，它们会在初夏苏醒，它们还有一万年的岁月可以虚度。

无关永恒。此刻，我正在天山深处摊开纸张，继续一场铺天大雪……

（选自《天山时报·散文诗月刊》2019 年第 2 期）

■［贵州］颜　儿

纸上雪（外一章）

看不见的雪，途经他的生命里。

有多冷，就有多疼。

没见过雪的人，把雪想成一片云朵，一粒棉花，一丛芦苇草的模样。

于是，他在纸上画呀画，柔情的，深情的。

村庄白了，屋檐白了，树丫间白了；去往城镇的小路上，雪一路追赶着，奔跑着，缠绵着。忽而调皮地停留在了一片湖上，忽而落在镜子的湖里，陷落在紫色水珠上；那么轻，那么细碎，像薄鱼鳞。

雪一直在赶路。远山，那么淡，被雪盖着，像帽子。

最后，那片雪安静了下来，躺在地上冥想。他也成为雪地的一部分。

夜那么长，他画画的笔端，在一座浮起雪烟的山脚下，停住了。

溪水一直静静流淌。也不知是不是梦里，雪真的一片片地轻轻落了下来，将他紧紧抱住，变成他画里的样子。

没有人知道，夜雪轻盈地迷漫过。消失过。爱过。离开过。

看不见的雪，途经他的生命里。

冬日湖泊

灰白色，湖心空出了胸膛。

只有苇草，枯柳枝，斑嘴小野鸭的踪迹，寥寥几笔，便勾勒出浩渺的微波。水草瘦下去，鸟的翅膀收拢了风的间隙。

冻结的水，睡着的水。

迢迢水路，成为茫茫的海，尽向看不到的远山。

鱼群，荷影，晚舟，晒网的桅杆……仿佛还有一个垂钓的人，都隐去。

别有洞天，坚硬于水下的密语。我看见雪落的光芒，跌跌绊绊的风，在开裂的肌肤上，轻描淡写生命的痕迹。

最后的咳嗽声，翅膀拍击水面的声音，花朵沉入草木的脚印，泪水被无色的画境覆盖。

寒意，不说沧桑。一程，又一程；故乡在哪里都一样吧。

你在空旷里，看见什么？万物深思着，有了祖先诗词的韵律。

平淡风景里，必然有什么隐秘在岁月深处。

（选自《天山时报·散文诗月刊》2019年第12期）

■［新疆］李 凌

雪 地（外一章）

寒冷的雪地里，冻不死的是土地深处的根

在雪地，光秃秃的树，孤寂冷漠，

就像站着的铁。

一只眼含泪水的麻雀蹲在枝丫上，风一吹，就滚出两行冰凉的沙粒。

一条路，阳光落下的影子，看上去就像一条人生的坦途。

而一地的虚词中，枯草是站着死去的唯一幸存者。

此刻，寒冷扼住歌喉，讴歌或者诅咒，都唱不出一句完整的歌词。

这样的白昼，大地进入肤浅的冬眠。

寒冷的雪地里，冻不死的是土地深处的根，即使再严寒，它也咬紧牙关，不肯轻易就交出，那些深藏于地下的，蚂蚁过冬的口粮。

最后的尊严

整整两小时，那棵树在风雪中颤抖。

随着第九十九片黄叶飘落，它向季节交出了自己百分之九十九的积蓄。

而那最后的一片叶，是摇曳在风雪中的风景——不是舍不得放下所有，在生命的卑微中，这是自己最后一份尊严。

寒风冷雪，赤裸的枝条随风摆动，轻易就化解了风雪的肆虐。

脉管中涌动的血，是尘世最缠绵的依恋。

（选自《天山时报·散文诗月刊》2019年第9期）

■［新疆］青　玄

雪　迹（组章）

雪后，果实还悬在枝头。

1　雪后，神的庙宇打开了大门。

这广大的冬天，像是被一场突如其来的白色火焰点燃一般，枝条上满是复苏的白色精灵。

站在阳光充足的窗前，我感觉到冰的壁垒正在慢慢消融。

喘息的骏马飞驰在蓝色地平线上，迸溅出火花，升高了小城的建筑。

我感觉到了下一场雪的席卷之势。

2　这时的冬天又像是一只凌寒独飞的大鸟，从高处落下又从低处回旋、上升。

白羽汤汤。一片一片的轻灵，汇集成秩序的美学——

它们飞行时，整个世界都是洁白的。

3　雪，浇铸成山。

一场真正意义上属于冬天的雪，落下来，就没打算走。

只有一条羊肠小道站在事物的边缘，通向你——

布满了风的脚印，这样干净。

4　山，也是寂寞的。

冷兵器一样耸立在视界的外围。

盘踞在山与山缝隙间的洪荒，铁一样坚硬，陷入一种等待前的静止——

狂飙之钟，乘着候鸟发光的羽翼，追随时间子弹般穿行，直取原始的内心。

5　雪用寂静在荒原建立一种秩序。

一朵开在冬天的花，清冷是它本身。

没有群鸟祝祷，没有蜜语叮咛，甚至没有一棵不起眼的杂草拜服。

它自顾轻盈——寂寞那样深的泥潭，也被完整覆盖。

6　雪压低了冬天的声音，鸽子在空中奏出回旋曲。

7　雪后，果实还悬在枝头。

像苦难中攥紧的拳头，像悬垂于世——

你我未知的命运，在雨夹雪、深雾、泥泞的包围之中，小小的挣扎。
在难掩的光芒下，有了喊醒自己的惊诧。

（选自《散文诗世界》2019年第10期）

■［湖北］牛合群

煮　雪（外一章）

冬夜看不见星星，月亮也落到冰窟窿眼里了。

在雪的中央，看风吹草不动，水被囚在一隅。
苍山远，鸟鸣稀。
一切都变得简单，生动，素洁。
子时已过，灯光正在化干戈为玉帛，
从外面走进来的，是一个雪人。
身后的光，点燃了一个字：家。

邻居三奶

冬夜看不见星星，月亮也落到冰窟窿眼里了。
日子简单，一盏灯就能照亮一个院落。
瞌睡越睡越深，深到一盏灯的后面。
一棵白菜抱紧另一朵雪，跟在后面的土豆缩着脖子，与寒冷讨价还价。
打工的儿子太远，今年准不回家，没有电视没有手机没有多余的粮食。
除了那只断奶的小羊，你没有什么可担心的。

天地白茫茫一片，看不见星星，但比星星还明亮，你摸了一下灯光，有些冷，转身，望了望雪地，竟望出了一行脚印。

（选自《天山时报·散文诗月刊》2019年第1期）

■［黑龙江］崔明秋

雪亦飘零（组章）

衣襟上粘着黎明的唇语，闲窗下，枯树在寻找去年的鸟鸣。

难以退场的苦寒，漫天阴云毫无愧色。
黎明，艰辛的光，在松柏的顾盼中漫过凉薄的时辰。

长眠刹那惊醒，今夕何夕，梦境中竟轻雷阵阵。

黑夜倾斜而去，生死虚无。长街蜿蜒着回忆，空枝挂满苍老和麻木。

孤守的窗口，思念的遗址里住着一场风雪。天明就已迈入落寞，披挂旧年的沧桑，何处寻得春色几分？

一条飘零的大河在身体中流淌，乌云倾巢而出，只为在奔往虚妄的途中留下暗伤几重。

风飘零，雪亦飘零，无处陈述的暮色寻找着伟大的缺席者。

任凄寒狂野，草木无语，灵魂在孤独中高歌。

独居的太阳正在缝制理想的金缕衣，何愁耐不过这一纸荒凉！

踏　雪

春雪诉不尽清寒，夜的手掌中，一些旧梦消融，在自我的春天中缱绻。

衣襟上粘着黎明的唇语，闲窗下，枯树在寻找去年的鸟鸣。

踏雪，明镜般的日子在寂静中展开，几许轻愁，斑驳了蓝天的胸膛。

雪　后

坐在房子里听阳光在雪的脊背上说，坐在岁月的木椅里听三月在树的骨头上说。长街的咽喉充满水声，脚步多得足够踏碎一个铁质的梦。

屋顶堆满了耀眼的孤寂，夜色崩溃时，又一个日子越过了险境。

太多的雪，白色激流从唇间到腰间，一刹那，冲撞生活麻木的触觉。

黎明孕育了鸟鸣，灰翅膀下，松柏的衣袍旧了又新。

散失的回忆像复活的音节，枯草与霜雪之间竟缠绵出一段分离的誓言。

三月里，白蝴蝶在飞舞。你认出了春天，却不知该如何温柔相待！

（选自《天山时报·散文诗月刊》2019年第1期）

■［陕西］石桂霞

雪落无声（外一章）

雪环抱柳枝潜伏预留的出口，埋下引爆春雷的导火线。

灯光落在琴上，键盘发出轻微的颤音。暮色在窗外的延伸如此悠长，划过寂静的手指是冰凉的，还有多少苍茫，在夜里弥漫。

雪落无声，枝头摇曳的节奏还在，叶子的心跳和动容还在，雪中的弦音，心海的弦音，与不能自拔的弦音，一脉相随。

纷纷扬扬，落在玉皿和银碗里，有一缕幽香，一头安静的小鹿，允许自己走神，允许自己呈现雪色，迎着白茫茫山河，宛若潭中倒影，荡漾着清澈的句子。

雪握住子夜和晨光直达黄昏，它宽大的衣襟里揣着森林和河流的隐隐涛声。

雪环抱柳枝潜伏预留的出口，埋下引爆春雷的导火线。

故乡的路

一条小路，从风雨的羊肠里，延伸一个叫故土的村庄。

无从考证一个脚印又一个脚印承载的生存之重，丈量原始与文明的距离。

陡峭和蜿蜒如走针串线的艰难，月光不能挽救的夜晚，油灯是唯一点缀。

离别与相聚也与小路有关；小路顺势而上，诠释人往高处走的道理。

山水之间，攀缘和跨越，陡峭的坡度引向山高人为峰的崎岖。

小路等待不离不弃的脚步，为自己取暖。这唯一的小路，形如食指，粗糙弯曲，拨开内心的云雾和迷惑，沿故乡的方位，不偏不倚，指向明确。

几公里之外，我听到有人喊我乳名，一缕缕炊烟随即飘起，引路。

（选自《天山时报·散文诗月刊》2019 年第 1 期）

■［贵州］李东华

在一场雪里呼吸（外一章）

我想把雪煮沸成诗，让整个冬天充满热度。

这是一场来得很晚的雪，却是一场来得很猛烈的雪。

节令早过了大雪，也进入数九。正是河水不走。

雪，猛然间就来了。不分白天与黑夜。

雪，闪着天使般动人的眼眸，漫天旋舞。这个舞动的精灵，将万物视为自己的孩子，紧紧搂入怀中。将冻僵的心灵捂热，将流血的伤口包扎，将裂缝的爱情抚平，将啼哭的婴孩哄笑，将庄稼人的梦续圆……

在一场雪里呼吸，突然看到一些老旧的故事，跳到前台。是关于屈原、李白、杜甫、孟浩然？……每一个故事，或雄踞江南，或飞越燕山，都是那样悲壮而豪迈。

雪，将一曲静歌唱在心上。

为了一句长叹，总在江南小巷徘徊；为了一句怒吼，在燕山掀起狂涛……

大地用一身素洁的打扮迎接雪的到来，打开窗棂，到处是修女在舞蹈。

我想把雪煮沸成诗，让整个冬天充满热度，让卖火柴的小女孩不再冻着。

雪化入泥，心静如水。禅意的雪花，在天与地之间，叙写不尽的歌谣。

竹 笛

一支竹笛，一曲音乐的盛典，吹奏千年。似马的奔腾，似溪的清亮，似父亲的粗犷，似小伙的激越，似姑娘的柔婉……

有高山流水的意境，有鸟语花香的烂漫……

竹笛，千年的文化。《风俗通》记载为汉武帝时丘仲制，有的说是来自羌，或是西域……深厚的历史积淀，像一条河，流泻祖辈的智慧。

竹笛，吹奏在江南水乡，吹奏在云贵高原。高亢悠长的旋律，辽阔宽广的情韵，代代传承，成为最古老的民族乐器，成为非物质文化遗产。

一截来自深山大川平凡的竹子，经过制笛工匠的精雕细磨。

七个笛孔，七个不同的音阶，绽放瑰丽迷人的音韵。

盛世华章。让我看到江河的奔腾，竹海的狂涛，民族的精神……

（选自《天山时报·散文诗月刊》2019年第1期）

■［甘肃］包文平

雪原·血狐（二章）

雪被下覆盖千年的莲花温润鲜嫩如当初。

1 天空辽远。雪原辽远。

白茫茫的苍天啊白茫茫的大地。天地倾斜的远处像是一页折叠翘起的宣纸。

你能写什么呢？太阳在远处，是宣纸上洇染开的一个玫红的墨点。

在雪原，雪片挨着雪片，雪片挤着雪片……奔跑着，打闹着，热气腾腾地，纠缠在一起，雪片们把内心所有的冰凉夯实在一起，伸开雪花的六根手指相互抱紧所有的兄妹，取暖。

在雪原，每一瓣雪花都是不可或缺的。雪被下覆盖千年的莲花温润鲜嫩如初；雪峰耸立，每一瓣雪花都是埋葬自己的花，每一瓣雪花都是一滴晶莹的泪，你无法想象垒砌成这样绝世的孤高需要多少片雪花的骨骼？

2 突然，两只狐狸——

一只血狐，一道撕裂大地的伤口，一团灼灼燃烧的烈焰：惊艳地飞驰。

一只银狐，一道掠过原野的闪电，一柄滋滋淬火的刀锋：呼啸的寒冷。

雪原太安静了！

银白色的狐狸驰过的瞬间，雪野被划开一道冰凉的伤口，你能够听到雪花突然地碎裂之后雪层又渐渐愈合的声音；血狐走过，带着火，巨大的雪原烧开了一个窟窿，原野的血管中奔流着泠泠声响。

一股汹涌而至力量或是生命复苏的兆头，在雪野深处悄悄地进行着……仿佛神祇的左耳和右耳，轻轻拂过，谛听人间的消息。

（选自《星星·散文诗》2019年第5期）

第十八辑　名家年度新作（18家）

■［山东］耿林莽

耿林莽近作（三章）

登一则寻人启事，寻找／失踪的自己。

寻人启事

华灯初上，彬彬有礼，舞厅里旋转着旋转着色彩的旋涡。五光十色的奇装异服，令人目眩。

人的面孔是看不见的，那是一个
假面舞会。

想看看你，看看你湖波轻漾，澄澈如水的眼眸，
看看你眉宇下那两排低垂的柔柳，
统统被遮蔽了，遮蔽于一副墨镜后浓浓的黑。

想看看你银光闪闪、洁白如玉的皓齿，大海波涛中停泊着的唇的小舟。
统统被覆盖了，统一型号的口罩，将她们覆盖得严严实实。

想听听你开口说话，听听你银铃般清亮悦耳的声音，听到的却尽是媒体上重复多遍的套话。经书里人人会背的名言，无一句表达你自己的看法，个人的见解。

我呢？我在哪里？
登一则寻人启事，寻找
失踪的自己。

水手登岸

水手水手，登上岸壁。
海岸边的阔叶树，伸出了迎迓的长臂。
广场上的喷泉水，释放着狂热的跳跃和欢呼。

远航归来，饮足了粗粝的海之风的浪游人，胸脯上长满茁壮的毛。那是肥沃土地上的庄稼，海浪间漂浮的水草，生命力蓬勃的旗。

水手水手，放荡不羁。胸怀坦荡，四海为家的男子汉，却总有一角童年时的海岸线，在你的梦魂之间闪闪烁烁。

波涛起伏的红房子，幽幽绿草坪，摇滚音乐旋转着遍地的草莓果，在骚动，在沸腾。

五色伞下的俏女子，送来一杯冰果汁。

躺在沙滩上，袒露阔胸脯。乳汁丰盈的阳光雨，温情脉脉地洗涤你：吮吸、亲吻、爱抚，

一遍又一遍。

醉　马

铁壁上走马。我听见
蹄声叩冷荒原。夜，还长满可嚼的冻草吗？

沙场归来，剪落日之余焰。红鬃烈马，自古是帝王之雄威。

于是饮马于酒槽。于是奋然作感恩之长嘶。于是一醉千载，陈俊骨伴帝王之亡灵。酒精麻醉了骨骸，至今不醒。

骨上有青色的磷光。有殷殷之血。有古铜色琉璃瓦的声音。我燃一炷香于殉马坑，暮色将临的残壁，我萦绕我的足音于万籁俱静的黄昏。我侧耳而立，听不到一匹骏马醒来的悲鸣。

（选自《诗潮》2019 年第 8 期）

■［四川］王尔碑

长眉罗汉（外二章）

只有沉默的天海记得：那一瞬间洁白的帆影。

人间最奇异的眉毛？
两行细细的溪水，自你的前额蜿蜒而下。
溪水，在说你一世的酸辛？
可你笑着，望着一切都笑，笑得如此长久。
或许，你手中的如意，是一首金质的歌？是神剑，能斩断愁云？

有那么一瞬间，你笑累了，你站着呼呼入睡了。我轻轻揭开你的笑面，看见你寂寞忧伤的脸，吓了我一大跳。

诸神震怒。你没有醒。

长眉的溪水，打湿了我的鞋子。

群　山

高高的骏马，站在天上。水蓝的天空，可是它的草原？

马头，淡墨色的，淡墨色的“A”字形山峰，固执地在做梦。

马鞍，纯银做的。积雪，赠予纯银的期待。

一棵树的叶子红了。

一个脸儿红扑扑的少年，携着一串铃铛来了。

他跨上马背……

于是，沉睡了亿万年的白宝石红宝石，爆发一声哗笑，纷纷飞出梦境。

云

两朵流云，偶然相遇。

它们默默对话，它们结伴远行。两只小船，升起帆儿，飘呀，飘呀……

忽然，风来了，小船消逝，杳无痕迹……只有沉默的天海记得：那一瞬间洁白的帆影。

（选自《大沽河》2019年第3期）

■［贵州］徐成淼

枯叶蝶

岁月带走了所有的欢愉，只让残骸无助地追念远逝的青春。

看上去，我已经彻底枯萎，变成一枚残叶，无望地孤悬枝头，任斜风细雨肆意播弄。

叶面枯黄，叶脉干缩，皱纹布满了整张老脸。那上面有女巫的指印和撒旦绝望的表情。那是季节留下的瘢痕：岁月带走了所有的欢愉，只让残骸无助地追念远逝的青春。

我以此躲过了鹰眼的敏锐，鸟喙的尖刻，在漫长的白日里维护着愚不可及的平安。

直到夜幕低垂，亚马孙河上薄雾升起，寒意将我从迷梦中遽然惊醒。

欲望复活了！我试探着伸出触须，去感知世界的温度和万物萌生的节律。足节蠕动，复眼放出暗光。粉翅急不可耐，终于以起义者的姿态奋力打开！

揭去伪装，展开的翅面竟如此美丽！花纹如行云流水，时尚而前卫。色块强烈对比，线条回环交错，叫人联想起创世纪时的水光和天色。

我被自己的美色陶醉，扑腾着向夜空飞去！

飞翔带起了周围的气流，气温波动，迷雾扰乱了月光。整座森林都被混沌占领了，林涛哗然作响，不安分的精灵开始跳踉。

裹挟，抱团，冲撞，以滚雪球的速度扩展。穿越荒原，直取岛屿和海岸。雨珠急速攒射，云团聚集，风暴蠢蠢欲动。终于以雷霆万钧之势，向不可预知的远方挺进。

几天之后，在万里之遥的北国，一场超级飓风横扫大陆。乔木和灌木被连根拔除，舞榭歌台瞬间夷为废墟。洪水滔天，暴雨动地。城市和乡村一起沦为泽国，污泥浊水荡平了所有的辉煌。

只有我不为所动。

在黎明来到之前，我重新收拢双翼，合上翅面，回到枝头。真相再一次隐藏起来了，出现在人们眼前的，依旧是那枚奄奄一息的枯叶……

（选自《星星·散文诗》2019年第5期）

■［北京］刘 虔

南方。红丘陵土地上的奇葩（外一章）

不曾丢弃的执拗，不能忘怀的圣洁，都是我的狂野的追寻啊……

一座村庄。南方红丘陵土地上我的村庄。红土地奉养的奇葩。我的心上之光。唯一的欲望，唯一的亲人，孤寂地挺立着，不曾失眠，也从不失望。只想永远地回响着天籁与地光的赐予。稻谷飘香。麦苗抽穗。桃树和柚树的果实在村后山林里彼此张望。月光照着三月，田垄里有守夜放水的乡亲。躬耕的老牛已然退役，而今更有了机声与电光的喧响。我的村庄，在大地资水与雪峰交汇的一隅，在河流漂泊与山峰屹立的绵长的故事中，辩诉，哭泣或者歌唱。搂住泥土的气息和誓言，铺展岁月的呼吸与呐喊，梦里总有自己的远方。自由与汗水，是唯一能够拯救的方舟，唯一可以飞翔与栖居的翅膀。我的村庄，我的奇葩，屋顶的炊烟已然一改陈年古老的烟火，一缕缕太阳的金光，在那蓝蔚的天空中起伏如波浪。昨日、今日与明日。南方红丘陵上毫不起眼的永远地绽放，给我以清晨与黄昏，才是我心灵的归宿，我的心上之光……

（2019/1/22，凌晨。想念家乡。写于驶往中美洲的嘉年华邮轮上。）

时光之城。那一片青青的橡树林……

1 这是时光之城。深院与陋巷。高屋与草堂。坦阔与泥涂。我的青睐。我的谦卑与骄矜。一生不曾丢弃的执拗，不能忘怀的圣洁，都是我的狂野的追寻啊……

2 月落乌啼后。日出梦醒时。绕过百年不歇的长夜，我走进了你。走进这满树翠绿的绿宝石一样刚毅，青草与苔丝、蜂鸟与松鼠、风声与雨韵，相伴相生的橡树林。青青的波荡是你叶叶相交相吻盛放的光焰与光阴。虽然枝丫上布满伤痕，还残留着昨夜降临的辛酸，但一切又有了蝉蜕沐浴后的新欢。听啊，“上帝已死！”一个世纪前，一位思想者的疯语在你的浓荫里重新落地爆响了，震慑着所有人心的犹移与坚硬。回到人的命运。回到自由人不设樊篱的天地……

3 鸿雁阵阵，如电光箭矢，掠过苍冥。时不我待啊。当孤寂与落寞掩映着晚风里出没的绝望，我会以你那敦实如铁的躯干，独立于你的独立。活着如你活着的岁月。为梦想承受怨怼的痛苦。为地上的泥泞疲惫行走不已的双脚。守住悲歌与颂歌的舞台。甘愿因太阳的照耀而失眠。秋色出岫时，仓廪丰盈……

4 然后，成为你的一粒橡实。缄默着，又呐喊着。抱着秋风染黄大地的秋色，隐去自己，在低沉的尘埃里低沉着内心的秘密。不为人知的时刻，饮尽风儿刮起的满目沙尘。在又干涸又多雨的土地的一角，盘住根的沙石，再启别样的绿宝石青葱的梦境。

5 啊，这时光之城，这绝非虚空而又飘逸于人心之上的时光之魅，已然挽住了人生路上流水一样不绝不泯的航程，那一片天青色的天运……

（2019/2/4，有感于旅途中幸遇美国莱斯大学校园一处葱郁无比生机蓬勃的橡树林。2/6，成诗于返抵香港之UA859航班上。）

（选自《天山时报·散文诗月刊》2019年第5期）

■［湖南］叶 梦

梦中的鸽群

梦境戛然而止，只有梦中的鸽群留在我的记忆中。

梦中的鸽群飞向仄巷之上。
天空依旧被遮蔽。

回到童年场景，我必须穿越铁铺岭。
熟悉的街道被梦改写，恢复为秦代县衙前的古街。
两边都是卖旧货的店铺。木雕、古老的器物摆在店铺的门外。人影幢幢，来来去去。陈旧的气息，破败的繁华，色调很像旧书的颜色，仿佛一部无声电影的实景演出。
两千多年前的场景复活。

梦境毫无章法地从街道中段开始切入。
我幽灵一样飘浮着走向街尾，街尾的街道陡然变窄。有很多人，每人都控制着一群鸽子。多群鸽子同时放飞，在头顶飞来飞去。
我在放鸽人的夹缝中穿过。鸽群噗噗噗地在我头顶飞翔。
唯有鸽群，看不清人脸。

梦中的鸽群飞向仄巷之上的天空。
天空被遮蔽。

穿越铁铺岭，企图抵达我心灵深处的童年温柔之乡。
毫无章法的梦境再次肆无忌惮地修改现实，童年记忆中街尾两边应该是稻田洼地。稻田溪流不见了，只有一片汪洋。
灰白色的现代水泥高架桥从巷口直接伸展出去，桥面有及至脚踝的水。我蹚水而行，从铁铺岭到三里桥，梦里的咫尺之地，怎么变得这么难走？
高架的桥面断开，有一处断裂豁口。下断桥走过叽滑的跳石，必须再爬上高架桥。倚着桥墩上的钢铁码钉我攀缘而上。上面站着的是我小学的一位校长，她接过我手上的袋子。
梦中的我很有力量，四肢攀缘，一下子就攀缘上了将近有一层楼高的高架，眼看就要到顶了，这个时候——
我，醒来了。

桥断路断，即使穿越了铁铺岭，我永远无法抵达三里桥。
梦境戛然而止，只有梦中的鸽群留在我的记忆中。

（选自《散文诗》2019年上半月版第12期）

■［河南］王幅明

九曲回肠开封城（外一章）

千年梦幻的清明上河图，化为一片园林。

一座在缅怀中沉睡的古城，幡然醒来。

终于找到了自己的定位：辉煌于水，消失于水；势必依赖于水再度复兴。

于是，汴河复流。在汴河流经之处，千年梦幻的清明上河图，化为一片园林。

于是，这片园林又制成动画，在上海世博园的中国馆上演，吸引着世界的目光。

于是，曾经名为汴京、东京、大梁、汴梁、祥符的八朝古都西部，一泓相当于9个龙亭湖的开封西湖，神奇出现。曾经数次淹没古城的黄河，引水进湖，一洗往日的形象。既是泄洪通道，能够防洪排涝，又能补给生态用水，开封西湖是黄河赐予的福音。

于是，一个衔接新老汴京城区的湖泊——森林生态园区应运而生。开封人有了宜居新家园。开封市有了新名片。

于是，宋都水系工程启动，利用四条河道连接五大湖泊，将水系连通，形成完整的御河风景。昔日的开封景观被重新描绘。

于是，久违的慢生活开始了。在九曲回肠的汴西湖泛舟，船身平平仄仄，水岸尽开黄金甲，一不留神，便会跌入宋词的陷阱。枕水入梦，游客感叹不已，“只把汴州作杭州”。

犹如在一条时光隧道里穿梭，两千多年的历史同样九曲回肠。大梁时代的开封，曾是战国时代的地标，之后便起伏无常。千年之后，北宋时代的开封，曾是世界都市的翘楚，之后一落千丈。又一个千年过去了。掩埋地下尚待开发的城漯城古都奇观，与河湖贯通清气袭人的新城，开封将迎来新的轮回。

楠溪江记

楠溪江，由溪而江，亦溪亦江。

发源于括苍山脉的多叠泉水、瀑布，飞泻而下，借势合流，穿山越岭，蜿蜒向前，直入瓯江，再入东海。

溪水经过，炊烟升起，树木繁茂，人丁渐多，五谷丰登。由东瓯古国的一个小镇，渐渐发展为东晋的永嘉郡。山呼水应，期盼大才子王羲之、谢灵运来当太守。它们怎么知道，王、谢是山水的知音？

曾名瓯水，又名南溪、枏溪、楠溪，由大楠溪小楠溪交汇而成汪洋，最终由溪而江。

曾经的梅园，曾经的楠林，全都隐藏在时光的背影里。

三百里楠溪江，流过 36 湾，流过 72 滩，流经千年，依然纯净澄碧，清澈见底。

何等高贵：雍为江身，不改溪心。

在楠溪江当了三天贵族，口福、眼福俱享。

吃楠溪江富含硒的原生态农家菜。也有舶来品——烤全羊。店老板去了一趟新疆，回来灵机一动，把烤绵羊改为本地的烤山羊，膻味全无，只剩满口酥香。只要看一眼停在岭上村江岸几公里长的车辆，就明白慕名而来者有何其多了。

喝永嘉随处可见的山泉水。喝用山泉酿制的口感醇软香和的瓮装黄酒，还有糯米酒、烧酒、乌牛酒、杨梅酒。

在狮子岩、渡头或二桥乘筏漂流。坐在筏中竹椅之上，赤脚浸水，浪花四溅，心与江水相融。远眺绵绵青山，近看郁郁滩林，仰望蓝天，偶见飞鸟，宠辱皆忘。身边不时飞过舴艋小舟。天色渐晚，渔火点点，但闻渔舟晚唱，不禁乡愁来袭。顿生遐思：天上？人间？

睹山，睹瀑，睹急流激荡顽石，睹龙瀑仙洞与陶公洞，睹水之湄的芦花轻轻飘飞，睹风，睹花，睹月，睹雨中会变魔术的云，睹万绿丛中一点红。睹星罗棋布的古村落，以“九天七星”设计的枫林村，以“七星八斗”构建的芙蓉村，以“文房四宝”布局的苍坡村，一门六进士的溪口村，“水如棋局分街陌，山似屏帏绕画楼”的岩头村，有松风水月门台、墨沼生香池塘的埭头村……

（选自《诗兴开封第五届国际诗歌大赛作品集》，河南大学出版社 2019 年 1 月出版）

■［广西］蔡　旭

一些唐朝的人（二章）

他说的这句话，会一直响在——于无声处。

以一句话成名的人

刘洎这个名字，许多人不认识。

我也不认识。查了字典，才知道洎读 jì，是到的意思。

刘洎这个人，许多人不知道。

我也不知道。偶然读史，才认识这位非著名的唐朝官员。

其实只听他说过一句话，一句石破天惊又平淡如水的话。

那是唐太宗问史官褚遂良：你记了我的言行，可以给我看看吗？褚说不可以。
太宗又问：我做了错事，你也要记吗？褚说出于职责，不敢不记。
这时旁边一个人插话了。他说——
即使褚遂良不记，天下人也会记的！
插话的人，正是后来以这一句话出名的刘洎。
刘洎是什么官？不知道。他是哪里人？不知道。他多大年纪？不知道。
也不知道他一生说过多少话？似乎就说过这一句话。
一个人有一句话能够流传，也就足够了。
这句话平淡如水，真理一样朴素。
这句话石破天惊，警钟一样震撼。
如今褚遂良似乎很少了，许多史官已不知道自己的职责。
刘洎似乎也很少了，许多人不愿、不想或不敢说真话。
好在刘洎说的话依然警钟长鸣。作为真理，它永远存在。
只因一句话就走进了历史。非著名的刘洎因此史上留名。
即使不知道这个人，不认识这个名字，他说的这句话，会一直响在——
于无声处。

被一件事丑化的人

高力士涂着白鼻子，出现在戏台上。
醉酒的李白在金銮殿为唐玄宗杨贵妃写诗时，他不得不为诗人脱靴。
作为才华横溢、蔑视权贵的诗仙的衬托，他成了反派。
成了千秋戏台上，最著名的丑角。
这一件逸事，最初出自中唐段成式的笔记小说《酉阳杂俎》。
后来《新唐书·李白传》也以讹传讹，竟入了“正史”。
其实，杨贵妃册封之前，李白早已离开长安，此故事无法成真。
更何况他已是太子称兄、王子公主称翁，皇帝也不直呼其名的显赫人物。
高情商的李白，怎么会在大庭广众之下羞辱他呢？

原名冯元一，他是岭南圣母冼夫人的六代孙。
只因家族遭诬灭门而流落他乡，后被收养而入了宦门。
曾助玄宗平定韦皇后之乱，而深得宠信。
一生忠心耿耿，被誉“千古宦官第一人”。
竟因一件不靠谱的逸事，而遭千年冤屈万众羞辱。
堂皇如“正史”，有时也会制造冤案。

很明显，高力士是被戏弄了。

名副其实地被戏所弄了。
当然，戏也是被人所弄的。

（选自《天山时报·散文诗月刊》2019年第12期）

■［福建］陈志泽

深刻的小花（外二章）

哦，还没到她开花的时节……

小到几乎可以忽略，点点白就是她的花了，绿叶的轻浪随时能将它淹没。
微弱的呼吸强劲地飘飞，好远我就能闻到她的气息，瞬间陶醉……
走近她，我禁不住亲吻她谜一般小小的花蕊，不忍离去。
她的香，是一种发自深邃灵魂自顾自的随意宣泄？
她的香承载起我思想的飞絮，击倒所有外表的华丽与张扬。
此刻，我突然闻到了她的香气，却四处找不到她的踪影。
——哦，还没到她开花的时节……

在这个盛满阳光的盆里

小区的楼房和树在院子里围砌一个盆。
在这盆里最早盛满晃晃荡荡的阳光，有金色的浪涛声传来。
我急急奔去，跃入其中。我在盆中踏浪，溅出阳光，溅出心花，撒播出数不清的花瓣和花蕊，芳香四溢。
洗去一夜的黑，洗去心头的混沌、身上的污迹。
我在这盆阳光里游泳，消除灵与肉的饥饿；我在这盆阳光里浸泡，让我的骨骼增强金属般的硬度；我的肌肤擦洗出明丽的光泽，温暖的歌谣。
阳光总是满满当当，而东升的太阳还在流泻它的恩赐……

胸 怀

披着云霞，两座山峰隐匿着，却凸显柔美的弧线。
爱的山泉——永不枯竭的乳汁，或汩汩流溢，或渗透泥土，或透过云霞，在大自然胸臆间温润情怀，飘逸芳香的气息。
谷底是天然的婴儿襁褓，是男人或女人的必经之地，是爱情或亲情波涛起伏的河床，是每一个人直到终老都难以忘怀的幽深而宽广的世界。
看不见太阳的光辉，却温暖着人生的悲凉，充盈不泯的活力。

无法解读的诗意，走不出的爱恋。秀丽葱翠的峰峦挺拔着生命的真谛，山中生灵吮吸着它蕴藏的神奇与蓬勃……

（选自上海《文学报》2019 年 5 月 16 日、《天山·散文诗月刊》2019 年第 10 期）

■［湖南］皇　泯

嗅　觉（组章）

花朵含苞的时候，意象的蝴蝶，迷失在春天的嫩草丛。

八月的桂花，五月香

属相，狗，嗅觉灵敏。

自家的门关不住，别人家的窗挡不住。
木壁缝，旧报纸糊不住诱惑的蚌香。
花朵含苞的时候，意象的蝴蝶，迷失在春天的嫩草丛。

早到的春香，先天性过敏。
喷嚏，是感冒的残冬。

人和巷的裙边风，从巷头香到巷尾。
低头，悄嗅，长留余香。
抬头，远逝的背影，目光拐弯，嗅觉拐弯。
八月的桂花，五月香。

暗绿的叶，在车窗偷窥的斜光里，不知含羞。
半开半合的叶片在风暴的劲吹下，乍现早已绽开的花朵。
含羞花天生开放的欲望，隔墙有耳，张开的听觉，嗅到的只有花朵败落的飘零。

野百合掰开石缝，争夺阳光

室内飘香的花，并不一定是盆景。
户外，风野，雨也野。

野百合生长在丘陵低矮的灌木丛，掰开石缝，争夺阳光。

所有回忆，都盛开在异乡的温室里。

植物书上说，野百合的茎特别发达，在薄弱的土层中依然有充足的水分。

一株百合可以扩展一平方米的浪漫，所以，情感，在陡坡上也能牢牢地深入生命的根。

蔷薇花带刺，芒刺已穿越身心

明知蔷薇花，带刺，偏向刺中行。

勇者，不知芒刺已穿越身心，只有血染的风采，在有意与无意地呈现后，才枯叶一样回春。

黄河源头的雪水，再清澈，也洗不白内心的阴影。

昨夜的凋零，在今晨冰冻成凝固的暗红。

满地野性的花瓣，谁嗅出还有一瓣是盆栽的蔷薇香？

亭亭桦树林，扬起的花絮，卷入夕阳铺天盖地的血色中，独自飘散。

在平静的水里，鱼被呛了

临冬，牡丹，在我到来之前已凋零。

再灵敏的嗅觉，也散发不出芳香。

一路枯萎的杂草，在车轮下倒伏，开不出半丝的青嫩的微笑。

我不想再践踏我祖先游牧的水草。

永明城盲目。

网，晾晒在国境线上。

在海参崴，再也品尝不到海鲜，却闻到了符拉迪沃斯托克的腥味。

不小心，前脚陷入海滩，后脚就无力自拔。

好奇成为一尾咸涩的鱼，再也游不出缠绕的水草。

在汹涌的水边，没有溅湿鞋。

在平静的水里，鱼被呛了。

（选自《星星·散文诗》2019年第2期）

■［山东］韩嘉川

等候台风（外二章）

没有海的辽阔与暴力，也没有未来与过去，唯有静谧。

酒吧外面的霓虹灯在闪烁，像女人眨动的媚眼儿。
打一个响指，老板娘过来往面前的杯子注满了啤酒。
窗外没有人走过，台风要来的信息让人们都躲在家里。
这里是个老地方。啤酒很新鲜。

潮热的天气，得到台风要来的消息，海面激动不已。
电视荧幕滚动着卫星云图，示意台风步步走来的行迹。
雄狮一样扑向堤坝的海浪，高高溅起人们的惊叫与嬉笑。
这里是个老地方。啤酒的泡沫隐含着高潮。

草帽挂在椅子背上，脸上的皱纹有阳光的留痕。
端起酒杯的手在颤抖，气流的弹性在加大。
一头太平洋的猛兽，向这座城市奔来。
这里是个老地方。啤酒意蕴丰满。

割破海面与陆地的台风，唤起主观的疼痛；
以半生信誉做抵押，期望风挟雨水足够震撼魂灵。
而门铃响处，进来裙摆簌簌的女人，打响指要一大杯酒。
这里是个老地方。啤酒的苦味儿绵远而悠长。

从大张着的落地窗望出去，没看到大洋巨兽的踪迹。
没有海的辽阔与暴力，也没有未来与过去，唯有静谧。
婴儿的啼哭在老城门户里抖动空气，膨胀的夜空旷不已。
这里是个老地方，啤酒很新鲜；而此刻正在台风的风眼儿里。

海边椅子

背向而坐，海的声音便是风的形状。
飘忽不定的云掩盖着愉快，阳光与花朵互为面具。
虚拟的钢琴曲徐徐响起，一如旧时光的质地。

然后是海水、船、沙滩，还有孩子的喊叫与女人慵懒的躯体。
涂鸦的街巷与晾晒大小不一的衣裳，马扎、蒲扇与光脊梁的男人。
茄子西红柿辣椒和鸡鸭结构的市场喧嚷，加啤酒与旅游晚餐。
驳驳杂杂的夏天，被虚拟在海边的钢琴曲里。

骨架倾斜的椅子被海的声音形状坐得吱吱响。
飘过的云与即将到来的风暴潮没有关系。
潮水徐徐涌起，坐得够久了；
花岗岩石阶上面是老市区。

海岸上吃鱼头的孩子

海岸。那孩子在厨房后面分解那只鱼头。
有生以来吃过的最好食物，包括风的腥咸味道。
那时海浪把渔船高高举过头顶，高过了码头的石墙。

鱼的牙齿尖锐凶狠，他一颗颗拔出，然后品咂唇骨的滋味儿。
那是激流漩涡、暗流涌动水域里的伶牙俐齿、唇枪舌剑；
嘴上的利刃是打开世界的工具，而魅惑却是索命的。
孩子面孔有些扭曲，尝到了血腥与撕裂的疼痛。

乡村的饥饿是绿色的，譬如麦苗与青纱帐里的蚂蚱或蝗虫；
海的生理，在鱼颌骨咀嚼肌汇聚的潮汐涨落的回声。
从凸起的鱼眼里，孩子看到了大洋与海湾的凶险；
白头鲨看似道貌岸然，却将残忍藏匿于行止间。

鳃下的肉最厚实，孩子抬头睃寻妈妈打工的身影。
餐厅桌面已收拾干净，后厨泔水正在清空。
半只剩鱼头让乡下孩子尝到了大海。
那时海浪把渔船举过头顶。
海岸上台风霸道而行。

（选自《青岛文学》2019年第8期）

■［浙江］箫　风

茅台渡口（外一章）

题记：位于茅台镇赤水河西岸，是红军“四渡赤水”第三次渡河的主要渡口。茅台渡口纪念碑临河而立，为全国重点文物保护单位。

披着黄昏蒙蒙细雨，走过五星闪耀的红军桥，我来到你的身旁。

静默中，一阵密集的枪炮声把我惊醒。现代音响技术模拟的一场激烈的战斗场景，把我一下子拽进1935年3月16日那个春寒料峭的黑夜。

我依稀听到，轰鸣的枪炮声划破夜空，如雷的呐喊声呼啸在耳际。

我仿佛看到，无数手握步枪、大刀、梭镖的红军战士，如闪电，似雷霆，若狂飙，前仆后继，奋勇冲杀。

鲜血染红了赤水河的浪花。茅台渡口见证了红军“四渡赤水”的奇迹。

如今，渡口的硝烟虽然已经散去，但河岸石壁上斑驳的弹痕，仍在讲述着那段浴血的故事；满山的松涛此起彼伏，仍在呼唤着一个又一个闪光的名字。

一座青石垒起的纪念碑，庄严肃穆地屹立在历史与现实之间。

当我用潮湿的双眼，深情地仰望着你，凝视着“茅台渡口”这四个红色的大字，我知道，赤水与红军、红星与茅台已富有诗意地融合在一起了，红色已成为茅台永恒的标记。

酒香惹人醉

2019年1月，赴贵州茅台镇参加首届“茅台酱香杯”
《星星·散文诗》全国青年散文诗人笔会，记之。

茅台镇，就是一坛上好的美酒，尚未开坛，已令人心醉。

我是沐浴着茅台醉人的酒香，与老风和恩鹏一起走进茅台镇的。

空气中弥漫着酒香，赤水河流淌着酒香，微醺的晚风里飘荡着酒香，诗友们相见时唇齿间散发着酒香……

整个茅台镇，都浸泡在浓浓的酒香里。

盐运古道的石阶萦绕着酒香，纪念广场的云朵摇曳着酒香，飞天飘逸的衣袖充盈着酒香，中国酒文化城的展厅珍藏着酒香，踩曲姑娘扭动的腰身洋溢着酒香……

就连一家家酒铺门楣上悬挂的红灯笼，也流溢着酒香。

这酱色的芳香，像极了爱情的味道——“尝过就戒不掉”。

一群来自全国各地的诗人，好像是来茅台赴一场爱情的盛宴，无论男女长幼，个个柔情万种，都似恋爱中的主儿，陶醉在沁人的酒香里。

老风说，酒香惹人醉，来茅台就要一醉方休，枕着酒香入眠，睡得才叫舒坦。

醉了，真的醉了。你看，龚学敏、黄恩鹏、亚男、语伞、陈劲松……一个个飘飘欲仙，就连滴酒未沾的蓝格子，都醉得面若桃花。

当然，醉得最开心的，还是腊八节过生日的姚辉兄，他这个东道主是被诗友们温暖的祝福灌醉的。

（选自“中国散文诗研究中心微信平台”2019年10月21日）

■［山东］栾承舟

我在开封行走（组章）

风自心中穿过，吹瘦了曹魏明月。

曹植陵园随想

风自心中穿过，吹瘦了曹魏明月。
有往事珠泪纷纷，探出墙外时，谁看见了，繁星满天。

这僻地净土，身前身后，往来者稀。
这别居之地，蓬蒿渐迷人眼，唯觉耳即风吹，耳语也似。
这个内心干净的人，他头上的发啊，比千年的积雪，还要白。

更多的人，读着他的诗，在梦中，邻近他的春天，与他相会。

邸阁清真寺

时在初秋，寺内松柏正茂。
卷棚式，仿古建筑；神的慧眸，已闭。
这精神息壤，大队灵魂，均已安息。

朝墩初升或落幕之时，废园鲜有人迹。门楼、大殿里西风穿越，一片一片的莲花、牡丹、石榴、天麻，皆已融入秋色。

浮雕、木雕，镂空木格，青史一样，长久地缄默着，无语。依旧，坚守着信仰。

面对古寺，由旁观而入一种化境，血与初心，自约自强，仍在前行。

今夜，那些木雕的双狮、双鸟，天马、麒麟，将在谁的心中安栖？

汴西湖写意

风吹来，吹亮了长河清秋，鹭草飞白。

五湖六河捧出了肥美光阴。与之相应的，是夕阳雨住，街头鼓舞。

史前原野，中原大地，有蒲依依，有鸟栖居；而后，李翁种豆割麦，张生作画吟诗。

招人魂魄的每一寸光阴，步入宋词。

宋史证明，金明池笑乐喧天之后，繁花、宴饮渐次阒寂，成吨的烟尘、冷灰和余烬倾泻，使岁月有了寿终正寝、万分不舍的恣意。

来自北方漠野的马蹄，灵魂出窍，游荡在白云、礼教之外。他刚劲，凌厉，使大相国寺的钟声，顿觉寒意浸体。

什么时候，我们变成了宋都遗民，金元客旅？

我们的心，像惊蛰后的小虫，早已蠕动着雾走云浮，草长莺飞……

走进上苍故址

这个时刻，秋意深浓，上苍故址在幻思中，满储神秘。

秋，不动声色，却是一脸的痴迷。

谁的心里，有细柔的泪？还有菜蔬，还有，累累满树的果子？

风伸出双手，不停拍打着，那些仍在生长的隐秘。

玉米，大片地黄在地里；整个原野，倥偬无人。

时值正午，上苍平静如水。一片悄然而至的幻思，若无数眼睛，读识着千年岁月。

很通达，很睿智。

永不熄灭的，是繁星；还有，生生不息的生命，以及，生生不息的泉眼。

慈善、宽厚、隐忍之水，滋润着通许，让柴荣的梦想，这片土地的梦想，春风化雨一般，神光爽迈……

（选自《青岛文学》2019年第9期）

■［安徽］赵宏兴

多角度的合肥（外一章）

我们拥挤的感情世界里，是否也需要一座高架，直达心灵的深处。

合肥的东南西北都有高架了，高架像巨大的手臂，从城市里伸展开来，拥抱未来，拥抱世界。

在合肥的高架中，我走得最多的是铜陵路高架和南北一号高架，这条高架串起高铁南站和我亲戚的家，直达巢湖的岸边。去高铁南站乘车或接人要走，去亲戚家走动要走，更多的是，家里来了朋友，我们直接就带他们去巢湖的岸边观光，岸边的美景让他们不虚此行。

我曾接待过江西的朋友，他们感叹地说，南昌人最羡慕合肥的高架了，现在南昌没有建起来，现在拆迁成本太高也不好建了。我曾接待过北京的朋友，他们感叹说，合肥现在也有都市的模样了。

更多的是我和妻子走在这条高架上，我开着车，妻就坐在身旁，楼群像路边的树林在退去，可以说，这条高架，给我们的生活带来了许多诗意，改变了我们生活的空间。

高架快捷，流畅，在拥挤的楼群中，伸向远方，车子在上面奔驰，虚线扑面而来，产生了生命力。高架的现代性，纯粹性，它已摆脱了地面的束缚，它已从地面上的马路进行了蜕变。这个城市若没有了高架，将是多么的难以接受。

高架给我们充满了想象。我们拥挤的感情世界里，是否也需要一座高架，直达心灵的深处。

湖边的合肥。天慢慢地黑下来，远处城市里的上空亮一片红色的灯光，仍还黑下来的天空，从远处望去，像被罩在一块玻璃器皿里，透明，诗意，远离了喧嚣，有了浪漫和梦幻的色彩。此时，树林是静止的，草坪是绿色的，上面开满了一片片白色的野花，几块红色的石头淹没在草丛中，像史前遗迹。

我们的城市走到了水边，便走到了这块湿地，亲近自然。

上善若水，水是多么的诗意啊。它呈现给我们的是一种镜子式的东西，带来感情的洗涤，让我们紧握着手，又充满信心地走进身后那个城市。

天空上的城市

我曾无数次地乘上飞机，在合肥的上空飞过。

每次我都伏在机窗前，俯瞰这巨大翅膀下的城市。

城市里的道路横平竖直，楼群在阳光下熠熠生辉。数条黑色的高速公路从城市里伸向遥远的地平线，道路上车辆疾速，井然有序；河流弯曲，穿城而过，我从每座楼房的特征上，判断它们在地面上的大致位置，寻找着自家的方向，然后想象我在这个城市曾经生活的轨迹。

这座城市我似乎在科幻大片里看到过；在预售楼盘的沙盘里看到过。

新鲜的是：巢湖如一颗碧色的珍珠佩戴在这座城市的王冠上。

（选自《安徽群众文艺》2019 年第 6 期）

■［海南］倪俊宇

黎寨情韵（组章）

刀光嗖嗖，刃上挑着一轮莽原的太阳……

钱铃双刀舞

嗨嘿！嗨哟嗬——

卷过来一股股遒劲的风！掠过来一道道灼目的闪！

步声踏踏，血光与啸吼涂染着古林的悲壮。

刀光嗖嗖，刃上挑着一轮莽原的太阳……

黎家好拜曼阿洛和劳丹，野日下追撵荒兽，追撵远古的野性。

猎神为之阔笑，为之狂欢。跳跃的崖峦，甩出一串串亘古的惊叹！

双刀挥舞，电光撕裂长空！钱铃铿锵，铁蹄撼醒山林！

嗨嘿！嗨嗬！哟嗬！

暴雨一样，是急促的鼓点；雷鸣一样，是粗犷的呼吼；火花一样，是挥闪的刀光；狂涛一样，是腾跳的舞步……

峰峦，一层层突兀。季节，一茬茬裂变。日月，一轮轮更换……

在九颗太阳陨落的地方，木棉花，英雄鲜血一样火红地绽放……

黎家山兰糯酒

你是一条河。

一条从沾着秋色稻香的手指缝间流出来的，滋润着黎山峒峒坡坡的河……

绿透四季的大山清泉的甜润，燃旺岁月南岛阳光的热烈，点燃黎家汉子血里豪犷的火焰。

沿着酒的流向走去，就会看到：胸中荡起激浪，颊上升起阳光，隆起山一样的脊梁。就会听到：开山号子的沉雄，庆丰收竹竿舞的激情与凤尾竹影间滚龙调的缠绵……

黎家把黑白日子，酿造出深入肺腑的醇香。

哦，有酒，就有锁不住的情感。

酒碗里，发酵出火辣辣的话语，倾泻出高亢悠扬的山歌……

四方的客人哟，请喝下这一碗碗山兰糯酒吧！喝下了，你就会沉醉在黎家人浓烈的豪爽里，五指山下醇美的风情中。

黎家舂米谣

穿过岁月的尘雾，一首槟榔青果味的歌谣，

敲打着船形屋茅檐下慵倦的暮色，敲打着石臼旁山兰架上惺忪的晨光……

哟舂米谣，拧得出黎家女多少汗水多少心事？

在热汗泡黄了秋天之后，这歌谣，就把黎家女的晨昏缠得紧紧，紧紧。

一遍又一遍，木杵，敲弯了黎家女的腰脊，敲褪了脸颊上的红晕。

一遍又一遍，石臼，张着大口嚼烂了她们多梦的季节，却总嚼不烂旧时代交粮纳租的怨恨……

哦舂米谣，是黎家女用杵作笔，用臼作砚，记下的汗渍沧桑。

一代又一代，椰树伫立地听着，凤尾竹屏息地听着，受不受过苦难的人们也静静地听着……而寨前那山溪，推转了电磨后，携着这支歌，携着山兰米的馨香，向着山外跑去……

背水竹筒

一双光脚板，踩弯崎岖的山路。酷日暴怒，崖石缄默地咀嚼着沉重的炙灼。

你，装下无数日影星辉，荡漾偌多泉声涧浪。看惯翻岗爬梁的步声，敲打出飘忽的磷火……

一茎狗尾草，摇曳几多喘息……你哟，撞击山岩，喊出岁月钻心的疼。

汗滴，苦泪，润不透干旱的日子。

灼灼炎阳，猎猎山风，剥尽了你的竹青色；汗渍的筒绳，勒褪了黎家女青春的嫩红。“吉祥水”的传说，溅湿了许多梦境。什么时候，能溅湿黎家人干裂的渴望？

日月换了新天。到了那个早晨，当一只长满老茧的手，伸向龙头——

哗哗哗！自来水溅湿人们的欢笑声，整个黎寨被灌醉了。

从此，竹，不再装水，却敲响了竹竿舞欢欣的旋律……

（选自《天山时报·散文诗月刊》2019年第4期）

■［河南］王猛仁

看 海（组章）

每一簇雪浪花，都是你播下的万般情种

我多么希望，这不是沾满褐色的碧野游踪，这是我反复吟唱、尚未风干的思绪。

是中原的风，把我吹到你的身边。

每天，聆听浪花跳动的音符，聆听流溢光彩的旋律。

我愿意忘记一段驳光的往事，在如许的静夜拣拾春天的珍贝。

跃出海面上的每一簇雪浪花，都是你播下的万般情种，都是你绽开的圣洁之花。

而我，却在微尘不染的相思河畔，用清泉与汗水收获这热烈而激动的一瞬。

没有浅薄的脂气。没有游人的注目。没有苦苦的幽思冥想。

即使到了鞭炮齐鸣的除夕，那一片片盛开在白鹭身边的玫瑰色花瓣，也要化作漫天飞霞，让凝聚的清秀散漫开去，似一支透明的红烛，映亮每个人的星空。

当情感的波涛迸射出生命的光辉，我会顽强地驾着诗歌的帆船紧紧相随。

也许，我始终抵达不了诚实与凝重的彼岸，但我会将这把燃烧的蔚蓝传递给家乡，让她变得无比壮丽……

轻 舟

或许，这就是我从幻想中转身，在春日田野里奔波的脚步。

一首诗，可以在海风轻拂的月光下静静地流淌。

像家乡的一条多弯的河，充满温情与美妙。

曾经，夕照下的大海，留下了诸多初来时的美好。

譬如情人的秋波，譬如梦一样的青春，譬如湿地里轻拂的绿草黄花。

如今，隔着昏睡的星夜，我仍然执着地向往着夏日里鲜红的回忆。

似乎一切都在流失，于不知不觉中，我们已将自己睡成了一片碧海，粲然着苍茫的辽穹。

尽管属于我们的冬季已经远去，但潮汐里依然弥漫着初见时浓厚的气息。

每一个弯弯曲曲的企望，总有纷繁的酡红从干涸的田园溢出。

期待着，原本属于我们的那叶轻舟翩然归来。

浪花的起伏声，在耳边萦绕，如同一支离弦的箭，穿越乱石的围缠，伫立在晚风中，跌落，升腾，断裂，让人泪落。

记忆的野马，却时时在心中狂奔，汹涌。

并且，声声不息。

踏　浪

有时，我的绵绵絮语，也满山闪耀，俨然一个冗长的故事，神秘而又古老……

我准备踏浪而行。

那黛青色的山峦秀景和飘浮不定的云霓，将会跌入我的记忆，落在路人的心里。

你会听到清冽的海水汩汩涌动的声音。

我愿早早地为你送去祝福，用鲜亮的色彩，再生一个思考者的形象。

我想再一次踩着你的绿色胸脯走过，在我还没有抵达对岸时，身后的层层波涛，拍击出我跋涉的颂曲。

真想融入那片月色，仔细端详你含羞的笑脸，然后，细细咀嚼远方星星的絮语。

其实，总有花朵一样的娇艳，落满你苍白的雨季，连同我膨胀的诗心和燃烧的目光，并排耸立，徐徐地涂画着远行的孤独。

一抹暖色的春意飒然逼近，沁入沉默许久的内心，蹒蹒跶跶地，梳理我恬静且年轻的往事。

彼　岸

凌空炸裂的爆竹一阵紧似一阵，伴着吐绿的一溪朝霞，暴响一地狂欢。

看似斑斓的春风浩荡，没有错过晨昏的钟声。

已被峥嵘岁月磨洗的最后一片黄叶，度过了一个看似温暖实则严寒的冬季。

没有什么可以永久地驻扎在心域，一棵千年古榕，时不时地发出大海般的呜咽。

如同你一如既往地向着南方放飞，却听不到一句轻渺的回音。

每一个浪花翻卷的时刻，每一个白云如絮的日子，你都捻成一节一节喑哑的思绪，悬挂在阳光照耀的地方，晾晒浓稠而又潮湿的雪花唇印。

有时，我想洗净记忆，一意孤飞，你却牢牢地卧在诗歌的深处，舔红窗口的积雪。

我多想，用我的淡泊与纯真在你我的心房之间，筑一座彩桥，只容得我们两个在上面行走，我临摹着你的脚步，如影随形。

此岸观澜，彼岸牵手。

如果，必须写一首诗读给你听，那就写我们的书香往事，用这支颤抖的秃笔，蘸上火一样的颜色，潇洒地画一框欲燃的七色海霞，藏在你的床头。

以此，浏览我们仅有的九十八个时辰的青春。

（选自《天山时报・散文诗月刊》2019 年第 3 期）

■［浙江］晓　弦

楠溪江絮语（外二章）

在楠溪江，适合做一条银亮的香鱼

在楠溪江，适合做一支闲笔，搁在云蒸霞蔚的笔架山上，在善解人意的雾霭的暧昧里，来一场打着文化标签别样的空中桑拿，然后，只等书圣王羲之提笔，批阅大美的永嘉山水。

在楠溪江，不必附庸风雅，模仿古人放马南山，去乘悠游的舴艋舟，也不必去坐“巍巍青山两岸走”的竹筏。

在楠溪江，适合做一条银亮的香鱼，浸淫于清澈见底的溪水里。也适合做一只小青鸟，去深山采撷更多的鸟鸣。要是有不绝如缕的雾岚随你缠你，那是为你洗涤心灵的纱巾。

在楠溪江，不可学江湖上的神雕大侠，结拜楠溪十二峰，占山为王；不可鲁莽地撞入鸟的天堂与猕猿的家园，让那些在幽谷吟唱的飞泉瀑布，提心吊胆……

在楠溪江，只需做一副隐世的谢公屐，用你世俗的脚丫，穿上它，懂得在上山的时候，谦卑地卸下前齿，在下山的时候，果断地卸掉后齿，并用前齿与后齿，做成一辆时光的步步车，载着自己的灵魂，逍遥回家。

人间烟火

在楠溪江畔，乐山乐水的你，可以把盘踞在山岙里的瀑布，叫作永嘉沙面；也可以把山里人家门前晾挂在竹子上的丝网般的永嘉沙面，读作瀑布。

你可以将穿梭在深山雾岚里的鸟鸣，读成楠溪江里白亮的香鱼，也可以把楠溪江里的香鱼，读成穿梭于雾岚水晶般的鸟鸣。而成天“喳喳喳”叫着的花喜鹊，一定是把一树树的红柿子，认作山里人家喜庆的红灯笼。

而我，则是把在隐匿在深山，那高高低低、宽宽窄窄、长长短短，折折叠叠，忽远忽近的瀑布，认作最具灵性的人间烟火。

茗岙梯田

在永嘉，一个叫茗岙的地方，这些普通的山峦，都是岁月的魔术师。

这些雾霭萦绕的山峦，或许有几辈子也叙述不完的神奇故事，才会以这样掏心掏肺的方式，向世人倾诉她的阵痛，她的悲悯，她的忧伤，她的欣悦，她的母亲般的无与伦比的仁慈！

从山麓到山顶，在时间的慢镜头里，她渐次打开了自己的心房——一个个月牙形、水曲形、椭圆形、花瓣形的田畈，如层层叠叠的灵芝，又如十月怀胎似的，从大山的身体里凸现出来，宛如一个个月光宝盒，向世人展露她淳厚质朴的恩典……

这些在季节里无穷变幻着色彩的梯田，怎么看都会有湿漉漉、馥郁郁、甜津津的感觉，怎么看都呈现，万花筒般妖娆的丰姿……

以至于，我宁愿把鬼斧神匠的梯田，读作岁月神奇的胎盘。

（选自《天山时报·散文诗月刊》2019 年第 4 期）

■［重庆］姚　园

大自然的引领（外二章）

而惦挂与被惦挂都是幸福的幡然相拥。

许是一年没去蓝莓园漫步了，前天中午迎迓炫目的阳光走去时，它已无垠成一片森林之态，每一枝头上密布着玲珑有致青涩的蓝莓。

我弯腰向她们靠近，不是试图窥视或揣摩她们内心所处的疆域。

谁能访问谁的内心啊？

揣摩，可以让自己的想象力增加一米维度？

辽阔的想象力好像也抵不过变化，这枚说变就变的云朵。
不如将自己放空，空到不觉然被这儿的一草一木、一湖一水引领。
万念不过是俗尘回不去的一黛烟雨。
人不过是尘世匆匆来去的过客。
但不必把诸如此类的感慨辗转成影响心情的潮水。
一切可能在转身间跌为空中楼阁；
一切也可能是一派向荣的孕育。

笑是一朵抚慰

忽然想起什么，又忽然忘记什么。是下意识选择的蛊惑？似乎不是一只重要的莲雾，重要的是记得与被记得这支并蒂莲未曾出走。

而惦挂与被惦挂都是幸福的幡然相拥。

明天就要与花城挥手道再见了，如果仅仅与一个地方道别，内心泛起的涟漪似乎不可能翻过想象的壁垒。

然而，我没有借那首“其实不想走，其实我想留”来增加夜的长度。

不管彼此是否在把心底那不舍之页化为一缕云淡风轻，光阴都将按自己的轨道行驶。这里也不会全然地化为一阕曾经，每一瓣日子萦绕的馥郁，暖的不仅是记忆的流年。我好像没有理由不让微笑继续在脸颊闪烁。

笑，有时是对自己对他人的一朵抚慰。

平安是一抹绿

从机场回来，天依然在夜色的浩渺里幽深。

然，我已无法再入眠。

雨还在窗外淅沥婆娑。儿子搭乘去佛罗里达的航班该起飞了吧。

牵挂，从他拉开车门转身前行的那瞬就已地老天荒。

而我不得不放开不舍的手，行走才可能与可能与不可能的机会相拥。

只是有些仿似从天而降的机会也会让人双眸含着迟疑，除非它是唯一的稻草。

人事从来是复杂浩瀚的海洋。抛开一切朝着一个方向冲的人，抑或不是什么勇士，而是那时迎接他的唯有——悬崖峭壁。

某些时候，无路本就是一条路的逢生；

某些时候，人们解决的不是问题的荆棘，而是使勇气重新流淌。

然而，此刻我唯愿平安是这个时节最葱翠的一抹绿，照亮儿子一路的前程！

（选自《天山时报·散文诗月刊》2019年第8期）

■［安徽］崔国发

老戏台（外一章）

三尺戏台，成了我塑造美的自由的理想国。

不合时宜地恋旧。在老戏台上，聚沙成塔，集腋成裘。

这不是简单的生活布景。

起承转合：真实与自然，对立与和解，不影响我淋漓尽致的表达，舞台上的哲学。每一个人都是一个世界，都一次激变都缠绕着意志的冲突：生旦净末丑——

一个个角色粉墨登场，无非白日放歌纵酒，夜晚秉烛漫游，或者是峰回路转，山重水复，柳暗花明，抑或是绿林打斗，胜者为王，败者为寇。

似乎不用重敲，开场的锣鼓。

在我热爱的角色中间，最想仁孝儒雅，温柔敦厚，一展字正腔圆、婉转悠扬的歌喉，世界需要爱，也太需要理解、尊重与关怀，让春风更加拂面，让秋雨带走离愁。

因此我决定不玩假把戏，不装神弄鬼，也不演衣冠禽兽。

只是我还看见，乱云飞渡，山间冷嗖嗖的阴风还没有扫尽，大海里的浊浪有时翻滚——

如果需要，我可以充当英雄好汉，考虑做一回刀斧手，甘洒热血，去大义凛然地书写自己的梨园春秋，让那些为非作歹的恶棍，永远牢记我的气节与骨头。

我在，这老的戏台就在。

礼乐齐奏。顺应历史的潮流，三尺戏台，成了我塑造美的自由的理想国。

博物馆或青铜

青铜醒了。它们在地下，已沉睡了几千年。

拂去满身的绿锈，从斑驳的铭文中，仿佛隐藏着，一束束商周时代的火焰。

词根的光芒，一刻也没有停止它们的闪耀。

突然某一天，它们走进了我的梦，在很早以前，便完成了深入，或在古老文明中，发生的一次历史性转变。

现在，我们彼此相约，相认，于偌大的博物馆里重逢。曾经消逝的，并不只是往日的沉默或者时间。

火中淬炼过的青铜，再一次充当了博物馆的主角。

它们被发现，身上的沧桑、古朴与痛苦，刻骨铭心的灵魂，将会无限地展延。忽略了沉淀在记忆与岁月里的一些典型的细节，无须砥砺抛光，它们不会成为丧志的玩物。

而且，我还看到了，一把把抽身出鞘而暗藏机锋的青铜剑，它们锐利的双刃虽未粗钝，但我可以祈求，遍历炼狱的红星、紫烟与烈焰，在春天的炉火中，全部复活。

这或许就是被我们的先祖佩带过的宝剑——

它们一旦从废墟中被发掘，就带来了一道道寒光中的峥嵘与气息。还有那些从在场者眼瞳中，所映射的——

激情燃烧的书简与难以焚尽的诗篇。

（选自《散文诗》2019 年 9 月上半月版、《湛江科技报》2019 年 5 月 31 日“南国散文诗”版）

第十九辑 跨诗体写作名家（16家）

■［湖北］谢克强

新 芽（外二章）

用芽的追求，表达自己对冬天的反叛和对春天的眷恋。

眼睛有点累了。

从厚重的白纸黑字之间，我抬起头来，只见黎明的曙光正以轻柔的手指揭开雾幔。雾渐渐散去，骤然，我看见那一树支撑天空的秃枝上生出几片新芽。

凝绿的新芽，在曙光里生机盎然。

我惊喜的眼睛亮了。

新芽啊，就像我蛰伏在冬天的心一样，你也有过冬天的失望吗？

新芽微笑不语。

也许是在冬天长久无声的期待中，聊将隐匿的一种气质，以及清新浓烈的情意、深刻丰富的含义，用芽的追求，表达自己对冬天的反叛和对春天的眷恋。

调皮的南风吹进窗来，轻轻拍击我的心岸，喃喃细语：树枝发芽了，春天也就来了……

刻在枫叶上的诗

伸向远方的路，在冷冷的风中醒着，沿着醒着的小路我独自走着，走向秋的黄昏。

骤然回首，一棵枫树站在秋的深处，瘦骨嶙峋的枝头上，一片孤零零的枫叶，

灿烂了我的眼睛。

这是最后一片枫叶。

乍一看去，在苍茫的枯黄里，它孤零零地站在枝头，给人一种凄凉孤独的感觉。

然而，当风浸着寒露不时向人袭来时，我再凝眸，只见那一片树叶在秋的深处如一柱升腾的火，似一杆燃烧的旗……

那一片枫叶我看得如痴如醉。

适才，我的眸子堆满枯黄，连季节也随秋风枯黄的凋零；待我走出惆怅，那一片露浸霜染的红叶，却在秋风的召唤下，以淬火的情、凝血的歌，

注释不屈的生命！

其他叶子在秋风里一片片纷然飘零，独有它留在枝上，留在秋的深处。

一个幼稚的梦，是如何梦成秋的精灵呢？从那叶脉里流淌的猩红的信念，让我读懂了这一片枫叶。

秋 魂

还有信心吗？

树叶在寂寞中一片片凋零，野花在萧瑟中一朵朵枯黄，站在大道的尽头，站在季节深处，我将手掌搭向额际，伫望远方有些发冷的风景，我不宁的心和不宁的风一同彷徨哀叹。

这时，在无望的希望中，一群大雁极富动感地从我的头顶匆匆飞过，飞在秋日天空的深处。

昂起头来，我伫望天空，伫望远飞的雁群。

这是一群什么样的生灵啊，一只大雁的方向就是大家坚定的方向，一只大雁的歌声就是大家自由的歌声，也许从不隐匿心底的深情，也许是飞翔的欲望依然美丽如初，它们才洋溢着对阳光与温暖的渴念，驮着不会沉落的希冀，寻找自由与欢乐的生存空间。

没有惊鸣，没有惆怅，是什么团结着、维系着它们，不畏长途跋涉、不畏艰难困苦，用拍击风云的翅膀，在蓝天白云之间，写一个大写的“人”呢？

雁阵从长空横过之后，一个流浪诗人，站在大道尽头，将手搭向额际，伫望良久，

然后，抬起了坚定的步伐……

（选自《延河》诗歌特刊2019年第2期）

■［北京］雪 迪

春 天（外一章）

我的血感觉到阳光，穿透孤独，要接触人群的欲望吗

这是我的骨头在泥土里裂开，我的血感觉到阳光，穿透孤独，要接触人群的欲望吗

它是一只愤怒的豹子，禁锢在严寒的巢穴中。我的脸暴露在绿色之上，我的心在黑暗里充满复苏前的迷惑。就是那时！我听见大地上的花朵在一个夜晚突然开放的吼叫

田野灿烂。像在去年夏天背叛我的妻子，像我因为忠诚而受尽侮辱的生活。那些小动物奔跑的姿势使我回忆妻子的动作，回忆温和的夜晚，我写作一首诗时震撼我的幸福迷乱的情感

神圣的春天！走在大地上什么都不想。橡树把枝条排列成竖琴的形状，燕子匆匆飞过。哦，爱情的源头！纯净的河水从四月的日子里弯弯曲曲地流过来

什么都不想！我是孤单的诗人，在春天消失前享有自然的果实。美啊！我想亲吻所有女子的嘴唇，我要怀孕！让随后未知的季节，全是纯洁善良的诗人

秋　天

田野的水瓮满了。欢乐的卵石沉在瓮底，光滑璀璨。那是被女人的手握得浑圆的石头

男人的背像黎明中的村子，含着露水，在十月耸起。雏马拉着庄稼，外乡人在大路旁挥舞炊烟的鞭子。在房子里，果实正在老人的双眼中跳动

我的祝福穿过劳动的手，在饱满的种子里停留。丰收的景象，充满每个和谐的家庭，馈赠给孩子挚爱的金黄。人类的好年头，使我们忘记饥饿和面包，忘记心存歹念的日子。使我抛弃旧怨，留宿在你们这儿，向着伟大的欢乐狂喜地歌唱

土地，赋予我们爱和仇恨的物质，让我们生和死后都厮守在一起，在女人的子宫里肥沃，在男人的杀戮里无限浩荡！秋天，你使我们显得温情和充满怜爱。你的叶子，那忧伤的音乐，叫人类的良心听见了死亡

我还要独身上路。一只鹿在等我。果子在我的心里裂开。枫树的火焰在十月的河流上，像童年时被纯净的手剥开的金橘。带着对死亡的女儿的怀念，她馈赠给我明朗的秋天。死去的人让我为生者祈祷；为神圣的欢乐，竭尽一生，赞颂

（选自《诗潮》2019 年第 8 期）

■［辽宁］刘　川

宅之男（组章）

因为心，它本身就是一个记录员。

看书

随着春风意，它翻几页书，我就读几页；秋风来时，也是如此。

所以，我不是读书，是读春秋。

我读的《春秋》，和孔子的《春秋》不是一个版本。

孔子厄陈蔡，奋而作《春秋》。我慵懒散漫，于酒足饭饱，而读时光。

有时，我自横书向天笑，笑完我就去睡觉。书里的爱恨生死，我故意搁置它一个晚上。书中主角的刀，不得不举在夜天上，当我的月亮。

藏器

君子藏器于身，待时而动。

我藏开瓶器于身，待时而饮。我藏打火机于身，待时而吸。我藏面具于身，待时而戴。

我藏笛子于身，待时而歌、而呜咽、而哭。我藏钥匙于身，待时而归。

我非君子，过安检，我藏充电宝于身，竟也安然过关。

而我心里，藏着的君子，如一把生锈的剑，只待做梦时，才象征性地挥而舞之。

群居，独居

群居数日，说话一堆，而言不及义。饱食之余，除了登山看云，无所用心。

忽然记起古人的告诫：群居守住嘴，独居守住心。已经迟了。

遂举头看天，什么也没有。天上也没有记录员，人间也没有记录员。无论信口开河说了什么，都没有痕迹。

遂与大家作别，回去独居。浇花、养鱼，并看住自己的心。马虎不得。

因为心，它本身就是一个记录员。

鲁迅文章

树人公的文章，尤其杂文，比喻如下：如投枪、如匕首。

见恶人、小人、佞人遇树人公的文章落荒而逃状，我复又添加：

如板砖、如罚款单。

夜半读先生作品，有案拍案，无案拍大腿。

有一次，拍的是墙壁，惊了邻家妇女。

还有一次，拍的是床。彼时，月光汩汩，正如沧浪，没过了半间房子、半个人世。

彼时，读鲁迅，比喻又做更改：

如舟、如桨。

不　见

与你，好久不见，忽然对坐，竟然无语。

与你，马上分别，执手相看，又是多时。

我们只知道，此刻——

窗外，鸟，落于电线。雪，落于鸟羽。天地如双唇，温柔地合一。

这个世界，只有心跳，已然没有时间。

同　时

武帝读《子虚赋》，惆怅曰："朕独不得与此人同时哉。"得与作者同时，幸何如之。

而始皇帝，与许多书生同时，不幸何如之——他坑埋了那些书生，书也在灰烬里，化作了一声叹息般的青烟。

谁还愿意同时，请自己来填空。

在某省

前几天在甘肃，后几天在海南。

在甘肃，冻得我想穿秋裤。在海南，热得我想脱皮肤。

幸好仅仅是几天，回到辽宁，一袭短衣裤，上街看星星，如同流萤。过街的一个美女，如同仙女，来自白羊座。

白羊座，是我心里的一个省。住着我爱的那个女生。

去那里，我愿意脱掉一切，只剩一颗心。

（选自《散文诗》2019 年 3 月上半月版）

■［北京］安　琪

记录与创造（组章）

记录与创造，用诗歌武装单薄一生。

1　诗歌见证了墙壁上印第安少女的姿势，蓝幽幽的荧光粉气息涂满陶渊明的菊花与箭镞，飞翔的是不安而非翅膀，更非激情。飞翔的是突然终止的蚊香和没有被套的大海，飞翔的是街道拆卸的木板和砖瓦。我们身体里的飞翔带着沉重的集装箱，呼啸着，在就要散架的天上进入星星的隐居地，那同时也是诗歌的。

2 无所谓辉煌，也无所谓针锋相对。命运已经帮我们设置了障碍，无须支付小费，命运看上去更像一个勤快义工，来回穿梭，把生活弄得越发混乱。重要的是观念已经陈旧，道德练习跨栏已经多年了。如果你是道德的姐姐，你将发现，道德比你还老三岁。恐惧融入的过程也是剃刀返老还童的过程，红色的士、网络城、云洞岩……直到所有秘密的风景全部聚集到五月五,一个诗人复活的节日围拢着粽子和习俗，遥远遥远的忧患意识，投水化月，或当空凌舞。类似一种灵魂烹煮的实验仪式，澄清了身体里肮脏的部分。

3 不止一次我们感谢纸上的运动为我们预订了新鲜的血液，正是在夹杂着过去与现在的回答中我们接受生命不完整的遗憾，沿着没有明天的指向我们攀越灵魂的上坡路，完成命定的工作，我们就消失。我们的工作就是记录与创造，用诗歌武装单薄一生。因为不真实，所以坚守，因为困难，所以是好的。丰富的身体宁静下来，实现了它自己的扩散和定型。一个依傍诗歌完成自己的人是幸福的，即使陌生，也是人性在某时某地达到的最高点。

4 仿佛某个传统的被分解，幻觉介绍给我们一座未来的房子，液体的无知收进仓库，叙述总是简单，搬运却是那么艰难。我们被告知山体就要滑坡，风暴就要来临，一切身体里的实现结束在打火机致命的爆炸里。是谁说的："玻璃一般的草木摇晃时，风已送来金黄。"

（选自《天山时报·散文诗月刊》2019年第11期）

■［山东］张庆岭

灵魂的诉说（组章）

第一个裸出锋芒的，总是／最先成为伤口。

刀

一小块铁，在自己的身体里，咯噔站住。
它，要追溯自己的根，它要反思祖国辉煌的历史——
总是将日子搁在刀刃上，多不安全呀。

数千年来，被逼无奈的铁，让无穷无尽的戾气，一次次分解成大刀、小刀、宽刀、尖刀、长刀、短刀……世界制造了太多的机遇，也准备了太多的陷阱。生活，本来就险象环生，再有这么多锋利，该会
造成多少伤害？

刀，再也不想说出自己的光芒。刀，知道：
第一个裸出锋芒的，总是
最先成为伤口。

泥 土

一块泥土，从大地上，站起来，
就是一个人。

我。就是一块从乡村的土地上，跌跌撞撞地走出来的一百多斤——泥土。走着走着，就走进了小城，就走出了一百多公里外的人生。不是不想走得更远，只是
双脚干涸，后劲不足。

进城这么多年，我一直都在做着同一件事，一直都在朝着同一个方向走，一直都在试图保持着自己——泥土的本色。
多少次——
拍拍额头，抖抖双肩，跺跺两脚，把身上多余的东西，不属于泥土的东西，比如：孤傲，盛气凌人，患得患失，崇权，爱钱，卑琐，乖张……全部弄掉，甚至不断跳进澡堂，一次次地洗，一次次地冲，就像洗掉贫穷一样——不留痕迹，以保持泥土的原样。

可是，不知为什么，不管怎么做，都是徒劳的。
三十年过去……
现在，我身上竟再也找不到一点儿泥土的影子。

时光是船

我反对说时光是流水。
流水，只冲走了它自己，与他人何干？

时光是船。它，天天把世界从生活的此岸摆渡到生活的彼岸，直到从生到死。船，该有着多强的毅力，多铁的坚持！

千万别在意——你站在了船头，还是站在了船尾，船一到岸，一世的拥有，对谁说，

都无异于虚无。

再次说到树

多少年了。这些树，昼里来，夜里去，没有一个想离开自己，想离开那些风、那些雨，那些泥、那些土。春天来了，枝茂绿了，命运的大风一吹，那么多叶子就都会为自己的坚持鼓掌。它们心里一定有句话：

守住尺寸江山，就能

站稳脚跟。

（选自《散文诗》2019年第9期“星座”专栏）

■（澳）庄伟杰

空房子

我们栖息的居所，它本来就是一座空房子。

1 说空房子或者说房子空，其实是在说一种感觉，一种悟觉。

房子并不空。四季轮回流转，这房子不但不空闲，而且像主人一样，挺忙碌的。

置身这盒式的空间或处所，每天收入的东西持续不断，而支出的东西少之又少。

对于一个读书人如我者，认真盘点，整个房子里堆满最多的当数书报刊，尤其是各种各样名目繁多的图书。

它们林立于四壁的书架上，自成一道琳琅满目的风景。日积月累，而今连地上都已堆得满满的。

拥有那么多的图书，特别是古今中外的经典著作，这房子能算空吗？

庆幸的是，当你独处时，相遇那些鲜活的灵魂，可以互动对话，或者展开交流。

2 一个人的夜晚，所有悲悯的焦虑，需要灵魂的歌吟。

当黑夜辽阔得不着边际，躺在寂寞的怀里，因为有书香的陪伴，时间仿佛充满了色彩，心花悄然渐次绽放，生命甚至如许缤纷亮丽起来……

然而，人真是一头奇异的怪物，特别是自诩为诗人者。

我是诗人吗？诗人是我吗？我和诗，诗和我，到底存在什么关联？

如此诘问，连自己也不知该怎样回答。当你反复追问，从内至外，或从外到内，往往叫人不知所措，甚至让心跳加速怦怦乱跳。

这时，唯一能让你充实和安静的，或者说能用来安顿灵魂骚动的，或许只有文字词花——那次第绽放如同灯光闪亮的幽灵。

3 拥有那么多的实物，依然觉得空。

具备那么多的拥有，依然觉得无。

在实与空、有与无的临界线，如何看清自己，如何面对这房子，在不同的境遇中，其命名的方式是有别的。

事实上，世界并没有我们想象的那么复杂，那么扑朔迷离。万事皆空，那恍惚的空，命中呈现的图案早已注定。

在空房子里，我们与世界之间产生的震颤，最后都会归于诗意的宁静。而彻悟的空，乃是我们栖息的居所，它本来就是一座空房子。

（选自《澳洲新报》2019年9月21、22日澳华新文苑副刊周末版）

■［辽宁］宫白云

大沙田之诗（选章）

这液体的城市，试探着掀开命运的每一根神经。

1 就在这里，在水与舟楫初次相触的地方，疍家人把沙田从海中围了出来。整个海洋收紧自己，海上“吉卜赛人”仿佛与诸神打了个赌，上岸了。

就像一群鸟儿在一首诗中徐徐飞落，大海的浪潮一次次拍红他们赤裸的脊背，而每一粒沙粒储存他们的汗水。

——疍民，这易碎粗糙的名字，这个曾经以繁衍的方式拓宽了珠江口岸的民族，不灭的渔火，无数条水的微光，水纹里模糊的印记，被拢在掌心。如何置信呢？蓬勃的莞草过于美妙，留给后来人一席枕眠，几声鸟鸣，几缕斜阳，映衬一切废墟的明澈，像演义一章接着一章——

疍家茅房，耕地，水牛，围沽捕鱼，平和吐纳，小小的沙田举高自己。除了无尽的脚步，已没有其他意义，无人计算出水与岸的距离，像人和鸟。

这液体的城市，试探着掀开命运的每一根神经。

2 湖蓝的天空，潮湿的空气，6000余亩淡水湖，鲤鱼跳龙门。愿望与意志的雕像，在泥土与自己的根部，生长绿油油的春天，这就是大沙田，他说过的他的拥有——

他的爱，他的苦辣酸甜，他的明澈与黑暗和响应着的烈酒，就像爱自己的生命，就像爱注定被爱的人，就像爱所有构成他活着的清晨与黄昏，某一日显像在冬日的上午、下午和傍晚。

珠江大桥，虎门销烟，威远炮台，岭南美术馆，可园，东莞市府大楼广场。镜头里的明媚或鱼尾纹，月亮之上，一座山。黑夜里，一条白色的路——这大沙田的诗，我经过你——

在其限度内，描摹你自然的本相，当尘世渐渐喧嚣起来，信仰继续它的存在。把源远流长交给隐秘的历史，大地则属于神秘的河流。

它们很快将出现在入海口，那是谁，偏要赶在前头，带回错落人间的声声呼唤—— 大沙田……

（选自《伊犁河》2019年第2期）

■［山东］张　毅

消失的船队（外一章）

我梦中的帆船被风卷走。升起来是唯一的选择。

自海面升起的船队，在与太阳相反的航程里。
鱼形花瓶，波斯人的眼。往事吃水很深。
风暴中心，船队像战士的队列：庞大，宁静。
失传的玉器被制成手镯，倾国的美人黯然失色。

一支船队在风暴里能走多远？我结网的手恐惧不安。
我的心是一只铁锚，发出冷峻的声音，瞬间穿过了大海。
船队以落日的速度沉没，如同我从童年返回海面。

如果将沉船与上升串在一起，中间的历史被白雪映照，
东方是一串失落的珍珠，被海盗搁在神的瓷盘上，
没有一只手将它取回。一切极为相似：海和花园。人与动物。
你躲过风暴却遇上天火。

海水上升，波涛覆盖了大地，我童年抛出的缆绳，至今没有着落。海的幽深是鱼的眼神，告诉我的。

多年后，我仍能看清那些水纹。
清晰的水纹，刻在心灵的岩石上。

我从海上归来，
关于船队的消息，我只字不提。

船的启示

游不回去的，是你斑驳的船体。
与陶罐一起，构成一幅壁画：海的壁画。

昂起头颅，东方是浮动的甲板。一些星光如石头在蓝蓝发光。
我感到下沉。感到岁月在岸边波动。
船是一种语音，向我复述那场风暴。

大风，从我手指间穿过。
升起的渴望在心里化作帆船：升起来吧。
我梦中的帆船被风卷走。升起来是唯一的选择。

我是从童年进入大海的。
因为风暴，我把锚沉在心底。迷途的经历重叠着那只水船。
往事被海吞吐不止，生活苍苍茫茫。

那个冬天，我在海滩浪迹。
船使我迅速升到水手的位置。

（选自《大沽河》2019年第1期）

■［陕西］王　琪

酒中曲（二章）

用酱香美酒的清澈与甘洌，和万物对话，与众神相约。

答谢词

感谢上苍，赠予他机缘，让他跋千山、涉万水，一路南下，在暮色漫过黔北时分，抵达一座深山小镇，品人间佳酿。

感谢命运，让他与众亲友再一次相遇异乡，旅途的疲惫与劳顿，在南国的清风细雨中，被洗濯一空。

这绝不是偶然，仿若上天注定。

他为此卸下仆仆风尘，用酱香美酒的清澈与甘洌，和万物对话，与众神相约。

在他眼里，这一刻，他应是有福之人：可在小镇碰杯，欢畅地度过余生；亦可独酌，与孤灯冷寂相伴至黎明。

寒风吹来时，他已然不再是原来那个孤僻的自己，而激情澎湃，放任自流。

他在几分醉意间，吞下黑，咽下苦，不向俗世屈膝弯腰，昂首做人，挺胸走路，看看无边的夜空有多苍茫，看看人世间的是非恩怨不过是一缕青烟！

那时，他敬畏的事物都在向他靠近，他与众亲友把酒言欢，夜不能寐。

感谢上苍恩赐！感谢生命的馈赠！让他举杯饮尽一杯美酒之时，不至于忘记自己颓废的模样，还一心念想着他念想的远方，和来生。

赤水河边

长成一棵树的样子需要多久？长到高粱扬穗开花、麦子遍地泛黄需要多久？长到能豪饮百杯千杯人间美酒而不醉要多久？

赤水河边，他这样想。

穰穰满家、丰收在望的好季候，他等待，等待成熟的讯息传遍乡野。他曾经饮过的酒、唱过的歌、写过的诗，品味醇香、绵柔的岁月深处，掩埋过多少不堪回首的风尘往事！

赤水河边，他这样想。

时光静默，又被风神雨神雷神电神锤炼、锻打、洗礼。山头上的灌木林一直蓬勃着，不曾萎褪。这杯中酒，也是医治人间病痛的一剂良药啊。

赤水河边，他这样想。

流淌不息的这一河水，日夜行吟，奔向大海，停止伤悲，也不允许任何人哭泣和肝肠寸断。它送日月草木走江湖万里，把生生不息的万物生灵，把一个人的命运之舟慨然承系。

赤水河边，他这样想。

那年的赤水河边，他想了很久，坐了很久，断然忘记自己是谁，迟迟不放下酒杯，起身告辞……

（选自《四川诗歌》2019 年夏季卷）

■［山东］高　伟

祭　海（组章）

生命，就是咬紧一朵田横岛浪花的成长。

1　一直是这样的大海。
我甚至没有办法提问大海从哪里来。
田横岛的大海，更有历史和颜值。
独特的音质，五百壮士曾经在此喊响了一段历史。
不管我走了多远的路，田横岛的海，都是宝蓝色的。
那草书般的波浪，野兽的皮毛般发亮。
又似白梨花在水中学习鱼跃，不慌不忙。

2　今天我来祭海。
不指望诗歌给诗人以可靠的春天。即使在这个三月，梨花白，玉兰紫，梅花红。
过去我索要：给我安宁，给我爱情，给我不疼痛。
今天我依然向大海索要：给我不索要的力气。
我没有过去，没有未来，只有此时此刻。
这曾经饱满的一切，这终会被废弃的一切。
我对着大海喃喃：只要有力量，担得起它们；只要有心绪，接得住它们。

我来看看什么是胸怀。
需要精神宫缩般的痛楚。我的一生，都在分娩。
当我为世上的俗事痛苦，我知道，那就是我需要继续分娩的时刻。
诞生新我，是我来这个世上的重大任务。随时。随地。

3　山里人转山。海边人转海。
转海，我用我的文字。
我的文字，是祭海时给大海叩的长头。
它仿佛是咆哮在沙滩上、吐着白沫子的浪花，延绵了整个海岸线。

田横岛海边的大风，如果能吹乱我的头发，就请再吹乱我认真的一生。

生命，就是咬紧一朵田横岛浪花的成长。

（选自《山西日报》2019年9月20日）

■［湖南］梦天岚

湖水中的陶罐

总有一天我也会回到泥里去，以一只陶罐的方式。

一只陶罐在靠近湖岸边的浅水中隐现。一只曾经用来装水的陶罐，现在被水装着。

它有两只被简化的耳朵，或许是太专注于倾听，它的耳蜗不知去了哪里。这让我想起湖面上漩涡的形状。

它到底在倾听什么？仿佛耳朵总是不够长。

我相信湖水的每一次晃动都源于一个秘密，湖水中的陶罐从不透露半点。

它腆着浑圆的肚子，只想着在湖底的淤泥里陷得更深。它装的水不再出现在谁家的灶台上，装它的水也不会因它是一只陶罐，而担心自己会被某一双手提走。

这应该是一只被遗弃的陶罐，因为在某个墙角空置了很久，没有水，就如同没有生命，它就是泥，有形状的泥，被火窑烧制过的泥。当泥归于泥，它的形状还在，它应该感谢火。

它是泥中的骨头，只要你敲打，它仍是一只响当当的陶罐。

我也是一只陶罐，一身的泥味，在年嘉湖畔晃荡着身体里的水。

总有一天我也会回到泥里去，以一只陶罐的方式。

我会保留我的骨头，它们是经过锻打的铁器，只要你敲打，它们的响声里会有湖水的清澈。

当然，还会有一些神秘之物，它们或飘逸如烟云，或凛利如刀锋。迫于一种更大的神秘力量的制约，它们的神秘将不再显现。

（选自《星星·散文诗》2019年4月下旬刊）

■［湖南］聂　沛

秋天正光芒四射（外一章）

两种沉默和孤独，有着难言的宽慰。

山上的秋风吹熄了许多看不见的灯盏，又点燃了山坡一片大火。一群灭火者像石头一样滚满草丛。

一片又一片树林红了，遍野的火焰烧着风那好看的裙子，风只好歇息下来，坐看空中枫叶的独舞。

原野渐渐不再晃动，一条条交叉的小路，成为岁月一个重要证人失踪的线索——太多了反而无用。

要不停地做减法，像所有简单的墓志铭那样。我希望自己的墓志铭是：“这里有幸埋了个活人。”

因热情过度而困于忧伤的人，在做爱中不断失去爱情的人，为思想而变成白痴的人，你们都来吧。

都来为虚空喝一杯，或者煎一剂毒药献给大地和落日，让所有患病的梦想能体面地留个全尸而亡。

那个喜欢从每件具体的事物中提炼出寓意的教师也疯了，他欠了生活一屁股的糊涂债，无法偿还。

山涧的溪流干枯了，露出沟底那张衰老不堪的脸皮——这里的水面曾经映照过多少孤单的白云？

幸好有两匹马还在松林的空地走动，幸好是两匹而不是一匹，两种沉默和孤独，有着难言的宽慰。

还有天空那些飞来飞去、不知在寻找什么的鸟儿，因为盲目而快乐，就像我们由于无欲而幸福。

秋天正光芒四射……

废　墟

废墟不会为曾经的辉煌骄傲，它是世界的本相。石头和野草，有着比我们建造的庙宇、长城、摩天大楼强悍百倍的灵魂。人在做，天在看。在一些微妙的时刻我常常悄悄会意星空——那宇宙无边的废墟让人活在尘埃中，已是万分开恩；且不对我们的妄想加以任何惩罚，更是无限怜惜。

（选自《散文诗》2019 年上半月版第 4 期）

■［河南］唐　朝

遥望贺兰山

这些岁月的记忆，成就了贺兰山珍贵的主题

在黄河边，我的脚步承载着浪花，逆流而上，它要去连接一个现实。

我的目光弯曲了，它注定要随着河流的身姿，去寻找到贺兰山的传说和历史；遥望，已成为我此刻的全部：河水送来伴奏，秋风带来旋律——

序幕已经拉开，我是唯一的主角，演绎一个人的精彩。

石嘴山也在叙说，对着黄河水流的方向，将塞上江南的旖旎风光和大美情怀，讲给中原听，讲给大海听，不老的口型，变幻着色彩斑斓的诗句。

我的目光穿越时光，梳理贺兰山的宏伟与秀丽。

贺兰山，是父亲山。庄重、沉稳、内敛，内心饱满，似乎收藏了天下所有美好绚丽的词语。

翻阅春季的奇芳百花，品尝秋季的红绿野果，陶醉在迷人的山色，追寻内心的清净佛音，我用风雨雪霜磨砺的生活光圈，对准层层叠叠的岩画，定格这历史性的时刻。

那里，有我寄托的崇拜与向往。

平静的画面，有我血液里的温暖，有华夏民族的生命情节。

那些冰凉石刻的内部，是沸腾的历史和世世代代的风土民情；

更多的人物像是在默默诉说，动植物们则依然在生长，舞蹈、嬉戏、狩猎……种种场面一直在这里上演。

只是时光凝结了。艺术永恒了。幽静与圣洁让我们的仰望更深远了！

在贺兰山的腰身上，在养育着许多生灵的荒漠和草原上，这些岁月的记忆，成就了贺兰山珍贵的主题，呼唤着那些热爱自然、拥抱和谐的人们，把所有的感怀和心愿，融入历史的民族大画卷。

遥望，是一种生命的姿态，一种生活和理想。

当我们走出喧嚣的城市和汽车尾气包围的马路，灵魂将得以在解脱中飞翔。向着贺兰山的方向，和那些无畏险途的岩羊和在空中翱翔的飞鸟一起，去书写出一部自由奔放的新篇章……

（选自《散文诗》2019年上半月版第12期）

■［广东］赵目珍

厦门行（组章）

丙申末，有厦门之行。时过月余，今追忆之。

1 五老峰稳坐身后。风吹出普度众生的意义。

如此，禅堂的钟声才妙不可言。否则，就只是几声回响而已。

2　当余音散入云霄，细微的尘世该如何才能打量？

相对而言，我还是倾慕普照寺和无尽岩这两个旧名。

普照，连接着天上地下。

而无尽，则是一袭敞开之后永不凋去的百草青春。

3　无法瞻仰藏经阁似乎是一件非常遗憾的事。

藏经阁中到底藏着什么？我无暇顾及。然而，居于世间就犹如一场猜谜。

呼卢喝雉者与明心见性者终究要落实到不同的命运。

4　在海的话语中，风学会了流淌。

我试图亲昵那一座海潮时常涌来、风光旖旎的学府，将潦倒的时间做一个终结。

而此刻，落日遗忘了故人。内心的“叛乱”东山又起。

5　还是狭长的海边栈道最能捉拿人心中的腾挪。

大海上的一举一动尽收眼底。

白云挑逗着风吹。

浪花一层一层——这些粉身碎骨的艺术，周而复始。

6　矗立于海边。我也曾与古老的炮筒一起傍山窥海。

当年的炮火连天已经无法还原，而炮台上的黄龙旗却依然摇摆着晚晴中的那一扇王朝。

后人视我，亦如我之视昔。

踟蹰于不堪回首的往事，我又蓦然想念起了杜司勋的《阿房宫赋》。

7　清晨，立在高楼上瞭望。

静听山海之音。

新的云与旧的云，各自操持着自己在海天之间的秩序，俨然不同历史中的朝臣。

不过，也许是我亵渎了这些并不真实的事物。

它们之间什么都没有发生。

8　屿凫水上。无拘束。

任谁也无法遗弃某一段光阴，只有光阴能够遗弃你。而今的我们，只见到光阴的中间，而开始与终结却无法见证。这不能不说是一种宿命。

我并非偶然而来。

然而，能窥见你的闲适与孤寂，却并非我之所愿。

在你之中的三个漫长的白昼和两个静卧的夜晚，我一直小心翼翼。
彼岸的你，咫尺可见。
而恰好这一水之隔，让我在恍然若失中重新找回了失去的鹄的。

9　矗立顶峰。最难得的就是摒弃扮演一个小丑的身份。
在日光岩，目击山海。
光阴虚度，所有的暗示都平分秋色。

10　高岩古树，长风浩浩。
来意不甚了了。
思量中，我窥遗迹成荒。而遗迹历历，却放宽了我无限思量。

11　乘桴浮于海。其实，我们何曾飘摇过境?
往来的船身，跌宕起伏。
颤抖中，那些水上的群星。孤寂，但却始终紧守着不渝的忠贞。

（选自《散文诗世界》2019 年第 5 期）

■［内蒙古］敬　笃

原野与天堂（外一章）

“我的天堂是一片原野”——（西班牙）洛尔迦

一匹奔跑的白马，在原野上追逐着爱情。远方与诗，在虚构一个天堂。

蓝天与白云，交错着洗涤人心，灵魂在此刻，安宁。浅浅的河流，静静地哺育着草原的精灵。

巫师，唱着长调与呼麦，与长生天在交谈，纯洁的信仰，来自原初的崇拜与诚挚的心。

风，跟随着骏马，穿过白桦林，越过草场，用汉子的威武雄壮，搜寻爱人。

这是现实的天堂，原野上水草丰沛，广阔之地，万物尽收眼底，一切都是你的。

对着天空大喊一声，那远方传来的回音，响亮绵延，倘若变化了腔调，我想那是卓雅的答复。

即使仪式简单，可命定的爱情，也终会在守望中甜蜜。

原野与天堂，在虚构与实存之间转换角色，你渴望的结局也许并非如此，但这匹白马，将继续奔驰在草原。

我仔细阅读夜晚的笔记

向东流淌的河，一去不复返，那是时间设定的逻辑，无从悖逆。

一只候鸟，从寒冷飞往温暖，从海洋飞往陆地，渴望着生命，能在温度中，长一点。

太阳顺着天空隐没的方向，回到家乡。一盏盏虚拟的月亮，代替了黑夜的仓皇。

我仔细阅读你的笔记，关于爱情，关于诗，关于万物交替后云的模样，而日子从未老过。

夜晚，吐一滴露珠，荧光后结晶的记忆，也许，留存着你无法躲避的影子。

泥土的味道，从根茎爬到枝叶，那闪烁的露珠，像树的眼泪一样，滴醒沉睡的人。

匆忙的夜与白昼兑换凌乱，湮没的话语，重复着自然的守则，朝圣者，也在计算某些成本。

变化的心，尝试着死心塌地地爱上一个人，可是那失去的爱情，像时间一样，从不重复存在。

我们夜晚谈论孤独，其实就是蒙蔽自己，所有的向往与眷恋，都惨死在自欺欺人之中。

月亮升起，一个没有命名的影子，演绎着多种人生，灵魂就此猜测自己，属于谁？

（选自《新时代散文诗》2019年创刊号）

■［吉林］董喜阳

大黑山抒情（外二章）

等也是一个动词。日落就是一个结局。

如果辽东半岛还有值得驻足的所在，我愿意它是大黑山。

绿意茏葱的肌肤，并不见黑暗的餐布。

围绕它畅想，静享在镜子对面的悠然时光。放下一切，包括此时的自己。我成为另外的你。

另外的你，是古装的化身。

野径、风声、雨滴、雷电都是你的随从。

小脆枣、柿子树、漫山花朵化妆成你的侍女。当你转面向我——仿佛一阵风。柿子在树上摇晃，我在地面浮想。

所谓生命的意义也不过是，片刻欢愉，乘以不修边幅的苦难，再除以有人陪伴的青春年华。

茶饮小歇

煮沸的水哼唱的仿佛是童谣。嗯，一滴是一个声部。

遥远的觐见，从白的本质到黄的表象。说不清的是，那么久的光阴，驾驶的人去过何地。

瓷器间有细腻的词语跳出来，和金属器皿的摩擦，不生火。倒像是一首悠闲的骊歌。我们相互端着自己的茶具，并不言语。或许声音，除了自己是响动之外，什么都不是。

等也是一个动词。日落就是一个结局。

我是一把幽闭而黑暗的锁，一层绣成了保护膜，倒悬于尘世。

手握钥匙的人，那个你，可否在人散时，接我回家?

旅行与读书

旅行，藏青山绿水于胸。文字在方格子中的匍匐，领略的美是沧桑的。

时光延展千载，浩荡春风，流水汤汤。美，倒进回忆的试管。

摇晃的身姿，犹如经史子集上浪荡的秋风。

读书，案头江山锦绣。你吐出的一口气中尽显绵里藏针。

细碎而冒着银光的器皿，混沌初开。

舞动的利器演奏着锋刃的交响。书中的旅行，即是旅行在书中的烂漫动作。

旅行与读书，一对何其古老的互照行动与观念。

在歌德浪漫主义典范和艾柯所称赞的密教式诠释传统之外，世界还是一本大书。

我不选择堵在路上，我要慢慢地爬行。

（选自《扬子江诗刊》2019年第2期）

第二十辑 第二届“谷雨杯”全国散文诗大赛获奖作品选（4家）

■［贵州］封期任

谷雨茶叙（一等奖·选三）

做谷雨茶叙中缩结的青丝，丈量生命的长度和厚度。

一章：打开思想的翅膀

纤瘦的一片茶叶，妙不可言。清香悄悄顶开紫砂盖，沾湿发丝，沾湿谷雨茶叙的土陶罐，沾湿遥远的人和事。想象神农氏尝百草、种五谷的故事开创我们六千多年的文明。

思想的翅膀渐次打开，打开在紫青藤爬满的窗台上。用一盏茗香，续接断裂的辞章，重叙光阴的故事。重叙瓦饰堆砌的墙，在每一片瓦片上寻找泥土的魂魄。寻找华夏文明的根，在中原大地长出梦想的新芽。

一起指认陆羽的《茶经》，在阳光下翻晒出时间的记忆。

一起听一曲豫剧《朝阳沟》，在银环和保全的爱情故事里，感受爱情的崇高与神圣。

二章：穿过时光长廊

一起想象谷雨在瓦上舞蹈，跳出一泓清泉，缓缓然流过每一片瓦。

一起想象一群燕子穿过思想的雨幕，携带一缕炊烟，仅呷一口茶的工夫，便冲上云天。

一起看月光走在瓦檐上，敲响时光的磬鼓，像一个故事的余音，深入岁月的骨髓。在这些无喧嚣之内功的汤水里，浅尝苦涩。

一盏浅注，携带一缕茗香穿过谷雨茶叙庭园，穿过时光的长廊，写意生命的温婉而坚强。穿过伏羲故都，在上善若水的哲学典籍里，把六千多年的灿烂文明举过头顶。

九章：千年的高度

最后，读一炉新火，品一口新茶，说一缽新绿。

在疼与不疼之间，不去说愁烦的往事。

只说光阴木马，已饮浅了茶盏里的水。

只说谷雨茶叙的香茗，如观音的净水，澄澈了尘世。

只说一曲《诗经·陈风》，在谷雨茶叙，泼墨挥毫，悠远了意境，写尽了万千星辉。朗照贪黑起早的采茶人，用深沉的方言，叙说炎帝神农氏播种五谷，开创中华民族的远古文明，回复我一味虚缺的精神，把泥泥狗的艺术瑰宝举成生命的又一个高度。

举成周口人，追求卓越的精神，像七月的荷花，开出遗世独立的韵味，传递一种热望……

（选自《第二届“谷雨杯”全国散文诗大奖赛获奖作品集》）

■［辽宁］王 丽

谷雨，禅茶一味（二等奖·选二）

在“谷雨茶叙”独坐的人，成为天地之间的一个想念

——独坐一隅，看着雨水，顺着青瓦倾泻而下，雨声音乐般萦绕。

谷雨包裹着的青色屋瓦，仿佛岁月的甲胄，默默守护着香气缭绕的房舍、旋律和古老的气息；玲珑的雨滴，自饱满的苍穹，抱着轻雷，在每一片青瓦上不停地倾诉，滴滴答答的爱，如流水潺潺。

不禁，走到窗口，伸出手臂，让一滴一滴的雨，沿着青瓦，落进掌心，再顺着指缝，流向大地，那么，我的指纹和气息，是不是就此与大地有了对接，与大地上的百谷有了肌肤之亲？

在“谷雨煮茶”，总愿意拨开氤氲的迷雾，以素心来面对纯朴的青瓦，把精美的茶盏看成盛放的青莲，它们带着神性的慈悲，这泥土淬炼而来的美，必经历烈焰的捶打，才肯静如处子，并将一杯茶一片瓦，捧出禅味来。

望着，青瓦上流下来的雨水，自我的掌心而下，仿佛触摸一条溪流，柔软，清洌，纯朴，但一定带着旧念和过往，一定带着一条自远古而来的溪流应该有的气势和胸襟。

多么好啊。弃了油纸伞，任雨滴呢喃，去茶山摘一些新茶，谷雨这天的茶，饮下一杯，清火；饮下一杯，辟邪；饮下一杯，明目。

青瓦、茶盏，这出自泥土的质地，续写独自的传奇，这半壁房山，一盏清茗，隐匿的明月与知音的哲学，都凝结在一场谷雨中的茶香里。

雨水一遍又一遍清洗着古老的墙壁，是不是，企图那里也长出谷物来？

茶，沉浮的孤独

天空没有翅膀的痕迹，而一只鹰却刚刚飞过。白茫茫的惆怅，云彩一样

飘在一盏茶上。一只鹰孤独地飞翔，撞伤的落寞眼神，穿过细密的雨帘，停在天空空洞的灰里

——记忆乘虚而入。

一叶茶，在杯子里沉浮，像天空的孤影。

此刻，一个在“谷雨茶叙”独坐的人，成为天地之间的一个想念。

一叶茶在水里，和一只鹰在天空，意义是一样的。

（选自《第二届“谷雨杯”全国散文诗大奖赛获奖作品集》）

■［安徽］汪维伦

茶　境（优秀奖·选一）

杯中有日月春秋，杯中有江山社稷，杯中有盛世乾坤。

一只盛满茶水的杯子，就是一个茶的王国。

春天在这里伸腰展臂，茶民们在这里载歌载舞。

一只杯子里盛装着深远与辽阔，也盛装着宁静和诗意。

端杯品饮，饮到的是一种胸襟，一种旷达，一种闲暇与优雅。但也不缺少壮志与豪情。

不求大醉，只想微醺。

杯中有日月春秋，杯中有江山社稷，杯中有盛世乾坤。

杯中的世界很小，小得只能装下一个小小的自我。

杯中的世界很大，大得能装下整个地球。

茶境亦心境。一只水杯只是其盛放的载体。

茶在杯中泡着，泡出的是哲思与意蕴：时而宁静致远，时而香远益清。

最终不忘初心。

（选自《第二届“谷雨杯”全国散文诗大奖赛获奖作品集》）

■［甘肃］冯爱飞

谷雨茶（优秀奖·选一）

一只茶碗里圈养的绿，开出橙、红、甜的人间。

一只划亮天空的鸟，与我无关；一只迷路的蚂蚁，与我无关；一阵风吹散的尘埃，也和我无关。

一叶茶绽开，在一碗水的温度里活了过来。

一片叶子，还原春天的真相。一只虫，亲吻过它幼嫩的曾经。

晾晒之前，它只是茶树最顶端的一叶。

采茶。篓，襁褓一样包裹它灿白的身子，一片叶子，遇见另一片。

一个节气，在二月的末端，眺望。

春，茶，一缸水，一抹浅淡的光，在岁月的夹缝里，生出灼灼烟火，星光，和一尾鱼的梦。

静，让忧愁有了七秒的遗失。

第八秒，一叶茶在展开。一个春天，在茶肆里，有了醉人的味蕾。

橘皮，玫瑰，枸杞，甘草……

一只茶碗里圈养的绿，开出橙、红、甜的人间。

（选自《第二届“谷雨杯”全国散文诗大奖赛获奖作品集》）

第二十一辑　年度长篇拔萃（3家）

■［宁夏］李晓园　大运河，没有句号的史诗（节选）

题记：一条河躺下是卧着的长龙，站起来挺起民族的脊梁。

大运河，凿开了千年时光

云，流在天上便是雨的翅膀。

云，落在大地便淌成了河的血脉。

大运河，你腹中定收藏了万千云朵，把天上的水，引到人间流淌成宽广的江河。

历史是一条时光隧道，你是开凿隧道的义勇军。匡衡凿壁借光读书誓为贤，你凿开了时光的大门，抒写出2500个年轮的风采，折射出斑斓的历史画卷，留下不朽的史诗。

千年时光孕育历史沧桑，斗转星移朝代更迭，《诗经》从你的胸前飘过，《史记》是你怀中浪花一朵，唐诗宋词是你诗卷的一阕，元明清曲也只是你丛书一页。从春秋五霸到战国七雄，从秦皇汉武到唐宗宋祖，从文景之治到康乾盛世，从纤夫的血泪到列强的炮轰，运河水诉说着变幻莫测的历史风云与斑驳的沧桑岁月。

多少英雄豪杰在你脚下拜倒，多少仁人志士为你肝胆相照，多少文人骚客在花香中泼墨，千年风云运河水殇，炎黄子孙对你情怀亘古不变，船夫的号子在运河两岸吟叹着永恒的悲歌。

相遇运河

清晨，运河在橹声中醒来，远去的记忆在你的耳畔渐渐苏醒，一朵浪花跳上弦，高山流水的琴曲拨响了一天的生活，四季的花香。

水，生命之源。水是智与善的化身，水是灵与秀的结合，水动，生命动，水竭国运衰。

相遇水，相遇“人之初性本善”，相遇河，运河之水孕育了龙之根文之脉商之道。水默默低流，人的梦想总是站在水的高处。

相遇运河，伏羲的神针灸在运河的经络，让水行走得更舒缓，让百姓行走得更平静，让帝王的早朝能捧起更多轮的朝阳。

通则活，活则盛，盛则百姓安康，国家昌隆。

相遇运河，“草木无言，山水无知”。水是流动的太极，似静非静，似动非动，似退非退，运河人家因水得势，借水言志，以水传情，假水取韵，把每天的日子过得比水滋润。

相遇运河，是相遇知己……

一条河的风云记忆

你，是流淌财富的河流。

你，一次次拉动国家经济的引擎，从农业文明到商业文明，悄无声息地改变了一个国家的模式，从小农经济到市场经济，一个国家的变革从大运河开始。

河的烟波里出没着政要商贾，江湖剑客。

河的烟波里活跃着山西的票商，广东的洋商，两淮的盐商，商运躁动着城市的脉搏。

盐是黄金，两淮盐商富天下，盐把一个城市从物质富足推向了精神文明的高峰。

自古大江东逝不回头，当年叱咤商场的乔致庸、江春早已隐落江河，唯“信”字这经商之道字字珠玑，在历史的星空熠熠闪光。

千百年过去，早已不见“樯燕樯乌绕楫师，树头树底挽船丝”的繁盛，唯有陈旧的古街，苍老的会馆，默默讲述那段风云记忆。

CHINA，世界的大运河

CHINA，英文字典里音译为瓷器。

当中国瓷的光芒镀亮了蓝眼睛卷头发西方人的眼睛，东方——中国，成为追梦的圣地！

如果说古代丝绸之路是一条大运河，那么大运河一定是通向世界的快车道。

我迷恋这条河。

这条河，多情而浪漫，于是有了马可·波罗醉扬州，利玛窦流连忘返北京留。

这条河，开放而包容，于是穆罕默德的子孙在大运河畔传经授教，新罗人崔致远扬州做官青史美留名。

这条河，有着令高山仰止的远大胸襟，鉴真六渡日本，郑和七下西洋，悠久的中华文明和着运河水流淌的节拍，与全世界交汇出同一种声音。

这条河追求“同”与“通”，这条河崇礼、重义。当“一带一路”赋予这条河“四海为家，天下文明”伟大的使命，人类命运的共同体将在这条壮丽的大河抒写出没有句号的史诗！

运者，运也！

河者，和也！

这传自中华的音韵，宛如天籁，亘古悠悠……

（选自《诗刊》2019年6月号，同年8月《现代艺术》《菲律宾商报》转载）

■［贵州］姚 辉

高原之声（节选）

你只是自己的风声，你只拥有自己的巍峨

1 巨鸟经过山谷。它的影子，盖着不断降临的晨光与静谧。

高原在谁不倦的张望里，起伏？巨鸟，你的影子，正依次移过死亡、新生，苦难、欢欣，罪恶、旌旗……

我想在高原上印制横亘千古的全部夜色。但晨光已然迸溅——我，想把刀刃般的挚爱，嵌进，高原曾经麻木的骨缝深处。

我想说出高原悠远的哀怨，追悔，说出高原辜负过的所有血肉，说出高原不得不放弃的千种奇遇。

——巨鸟翻越苍茫。你在高耸的山脊上镂刻苦乐，你把自己的梦境，挂在高原最为险峻的遗忘之上。

你只是自己的风声，你只拥有自己的巍峨——当整座高原叮当作响，你，只是高原旷古之声中，一次入骨的赞许。

巨鸟高翔——谁，将在不老的风声中，站成高原牵魂梦绕的启示。

2 种植者在春天活着。手中，种子的光芒有些凝重，像一个即将远行的人，种子，捋着大把凌乱的道路。

种子还能揣热多少崎岖的念头？从春天绕过去，你会看到锡箔上分散的黄昏，被孩童打了一个红“×”的黄昏。孩童喜欢什么模样的夕照？——天空被梦想染红，一个赤裸的孩童，描出，残留的春色。

我想把黄昏挂在高原的颧骨上，让更多的种子呼叫，让更多的种子，延续种子苍老的迟疑。

我想把颂歌献给那粒被乌鸦吞进肚腹的种子——像一道星光，那粒种子，为诅咒与爱，拓出了一个个炫目的时刻。

鸦声黝黑——

种植者，在九月的斜风里，远去。

3 辽阔的汗渍，布满星空。在你眼睛里，高原找到了道路转折的千种可能。

疲乏的五月开始潮湿——在渐厚的叶影上，在火种长成雷鸣之前，辽阔的五月，自闪电铸就的杯盏中，摘下，一颗星璀璨的秘密。

高原想走得比秋天更远，想站在战栗的花蕊上，亮一亮自己翠绿的躯干；想把水滴的晨昏刻写成传世的诗篇，想扶直狂暴的花雨，让骄傲的曙光，覆盖，遍布藤蔓的金色骨殖。

时辰不会总是徒劳。该升腾的山色卡在漫长的典籍中——时辰，为生生不息的苦乐，保留着白鹭般干净的刻度。

当高原被写进血滴，被另外的手举过风声，它会找到，重新弯曲的那条道路……

4 山地在数它数不清的齿牙。它嚼痛过什么？长满羽毛的星宿浮荡在波澜中，它，咬碎过谁浓雾般冻结的祝福？

山地在自己的鳞片上反复敲击——它跟脚踵下的流水说话，给墨绿的蝌蚪一种昭示，让蜥蜴放弃一千年前的惊惧与静，让试图幸福的追寻者，重新懂得失败的深意……

山地在数它参差的齿牙：狼的遐想，蛇芯边缘的坎坷，抑或岸石交错的守候，母狮嘶叫中滑落的唾沫……山地在自己的齿牙上，重溯超越血肉的历史。

疼痛叠厚疼痛，刚降生的孩子哭不出声来，乌亮的星盏混杂在谷物中，被激怒的黄昏粘在山地的脊梁上，血，垫高剑戟锈蚀的骄傲，鸟活成梦的骨头——

呵，山地，你的齿牙，将再次击穿谁穿戴着成吨铠甲的漫漫风俗？

风雨老了——山地，在数它日渐稀少的齿牙。

5 在谷仓中，高原藏着三个比树叶略小的通灵者。

一个掌握着风雨的痛处。他熟知一滴雨裹严的几丝光明，以及风的背脊上面粉状的光明——信仰可以用镍币交换？从史册里提炼出的手势，划破晨光：太阳的秩序，正在成为风雨艰难的秩序。

另一个懂得鸟晦暗的梦境。从倾斜的鸟翅上，他看出一块巨石坍塌的理由，他说出一个时代污浊的痕迹。他还能说出什么？喜鹊成为鸦古老的祖父。你该到颂词中找你过时的伤势了——鹰的毛羽长在麻雀镀金的臀上。鹦鹉说出的启示代替所有启示……到处都奔跑着煮食凤凰的讴歌者……他，从一堆闪光的鸟粪上，辨读出机构与遐想中变质的绮丽。

而最后的通灵者始终沉默着，这尸位素餐的烟雾，已填塞完谷仓的每个空隙——你还需要他为你填充什么？无法燃烧的灵魂，还是警示？

最后的通灵者，醒着，看着自己烟雾般飘散，然后，再一遍遍地，看着自己烟雾般，重新升起。

（选自《星星·散文诗》2019年第10期）

■［浙江］天涯

万物是你（节选）

只想告诉你，所有的相遇都是久别重逢。

1　此刻，红尘停止喧嚣。

我的嘴角浮起温婉的笑，眉宇间暗藏的风情，可以点燃一棵树的寂寞。

霞光里的男子，让我有似曾相识的恍惚。沉寂的记忆浮出水面，追踪溯源至神秘的岸，我看到你的身影与夕阳一起走向梦中桃林。

静水流深，谁能透过生活的表层获知人生真相？初见，花开正好。爱在刹那间萌芽，在一个又一个午夜生长。我看到另一个自己在交错的时空里轻舞飞扬。

前世，不再是遥不可及的传说。千言万语化作月下箫音、黎明笛声。旋转，旋转成时光幻影，只想告诉你，所有的相遇都是久别重逢。

有天籁之音传来，从金戈铁马到烟雨江南，无数虚拟的形象里有一颗相同的初心。

让爱回归爱，让情回归情，让我回到出发的地方，等待。等你从人群中走来，微笑着对我说，我们好像在哪里见过。

2　风度翩翩的少年，我是你年方二八的娇娘。

春天的桃树下，你我共读西厢，青春的脸庞让桃花黯然失色。夏日的夜晚，让我为你斟一杯美酒，对月当歌。秋阳余晖里，一起探秘红楼的木石前盟。寒冬腊月，我是你怀里冬眠的小兽，在你胸口，留一道深深的齿印。

当你策马江湖，我是你随身携带的那把宝剑，削铁如泥，又锋芒内敛。你归隐山林，我就是你南山悠然，松涛的清音。你若沦落为尘，我就是那朵在尘埃里怒放的花。

封闭的心门被重新打开，所有的芬芳只为你弥散。

进来吧，我爱，庭院已清扫干净。踏着晨曦，我采松枝为柴，收雨露为水，煮一壶花茶，等你。灶间，那一罐用草木灰煨就的白粥已经浓稠。

旷野空寂，黄鹂鸟在树枝上婉转轻啼。

7　你以爱为器，打破我心的禁锢。

压抑的情感被一声苇笛瓦解，再也无法将它束缚在狭小的空间。江河纵横，我在水的倒影里读你。

有蝶迷失花径，只为寻找苦涩背后的甜。你的世界于我是新奇，我需要你的引导，才能避免误入歧途。

荒原，一棵树孤傲独立。而另一棵树突破阻隔，朝着你的方向，努力伸展身姿。当树根与树根在地底交织，一荣俱荣，一衰俱衰。

一个梦种下，就有无数个梦被惊醒。

“你是谁？”

“我是你失散于战乱的爱人。”

月色朦胧，美丽的小妖跳着欢快的舞步，铃铛清脆，一地玫瑰在风中纷飞。

爱，在回首时孕育，离别时抽枝。

12 你开启我激情的闸门，让爱一泻千里，奔向你的海域。壮观呵，那一路汹涌的波涛，席卷迷人的花香。

会留下什么吗？大地微笑不语。

我在听树枝上的蝉鸣，何时这恼人的噪声竟变得悦耳起来？酷热的风也不那么令人烦躁了，心出奇的安静。我知道，这一切都跟你有关。

最喜欢有月的夜晚，我可以发出请求，请月把我带到你的床前，在你唇上偷偷一吻。等天明，你会不会惊讶唇间那隐约的甘甜？

在你面前，我无法掩饰内心真实的欢欣。每个细胞都在快速裂变、成长，脱胎换骨。

我爱，我终于活成了自己想要的模样，这也是你最真切的心愿。

为你写下一行行真实的心语，这是我要回赠给你的。请收下这颗心，与你相印。

17 天空，云白得耀眼，心中有爱的人，看世间万物皆有情有义。

我要成为你胸口的一粒红痣，微小，根却长在心脏。谁若想残忍剥离，那便是剜心的痛。你总是笑我天真，像没浸过染缸的孩子，不谙江湖险恶。

这个七月，你似舒爽的晚风，拂过我的心湖。湖面波澜不惊，湖底却暗流涌动，那里藏着我爱你的秘密。当你经过，我会悄悄跟着你，让你的梦荡起漪涟。你是我今生最美的相遇，有你，爱就有了宽度与深度。你让我成为天地间最富裕的女子，翻手千里风云，覆手万里江山。

我是流落凡间的天使，隐蔽真实身份。谁能读懂我灵魂的哀伤，谁就是我苦苦寻觅的那个人。

泅渡苍茫的海，我认出了你，你爱上了我。

一眼，就是一生。

（选自天涯散文诗集《万物是你》，宁波出版社2019年10月）

【附录】

2018—2019年度散文诗集出版及评奖信息

（一）年度重大事件、重要活动

◎ 2019年1月14日，《星星》诗刊在贵州茅台镇举办【全国散文诗人笔会】《星星》诗刊主编龚学敏、副主编李自国、干海兵以及周庆荣、姚辉、箫风、王幅明、刘川、卜寸丹、黄恩鹏等作家、散文诗人出席。其间举行了散文诗优秀作品朗诵会。

◎ 2019年5月10-12日，【第四届扬子江年度青年诗人奖·散文诗奖】颁奖仪式在苏州昆山野马渡文体中心举行。江苏省作协主席范小青，江苏省作协党组书记、副主席汪兴国，江苏省作协党组成员、《钟山》主编贾梦玮等领导以及罗振亚、周庆荣、胡弦、李琦、宋琳、路也、亚楠、何平、谷禾、卜寸丹、李寂荡、老铁、陈人杰、刘年等来自全国的60名专家出席本次活动。本届参评作者为1983年1月1日后出生的诗人，参评作品为2018年度在《扬子江诗刊》上发表的作品。

【第四届扬子江年度青年诗人奖·散文诗奖】获奖名单：徐源、朱旭东、张琳

◎ 2019年5月22日，香港散文诗学会会长【夏马因病逝世】享年85岁。夏马1997年开始担任香港散文诗学会首届会长直至逝世。任职期间创办、主编《香港散文诗》季刊共出版50余期。同时领导组织编辑出版《香港散文诗丛书》《世界华文散文诗作家辞典》等，为香港乃至整个华文散文诗的繁荣发展作出重要贡献。

◎ 2019年5月23-24日由河南省散文诗学会主办、周口谷雨文化传播公司、北京新思国学语文周口细得中心承办的【第二届“谷雨杯”全国散文诗大奖赛】在周口市颁奖会【主持人】王猛仁、王雨。

【一等奖】封期任《谷雨茶叙》【二等奖】李需、霜扣儿、王丽；【三等奖】风荷、林隐君、杨剑文、陈劲松、王琪、庞娟、栾承舟、耿永红、小睫、王永纯；另优秀奖50名。【本届评委】王幅明、邹岳汉、爱斐儿、王猛仁、邵超、李俊功、王雨。

获奖作者封期任、李需、霜扣儿、王丽、风荷、陈劲松、庞娟、耿永红、小睫、王永纯、张萌、贾丽、黄晓梦和本地散文诗人霍楠楠、韩冰、张香以及颁奖嘉宾王幅明、邹岳汉、冯杰、高旭旺、范恪劼、李俊功、林琼等出席并参观老子故里、羲皇故里等名胜。

◎ 2019年7月28日至30日，《散文诗》Baudelaire青年艺术家会客厅线下活动在湖南益阳启动。此次活动22位省内优秀青年艺术家、10位特邀学者和120余位市内艺术家代表参加。

◎ 2019年8月12日，在评委会主持下公布

【第十二届（2018年度）中国散文诗·天马奖】获奖名单：［山东］韩嘉川［湖南］叶梦［山东］陈茂慧［上海］刘慧娟［北京］司念［湖南］苏启平［广西］庞白

【本届评委】周庆荣、亚楠、邹岳汉、卜寸丹、语伞［评委会主任］邹岳汉

“中国散文诗天马奖”是我国首个按年度评选且持续时间最长的散文诗作品大奖。该奖由散文诗学会新疆分会和伊犁晚报社共同举办。《伊犁晚报·天马散文诗专页》（月刊）自2007年创办至2018年底历经整12年，共出版140余期，同时举办了每年一届的“中国散文诗·天马奖”评选、颁奖、研讨活动。由于《伊犁晚报》2018年底停刊，此为该奖项最后一次评选，也给这个立足西部、面向全国、为当代散文诗发展做出重要贡献的奖项画上圆满句号。

【附：2007-2018历届“中国散文诗·天马奖”获奖总名单】（77名）

【首届·2007年度】获奖者5名：

［黑龙江］杨金玉［新疆］李凌［北京］灵焚［山东］栾承舟［北京］沉沙

【第二届·2008年度】获奖者10名：

［北京］黄恩鹏［新疆］堆雪［湖南］海叶［海南］倪俊宇［新疆］松龄

［安徽］周宗雄［广东］黄金明［美国］姚园［四川］杨东［河南］曼畅

【第三届·2009年度】获奖者10名：
[北京]周庆荣[新疆]王族[吉林]郭野曦[香港]文榕[四川]李茂鸣
[青海]陈义苏[重庆]唐力[山东]谢明洲[广东]李松璋[广东]郑小琼
【第四届·2010年度】获奖者10名：
[福建]林登豪[北京]爱斐儿[山东]张庆岭[安徽]崔国发[四川]鲜圣
[浙江]沈珈如[重庆]金铃子[福建]张道发[新疆]史松建[新疆]蒋小寒
【第五届·2011年度】获奖者5名：
[安徽]赵宏兴[甘肃]花盛[北京]刘虔[上海]语伞[辽宁]刘川
【第六届·2012年度】获奖者5名：
[湖南]陈旭明[甘肃]任随平[陕西]南小燕[新疆]弥唱[山东]清荷铃子
【第七届·2013年度】获奖者5名：
[陕西]三色堇[四川]亚男[山西]卢静[江苏]周根红[河南]李俊功
【第八届·2014年度】获奖者5名：
[河南]马东旭[陕西]王琪[黑龙江]转角[山东]陈亮[新疆]王信国
【第九届·2015年度】获奖者5名：
[重庆]杨犁民[山西]李需[湖北]谢克强[浙江]张敏华[新疆]支禄
【第十届·2016年度】获奖者5名：
[山东]英伦[新疆]青玄[安徽]许泽夫[辽宁]宋晓杰[黑龙江]冷雪
【第十一届·2017年度】获奖者5名：
[四川]干海兵[北京]蓝格子[浙江]晓弦[河南]王猛仁[江西]黄小军
【第十二届·2018年度】获奖者7名：
[山东]韩嘉川[湖南]叶梦[山东]陈茂慧[上海]刘慧娟
[北京]司念[湖南]苏启平[广西]庞白

◎ 2019年9月29日《散文诗世界》与松潘县人民政府联办的“最美乡村·情系松潘”征文在四川省阿坝州松潘县举行颁奖会。中外散文诗学会副主席兼秘书长、《散文诗世界》主编宓月、副主席虞锦贵、当地政府领导以及获奖者出席会议。获奖名单：
【金奖】刘慧娟《阳光下的松潘大地》
【银奖】阿贝尔、罗国雄、亚楠
【铜奖】冷吟、程东斌、冯艳华、聂沛、朝颜
【优秀奖】苏欣然、徐东颜、王志彦、董喜阳等

◎ 2019年9月，著名散文诗人王猛仁获《山东诗人》杂志社颁发的【第四届(2018)《山东诗人》年度诗人奖】。

◎ 2019年10月10—13日，由散文诗杂志社、石嘴山市文联主办的【生态石嘴山 放歌新时代·第19届全国散文诗笔会暨第10届中国·散文诗大奖颁奖会】在宁夏石嘴山市召开。来自全国众多省份的诗人代表章闻哲（女）蒲素平、田凌云（女）、易翔、许言木（侗族）、唐朝、沙飛、霜扣儿（女）、布木布泰（女，蒙古族）、孙诗尧（女，满族）、王向威、白鸽（女，回族）、马飚、田字格（女）、辰水、苏卯卯、周鹏程、韩玉光、苏启平、康湘民、马硕（回族）【大奖评委】周庆荣、冯明德、王幅明、蔡旭、亚楠以及石嘴山市领导、文艺界人士出席。其间举行“新时代散文诗的发展与美学建设研讨会”和系列采风活动。
【第10届中国·散文诗大奖】获奖者：叶梦、亚男
【中国·散文诗贡献奖】获奖者：箫风

◎ 2019年10月28-30日，由河南省散文诗学会、鹤壁市文联主办的【河南省散文诗学会第九届年会】在鹤壁市西顶小镇举行。河南省散文诗学会会长王幅明、副会长王猛仁、李俊功、冯向东、张建国、郝子奇、葛道吉、徐慧根以及学会理事60余人参加。同时颁发【河南省散文诗学会首届优秀成果奖】获奖者：马东旭、霍楠楠、范恪劼、孟令波、庞娟、张娜。

◎ 2019年11月23日，著名诗人、作家、学者、文字学家【流沙河在成都因病去世】享年88岁。他早年创作的散文诗组章《草木篇》导致他陷入一段坎坷经历，也使其在中国现代散文诗发展史上具有重要地位。流沙河

1931 年出生于四川金堂，本名余勋坦。主要作品有《流沙河诗集》《故园别》《游踪》《台湾诗人十二家》《隔海谈诗》《台湾中年诗人十二家》《流沙河诗话》《锯齿啮痕录》《庄子现代版》《流沙河随笔》《Y 先生语录》《流沙河短文》《流沙河近作》等。

◎ 2019 年 11 月 30 日，【《散文诗世界》杂志社安徽编辑部成立暨全国散文诗作家走进“爱情隧道”采风座谈会】在安徽肥东县举行。《散文诗世界》主编宓月、中国散文诗研究中心主任箫风、安徽省作协副主席洪放、《诗歌月刊》主编李云以及韦金山、郭翠华、王琪、唐朝、许高彬、许泽夫、夏寒、李俊功、蔡兴乐等 40 余人出席。宓月向许泽夫颁发了“散文诗世界安徽编辑部主编证书”。

◎ 2019 年 12 月 7 日，青岛市文联和青岛出版集团联合策划出品

【《中国散文诗一百年大系》在青岛市举行首发式暨座谈会】

该书由耿林莽领衔名誉主编，魏胜吉任编委会主任，王泽群任主编，韩嘉川、栾承舟任副主编。全书 8 个分册：《风雨花路》（栾纪曾主编）、《远古旅痕》（栾承舟主编）、《河山锦绣》（王亚平主编）、《都市情怀》（韩嘉川主编）、《乡村民谣》（何敬君主编）、《挚爱情愫》（高伟主编）、《云锦人生》（霜扣儿主编）、《闲情逸趣》（雨倾城主编）。选入自 1917 年以来至今 100 年间近 2000 位作者的优秀散文诗作品。其涵盖面之广、篇幅之巨、入选作品之精萃诸方面都抵达了一个新的高度。参加座谈会的还有孙书文、纪宇、王幅明、邹岳汉、冯明德、黄恩鹏、李松璋、孙基林、王志清、陈劲松、香奴，以及青岛市有关方面负责人徐冰、薛庆增、杨成舜、章芳、郭胜森、张晓林等。中国作家协会副主席高洪波、著名散文诗人耿林莽发来贺信，对本书的出版给予高度评价。发布会、座谈会分别由青岛市作协主席高建刚、顾问韩嘉川主持。

◎ 2019 年 12 月 30 日，由中外散文诗学会主办、中外散文诗学会上海分会承办、上海山东商会小兰亭文化艺术中心协办的【中外散文诗学会上海分会年会暨《在城市的楼群中》新书发布会】在上海召开。中外散文诗学会上海分会副主席语伞主持会议；主席刘慧娟作工作报告；副主席王崇党、秘书长清水，《在城市的楼群》主编赵远远和作者徐俊国、陈仓、任俊国、西厍、陆群、朵而、古铜、王迎高、杨瑞福、林溪等 30 余人出席会议。上海市作家协会党组书记、副主席王伟，中外散文诗学会执行主席赵振元、副主席兼秘书长宓月、副主席桂兴华和中国散文诗研究中心主任箫风等出席指导。

（二）散文诗刊、散文诗选集、理论集

◎ 2019 年 1 月卜寸丹任《散文诗》执行主编，年底任总编辑，策划 2020 年将在刊物开本（由大 40 开改为正 21 开）、栏目设置、传播发行方式（融合读、听、视觉形象等多重媒体）等方面实行全面改版。

2019 年 9 月 25 日，散文诗杂志社与上海证大喜马拉雅网络科技有限公司举行音频战略合作签约仪式，在《散文诗》杂志的音频开发及传播方式等方面展开全方位合作。此次签约在国内传统媒体期刊界尚是首创。2020 年的《散文诗》将会是一本可视听、可交流的融媒体新杂志，带来阅读方式与格局的彻底改变。

◎ 2018 年 10 月，宓月全面接任《散文诗世界》主编并在栏目设置上实行大规模改版（栏目设置散文诗、诗歌、散文等多个板块）。2019 年底酝酿 2020 年作进一步的调整、改进。

◎ 2019 年，由箫风主编的《湖州晚报·南太湖散文诗月刊》出版 12 期。

◎ 2019 年 1 月，邹岳汉应《天山时报》总编辑程煜邀聘（经原《伊犁晚报》总编辑亚楠引荐）主持对开大报《天山时报·散文诗月刊》第一期出版，每期占对开 1 版，全年出版 13 期。

◎ 2019 年 2 月，由王庆任总编辑、冯明德任主编的《新时代散文诗》由贵州文化音像出版社出版。18 开本，内页 126 面。全部铜版纸彩印。刊载耿林莽访谈，以及耿林莽、耿翔、包玉平、韩嘉川、郭辉、倪峻宇等 40 余人的散文诗作品，打造包括文字、音频、视频、影像的融媒体，插页以赵溅球水墨画为主体。

◎《新世纪乌江作家文学研究》冉茂福主编，中国文联，2019,1

其中编入“喻子涵研究”“冉茂福研究”“赵凯研究”“陈顺研究”“侯立权研究”等有关散文诗人的专辑，以及喻子涵、黄永健、陈晓莉、刘慧娟、陈劲松等人有关散文诗的评论。

◎《贵州散文诗十家》(徐成森、黄健勇、刘毅、喻子涵、秦连渝、赵俊涛、王鹏翔、周雁翔、李东华、牧之)苑坪玉、常彬主编，四川民族，2018,9版，2019,3第1次印刷。

◎《中外散文诗精品解读》陈志泽著，作家出版社2018,12

书中含自鲁迅起至当代的中国散文诗精品28篇、外国散文诗精品24篇，附录“陈志泽与他的散文诗”14篇。其中大部分篇章曾经在《散文诗世界》的“佳作赏析”专栏刊载。

◎《诗是一场艳遇》马亭华著，中国青年出版社2018年12月第1版。这是黑马从事诗歌（包括散文诗）写作生涯16年来的首部诗学随笔。本书分为10章，376小节。诗人以独特的领悟力和洞察力，提出了“诗是一场艳遇”“诗歌炼金术”“诗是一种修行”“诗的心学”等颇有价值的诗学论断，具有较高的辨识度和原创力。

◎《百年女性散文诗选》王幅明主编，河南文艺，2019,1入选176位女性散文诗人。

◎《2018中国年度散文诗》王剑冰主编，漓江，2018,12

◎《2018中国年度作品·散文诗》邹岳汉主编，现代，2019,1

◎《2018年中国散文诗精选》王剑冰主编，长江文艺，2019,1

◎《2018中国散文诗精选》王幅明、陈惠琼主编，花城2019,1

◎《2018散文诗选粹》爱斐儿主编，北岳，2019,1

◎《中国年度优秀散文诗2018卷》杨志学、冯明德、郝子奇主编，新华，2019,4

◎《2018中国年度最佳散文诗选》龚学敏、周庆荣主编，成都时代，2019,4

◎《世界散文诗：在思想的隐喻里展开或释放》黄恩鹏著，在《散文诗》上半月版2019年第5-9期连载。该文从经典文本创作的精神向度等7个方面“构建了一个流动、安全、有效的散文诗理论生态场域，凡8.7万余字”。

◎【香港散文诗讯】2019年《中国流派诗刊》的“散文诗粹”专页共发四期，收录两岸三地暨海外华人的散文诗作品计26篇(2019.1流派总第10期收录漫渔、方向荣、禾素、刘正伟、雪迪、文榕、张世明七位；总第11期“散文诗粹·台湾专号”收录向明、张宝云、王厚森、董恕明、纪小样、纪少陵六位；总第12期收录土鹏翔、秀实、阮雪芳、向明、王建林、姚时晴、念念七位；总第13期收录左右、凤萍、陈雪梅、韩延晓、庞玉、洛芙六位)。(“香港散文诗创造社”秀实供稿)

（三）个人散文诗作品集（本年度及补遗）

◎《静穆的焚烧》陈俊著，珠海，2005,9

◎《悲情城市》郝子奇著，河南文艺，2012,10

◎《梦中的红嘴鸟》周本贵著，安徽工业大学，2017,7

◎《狂草》古铜著，河南文艺，2017,10

◎《远去的人》蒋默著，四川民族，2017,11

◎《每一粒沙都有一个地址》姜文彬著，四川文艺，2018,5

◎《行吟与冰雕》陈俊著，团结出版社，2018,6

◎《刘虔的文学世界·邵阳文库之一》16开精装，光明日报，2018,7,1

选入作者至2013年底全部散文诗作品分四辑169题，另诗论34篇。

◎《唯有山川可以告诉》庞白著，漓江，2018,11

◎《穿过森林的河流》蒋默著，长江，2018,12

◎《高原上》封期任著，四川民族，2018,12

◎《诗醉西楼》梦南飞著，阳光，2018,12

◎《行走的树》孙善文著，中国文联，2019,1

◎《走近离远》凌伟良著，上海文艺，2019,1

◎《朝来雨　晚来风》岳德彬著，四川民族，2019,3

◎《一个人的奥义书》苏建平著，四川民族，2019,3

◎《温柔的部分》张道发著，天马，2019,5

◎《那些小事情》张稼文著，云南人民，2019,8

◎《内心图像》王雅军著，上海文艺，2019,8
◎《大地春色》（散文诗·摄影集）成春著，四川美术，2019,8
◎《万物是你》（含230章纯爱散文诗集）天涯著，宁波 2019,10
◎《远方的家园》任俊国著，成都时代，2019,10
◎《水云间》(21世纪散文诗丛第6辑）陈于晓著，河南大学，2019,12
◎《思想者的心灵之舞》岳德彬著，团结，2019,10
【以下林登豪主编《福建散文诗八家》丛书8册】
◎《太阳·花朵·鱼》刘锦华著，团结，2018,10
◎《奔跑的岩石》陈海容著，团结，2018,10
◎《风就要掉下来》吴素明著，团结，2018,10
◎《在一首诗里弹响你》唐淑婷著，团结，2018,10
◎《快意为禅》苏忠著，团结，2018,10
◎《花非花》李雪梅著，团结，2018,10
◎《一滴水的光辉》潘成佳著，团结，2018,10
◎《折叠：都市与山水》林登豪著，团结，2018,10
【以下蔡旭近著散文诗集四种】
◎《蔡旭寓言散文诗选》中国大地，2018,12
◎《动物与人的世界》蔡旭著，四川民族，2018,12
◎《保持微笑》蔡旭著，中国文化，2019,5
◎《爷爷在婴国》蔡旭著，四川民族，2019,7
【以下曾冬以散文诗形式意译古典诗词的著作出版信息四则】
◎《唐诗素描》（发行百万册增值纪念版）曾冬著，湖南文艺 2019,7
（入选当当文学24小时新书榜第2名，一周新书榜第5名）
◎《宋词素描》（发行百万册增值纪念版）曾冬著，湖南文艺 2019,9
◎《唐诗写意》曾冬、张诗群著，长江文艺，2019,10
◎《宋词写意》曾冬、张诗群著，长江文艺，2019,10